Muchachas

Katherine Pancol

Muchachas

★

ROMAN

Albin Michel

IL A ÉTÉ TIRÉ DE CET OUVRAGE

Vingt exemplaires
sur vélin bouffant des papeteries Salzer
dont dix exemplaires numérotés de 1 à 10
et dix exemplaires, hors commerce, numérotés de I à X

Pour Sylvie Genevoix

« Chercher le bonheur dans cette vie, c'est là le véritable esprit de rébellion. »

IBSEN

– Que les gens sont laids ! soupire Hortense en ajustant les jumelles sur le bout de son nez. Pas étonnant que j'aie autant de succès…

Assise dans l'embrasure du bow-window du salon, vêtue d'un cardigan vert anis et d'un jean cigarette rouge, des ballerines Arlequin aux pieds, elle observe les allées et venues des passants dans la rue.

– Ils sont gros, ils sont gras, ils sont gris, ils grelottent, ils grimacent, ils grincent, on dirait des gribouilles grincheux…

Gary, allongé sur le lit, des écouteurs sur les oreilles, bat la mesure de ses grands pieds. Une chaussette noire, une chaussette rouge. Un, deux, trois, quatre, soupir, cinq, six, sept, huit, pause, triolet, demi-soupir, neuf, dix.

– Ou alors, poursuit Hortense, ce sont des mollusques, ils penchent à droite, ils penchent à gauche, longs filaments chagrins qui errent sans but.

Gary s'étire. Bâille. Ébouriffe ses cheveux. Sa chemise

Brooks Brothers jaune citron remonte et déborde du pantalon de vieux velours. Il écarte les écouteurs et son regard tombe sur une Hortense sorcière délicieuse au petit nez fureteur, aux longs cheveux auburn qui sentent bon le shampoing aux herbes de chez Kiehl's qu'elle utilise deux fois par semaine et qu'elle lui interdit d'emprunter, « au prix où il coûte ! », en le cachant sous un gant dans le bac à douche ou derrière le siège des toilettes. Gary finit toujours par le trouver. *Do* ou *do* dièse ? se demande-t-il en fronçant les sourcils. Il rouvre la partition pour s'en assurer.

– Tous habillés de marron, de gris, de noir. Pas de boutons rouges ni d'écharpe verte ! Des chaises, je te dis, des chaises. Une armée de chaises qui attendent en tremblant le postérieur du patron. Tu veux que je te dise, Gary ? Ces gens portent le deuil. Ces gens n'ont plus d'espoir. Ils marchent dans la rue parce qu'on leur a dit de se lever tôt, de prendre le train ou le métro, de se rendre à leur bureau, de hocher la tête devant le bellâtre pommadé qui leur sert de maître. Je refuse d'être une chaise !

– Tu n'as pas faim ? demande Gary, refermant la partition en murmurant *do* dièse, oui, c'est cela *do* dièse, *mi*, *ré*, *fa*, *si* bémol, *do*.

– Je refuse d'être une chaise, je veux être la tour Eiffel. Je veux inventer un vêtement qui allonge, qui affine, qui étende vers le ciel. « La simplicité est la sophistication ultime. » Ce sera mon slogan.

– Léonard de Vinci l'a dit bien avant toi.

– Tu es sûr ? elle s'étonne en frappant de sa ballerine le bas du coffrage en bois sur lequel elle est juchée.

– C'est moi qui te l'ai soufflé dans l'oreille hier soir. Tu as oublié ?

– Tant pis pour lui ! Je le lui pique. C'est mon heure, Gary. Je ne veux être ni journaliste, ni attachée de presse, ni humble styliste à la chaîne, je veux inventer, créer… Imposer ma marque.

Elle fait une pause. Se penche en avant comme si elle avait aperçu un spécimen élégant dans la rue, mais se redresse, déçue.

– Pour réussir dans ce métier, il faut être dingo. Porter une gourde de coke, des culottes bouffantes, un manchon de zèbre, des jambières fluo… Je ne suis pas dingo.

– Tu n'as pas faim ? demande à nouveau Gary, prenant la pose pensive de l'homme appuyé sur un coude.

L'image du salon de thé de la Neue Galerie sur la Cinquième Avenue vient de lui traverser l'esprit. Café Sabarsky. Il apprécie ce lieu feutré, les boiseries, les tables rondes en marbre et le vieux piano Yamaha noir qui s'ennuie dans un coin. Le déchiffrage de la partition lui a ouvert l'appétit. Il a faim.

– Faim ? répond Hortense distraitement, comme si on lui demandait si elle ne voulait pas adopter un cacatoès à huppe jaune d'Océanie.

– Je meurs de faim, je veux de la crème fouettée sur une tarte aux pommes caramélisées. Je veux aller au Café Sabarsky. C'est douillet, c'est ouaté, c'est sucré, c'est plein

13

de gâteaux appétissants, de vieilles personnes aux cheveux blancs, de bibelots tarabiscotés, d'assiettes aux bords argentés et d'enfants sages qui se tiennent droit sans hurler.

Hortense hausse les épaules.

— J'ai du talent, je suis brillante, je suis diplômée de Saint Martins, j'ai fait mes preuves chez Gap et ailleurs. Il me manque l'argent et le piston… un mari riche. Je n'ai pas de mari riche. Je veux un mari riche.

Ses yeux parcourent la pièce comme s'il était caché sous un lit ou une commode.

— Je me demande si je vais prendre la tarte aux pommes ou la *schwarzwälder kirschtorte*. J'hésite.

— Et si tu vendais les joyaux de la Couronne…

— Et un chocolat chaud viennois. Avec plein de crème.

— Je vais aller trouver ta grand-mère.

— Mère-Grand est très parcimonieuse.

— Je braquerai un pistolet sur ses tempes argentées.

— Un chocolat chaud bien épais avec de la crème fouettée et une *schwarzwälder kirschtorte*. Un gros gâteau au chocolat avec de la crème et des cerises. Prends ton manteau.

Hortense obéit. Quand Gary a faim, il n'entend plus rien. Elle jette un dernier coup d'œil sur le mannequin à roulettes où est épinglé un modèle de robe. Trois semaines de travail. Un savant plissé qui part en éventail de la taille pour venir mourir en travers du genou. Buste serré, étroit, hanches escamotées, souples, mystérieuses. La simplicité est la sophistication ultime. Divin !

— Tu penses quoi de mon dernier modèle ?

– J'hésite encore.

Elle attend, le cœur battant, qu'il prononce son verdict. Il est son premier public. Celui à qui elle veut plaire. Sur qui elle affûte ses armes. Ils apprennent ensemble, ils grandissent ensemble, elle l'étonne, il l'étonne, jamais ils ne se lassent. Quand elle pose la main sur lui avec un air de propriétaire, il se dégage d'un léger coup d'épaule et l'avertit du regard pas ça, Hortense ! Pas ça ! Laisse-moi respirer. Et quand il s'approche trop près d'elle alors qu'elle crayonne une idée, elle le repousse en grognant. Il dit ok, j'ai compris, je repasserai plus tard. Ils ne sont pas inquiets, ils se retrouveront le soir dans le grand lit où leurs peaux s'enflamment sous les caresses qui déchirent et qu'ils savent si bien étirer, étirer jusqu'à ce que l'autre demande grâce. Gary gagne toujours, Hortense est impatiente et vorace. Avec personne d'autre que lui je ne pourrais vivre comme ça. Son piano fluidifie mes modèles, les notes de Schubert, Bach, Mozart donnent un rythme, une ampleur à mes dessins.

Elle attend qu'il pose les mots précis. Il choisit toujours ses mots avec soin, il ne prend jamais un mot pour un autre. Il dit péripétie, contretemps, vicissitude, imprévu en mesurant l'importance de la situation. Il lui apprend à approfondir ses pensées. Mais encore… Mais encore…, l'arrête-t-il quand elle va trop vite et bâcle un récit. L'autre jour, après avoir travaillé, longtemps réfléchi, elle avait trouvé une définition de l'amour qui leur allait comme un gant de grand couturier. L'amour, avait-elle énoncé pendant qu'il se faisait un café, c'est quand deux personnes s'aiment, qu'elles sont capables de vivre chacune de leur côté mais qu'elles décident de vivre ensemble. C'est notre histoire.

Elle avait soupiré d'aise, il l'avait empoignée et ils avaient roulé sur le grand canapé défoncé qui sert de frontière entre leurs deux royaumes : la musique et la couture. La haute couture, rectifie Hortense en plissant le nez.

— Et si…, dit Gary.

— Si je remontais un peu le panneau de la jupe ?

— Et si… je me laissais tenter par la *zitronenschnitte* ? Elle est dodue, craquante et le citron n'agace pas les dents. J'hésite… Tu prendrais quoi, toi ?

— Rien, cingle-t-elle, blessée. Je te regarderai manger et je penserai à mon plissé. Peut-être devrais-je décaler légèrement la taille… Ou pas.

— Tu dis ça et chaque fois, tu commandes des montagnes de gâteaux dont tu engloutis chaque miette. Tu racles ton assiette, tu parles la bouche pleine, tu es parfaitement écœurante, Hortense Cortès.

— C'est parce que j'ai décidé dans ma tête de ne pas grossir. C'est une affaire de stratégie. Je suis plus forte que les calories. Elles terrorisent toutes les filles de la terre, moi, je les méprise. Du coup, vexées, elles m'évitent.

— Enfile ton manteau, le vent souffle sur le Parc. Nous irons à pied, cela nous fouettera le sang.

— Maxime Simoens a possédé sa propre maison à vingt-trois ans…

– Prends tes gants, ton écharpe, ton bonnet. Laisse tomber ta robe et tes épingles. Mon ventre parle, tu dois te soumettre, femme !

Dans le Parc, alors qu'ils avancent en luttant contre le vent, Hortense s'accroche au bras de Gary. Il marche à grands pas, elle trottine à ses côtés. Il fronce le sourcil à la recherche d'un accord qui lui échappe. Elle remonte une épingle sur le mannequin à roulettes. Il guette l'accord à doubles croches, elle n'est plus sûre de son drapé. Ils vagabondent dans leurs pensées, ignorant les joggeurs qui tournent autour d'eux, les écureuils, les pelouses et les collines, les lanceurs de frisbee, les vendeurs de bretzels et de saucisses, les toboggans et les ballons. C'est l'hiver et le Parc est marron, pelé. Il ne ressemble plus aux cartes postales qu'achètent les touristes.

Les arbres s'agitent, les branches frémissent, le vent siffle et leur empourpre le nez, ils ne voient rien. Seule Hortense parle à haute voix. Comme pour exorciser cette drôle de crampe au ventre qui la paralyse et l'entraîne vers le bas. Elle se réveille chaque matin avec la crampe au ventre. Elle ne sait pas comment l'appeler, comment la qualifier. Un nœud qui la coupe en deux et la projette dans une peur épaisse. Et si sa vie lui échappait ? Jusque-là, elle a vécu à toute allure dans un film en couleurs, mais depuis quelque temps, elle se débat dans un gris qui lui donne le cafard. Et si elle laissait passer sa chance ? Elle est presque vieille. Vingt-trois ans, c'est le début de la fin, la mort des cellules, la décrépitude des neurones, c'est écrit dans tous les livres de science et vie. Le temps n'est plus son ami, elle l'a bien compris. Elle ne sait plus dans quelle direction aller. Et bientôt elle n'aura plus d'économies. Elle tortille une mèche de cheveux, se penche sans lâcher le bras de Gary, attrape une brindille sèche à terre, relève sa chevelure d'une main, faufile la brindille, édifie un chignon sophistiqué, reprend le cours de ses pensées, le front dégagé, le cou allongé et gracile d'une majesté. Donner le change. Ne pas avoir l'air d'hésiter. Ignorer le nœud dans le ventre. Agir. L'action terrasse la peur. Elle a toujours foncé.

– Ou alors… je change tout. Je plisse le haut et je raidis le bas. Une jupe crayon et un haut avec deux coques qui enserrent la poitrine, trois petites perles-boutons sur un drapé qui souligne la taille. Tu dis quoi, là?

Il n'entend que les derniers mots et les trouve déplaisants. Des canards boiteux qui traversent son songe en se dandinant. Taches sur le songe. Notes dissonantes. Il déteste la dissonance.

– Tu pourrais me répondre!

– Hortense, s'il te plaît, je cours après une note… une petite note charnière qui emmènera toutes les autres. Elle est là, pas loin, je l'ai presque débusquée. Laisse-moi l'attraper et après, promis, je t'écoute.

– Tu comprends, la crise est en train de tout bouleverser. Les chiffres de vente sont en berne, les produits textiles de plus en plus taxés, les marques le savent et se concentrent sur leurs valeurs sûres, leur héritage, leur image. Je dois me faufiler et m'installer avant qu'il ne soit trop tard. Sinon je n'existe plus et je n'ai plus qu'à faire des ourlets.

Elle resserre sa prise sur son bras pour le ramener à elle, à son problème, au nœud dans le ventre qui devient nœud dans la gorge.

— Mais il n'y a pas que ta musique dans la vie! elle s'écrie. Parle-moi, Gary, parle-moi.

Elle se penche vers lui, reçoit une bouffée de son eau de toilette mêlée à celle de la laine de son caban bleu marine. Il le traîne depuis combien de temps, ce vieux caban? Il refuse d'en changer. Elle l'a toujours connu. Il y a l'empreinte de son bras à elle sur sa manche droite. Un endroit où le drap de laine est un peu feutré. C'est mon bras qui a fait ça, c'est ma marque. Elle s'accroche, le secoue, il se dégage, elle se raccroche.

— Je dois innover, je dois inventer. C'est le seul antidote à la crise. Seule la créativité relancera le marché. Et je dois trouver toute seule. Je me sens seule, si seule…

Il ne tourne pas la tête. Il continue à avancer en quête de la dernière note. *Mi, sol, la, si, do, do* dièse… le rêve s'est évanoui. La note est partie. Il serre les poings, serre les mâchoires. Rejette d'un coup de tête la pointe de l'écharpe qui lui barre le nez. Tire sur la manche de son vieux caban. Tire encore. Cherche de toutes ses forces. La colère souffle en lui comme le vent sur les arbres. Il enrage. Il était sur le point de trouver. Ne pas m'énerver, se dit-il, ne pas m'énerver, je tiens encore les premières notes. L'accord reviendra dans la chaleur rassurante du salon de thé.

C'est son refuge. C'est là qu'il a composé le premier mouvement de son premier concerto pour piano. En soufflant sur la crème fouettée de son chocolat viennois. En gribouillant de la pointe de son crayon les notes qui se bousculaient dans sa tête. Il a toujours son carnet dans la poche. Et un petit crayon à pointe grasse qui court sur le papier.

– Alors, tu t'en fiches, insiste Hortense, tu m'entends pas, tu m'écoutes pas, je suis quoi pour toi ? Un meuble ? Un colifichet ? Une ampoule mal vissée ?

Elle lâche le bras de Gary. S'écarte d'un bon pas. Garde la tête droite contre le vent. Sent à nouveau la crampe qui noue le ventre. Elle ne cédera pas. Ni à la crampe ni à l'indifférence de Gary. Elle continuera toute seule. D'ailleurs, on est toujours seul dans la vie. Me mettre ça dans la tête et ne plus l'oublier. Seule, seule, seule. Oui mais, toute seule, je fais quoi ? Elle donne un coup de pied dans un ballon derrière lequel court un gamin essoufflé, l'envoie dans la direction opposée, le gamin hurle et se met à pleurer. Bien fait pour toi, grince-t-elle. T'as qu'à lui courir après et le rattraper, c'est pas le bout du monde ! T'as deux pieds, t'as deux jambes !

Le gamin arrête de pleurer et la considère, étonné.

– Pourquoi tu pleures ? il dit en rabattant les oreillettes de sa casquette de trappeur canadien.

– Je pleure pas. Casse-toi.

– T'es méchante ! T'es méchante et pis t'es moche ! T'as une branche morte dans les cheveux. C'est moche.

Elle hausse les épaules et s'essuie les yeux d'un revers de manche. Se retourne vers Gary pour le prendre à partie. Il a hélé un taxi et s'y engouffre sans l'attendre.

– Gary ! hurle-t-elle en sentant les larmes qui remontent. Elle les bloque avec ses gants et hurle encore Gary !

Elle court vers la voiture. Il referme la portière. Descend la vitre et lui lance alors que le taxi redémarre :

– Désolé, ma chère, j'ai besoin de calme et de sérénité. Je te laisse à tes plissés. La marche est la meilleure alliée des penseurs égarés.

Hortense suit des yeux les feux rouges du taxi jaune qui s'éloigne. Il la laisse en plan dans le Parc. Il ose la laisser en plan dans le Parc. Il se prend pour qui ? Il croit parce qu'il est beau, charmant, nonchalant qu'il peut traîner tous les cœurs après lui ? Pfft… Son pantalon est trop court, ses chaussures trop grandes. Ses pieds aussi sont trop grands. Ses cheveux trop noirs. Et ses dents trop blanches.

Elle reste un instant les bras ballants, le nez qui goutte. Respire à pleins poumons. Remonte son col pour se protéger du vent. Aperçoit le gamin qui l'observe toujours. Lui fait une grimace. Il se détourne lentement et lui lance avant de partir récupérer son ballon :

– Tu vois bien que t'es moche ! Il t'a plantée là comme une pauvre banane pourrie.

Et il détale en courant.

Le Café Sabarsky est désert à cette heure de l'après-midi. Les belles dames oisives et fortunées prolongent leur déjeuner en courant les boutiques, les vieux messieurs font la sieste, les enfants s'appliquent à l'école, la bise froide a découragé tous les autres. Gary s'assied à une table ronde en marbre blanc, pose son carnet, son petit crayon à pointe grasse. Le garçon en gilet noir sur un long tablier blanc lui apporte le menu et fait mine de s'éloigner pour lui laisser le temps de choisir.

– Inutile, dit Gary, impatient. Je sais ce que je veux. Un chocolat chaud bien épais avec de la crème fouettée et une *schwarzwälder kirschtorte*.

Et la paix ! La paix et le silence pour le remplir de notes. Dieu, qu'Hortense peut être irritante ! Est-ce qu'il lui tire les cheveux quand elle s'escrime sur un croquis ? Est-ce qu'il l'embrasse dans le cou même s'il en meurt d'envie ? Quand sa nuque inclinée appelle le baiser, voire la morsure ? Non. Il recule et la contemple. Attend qu'elle se retourne, l'aperçoive, se souvienne qu'il existe. Tu te rappelles mon nom ? demande-t-il en souriant, assis dans le canapé. Je suis ton amant préféré. Hortense se redresse. Ses lèvres pleines et ourlées esquissent un sourire rêveur. Ses yeux se font caramel. Gary, Gary Ward, cela me dit quelque chose… Il a envie de mordre sa bouche mais il se retient, elle est encore dans son dessin. Il attendra qu'elle revienne sur terre et se rende. Ne jamais rester à sa portée. C'est une dévoreuse. Attentive et soumise la nuit, rebelle le jour. Où j'en étais quand j'ai sauté dans le taxi? J'avais perdu mes notes et j'enrageais. Elles vont revenir. Apprivoisées par la ouate blanche des nappes, les boiseries des murs, le plancher qui craque sous les chaussures. Le fantôme du vieux docteur Freud rôde parmi les charlottes, les montagnes de crème fouettée, les tartes, les biscuits, les meringues, les gâteaux glacés de sucre blanc, à la recherche d'un patient à allonger sur son divan. Je ne suis pas client, docteur Freud, je vis en bonne intelligence avec moi-même. Je me trouve à mon goût, ne m'enfle ni ne me tasse, ne me compare à nul autre. Mon bonheur est simple : être moi. J'ai enterré un père qui m'avait oublié à la naissance mais m'a laissé en repentance un château en Écosse. Je ne sais pas encore ce que je vais en faire. Mère-Grand a détaché une équipe d'artisans qui consolident les murs et les toitures. Elle répugne à laisser crouler les châteaux centenaires. Mon père était un homme négligent, solitaire. Et très alcoolisé. Oui, il est vrai qu'il a précipité l'heure de sa mort. Dois-je m'en sentir coupable, Sigmund? Je ne crois pas. On ne s'est croisés qu'un seul après-midi[1]. C'est peu pour tisser des liens. À quel signe

---

1. Voir : *Les écureuils de Central Park sont tristes le lundi*, chez le même éditeur (2010).

un enfant reconnaît-il son père ? Un père qu'il n'a jamais connu ? Quant à ma mère… J'ai grandi avec elle. Elle était ma seule compagnie. Mon nord, ma boussole. Elle m'a élevé en me répétant que j'étais une merveille. Que ce n'était pas grave si je ne savais pas combien faisait un plus un, ni où se trouvaient les Nouvelles-Hébrides. Mais si d'aventure je lui manquais de respect, un coup de pied au derrière, et hop ! dans ma chambre. Elle m'a appris à protéger les femmes et à monter une mayonnaise à la fourchette. Il a fallu, un jour, qu'on se sépare. Ce fut douloureux. C'est même pour cette raison que je me suis enfui à New York, je l'avais surprise au lit avec mon professeur de piano. Aujourd'hui, nous nous aimons avec tendresse. Jamais elle ne pèse sur moi et elle me chérit à distance puisqu'elle habite Londres. Vous ricanez ? Vous ne le croyez pas ? C'est comme ça. Passez votre chemin.

Au fond, tout au fond de la salle, se trouve un bar en bois noir avec des percolateurs, du lait qui fume, des pots de chocolat ou de café alignés sur le dessus en zinc. Gary reconnaît une fille de son école derrière le bar. Elle est dans la même année que lui. Elle doit être serveuse pour payer ses études. Comment s'appelle-t-elle déjà ? Un prénom impossible. Un prénom de nymphe grecque pour une fille à tronche de musaraigne au bout d'une longue pique. Mince, pâle, hésitante, des cheveux rares et noirs tirés en arrière, une maigre natte, de grandes oreilles décollées, un nez qui surplombe un museau pointu planté de dents de lait. Un prénom à jupette antique. Athéna, Aphrodite, Perséphone ? Non, ce n'est pas ça.

Ce qui déconcerte dans ce visage, ce sont les yeux, de grands yeux noirs qui saillent de leurs orbites et évoquent un animal aux aguets. On dirait une vieille demoiselle sortie d'un roman de Jane Austen. Celle qui ne se marie jamais et prend le thé dans sa chambre pendant que ses neveux et nièces jacassent au salon. Elle est trop jeune pour être vieille fille. À la regarder de plus près, il flotte sur ce visage ingrat une aimable indifférence. L'air de dire je ne suis pas là, ne me regardez pas, et de ne pas en souffrir. Ou je suis occupée ailleurs, n'insistez pas. Oui, c'est exactement cela, se dit Gary, cette fille est disgracieuse et pourtant elle vous met à la porte avec délicatesse. Elle doit porter un long manteau marron boutonné jusqu'au cou et des bottines en caoutchouc. Je me souviens d'elle maintenant…

Une fois par semaine, les étudiants de la Juilliard School jouent devant leurs pairs. Des agents, des professionnels se glissent dans le public à l'affût de futurs talents. On les reconnaît à ce qu'ils parlent fort et font du bruit. Ce soir-là, elle interprétait le premier mouvement du *Concerto pour violon et piano* de Tchaïkovski. Elle tenait la salle en haleine. Pas un bruit de chaises, pas de quintes de toux, tous suspendaient leur souffle et suivaient le chant de l'archet, le cou tendu vers la nymphe grecque au visage de souriceau. Et soudain, alors que l'archet suspendait son envol et maintenait la salle, haletante, au sommet de la phrase musicale, nouée dans l'attente de la prochaine vague qui allait l'emporter, le regard de Gary s'était arrêté sur elle. Et il l'avait trouvée belle, étonnante, émouvante. Jaspée de rose, de doré, de bleu cobalt, de jaune bouton-d'or qui s'aimantaient autour de son visage en limaille brillante. Une changeante auréole de lumière. Une expression de plaisir intense éclairait son visage. Le menton posé sur le violon, elle avait troqué sa peau de laide contre la pose gracieuse d'une icône, les joues rosies, les ailes du nez palpitantes, un sourcil noir étiré, presque douloureux, et les commissures des lèvres animées de petits tressautements comme sous l'emprise d'un plaisir sauvage. Elle jouait et leur ôtait les mots de la bouche. Elle les transformait en nains impuissants et muets, ratatinés sur leurs chaises.

Il avait été troublé. Avait réprimé l'envie de se lever et d'aller l'embrasser à pleine bouche. De manger un peu de sa couleur. De la chérir et de la protéger. Car il savait que lorsque la phrase du violon s'affaisserait, lorsque le silence se ferait, elle retomberait dans sa laideur quotidienne. Statue décapitée. Il voulait la maintenir dans les airs, suspendue à la grâce de sa beauté éphémère. Être un magicien et prolonger le chant sublime du violon.

La nymphe grecque avait fait un malheur ce soir-là. Ils s'étaient dressés pour l'applaudir. Vaut mieux l'écouter les yeux fermés, avait ricané un étudiant derrière Gary quand le chant du violon s'était tu et qu'elle s'était inclinée, tremblante, un peu voûtée, avec des taches rouges sur le cou et le décolleté. Il s'était retourné et l'avait foudroyé du regard. Quel trou-du-cul! Dommage que le duel n'existe plus, je l'aurais provoqué sur-le-champ! Un poupon blond aux yeux bleus en soucoupe qui parlait en tapotant ses poches. Une publicité pour lait maternisé. Que faisait-il là, ce malotru? Il ne la méritait pas. Calypso! Elle s'appelait Calypso. L'amoureuse d'Ulysse. « Car une nymphe auguste le retenait captif au creux de ses cavernes, Calypso, qui brûlait, cette toute divine, de l'avoir pour époux. » La fille d'Atlas qui retint Ulysse sur son île durant sept ans puis le laissa partir à regret et l'aida à construire son radeau. Ra-deau. *Do. Do, do. Mi, sol, la, si, do, do* dièse… *Ré, fa, la, sol* dièse. Oui, c'est ça! Gary saisit son crayon et pose les notes sur la portée. Le crayon court, il entend les notes, les attrape, les ordonne, blanches, noires, rondes, croches, doubles croches. Heureux, ébloui, délivré. Il n'habite plus sur terre. Il s'envole, un grand sac de notes dans les bras qu'il sème sur ses portées. Sa main ne va pas assez vite. Les pages du carnet tournent trop lentement. Il saisit enfin la mélodie qui le hantait. Elle bondit, file, s'emporte, il court derrière elle. Il la rattrape, s'en empare, la plaque. Elle se débat, fait mine de s'enfuir, il la terrasse aux épaules, l'immobilise. Il est à bout de souffle et lâche son crayon, épuisé. Il a envie de se lever, d'embrasser le garçon au gilet noir qui apporte son chocolat chaud et le gâteau au chocolat noyé de crème, piqué d'une cerise. Il se jette sur le gâteau, se jette sur la crème fouettée du chocolat chaud, dévore l'un, engloutit l'autre. En trois coups de fourchette, il a nettoyé son assiette, vidé sa tasse et une paire de moustaches blanches encadre son sourire.

Que la vie est belle, pleine, ronde ! Tant de félicité en une avalanche de notes qui jaillissent du ciel, ou plutôt du radeau d'Ulysse. Tant de liesse et de fanfare ! Il me faut une bouche à baiser, une oreille pour raconter, des yeux pour suivre les ricochets. Hortense ! Où est Hortense ? Que fait-elle ? Pourquoi n'est-elle pas là ? Elle devrait être arrivée depuis longtemps. Avoir poussé la porte du café, être assise sur la chaise noire. Furieuse mais présente. Ils étaient presque arrivés quand il l'a abandonnée dans le Parc. Elle doit bouder en massacrant les tas de feuilles mortes. Ah ! c'est que je serais furieux moi aussi !

Il se renverse sur sa chaise et rit à cette pensée. Il cherche son téléphone dans sa poche, ne le trouve pas, j'ai dû le laisser à la maison. Il l'oublie tout le temps. Il n'aime pas ce lien qui le relie au monde sans qu'il en émette le vœu. *What a drag !* Il vit mieux sans fil à la patte.

La fille au prénom de nymphe l'a entendu rire.

Derrière le bar, elle le fixe, étonnée. Il s'incline et mime, assis, la révérence d'un homme heureux. Elle lui sourit et une grâce infinie surgit dans son sourire. Une douce complicité voile ses lèvres. Elle essuie une tasse d'un mouvement mécanique. Elle l'a peut-être espionné, embusquée derrière les percolateurs. A épousé ses pensées vagabondes, prié secrètement pour qu'il trouve ses notes. Et les rondes, les blanches, les noires et les croches se sont déversées sur le petit carnet noir. Ca-lyp-so, il articule lentement en chuchotant. La toute divine. Elle rougit et incline la tête. Reçoit le compliment comme une couronne de laurier.

Tout est énigmatique chez cette fille, se dit Gary, elle n'a pas de corps, pas de pieds, elle effleure la terre. C'est une femme sans os avec deux ailes dans le dos. Elle se redresse et le fixe à nouveau. Elle essuie pensivement la même tasse d'un geste lent et doux. Ses yeux ne quittent pas les siens. *Do, mi, sol, la, si, do, do* dièse, il chantonne en détachant chaque note. Son index droit bat la mesure et elle lève son torchon pour le suivre. Elle oscille d'un pied sur l'autre derrière le bar. *Ré, fa, la, sol* dièse, elle répète, muette. Ses lèvres bougent mais aucun son n'en sort. Elle chante la mélodie dans sa tête. Il l'écoute, il s'entend. Il lui semble à la fois étrange et parfaitement naturel qu'ils se parlent ainsi à travers la salle du café. Il voudrait partager avec elle, lui offrir ce plaisir insensé qui le remplit, déborde et dont il ne sait plus quoi faire. Si riche soudain d'une émotion qu'aucun dollar ne peut acheter, qu'aucune femme ne peut égaler. Il est le roi de l'Olympe et Zeus n'a plus qu'à se tenir à carreau.

Il se lève d'un bond et s'avance vers le bar. Pose son coude sur le zinc, la regarde et déclare je suis si heureux, je viens de trouver mes notes, je les cherchais depuis ce matin, que dis-je? depuis une semaine au moins. Je tâtonnais, si tu savais... Elle ne dit rien, elle ne l'interroge pas, elle l'écoute. Ses yeux écarquillés absorbent ses paroles. Elle a de très beaux yeux, il ne pourrait pas décrire leur couleur, noirs avec des reflets d'argent, de mercure et de plomb, presque liquides, ils s'agrandissent, l'enveloppent. Il tombe dans son regard. Elle l'écoute comme si chaque mot qu'il prononçait égrenait de belles notes. Comme s'il réinventait le souffle du feu dans l'air, le bruit des torrents butant contre les pierres, le murmure endormi des algues des étangs. Elle écoute avec une telle attention qu'il aimerait avancer vers elle et poser le front contre son front.

Et puis il ne parle plus.

Elle ferme les yeux.

Ils demeurent silencieux.

Le garçon pose l'addition sur le comptoir. Il a dû croire qu'il allait partir sans payer. Gary s'en saisit. Retourne à sa table, empoche son petit crayon, son carnet, laisse deux billets de dix dollars, fait un petit signe de tête à la nymphe Calypso et quitte le Café Sabarsky en se disant qu'il vient de vivre un moment parfait, si parfait qu'il en est presque effrayé.

Calypso repose la tasse. En prend une autre. Et recommence à essuyer mécaniquement.

Les trottoirs de la ville sont gris et le ciel presque blanc. Les immeubles ressemblent à des glaçons plantés dans le macadam. Il ne va pas tarder à neiger. Une belle tempête immobilisera la ville. Les passants pousseront des petits cris d'effroi, les taxis glisseront en sourdine. La neige fraîche fera un bruit de gaufrette avant de se transformer en pataugeoire. C'est un mois de janvier comme les autres. La lumière décline et le soir s'étend sur le Parc. La ville est devenue un film en noir et blanc.

Il m'énerve ! Il m'énerve ! Hortense attend que le feu passe au rouge et traverse. Elle lève le nez : 79ᵉ Rue et Cinquième Avenue. Mais pour qui se prend-il ? Pour qui se prend-il ? La phrase revient en ritournelle, se superpose à l'image de Gary sautant dans le taxi. Désolé, ma chère… Les mots tournent, émettant un drôle de crincrin qui la rend bourrique. Non mais, pour qui se prend-il ?

– Pour le petit-fils de la reine, lui souffle une voix moqueuse. C'est normal, il a du sang bleu dans les veines, du sang dédaigneux. Tu n'es qu'une soubrette, une maraude qu'il trousse quand l'envie lui en prend.

– Faux ! Je suis son amoureuse, la femme de sa vie.

Elle s'arrête pour vérifier son reflet dans une vitrine d'antiquaire. Tourne lentement sur elle-même. Longues jambes, taille fine, le cou bien dégagé dans ce manteau qu'elle a trouvé aux Puces sur Columbus, les cheveux en lourdes mèches dorées, la peau comme du lait et la bouche si bien dessinée qu'elle a envie de s'embrasser. Tu es parfaite, dit-elle à son reflet, élégante, piquante, étonnante, époustouflante. Elle s'envoie un baiser et, rassérénée, se détache de la vitrine et reprend sa marche. Pour qui se prend-il ? Hein ? Il doit être au Café Sabarsky à gribouiller des notes. Il ne m'a même pas appelée. Soyons claire : il m'a oubliée. Et son col de chemise est de travers. Toujours.

Trois ans que nous vivons ensemble, installés bien au chaud dans l'appartement prêté par Elena Karkhova.

Elena Karkhova refuse de vivre sans le son d'un piano dans sa grande maison sur la 66ᵉ Rue, à l'angle de Colombus. Chaque année, elle demande à la Juilliard School de lui envoyer des étudiants, leur fait passer une audition et garde le meilleur pour ses concerts privés. En échange de quoi elle lui alloue gracieusement un étage de son hôtel particulier. C'est ainsi qu'elle a rencontré Gary. Il était venu lui jouer l'andantino d'une sonate de Schubert en *la* majeur. Elle avait plissé les yeux, s'était raclé la gorge et avait opiné, ce sera lui. Aucune obligation si ce n'est celle de jouer en ouvrant grandes les fenêtres l'été ou la trappe de la cheminée en hiver. Elle loge aux deuxième et troisième étages, Gary et Hortense au premier. Une belle maison en pierres blanches et briques rouges, au large perron qui enlace la chaussée, tout près des studios d'ABC. L'appartement est vaste, avec de hautes fenêtres en ogive, des bow-windows, des plafonds en bois sombre, des parquets à larges lattes, des cheminées, des lits à baldaquin, des canapés, des fauteuils, des repose-pieds, des tapis épais et des bouquets de fougères vertes dans des jardinières en argent. Deux salles de bains, un dressing, deux dressings. Une cuisine aux carreaux en faïence, une vieille cuisinière en fonte noire.

Et une femme de ménage tous les matins.

Elena Karkhova ne descend jamais les voir. Elle écoute Gary, enroulée dans un châle en cachemire, allongée sur une vieille chauffeuse qui appartenait autrefois à son père. Dans un grand samovar infuse le thé brûlant. Le son du piano monte jusqu'à elle et elle ferme les yeux.

Parfois Gary vient lui tenir compagnie. Il apprécie cette femme. Il la trouve pittoresque, généreuse, insolite, cultivée. Et encore très séduisante ! Sa grande fortune cache des secrets qu'il espère bien élucider. Un jour, elle finira par lever le voile et me racontera ses légendes… ce jour-là, je serai récompensé. En attendant, elle lui offre des chocolats au kirsch, des cornes de gazelle, des loukoums, elle l'appelle chérrri en lui serrant le bras de ses longs doigts bagués de pierres précieuses.

Hortense n'aime pas Elena Karkhova. Elle porte trop de rose à joues, trop de rouge à lèvres, trop de bleu sur les paupières.

Quand Gary part en tournée ou s'en va à Londres embrasser Shirley ou Mère-Grand, Elena Karkhova exige l'envoi de cartes postales, l'achat de colifichets, des photos des salons, des couloirs et des pelouses de Buckingham Palace.

— Elle doit être amoureuse de lui, reprend la petite voix dans la tête d'Hortense.

— Pfft… Elle a au moins quatre-vingt-dix ans !

— Oui mais… la libido ne s'éteint pas avec l'âge.

– Mais rien du tout! Elle est ratatinée, parcheminée. On dirait un abat-jour fripé.

– C'est une belle femme, elle a de l'allure. J'aime les femmes âgées, elles ont plus de charme que les jeunes génisses. On n'apprend rien sur des peaux lisses, le doigt glisse, alors que les rides renferment mille merveilles. Ce sont des îles au trésor.

– Elle est si vieille qu'on dirait une sorcière…, murmure Hortense. Un jour, elle écorchera Gary et boira son sang.

Alors que moi, toujours pimpante, je le charme, je l'étonne, je l'attendris, je l'enserre de mes hanches, le roule autour de mon petit doigt et… La voix moqueuse éclate de rire. Pas toujours, elle reconnaît en laissant tomber sa tête fière. Personne n'enroule Gary autour de son petit doigt. Personne ne le réduit en pâtée pour cœurs amoureux. L'homme est imprévisible. Et puis, il y a sa musique comme une fenêtre grande ouverte. À tout instant, il peut sauter par la croisée. S'évader. Quelle est la phrase qu'il répète tout le temps? « *Perhaps the world's second worst crime is boredom. The first is being a bore*[1]. » Bim, bam, boum, *I'm not a bore*[2]!

Elle hésite un instant. Remonter jusqu'à la 86e et retrouver Gary au Café Sabarsky, lui jeter soucoupes et

---

1. « Il n'y a pas de crime plus terrible que l'ennui. Ou si… celui d'être ennuyeux » (Cecil Beaton).

2. « Je ne suis pas ennuyeuse. »

tasses à la figure, ou descendre le long de Madison en flânant devant les vitrines des magasins de luxe ?

Bim, bam, boum… c'est tout réfléchi : elle descendra Madison et léchera les vitrines. Regarder ce que les autres font pour ne pas les imiter. Créer, affiner, insister. Je veux que mes vêtements transforment la femme, la rendent douce, féminine, qu'ils corrigent le corps, enchantent les lignes, effacent le bourrelet, allongent la jambe. Je veux dessiner le vêtement aussi confortable qu'un pyjama, aussi chic qu'une robe d'Yves Saint Laurent. Alors mes modèles s'arracheront et…

Il m'a abandonnée dans le Parc. Si seulement je pouvais appeler une meilleure amie et déverser ma bile. Je n'ai pas d'amie. Juste des relations. Des copines pour aller à la pêche à la ligne. Happer des idées.

– Mais si… tu as un ami, dit la petite voix qui grésille dans sa tête comme un vieux transistor.

Hortense se fige, tous les sens en alerte. Serait-il possible que… ? À cette heure-ci ? Mais non ! Il dort depuis longtemps. Elle cherche son portable au fond de son sac, s'écorche les doigts, finit par le trouver, le porte à l'oreille, n'entend rien, tape « tu dors ? ». La réponse est immédiate, « non », « tu m'appelles ? », « 5 minutes… ».

Elle s'engouffre dans le Carlyle, commande un grand café très allongé. La lumière tamisée des abat-jour blancs l'apaise. Il faudrait que je me repoudre le nez, le froid a dû le transformer en radis de potager. Où est mon pou-drier, ma petite boîte bleue magique ?

Aux murs sont encadrées des photos de musiciens de jazz et une grande affiche qui représente la bannière étoi-lée de Jasper Johns, *Three Flags*. C'est sous ce tableau qu'ils s'étaient réconciliés après leur première dispute new-yorkaise. C'était au MoMa. Elle ne se souvient plus très bien pourquoi ils s'étaient disputés. Ah si… Ils mar-chaient dans la 53ᵉ Rue, ils se dirigeaient vers le Musée d'art moderne. Gary expliquait comment les tableaux lui donnaient des idées de mélodies. Les tableaux chantent et dansent. Matisse surtout, un festival de couleurs qui éclatent en notes dans ma tête. Il donnait d'autres exemples. Elle écoutait en se penchant vers lui.

Son téléphone avait sonné, elle s'était écartée pour répondre. Et elle l'avait perdu de vue. Il ne supportait pas d'être interrompu par un téléphone. Il disait que c'était discourtois, malpoli, voire goujat. C'est comme si un tiers venait se mettre entre nous et me faisait la conversation sans te regarder. Tu serais ulcérée et tu prendrais la fuite. Et je t'approuverais. Il s'était donc éloigné. Calmement, sans se presser, à quoi ça sert de se presser quand on sait qu'on a raison ? Sans un regard en arrière. Sans ralentir pour qu'elle revienne à sa hauteur. Elle n'en croyait pas ses yeux. Elle regardait sa haute silhouette diminuer, tour-ner à droite, entrer dans le musée. Il n'avait pas besoin de faire la queue, il avait une carte d'abonné, il franchissait le tourniquet les mains dans les poches. Elle avait dit je te rappelle à Frank Cook qui continuait à parler, parler, et elle avait raccroché. Avait couru après Gary. Pas facile avec des escarpins de sept centimètres et demi, un grand sac plein de dossiers et une jupe crayon. Un homme gros et chauve la suivait des yeux. Il attendait qu'elle se casse la figure. Il n'avait rien d'autre à faire ? C'est curieux le nombre de gens qui attendent que je me casse la figure. Je ne dois pas inspirer la sympathie. Le désir, oui, mais pas la sympathie. J'ai un physique qui déplaît aux femmes qui n'en ont pas et qui rend les hommes fous. Fous et violents parfois.

Elle cavalait sur ses échasses, posait ses affaires au vestiaire, faisait la queue pour acheter son billet. Et se précipitait dans les escalators qui montaient au troisième étage.

C'est là qu'elle l'avait retrouvé.

Dans la grande salle qui exposait la collection permanente. Elle avait aperçu son vieux caban bleu marine devant le tableau de Jasper Johns. Elle s'était jetée contre son dos. Il s'était retourné et lui avait envoyé une arbalète en plein cœur. Un regard glacé qui demandait c'est à quel sujet ?

Qu'est-ce qui lui prend ? elle s'était dit. D'habitude, c'est moi qui envoie les couteaux.

Il l'avait ignorée et était passé au tableau suivant. Un autre Jasper Johns, *Target*. Et alors, tout s'était précipité. S'était décomposé en trois secondes. La peur, d'abord. Et s'il était las de moi ? Elle avait vu jaillir mille étoiles et les mille étoiles tournaient, tournaient, elle n'arrivait plus à respirer. Et tout de suite après, l'angoisse aussi profonde qu'un marécage où elle s'enfonçait. Jusqu'à ne plus pouvoir respirer, jusqu'à gober l'air par saccades comme un poisson rouge sur une table à repasser. Et enfin, une évidence : elle était amoureuse. Vraiment amoureuse. Pire : elle l'aimait.

Elle était foutue.

Elle s'était laissée tomber sur la banquette en cuir noir, face à la bannière étoilée, avait caressé le cuir lentement, lentement, pour se réfugier dans une matière qu'elle connaissait, qui la rassurait. Et puis, elle avait murmuré pourquoi tu ne m'as pas dit que j'étais amoureuse de toi ?

Il avait éclaté de rire, avait ouvert les bras et l'avait serrée contre lui en déclarant Hortense Cortès, vous êtes unique au monde ! Quand il était ému, il l'appelait Hortense Cortès et il la vouvoyait. Elle lui avait donné un coup de pied dans le mollet et ils s'étaient embrassés.

C'était il y avait deux ans, devant le tableau de Jasper Johns.

Elle s'en souviendra toute sa vie parce que c'est ce jour-là qu'elle avait compris qu'elle était faite aux pattes.

Son portable se met à vibrer sur la nappe blanche.

– Hortense ?

– Junior ! Tu dors pas ?

– J'allais m'endormir quand j'ai eu ton message… Il a

fallu que je ruse, mes parents n'étaient pas encore couchés. Je me suis faufilé jusqu'au salon.

Dans le salon de Josiane et Marcel Grobz se trouve le téléphone qui permet d'appeler gratuitement outre-Atlantique.

– C'était toi, la voix dans ma tête tout à l'heure ?

– Oui, t'as mis du temps à te brancher !

– Je suis en colère. Gary m'a plantée dans le Parc. Et quand je suis en colère, je ne t'entends pas bien. Déjà que je ne comprends pas comment ça marche, cette affaire.

– Je t'ai expliqué cent fois. Je visualise la partie postérieure de ton gyrus temporal supérieur…

– Mon quoi ?

– C'est une partie du cerveau, c'est là que les sons sont transformés en phonèmes. Je me branche sur ces phonèmes, ils vibrent et…

– Je comprends rien !

– C'est comme la radio, la télévision, le téléphone. Une histoire d'ondes. Tu émets des ondes, Hortense, et moi, je me branche dessus.

– Tu sais que je n'aime pas quand tu entres dans ma tête sans prévenir.

– Mais je me présente ! Je me présente toujours ! Tu ne m'as pas entendu parce que la colère brouillait ton réseau, mais si tu avais tendu l'oreille…

– Ben alors, tu sais tout ?

– Ce ne sont que billevesées ! À l'heure qu'il est, il rentre chez vous, guilleret. Il va se mettre au piano et ne verra pas le temps passer. Il lèvera la tête quand il aura faim et te cherchera partout.

– Il ne fait plus attention à moi. Je suis un robinet. Un plumeau. Une salière. Je ne sais plus quoi faire. Et puis… j'ai des angoisses. Je n'arrive plus à respirer, j'étouffe, j'enfle, je suffoque. J'ai peur du gouffre.

– C'est normal, ma belle, tu es en train de changer d'enveloppe, tu te mets à ton compte. Ça impressionne.

Junior a raison.

Mais comment devient-on étoile montante au firmament de la haute couture ?

Il lui manque un escabeau.

Elle se morfondait dans son bureau new-yorkais. Elle était bien payée, certes, très bien payée, mais elle bâillait. Tous lui répétaient qu'à son âge, c'était i-nes-pé-ré.

Elle entendait dé-ses-pé-ré.

Pour la garder à ses côtés, Frank lui avait proposé de faire une « collection capsule » deux fois l'an. Quatre modèles dessinés par elle qui avaient défilé sous les yeux de la presse du monde entier. Quatre modèles qui s'étaient arrachés. Avaient disparu des boutiques en moins de quinze jours. Une robe du soir, un manteau, un tailleur-pantalon, un corsaire avec son haut bandeau.

– Alors, tu vas continuer la production ? On va arroser le marché ? avait-elle demandé, ivre de joie, à Frank.

– Non, ma chère, c'est une collection capsule et,

comme son nom l'indique, ce sont des modèles éphémères qu'on produit en exemplaires limités et qui disparaissent en un clin d'œil… quand ils sont réussis. Le modèle capsule est fait pour attiser le désir de la cliente, pas pour être vendu toute l'année. Elle le voit, elle le veut, elle l'achète. Parce qu'elle sait que demain il ne sera plus là. C'est pareil chez H&M, tu n'as qu'à te renseigner.

Il avait eu un geste de la main qui signifiait poussière, tout n'est que poussière, c'est notre destin, *amen*.

Elle n'avait pas aimé ce geste.

– Tu sais que j'ai du talent et tu ne m'aides pas.

– Tu as du talent et je l'exploite sans te brider. Tu fais ce que tu veux, Hortense. Que désires-tu d'autre ?

– Que tu m'aides à démarrer ma propre maison. Ce n'est rien pour toi. Pour ton groupe.

– Que je te serve de banquier ?

Elle s'était assise sur le bord de son bureau, l'avait regardé droit dans les yeux.

– Oui.

– Et tu me donnes quoi en échange ?

– Mon immense talent. Et un pourcentage. Mais il faudra qu'on en discute.

– C'est tout ?

– Je te fais déjà une faveur.

– Ne te leurre pas, Hortense, il y en a des centaines comme toi à New York, Paris, Londres ou ailleurs. Des garçons et des filles qui ont du talent, envie de réussir. Je n'ai qu'à me baisser pour…

– Mais je ne suis pas comme les autres. Je suis unique au monde.

– Tu ne m'as pas répondu… Tu me donnes quoi en échange ?

– C'est que je ne veux pas te répondre.

– Eh bien alors… ne demande rien.

Il avait replongé le nez dans son dossier pour lui signifier que l'audience était terminée.

– Il faut baiser pour arriver, c'est ça ? elle avait demandé en faisant rouler la tripotée de bracelets à son poignet droit. Même pour les bracelets, elle débordait d'imagination.

– Là, tu deviens vulgaire…

– Je parle vulgaire, mais je ne pense pas vulgaire, c'est la différence entre toi et moi.

– Autre différence : tu as besoin de moi, pas l'inverse !

– Je n'en suis pas si sûre… Réfléchis. Tout ce que je dessine se vend comme des petits pains. J'ai les chiffres de vente, Frank, tu ne peux pas me raconter d'histoires.

Il l'avait regardée, interloqué. Avait répété :

– Tu as les chiffres de vente ? Qui te les a donnés ?

– Je les ai et je sais les lire. Tu ne m'auras pas. Vous avez gagné de l'argent grâce à moi. Je n'ai pas touché un sou sur mes modèles. Pas un ! Vous avez besoin de moi, vous êtes un vieux groupe qui s'essouffle, je suis un jeune talent, j'ai plein d'idées, je travaille sans m'économiser. Et qu'est-ce que je récolte ? Rien. J'en ai marre.

– Je t'ai fait venir à New York. Je t'ai engagée. À un très bon prix.

– Parce que tu y trouvais ton compte et que ce n'était pas ton argent, mais celui du groupe.

– Je t'ai traitée comme une reine. Je t'ai fait connaître la ville, t'ai baladée partout. Jamais tu ne m'as dit merci !

– Et pourquoi j'aurais dû te remercier ? New York n'est pas le sommet du monde pour la mode. Paris ou Londres sont mille fois plus intéressants, et tu le sais très bien. Je n'ai rien à gagner à rester ici. Sauf si tu me laisses faire, si tu m'aides, si tu me finances… sinon…

– Sinon ?

– Je m'en vais. Et ce n'est pas une menace en l'air. Je n'en peux plus de moisir ici. Je vais finir par avoir des champignons entre les doigts de pied. Je vaux mieux que ça.

Il jouait avec l'enveloppe de son dossier, en écornait un coin, l'écrasait, le caressait de l'ongle. Il hésitait. Elle savait ce qu'il pensait. Je la vire ou j'attends encore un peu ? J'ai deux collections sur le feu. Cette fille a un talent fou, mais elle a trop d'ambition. Et le groupe, pas assez d'argent. Je vais être obligé un jour de la laisser partir.

Elle lisait sa défaite dans ses yeux.

Elle ne voulait pas qu'il la vire. Elle se remettrait d'un échec, pas d'une humiliation.

– Je vais t'aider, avait-elle ajouté, je m'en vais.

– Tu le regretteras !

– Au contraire, je provoque ma chance. Je vis dans le présent, moi. Je réussirai sans toi.

– Tu vas te planter ! Tu me supplieras de te reprendre. Mais ce jour-là, inutile de m'envoyer ton CV !

Elle était sortie de son bureau en claquant la porte.
Trop chavirée pour réfléchir.

Le café est presque froid. Elle lève la main pour en
commander un autre. Ça va lui coûter une fortune, mais
elle s'en moque. Elle doit soigner son moral d'abord.

– Ne t'en fais pas, dit Junior. Tes modèles sont merveilleux, tu es douée, Hortense, très douée, tu vas trouver
autre chose.

– Oui mais quand ? Quand ? Et puis c'est la crise…
Tu en connais beaucoup des mécènes qui vont miser sur
moi ?

– Tu n'as pas le droit de douter. Endors-toi tous les
soirs en imaginant ton premier show. Fais défiler tes
modèles, choisis la bande-son, réponds aux questions des
journalistes, passe-toi en boucle le film dans ta tête et tu
vas voir, le rêve se réalisera… Ce sera un grand succès.

Elle a tellement envie de le croire.

– Aie confiance !

– Avant, j'étais douée pour ça…

– Tu l'es toujours. Allez ! Secoue-toi. Il y a une fête à
la boutique Prada sur la 57e Rue. Vas-y. Fonce. Montre-
toi.

– J'ai pas d'invitation et t'as vu comment je suis
habillée ? Ils ne me laisseront jamais rentrer !

– Si. Et tu feras une rencontre. Une femme.

– Une femme ?

– Elle sera ta bonne fée.

– Oh, Junior... si seulement ça pouvait être vrai ! Je suis prête à travailler dur, tu sais. Mais je ne veux pas devenir une chaise.

– Tu ne seras jamais une chaise.

– La nuit, je fais des cauchemars et je me vois chaise dans un grand hall de concert parmi des centaines de chaises. Et rien, tu m'entends, rien ne me différencie des autres chaises. Et puis soudain, un gros derrière vient s'asseoir sur moi et je me réveille en hurlant !

Il répète plusieurs fois tu ne seras jamais une chaise, Hortense, et elle se calme. Le nœud de l'angoisse se détend et laisse passer à nouveau le souffle. Elle respire. Junior lui a remis la tête à l'endroit. Partout où il passe, le bonheur se met à pousser. Il a le doigt vert.

– Sinon, ça va ? Marcel, Josiane ? Ils sont en forme ?

– Père vieillit mais il montre encore un bel appétit. Mère a repris son poste de secrétaire, elle ne veut pas le laisser seul. Et moi, je me partage entre mes études et Casamia. J'ai beaucoup de travail. Il n'y a pas que dans la mode que le monde change. Il faut ouvrir l'œil et être sur le qui-vive. Les journées sont longues, je ne dors pas beaucoup. C'est pour ça que je ne peux pas être tout le temps en pensée avec toi.

– Et sinon ?

– Sinon, rien du tout. Ta mère est venue déjeuner dimanche avec Zoé...

– Elle va bien, Zoé ?

– Oui. C'est pour ta mère que c'est difficile. Elle cavale entre Paris et Londres.

– Je sais. On se parle parfois. Mais je ne la comprends pas. Ce n'est pas nouveau, tu me diras. En tout cas, moi, je n'aurai jamais d'enfant !

– C'est pas une vie d'être un enfant. On n'a pas beaucoup d'avenir à six ans. On ne te prend pas au sérieux. Je vois bien que je dérange dans les conseils d'administration où je vais avec Père.

– Parfois, je me sens si vieille…

– Arrête de moudre du noir. Tu t'ennuierais si tout était calme et plat. Personne ne se souvient, à la fin de sa vie, des nuits où il a bien dormi.

Hortense rit.

– I love you beaucoup, Junior.

– Un jour, tu me diras I love you et on se mariera.

Hortense rit encore plus fort.

– Tu ne renonces jamais, hein ?

– Je m'endors en rêvant que tu me dis oui devant monsieur le maire.

– Concentre-toi plutôt sur ma carrière.

– Je ne fais que ça !

– Eh bien, continue. Tu crois que je dois aller à la fête Prada ? Je vais pas me faire refouler ? Je le supporterais pas.

– Fais-moi confiance.

– Ok, chef !

Hortense raccroche, paie ses cafés, sort du Carlyle. Secoue ses cheveux pour les faire mousser et chasser les idées noires.

Décide de marcher jusqu'à la 57e Rue.

Croise le regard d'une fille qui attend l'autobus. Oh! On dirait un rat sur des échasses! Rarement vu une fille aussi ingrate. La pauvre! La vie est dure, si dure.

Si, en plus, on est moche…

Six heures ont sonné à l'horloge du Café Sabarsky. Six coups égrenés avec la puissance sourde et régulière d'un gong. Dans le vestiaire, Calypso ôte son tablier blanc, ses chaussures noires, enfile un gros manteau marron boutonné jusqu'au menton, des bottes épaisses en caoutchouc vert grenouille. Enroule la large écharpe blanche sur le col du manteau en comptant quatre tours, enfile ses gants de laine. Elle dit au revoir à Karl, son patron, à Gustav, le garçon, et part en chantonnant. Six jours qu'elle travaille au Café Sabarsky. Elle en aime l'ambiance douce et feutrée, la grande salle sombre et carrée, l'obscurité rassurante où elle se tapit. Les clients laissent de gros pourboires que le personnel se partage en se mouillant les doigts pour compter les dollars. Parfois c'est elle qui sert en salle, le plus souvent elle est derrière le bar. C'est plus agréable. Elle occupe ses mains et son esprit vagabonde. Elle ferme à demi les yeux, ajuste la pointe de l'archet, cale le menton, souligne un accent. Elle a tout un catalogue de songes et elle s'envole.

Aujourd'hui, elle ne s'est pas envolée.

Aujourd'hui, Gary Ward lui a parlé.

Il faut qu'elle marche un peu. Elle a trop de bonheur dans la poitrine pour s'asseoir dans l'autobus. Elle va flâner sur Madison Avenue, ce long ruban de lumières où le luxe scintille. Elle prendra son bus plus tard.

Gary Ward s'est approché d'elle, a posé son coude sur le zinc, a plongé les yeux dans son regard. Et elle n'a pas rougi ! Elle n'a pas bredouillé. Elle n'a pas transpiré. Elle a peut-être un peu trop essuyé la tasse en porcelaine de Vienne, laissant des filaments de coton sur les bords argentés, mais il n'a rien remarqué.

Elle a appris à ne pas rougir.

Elle respire par le ventre, un long coup ample et lent, elle imagine une fille belle, détachée, indifférente. Elle aspire la fille très belle et expire la fille transpirante au museau pointu. Et ça marche ! Pas plus de quelques minutes, mais cela suffit à chasser les plaques qui apparaissent, dès qu'elle est troublée, sur son cou et son décolleté. Tout le sang du visage se retire et vient coaguler en plaques écarlates à la naissance du cou et sur la poitrine. C'est très embarrassant. Le plus difficile, c'est d'arriver à respirer par le ventre tout en continuant à soutenir un regard ou une conversation.

Les filles de la Juilliard School sont toutes amoureuses de Gary Ward. On dit qu'il est mi-écossais, mi-anglais, qu'il sort avec une Française très jolie qui travaille dans la mode. On les aperçoit le soir au Café Luxembourg. Ils commandent du vin rouge de France et leurs mains se rejoignent. On dit aussi qu'il a une Cadillac Eldorado Biarritz verte avec des ailerons orange, qu'il la range dans un garage et ne la sort que les week-ends. Avec sa belle amie, il va dans les Hamptons. Ils dansent sur le bord de la piscine ou font griller des marshmallows dans la cheminée.

On dit qu'Elena Karkhova est folle de lui. Qu'elle veut lui laisser en héritage le bel hôtel particulier. C'est une excentrique et une milliardaire. Chaque année, elle choisit un jeune pianiste pour l'enchanter. C'est Gary Ward qui l'a emporté il y a trois ans et elle n'a cessé de lui renouveler son bail.

On dit tant de choses sur Gary Ward. Des vraies, des fausses, mais des toujours belles.

Il marche dans les couloirs de l'école sans remarquer les têtes des filles qui pivotent, les conciliabules qui crépitent dans son dos. Il porte toujours le même caban, un vieux pantalon en velours usé, des chemises de chez Brooks Brothers de toutes les couleurs, un bonnet et des gants en laine. Il ne parle pas beaucoup. Il sourit d'un sourire qui ne se laisse pas arracher comme ça. Un vrai sourire bien enfoncé. Pas un sourire automatique ou un sourire qui dit regardez comme je suis beau, intelligent, admirez mes fossettes. Et les filles de l'école se transforment en gouttelettes.

Tout à l'heure, quand il s'est avancé vers elle, elle a eu la sensation d'avoir un petit nez retroussé, des dents bien alignées, d'être en paréo, de boire du jus de coco, de marcher dans le sable blanc parmi des poissons violets et roses. Ses oreilles se sont mises à vrombir, son sang s'est retiré en une forte vague, laissant la plage et les barques à marée basse. D'habitude, c'est quand elle a la joue contre son violon qu'elle se retrouve en paréo sur la plage et le sable blanc.

D'habitude, elle est transparente pour les garçons. Ils lui marchent sur les pieds et ne s'excusent jamais. Devant elle, ils parlent des filles de l'école, échangent des informations qui lui donnent des plaques et des boutons. Ou, pour se faire mousser, ils parlent musique et technique.

Jouer de la musique, ce n'est pas seulement avoir de la technique, il faut que ça résonne dans la tête et dans le cœur. Mais encore faut-il avoir un cœur… Ces garçons-là ont tous le même modèle de cœur. Le modèle de base sans les options.

Il le savait, ce grand dadais qui avait profité de ce qu'elle avait le dos tourné pour imiter un rat d'égout ? Elle l'avait surpris dans le reflet de la vitre. Elle avait enfoncé ses doigts aux petites boules de corne dure dans la paume de sa main et n'avait pas cillé.

Elle sait qu'elle ressemble à un rat. Pas la peine de le lui rappeler à chaque fois. Sauf que les rats sortent en bande. Elle n'a pas de bande. Elle ne fait partie d'aucun groupe. Quand elle n'est pas à l'école, elle se calfeutre chez elle, répète dans la cave des heures durant ou travaille au Café Sabarsky.

Elle voudrait pouvoir changer de carrosserie comme le fait son oncle, garagiste à Miami. Il transforme des vieilles voitures en petits bolides bariolés. On dirait des sucettes quand elles ressortent de son atelier.

Aujourd'hui, Gary Ward lui a parlé. Gary Ward lui a fait une confidence. Gary Ward se souvenait de son prénom. Gary Ward avait les yeux qui brillaient en la regardant.

Elle ne sera plus jamais un rat d'égout. Désormais, elle sera Calypso « la toute belle ».

Ce soir, elle cuisinera un poulet à l'ananas. Elle en dégustera chaque bouchée, elle fermera les yeux à moitié et songera aux concerts qu'ils donneront un jour ensemble. Ils pourraient même se produire en tournée… Elle veut prolonger le bonheur. Le bonheur, on peut le faire durer longtemps si on s'applique. Elle étudiera la *Sonate à Kreutzer*. Et le bonheur enflera, il deviendra une grosse baudruche prête à exploser.

Elle collectionne les petits bonheurs.

Gary Ward accoudé au zinc du Café Sabarsky est un immense bonheur.

Son cœur bat jusque dans ses oreilles. Elle essaie de ne pas sourire pour ne pas avoir l'air idiote. Elle serre les lèvres, mais n'y arrive pas. C'est la chose la plus difficile au monde de s'empêcher de sourire.

Et alors, elle se met à rire.

Elle a envie de pousser des petits cris, d'embrasser le garçon d'hôtel qui siffle pour trouver un taxi.

Elle s'arrête devant le Carlyle et se met dans la file qui

attend l'autobus. Elle habite une petite chambre en plein Harlem, tout en haut de la ville, sur la 110ᵉ Rue et Madison. Autrefois, c'était le quartier portoricain. Il reste des petits jardins, des tonnelles, des cabanes bariolées de guirlandes de fleurs, de grottes, de nains en plâtre. On pourrait se croire dans une île au soleil. En fermant les yeux à moitié. Mister G. lui loue une chambre pour quelques dollars par amitié pour son grand-père. Autrefois, ils faisaient partie du même orchestre. Ils ont joué partout, à Philadelphie, à San Francisco, à Miami. En échange, elle fait un peu de repassage et les courses le samedi matin. Elle a un petit radiateur électrique. Un vieux modèle où on met des pièces dans une fente. Il faut toujours qu'elle ait de la monnaie.

Mister G. raconte qu'il est le cousin du grand Duke Ellington. Il avait vingt-cinq ans quand le Duke est mort. Il affirme que la cave où elle répète est l'ancien studio de Duke. Que Fats Waller et Sidney Bechet y ont posé leur cul. Mister G. est très élégant. Comme le Duke. Il porte des chaussures en croco, des lunettes de soleil, une chaîne en or et un large chapeau en feutre. Il se promène dans la rue et attend qu'on l'invite à boire un verre. Parfois il rentre saoul, parfois il a oublié ses clés, parfois il se met à gueuler. Il ne l'a jamais frappée.

Calypso fixe les lumières de l'hôtel Carlyle, le dais blanc surmonté d'une bordure de cuivre ciselée en couronne royale, les boules de buis taillées de chaque côté de la porte d'entrée. Sous le dais blanc, elle aperçoit une fille très belle. Elle contemple le ciel, secoue la tête et une masse de cheveux flamboie. La lumière blanche du dais se reflète dans les mèches dorées et allume des petits incendies. Puis la fille remet ses cheveux en place d'un simple mouvement de tête. Avec l'autorité de celle qui sait qu'elle peut compter sur chaque partie de son corps. Que chaque partie de son corps lui obéit au doigt et à l'œil.

Son regard glisse sur Calypso et l'efface.

Calypso la suit des yeux, émerveillée. Quel effet cela fait-il d'être si belle ? Est-ce qu'on est étonnée chaque fois qu'on se regarde dans une glace ? Est-ce qu'on s'habitue ? Est-ce qu'on se trouve moche parfois ? Est-ce qu'on a des rêves qui ne se réalisent pas ?

Le bus M2 vient se garer contre le trottoir. Calypso se met dans la queue et monte. Elle serre sa Metrocard entre ses doigts. La glisse dans la fente. Se fait bousculer, elle n'avance pas assez vite.

Elle s'excuse en souriant. Elle est désolée, vraiment.

Aujourd'hui, Gary Ward a posé son coude sur le zinc et lui a parlé.

Debout devant la boutique Prada, Hortense tente de reprendre son souffle. Pour la première fois de sa vie, on lui a refusé l'entrée. Mais qu'est-ce qu'il se passe ? Qu'est-ce qu'il se passe ? Envie de tout laisser tomber et de s'enfuir. Je suis en pointillé. Pas étonnant qu'ils m'aient refoulée ! On ne doit jamais venir buter aux pieds des cerbères la tête basse. On doit arriver sur le char de la Victoire, le fouet de Ben Hur entre les dents. Comment, je n'ai pas mon carton ? Demandez à mon assistant, il me suit, là, juste derrière moi. Cinglante. B.a.-ba, enfance de l'art, gamme pour débutante.

Alors pourquoi tout ne se passe-t-il pas comme d'habitude ?

Les hommes du service de sécurité l'ont jaugée de leur menton carré. Ils les repèrent, les resquilleurs. À leur allure de mendiants tremblants. Et il leur suffit d'un coup de mâchoire pour que les mendiants battent en retraite, bredouillant des excuses.

Elle connaît le cirque sur le bout des doigts et jamais, jamais elle n'a mordu la sciure.

Elle a envie de tourner les talons. Mais elle refuse de donner ce plaisir aux cerbères de l'entrée et s'éloigne lentement en soutenant leur regard. Elle recule et elle peste. Tu sais très bien comment faire. Bim, tu affiches l'air décidé, bam, tu marches à grandes enjambées, boum, tu balaies les vigiles au crâne rasé, bim, bam, boum, tu leur passes sous le nez. Tu l'as fait cent fois !

Pas ce soir. Le ressort est cassé. Ils m'ont regardée comme une crotte de caniche français.

Il y a foule devant la boutique Prada. Les gens s'embrassent en poussant des petits cris. Ils s'écartent pour voir comment ils sont habillés. Agitent le précieux carton gravé, l'exhibent comme un trophée qui les sépare de la foule. Ils ont des cheveux décolorés blancs, des blousons en cuir et des lunettes noires. Ou des petites robes Prada et des costumes stricts. Ils s'espionnent pour être sûrs qu'ils ne ressemblent à personne. Les badauds jouent à reconnaître les célébrités. Des noms fusent, suivis de points d'interrogation. Sarah Jessica Parker ? Hugh Grant ? Ashton Kutcher ? Katie Holmes ? Katy Perry ? Madonna ? Les téléphones portables filment, les chasseurs d'autographes tendent leur calepin en gémissant et bavent de joie devant le précieux trophée. De vraies limaces.

Je ne suis pas une limace.

Je ne suis pas une crotte de caniche français.

Je suis Hortense Cortès et je vais entrer dans cette soirée !

Il m'a plantée dans le Parc et alors ? Il le paiera cher, c'est tout. Je ne vais pas me faire hara-kiri. Bim, bam, boum, je reprends tout de zéro. Je fais demi-tour, je vais au coin de la rue, me poudre le nez, change de sourire, de démarche, de regard, reviens, dégaine et fends la haie de vigiles, arrogante et hautaine.

Elle marche jusqu'à l'angle de la 57e Rue. S'arrête devant la boutique Vuitton. Jour et nuit, les flashs crépitent devant les vitrines. On vient du monde entier les photographier. Et le marchand de hot-dogs vend ses saucisses deux fois plus cher. Elle secoue les cheveux, passe un bâton de brillant sur ses lèvres, remonte un sourcil, les manches de son manteau, enfonce ses mains dans les poches, bloque son sac sur l'épaule, déboîte, lance une hanche à gauche, une hanche à droite, revient sur ses pas et se heurte à… Elena Karkhova.

– Hortense ! Qu'est-ce que vous faites là ? s'exclame Elena Karkhova en agitant les bras.

– Rien. Je rentrais.

– Vous n'allez pas à la soirée Prada ? Il paraît qu'on y montre les œuvres de cet artiste italien, ce sculpteur qui colle des photos des yeux de sa mère sur des statues de femmes antiques sans bras… C'est la dernière fureur !

Elle parle fort comme si elle était sourde comme un pot. Hortense s'écarte pour marquer une distance, non, non, je ne connais pas cette femme, je ne sais pas pourquoi elle me parle, elle s'est égarée, elle n'a plus toute sa tête… Elle tente de l'attirer sur le côté afin de disparaître dans l'ombre. Surtout que personne ne les aperçoive ensemble ! Elle ne rentrerait plus jamais dans aucune soirée. Serait radiée à vie des listes des attachés de presse. Répertoriée comme dame de compagnie d'une vieille timbrée.

Elle s'est surpassée ce soir, Elena. Elle a jeté des rivières de perles multicolores sur son plastron, rassemblé ses cheveux en deux maigres coques châtain-roux, basculé sur ses épaules un vison orange et s'est juchée sur des bottes roses à semelles compensées. Sa bouche est barbouillée d'une bouillie rouge, ses paupières enduites de bleu pailleté et deux pastilles orange marquent l'emplacement des pommettes au cas où elle chercherait ses joues.

Hortense a beau l'entraîner loin de la foule et de la boutique Prada, Elena Karkhova insiste pour revenir vers les barrières et les vigiles.

– Vous avez un carton, Hortense ? elle demande, l'œil pétillant d'une gamine décidée à faire des bêtises.

– Euh… non, je l'ai laissé au bureau.

– Allez, on y va ! Venez avec moi…

Elle lui donne un coup de coude et l'entraîne.

– C'est que je voulais rentrer. Gary m'attend et…

– On ne reste pas longtemps. Une petite coupe de champagne, un canapé au saumon, un coup d'œil à ces horribles statues et on prend le large, venez !

– Non, vraiment, n'insistez pas, je ne…

Il ne faut pas que je la vexe. Cette vieille folle est capable de nous mettre à la porte à coups de canne. Fini la vie de château, mon studio, le piano de Gary, le lit profond comme un paquebot. Retour à la vie d'étudiante fauchée. Et ça, c'est hors de question. J'ai besoin de luxe pour respirer, dessiner, inventer, aimer, rire. Dormir. Me laver les dents.

– D'accord, je viens avec vous.

Hortense la suit en prenant bien soin de masquer son visage de son écharpe afin de ne pas être reconnue. Elle se rapproche de la boutique et du service d'ordre, s'efface devant Elena pour la laisser passer. S'apprête à la lâcher quand elle aperçoit un petit sac en perles fines qui pend au bras d'Elena et cette dernière qui se penche pour l'ouvrir, le fouille, en sort un carton blanc plié en quatre, le déplie, l'exhibe sous le nez des cerbères qui non seulement s'inclinent, mais l'invitent à entrer en la protégeant de leurs bras musclés.

— Si vous voulez bien vous donner la peine… Madame Miuccia Prada vous attend au premier étage. Voulez-vous qu'on vous montre le chemin ?

— Je suis avec elle ! Je suis avec elle ! crie Hortense en s'accrochant au vison d'Elena. Nous sommes venues ensemble, je l'accompagne !

— Je ne voudrais pas qu'il lui arrive quelque chose, il y a tant de monde, dit le crâne rasé soudain mielleux.

Hortense s'efforce de rester calme mais ne peut s'empêcher de dévisager Elena qui déverse son vison orange sur le comptoir du vestiaire, tapote ses maigres cheveux pour les faire bouffer, ajoute une couche de rouge au plâtras des lèvres, sourit à un homme qui passe et s'incline pour l'embrasser, *hi, Tom ! So nice to see you, I was happy to chat with you last night*[1]. Hortense écarquille les yeux pendant que l'homme embrasse Elena et lui parle à voix basse. Elle émet des petits grognements. Il semble guetter son approbation, elle finit par la lui donner en hochant la tête lentement. Puis les deux amis se séparent en se promettant de se voir la semaine suivante chez Isabella. Je rêve, se dit

---

1. « Hello, Tom ! Je suis contente de vous voir. J'étais heureuse de parler avec vous hier soir. »

Hortense, je vais me réveiller. Qui est cette femme ? Jamais je n'ai pris le temps de lui parler, je refuse d'accompagner Gary quand il monte la voir. Faute professionnelle.

Elena se tourne vers elle.

– On va les voir, ces fichues sculptures ? Je ne voudrais pas mourir idiote… Que se passe-t-il ? On dirait que vous avez vu un fantôme.

La boutique est illuminée de tubes au néon blancs, de longs filaments scintillants qui quadrillent les murs. Les statues gigantesques sont disposées tous les cinq mètres, des statues de déesses sans bras ou de jeunes pâtres aux carquois remplis de flèches. Les garçons en veste blanche circulent en portant des plateaux de coupes de champagne. Les invités s'agglutinent au pied des statues et se font prendre en photo. Ils grimacent des sourires, arborent de gros godillots ou des bottes lacées, des jeans collants ou des jupes bouffantes. Un homme déambule en kilt, pieds nus dans des mocassins jaunes. Les crânes sont rasés ou les tignasses échevelées, les bouches blafardes, les yeux bordés de rouge. Ils s'exclament bruyamment, essaient d'attirer l'attention…

– Que les gens sont ordinaires ! dit Elena en soupirant.

– Dites, l'homme qui vous a parlé tout à l'heure au vestiaire, c'était…

Hortense n'a pas le temps de finir sa phrase, une femme ressemblant terriblement à Anna Wintour s'approche, pose la main sur l'épaule d'Elena, l'embrasse et murmure :

– Comment allez-vous, Elena ? Avez-vous des nouvelles de notre cher Karl ? Nous avons dîné la semaine dernière au Pierre, il était en pleine forme. Il a beaucoup regretté votre absence.

– J'étais allée faire sécher mes vieux os à Cuernavaca. À mon âge, Anna, il faut les exposer au soleil, sinon ils s'effritent !

Cette femme qui ressemble furieusement à Anna Wintour, c'est Anna Wintour, et l'homme entrevu au vestiaire, Tom Ford.

Et moi, je suis une pomme, pense Hortense.

– Oh, vous êtes terrible ! Vous ne perdrez jamais le sens de l'humour, Elena.

– C'est le seul antirides qu'il me reste, ma chère. Vous connaissez Hortense Cortès, ma petite protégée ?

Stella entend le réveil, ouvre un œil. Sept heures dix, indiquent les bras de Mickey. Étend une jambe hors de la couette. Pose un pied à terre. Froid, très froid. Le pied encore tiède dessine une trace qui s'efface vite. Aperçoit ses chaussettes sur le radiateur. Son tee-shirt blanc. Son long caleçon de fermier américain. La salopette orange XXL, la polaire rose, le gros pull bleu marine. Préparés la veille. Prêts à être enfilés. C'est le moment qu'elle appréhende dans la journée. Il fait froid, il fait nuit, il a neigé, des traînées de givre collent aux carreaux, la haute porte en bois de la grange claque. Va falloir que je demande à Georges de me la consolider, un de ces jours elle va tomber. Un âne brait. Ce doit être Grizzly, il tremble au moindre bruit. Elle l'a volé une nuit dans un cirque ambulant. Squelettique, accroché à un piquet, il avait de larges cicatrices, des lambeaux de peau écorchée, brûlée au chalumeau, et son oreille droite pendait comme une tulipe fanée.

D'un coup de reins, elle se jette hors du lit. Se précipite vers le radiateur, attrape tee-shirt, pull, salopette, caleçon, grosses chaussettes, les enfile comme s'il y avait le feu à la maison. Tourne le robinet pour se laver les dents. S'asperge d'eau glacée. Grimace. Se frictionne avec la serviette. Elle a pris un bain la veille dans la grande salle de bains qu'il lui a aménagée, comme pour une princesse. Elle a fait glisser la tondeuse dans ses cheveux, sabot réglé à deux centimètres. Couper court les bordures, ne laisser qu'une épaisse touffe blonde sur le dessus qui retombe en mèches épaisses. Les cheveux sur le sommet du crâne, ça tient chaud, et puis... on ne sait jamais, elle pourrait avoir besoin de ressembler à une princesse. Avec des cheveux blonds en virgule, une robe diaprée, des jambes gainées de soie. Un peu de rouge sur les lèvres. Un rire de fille fière qui montre les dents. Elle n'a pas de poitrine. Pas beaucoup de chair sur les os. Elle est si mince qu'elle frissonne dans les courants d'air.

Avoir l'air d'une princesse.

Si jamais...

Elle s'interdit d'y penser. Surtout pas le matin. Ça lui fiche le cafard pour toute la journée.

Surtout pas ce matin... Elle a déjà le cafard. Le sentiment qu'un drame est en chemin, qu'il s'est mis en route la veille et se dirige droit vers elle. La houle du malheur l'a réveillée cette nuit. Elle a appris à la bloquer. Elle se replie en boule et roule d'un côté sur l'autre pour l'écraser en chantonnant de vieilles chansons que lui avait apprises sa mère, celles qui lui servaient autrefois à ne pas entendre, à ne pas sentir, à enfoncer les cris dans sa bouche. « Ma petite est comme l'eau, elle est comme l'eau vive, elle court comme un ruisseau que les enfants poursuivent, courez, courez, vite si vous le pouvez, jamais, jamais vous ne la rattraperez... »

Parfois ça marche.

Mais quand elle est debout...

Quand elle est debout, elle court. Elle court pour échapper à la houle du malheur.

Elle dévale l'escalier.

Suzon a allumé le feu, sorti le lait, fait griller les tartines, posé le miel et le beurre sur la table. Le café embaume la cuisine.

Elle a pelleté la neige devant la porte. C'est ce que dit le mot près du bol.

– Merci, murmure Stella.

Elle verse le café, croque un sucre, s'appuie contre le manteau de la cheminée, boit une gorgée. Les feuilles des géraniums rosat qu'elle a rentrés à cause du froid ont reverdi, mais le mimosa est brûlé, tant pis.

Elle allume la chaîne hi-fi, enfonce un CD. Blondie, « Heart of Glass ». « *Once I had a love and it was a gas, soon turned out had a heart of glass*[1]... » Elle prend une tartine, la beurre, la couvre de miel de châtaigne, enfonce

---

1. « Autrefois j'aimais un garçon et c'était la fête, mais très vite j'ai compris qu'il avait un cœur en pierre... »

les talons dans le sol, tourne sur elle-même, lève les bras, hurle les mots et fait mmmm sur la musique quand elle ne sait pas, mais il y en a qu'elle n'oublie pas, « *love is so confusing there's no peace of mind, If fear I'm losing you, it's just not good you teasing like you do*[1]… ». Elle achève son café, pose son chapeau en feutre délavé sur son crâne, tapote la cage d'Hector le perroquet en veillant à ne pas faire tomber la couverture qui la recouvre. Lui glisse une tartine entre les barreaux. Il la mangera vers midi quand il se réveillera.

– Veinard ! Tu peux dormir, toi !

Elle remonte au premier, ouvre la porte de la chambre au bout du couloir, s'approche du lit. Tom dort, le nez contre son harmonica. Elle enlace son petit corps chaud et murmure c'est l'heure, mon sucre d'orge. Il marmonne qu'il fait nuit, que c'est trop dur, qui a inventé l'école et pourquoi on ne lui a jamais cassé la gueule à c'mec-là ? Elle sourit, lui interdit de parler comme ça. Il sort la tête de sous les draps, elle aperçoit deux fentes bleues gonflées de sommeil.

– Allez, debout, mauvaise troupe ! On part dans une demi-heure pile ! Ton déjeuner est sur la table de la cuisine.

Elle se retourne sur le pas de la porte.

– Et on se lave les dents après avoir mangé. Trois minutes et demie ! Mets le sablier…

---

1. « L'amour fait des ravages, on n'est jamais tranquille, arrête de te moquer de moi, j'ai peur de te perdre pour de bon… »

— Je sais…, il grogne en s'asseyant sur le bord du lit.

Comme si tu pouvais pas me faire confiance, elle lit sur le dos voûté de son fils. Il a des bras maigres, des épaules étroites, des salières à la base du cou. Des taches de rousseur sur le nez et les joues. La même touffe blonde qu'elle, épaisse et hirsute sur le sommet du crâne.

Un jour, elle l'avait surpris debout sur une chaise face à la glace du lavabo, la tondeuse à la main, sabot à deux centimètres.

— C'est malin, on va avoir l'air de jumeaux, elle avait dit en le regardant dans la glace.

— J'aime bien tes cheveux. Je trouve ça beau comment ils sont.

— Tu veux que je le fasse derrière ?

Il avait hoché la tête, lui avait tendu la tondeuse.

— T'es toute jolie, Stella.

Il l'appelle par son prénom.

Il fait comme son père. Adrian ne disait jamais chérie ou mon amour ou mon ange. Adrian disait Stella ou Princesse, et elle avait le sang qui chauffait sous la peau, elle se mordait les lèvres, elle baissait les yeux pour ne pas qu'il devine à quoi elle pensait. Adrian la regardait et il savait. Il esquissait un petit sourire tendre et doux qui la caressait, il ne s'approchait pas, il ne la touchait pas, mais elle gémissait, les lèvres serrées.

C'était il y a un an. Elle avait rasé la nuque de Tom. Le duvet blanc sur la peau dorée.

Et depuis, Tom continue à se raser les côtés, à ne

laisser qu'une galette de cheveux sur le sommet du crâne, la galette des rois, tu es mon roi, dit Stella en lui frottant le crâne.

– Rendez-vous dans le camion. Avec ton cartable et ton casse-croûte pour midi. Il est dans le frigo.

Il a l'air si fragile, assis sur le lit, les yeux dans le vide. Elle a envie de lui dire de se recoucher. L'année prochaine, il aura onze ans, ce sera le collège, puis le lycée…

On n'en finit jamais avec les études. Ça paraît une éternité.

Dehors, il fait encore nuit. Le ciel est noir, le vent souffle en tourbillons et balaie la neige, la repousse contre les portes, contre les murs. Les étourneaux volent au-dessus de la grange et jettent des petits cris stridents. Ils tentent de s'abriter sous les poutres de la toiture et s'égaillent chaque fois que le lourd battant en bois claque.

Elle ouvre la porte de l'entrée où dorment les chiens. Se cale contre le mur pour recevoir leurs assauts, sinon ils la renverseraient de leurs fortes pattes carrées. Oui, oui, mes bébés, je suis là, tout va bien, vous avez aboyé cette nuit, vous avez eu peur du vent, vous aussi ? Sort des biscuits de la poche de sa salopette, les distribue. Laisse entrer les chiens dans la cuisine. Pose un baiser sur le museau de Toutmiel. Verse des croquettes dans les trois gamelles. Remplit le grand saladier d'eau. Leur parle d'une petite voix haut perchée. Alors Costaud, alors Cabot, alors

Toutmiel ? Parés pour une longue journée de boulot ? Ils se précipitent sur leurs gamelles pendant qu'elle remplit de bûches la cuisinière à bois. Suzon viendra l'alimenter dans la journée. La pièce sera chaude quand ils rentreront ce soir.

C'est la routine du matin. Elle la suit les yeux fermés. Avant, ils étaient deux. Adrian et Stella. Maintenant elle est seule. Georges et Suzon vivent dans la maison voisine. Routine d'été, routine d'hiver. Routines d'automne et de printemps. Elle ajuste ses gestes aux saisons, fait durer son café en été, prévoit le temps de pelleter en hiver. Ou de faire tourner le camion à plate-forme avec grue incorporée qui lui sert de berline familiale et d'outil de travail.

En hiver, le robinet d'eau dans la cour de la ferme est gelé. Elle prend l'eau au robinet de la cuisine et la charrie dans un grand arrosoir de trente litres. L'anse lui scie les mains, elle a perdu ses gants en peau, tes gants d'étrangleuse, dit Tom. L'eau fraîche pour Merlin, le cochon, et pour les ânes. Sans oublier les granulés pour tous. Les bottes de foin pour les ânes, une dans chaque râtelier. Une carotte, deux carottes, trois carottes, des caresses à Toto, Bergamote et Grizzly. Toto gratte le sol quand elle s'occupe des deux autres. Elle se méfie, il est vicieux, il peut botter. C'est déjà arrivé. Elle s'était penchée pour couper la ficelle d'un ballot de foin et il lui avait décoché un coup de sabot. Elle avait gardé le bras dans une attelle pendant deux mois. Mauvaise fracture, avait dit le docteur, mais vous avez eu de la chance, interdiction de porter quoi que ce soit ! Votre mari vous donnera un coup de main. Ce n'est pas mon mari, elle avait grommelé entre les dents.

Grizzly avec sa fourrure noire d'ours polaire se serre contre elle. Il la pousse du museau et l'accule contre la barrière. Il tremble. Il redoute la tempête.

Ce n'est pas à cause de la tempête que j'ai peur. C'est un autre danger, je le sais. Je sais quand le danger rôde. J'ai appris à le repérer de loin.

– N'aie pas peur, Grizzly. N'aie pas peur, ce n'est qu'un orage et si ça se trouve, il ira éclater ailleurs.

Va-t-il neiger ? Va-t-il pleuvoir ? Elle ne sait pas. Le ciel est bas, menaçant, gris plomb. Elle repart avec l'arrosoir. Eau pour les poules, eau pour les oies. Maïs et pain dur qu'elle récupère chez Leclerc. Des gros sacs de deux cents litres qu'elle achète pour trois euros, qu'elle charge dans le camion, transporte sur son dos. Elle jette le pain par terre, le piétine pour l'écraser.

Elle relève la tête et crie en regardant les fenêtres du premier étage Tom ! Tu es prêt ? Tu t'es lavé les dents ? Elle regarde sa montre. On part dans dix minutes.

La tronçonneuse est restée sur le tas de bois. Elle a oublié de la rentrer, la veille. Il va falloir qu'elle pense à graisser la chaîne. Elle finira de couper le bois ce soir. Ou demain. De lourdes bûches pour la grande cheminée de la pièce à vivre. La pièce où elle fait ses patchworks le soir pendant que Tom construit ses maquettes ou finit ses devoirs. Sa longue tapisserie qui raconte une histoire, son histoire. Il faut qu'elle lui trouve un titre.

Elle fixe le ciel. Cela commence toujours par le vent. Le vent, de gros nuages noirs et blancs, la pluie. La pluie du chagrin. Quand il pleuvait, elle avait peur, enfant. Peur qu'il pousse la porte.

Les mésanges, les tourterelles, les verdiers piaillent sur le bord des fenêtres de la cuisine. Ils attendent qu'elle dépose les longs colliers de gras de jambon enfilés sur des lacets. Et des graines de tournesol, des cacahuètes pilées dans des bols. Au début ils attendaient respectueusement, maintenant ils piaillent si elle est en retard.

— Et puis quoi encore? elle dit en se laissant tomber sur le banc en pierre devant la porte d'entrée. J'ai rien oublié?

Elle se masse les reins. L'arrosoir est lourd. Elle a les doigts gourds.

Les morceaux de pomme pour les merles!

Elle se redresse d'un bond et se précipite dans la cuisine pour couper les pommes. Les dispose sur la table du jardin.

Dans l'arbre sur le talus dorment les poules sauvages. Il y a douze ans, quand elle s'était installée dans la ferme de Georges et Suzon, le fermier voisin avait arrêté de les nourrir. Trop de boulot, la barbe, fait chier, sales bêtes, ça bouffe tout, ça pond partout! Il leur donnait des coups de botte dans le croupion. Les poules s'étaient enfuies et avaient erré en bandes dans la campagne à la recherche de graines, de salades, de pain sec. Elles se reproduisaient à toute vitesse et avaient bientôt constitué des hordes sauvages qui pénétraient dans les fermes, déchiraient les grillages des poulaillers, volaient la nourriture des poules domestiquées, leur tailladaient le cou. Des petites poules noires, nerveuses, sèches, à l'œil furieux, flanquées de leurs coqs gras et flemmards, portant haut les couleurs du mâle.

Stella les avait laissées s'installer dans l'arbre mort sur le talus, non loin du portail d'entrée. Elle avait placé de larges gamelles au pied de l'arbre afin qu'elles n'aillent pas massacrer les autres poules. Elles dormaient les unes contre les autres, accroupies sur les branches. Parfois, l'été, elles repartaient vagabonder sur les routes. Et l'arbre semblait tout nu.

Tom aime les poules sauvages. Elles ressemblent aux vautours des bandes dessinées. Elles sont bizarres, elles ont des ailes courtes et maigres, on dirait des moignons. Dis, tu crois qu'elles volent parfois ou qu'elles marchent tout le temps?

Stella s'installe derrière le volant et met le contact.

Le moteur tressaute, hoquette, s'emballe et tourne rond. Elle soupire, soulagée, et souffle sur ses doigts. Va vraiment falloir que je m'achète des gants, je passerai à la coopé après avoir déposé Tom à l'école. J'espère qu'il n'a pas oublié son cahier de correspondance. Et que je l'ai bien signé hier soir!

Elle cherche son fils du regard dans le rétroviseur, regarde l'heure. Appuie sur le klaxon, appelle Tom, Tom! Qu'est-ce que tu fous? On va être en retard.

Elle l'aperçoit qui cueille des perce-neige. Il tient entre ses doigts un bouquet de clochettes blanches. Adrian faisait ça aussi, il prenait tout son temps pour cueillir une branche de houx, des fleurs sauvages et il les déposait délicatement sur la table du jardin.

Tom arrive, suivi de Costaud, Cabot et Toutmiel qui sautent dans la benne. Il jette son cartable sur la banquette, grimpe dans le camion, lui tend sans un mot le bouquet de perce-neige. Referme la portière.

— Dimanche si tu veux, je te lave le camion.

— T'as besoin d'argent de poche ?

— Il est rudement sale.

Le camion démarre, cahote jusqu'au portail. Il y a de profondes crevasses dans le chemin. Stella tourne le volant pour les éviter. Hors de question de casser la suspension, je vais encore finir le mois ric-rac. Tom s'essuie la bouche et sort son harmonica. Arrache un son plaintif à son ruine-babines.

Ils passent devant la maison de Georges et de Suzon. Le Kangoo rouge, avec sa décalcomanie de tête de chien sur le flanc, est rangé sur le côté, le pare-brise recouvert d'un épais carton. Georges a déblayé la neige et les attend près de la grille, appuyé sur sa pelle.

Stella baisse sa vitre.

— Fallait pas, Georges ! Je l'aurais fait…

— T'as vu l'heure ? Allez, file ! Vous allez être en retard… et toi, ouistiti, rapporte-moi de bonnes notes !

Tom l'ignore, la bouche refermée sur son harmonica,

il joue les premières mesures de « Hey Jude », les yeux droit devant lui. Stella le foudroie du regard.

— Ok! dit Tom, la bouche toujours serrée sur l'harmonica.

Stella remonte la vitre.

— Tu pourrais être plus aimable. T'avais envie de pelleter? Il nous a fait gagner une bonne demi-heure, je te signale.

— Suis pas un ouistiti… et c'est pas mon père!

Au dernier étage de l'entreprise Courtois, posé tel un nid d'aigle, se trouve le bureau de Julie. Un grand bureau vitré qui ressemble à une tour de contrôle et surplombe les allées encombrées de carcasses de voitures, de tracteurs, de poutres et de poutrelles métalliques, de tôles ondulées, de vieux poêles, de tuyaux coudés, d'appareils ménagers. Julie parle d'une voix douce, le téléphone coincé dans le cou. Elle gribouille sur son calepin, note un chiffre, fait une addition, hoche la tête, passe le dos de la main sur sa joue pour expliquer qu'elle a affaire à un raseur, reprend ses gribouillis tout en jetant un œil sur les écrans de surveillance. Les allées du chantier sont filmées jour et nuit. Une commande permet de faire un gros plan, de saisir un geste furtif, un conciliabule suspect, un échange discret de billets.

Stella lui montre ses gants tout neufs, les frappe contre le bureau. Ça fait un bruit de cravache heureuse. Julie dresse le pouce, bel achat. En solde, répond Stella. Julie fait mine d'applaudir et reprend sa conversation.

Elle porte le sweat-shirt que Stella a fini de customiser à l'atelier de patchwork le jeudi précédent. Un large sweat gris clair avec des lettres multicolores, *« I am a candy girl[1] »*, cousues sur un cœur écarlate. Toutes les filles s'étaient réunies pour fêter le premier quilt de Julie au milieu des rouleaux de tissu, des échantillons de feutrine, de velours côtelé, des bouts de laine, des bobines de fil. Julie avait hésité avant de l'enfiler. Puis elle avait enlevé ses lunettes, passé la tête par l'encolure. Elles avaient applaudi, crié bravo, Julie. Tout était prétexte à se faire des cadeaux et des fêtes. Il n'est pas un peu serré ? elle avait demandé en tirant le pull sur sa poitrine. Un mètre soixante-deux, soixante-dix kilos, des cheveux bruns frisés dru, des joues rouges, un nez de pékinois mignon. Mais non ! elles s'étaient exclamées. Et vous croyez que ça va les encourager, les mecs ? À trente-quatre ans, Julie n'a toujours pas trouvé de mâle à son pied. Elles avaient ri, mais oui, mais oui, ça finira par leur donner des idées ! C'est pas des idées qu'il leur faudrait, c'est du courage, avait soupiré Julie.

– À ce prix, personne n'en voudra ! Vous le savez très bien. Soyez raisonnable…

Julie place la main sur le combiné et s'adresse à Stella :

---

1. « Je suis un bonbon de fille. »

– Ne t'éloigne pas, y a un gros chantier à déménager… des énormes chaudrons en cuivre trouvés dans la forêt sous un tas de ferraille. Ils viendraient de la vieille choco-laterie Reynier, il paraît qu'il y a des papiers enfouis avec. Datés d'y a dix ans. Sûrement un mec qui les a planqués là en attendant de les revendre et qui n'est jamais revenu. Y en a pour, au bas mot, trente mille euros. C'est le fermier qui m'a appelée. Il a évalué le poids à l'œil. Il veut être payé en liquide. On fait cinquante-cinquante avec lui. C'est tout bon !

Et elle reprend sa conversation.

– Oui, je vous écoute… J'ai parfaitement compris mais…

Appuyée contre la fenêtre, Stella contemple la cour. Un camion attend sur la grande plaque de la balance. Il passe à plein, on le pèse, il décharge sa ferraille, il revient, on le pèse à vide et on lui paie la différence. Ou alors il passe à vide et on effectue l'opération dans l'autre sens. C'est Jérôme qui est à la réception de la marchandise. Il vient travailler tous les jours en vélo, cinq kilomètres aller, cinq kilomètres retour. Les canalisations ont gelé chez lui. Il prend sa douche dans les vestiaires. S'il est capable de remettre à sa place le malin malhonnête qui tente de le filouter, il se mouille de sueur quand une femme lui adresse la parole.

Il ne pleuvra pas. La neige s'est remise à tomber en gros flocons compacts. Boubou a sorti un balai de brande pour nettoyer les bouts de neige glacée qui bloqueraient les machines. Si ça continue, il faudra que Tom et elle dorment en ville. Elle appellera Suzon pour qu'elle s'occupe des bêtes. Dix jours qu'il gèle soir et matin, dix jours que la neige étouffe la vie, étouffe les bruits, colle aux semelles.

Quand elle était enfant, elle n'aimait pas la neige jetée comme un bâillon sur la bouche de sa mère. Le soir, elle se recroquevillait dans son lit et se bouchait les oreilles. Elle entendait quand même... séparée de la chambre de ses parents par une cloison si mince. Ça lui décrochait le cœur. Les premières plaintes, les corps qui s'agitent, le lit qui craque, le verre d'eau posé sur la table de nuit qui tombe, roule sur le plancher et son père qui hurle t'as vu ce que t'as fait ? Le fracas d'une gifle et la tête du lit qui heurte le mur, la tête de sa mère qui tape contre le mur, une longue plainte et toujours ces mots lâchés dans un sanglot oh non ! oh non ! je t'en supplie, je le ferai plus, je te promets. Toujours les mêmes mots. Parce qu'elle s'excusait.

Stella avait envie de vomir.

Toute la nourriture du dîner remontait et elle se précipitait vers le lavabo de sa chambre.

Après il y avait un entracte. Des gémissements et des soupirs. Et enfin le silence. Un silence effrayant qui posait la question, mais dans quel état est-elle ? Dans quel état ? Stella cherchait le sommeil, roulait sur les côtés, les genoux repliés sur la poitrine, en laissant couler la peur et la douleur, « ma petite est comme l'eau, elle est comme l'eau vive, elle court comme un ruisseau que les enfants poursuivent... ».

Les soirs de neige, il était particulièrement irritable. À fleur de peau, il disait. Tout ce blanc le rendait fou. La neige jouait avec ses nerfs.

Elle pose son front contre la vitre froide, le fait glisser en faisant un bruit de ventouse, ploc, ploc, ploc. Elle a laissé Tom à l'école. Il a claqué la porte du camion, s'est retourné, a esquissé un petit salut militaire, la main droite sur la visière de sa casquette en laine. Un bon petit soldat. Elle a failli crier remonte, y a pas école aujourd'hui, fait trop froid, puis elle a démarré.

La peur est revenue, la peur qui lui fait des trous dans le ventre.

Elle tient debout toute seule depuis qu'Adrian est parti. Elle garde le front haut. Ça, pour sûr, t'es pas une poule mouillée, il dit. Il sourit de son petit sourire mince et rare, à peine une égratignure sur la joue. Poule mouillée. Trouillomètre à zéro. J'ai la chair de poule, j'ai les jetons, les chocottes, la pétoche, les foies, les grelots, une peur bleue, la frousse, vous en avez des mots, les Français, pour trembler dans votre culotte !

— Je sais que les prix ont augmenté, mais pas à ce point-là, monsieur Grisier ! Écoutez, réfléchissez et rappelez-moi... Oui, c'est ça. Stella passera les voir. Quand ? Aujourd'hui, ça vous va ?

Julie ne s'énerve jamais. C'est elle qui répond aux clients, discute les prix, fait les devis, déniche de nouvelles affaires, suit le cours des métaux, tient les comptes, remplit les fiches de salaire. Stella conduit le camion, se rend sur place, évalue la marchandise, veille au chargement des tonnes de ferraille et fait office de dépanneuse quand les automobilistes tombent en panne sur les petites routes. Outre les deux femmes, huit autres personnes travaillent sur le site. Des hommes. Ils trient, découpent, manœuvrent les grues, font marcher le broyeur, l'entretiennent, le réparent. C'est Julie qui dirige le chantier. Ils lui obéissent au doigt et à l'œil. Ce sont eux, mes hommes, elle dit parfois en riant.

Elle est la fille du patron, monsieur Courtois.

Monsieur Courtois s'occupe de l'étranger, il est rarement là, il voyage beaucoup. L'Inde et la Chine sont devenues de gros clients qui dévorent des tonnes et des tonnes de métal. Deux ogres affamés qui réclament de la chair rouillée.

Julie Courtois et Stella Valenti se sont connues au CP. Elles travaillent ensemble depuis douze ans.

Il y a douze ans, c'était un lundi.

Stella s'était enfuie de chez elle en pleurant des larmes de rage, des larmes sèches et chiches qui giclaient comme des graviers. Ça lui retournait le cœur de prendre le large.

Elle avait rencontré Julie dans la rue principale. Elle

sortait de la banque. Elles étaient allées prendre un café. Stella avait tout déballé. Julie l'écoutait en poussant des soupirs. À chaque soupir, elle ajoutait un sucre dans son café. Stella n'avait pu s'empêcher de sourire.

– T'as pas le choix, Stella. C'est trop tard pour ta mère, elle a renoncé. Pense à toi. Tu as vingt-deux ans, tu es jeune.

– Je suis lâche. Je l'abandonne avec ces deux monstres. Ils vont finir par avoir sa peau, et moi, je me tire…

Ray Valenti et sa mère, Fernande Valenti. Un couple infernal qui avait pris Léonie, la mère de Stella, en otage. En avaient fait leur souffre-douleur. Plus le temps passait, plus elle se tassait et encaissait les humiliations et les coups. Julie savait. Mais à Saint-Chaland, peu de gens semblaient être au courant de ce qu'il se passait à l'entresol du 42, rue des Éperviers. Ou alors ils ne voulaient pas savoir.

– Tu n'es pas lâche, tu es fatiguée. Tu t'es vue dans une glace ? T'as que la peau sur les os, le bord des yeux rouge, tu tressautes au moindre bruit, tu es voûtée. On dirait une petite vieille.

Stella avait laissé tomber sa tête sur la table. Elle n'avait plus de forces pour se battre. Plus de forces pour protéger sa mère. Julie l'avait emmenée chez elle, lui avait donné un bain chaud, un somnifère léger. Stella avait dormi douze heures d'affilée.

Le lendemain, au petit déjeuner, elle était décidée.

– Je vais trouver un boulot. Je ferai n'importe quoi. Et

puis j'irai la chercher et je la cacherai quelque part pour la mettre à l'abri.

– Tu ne trouveras rien. Il connaît tout le monde dans la région, il t'en empêchera, il veut que tu crèves de faim et que tu reviennes chez lui. Il faut que tu quittes la ville.

– Jamais. Je ne la laisserai pas toute seule avec eux. Elle va mourir, Julie, elle va mourir.

Julie s'était tue.

Stella avait épluché les petites annonces. Emprunté la mobylette de Julie. S'était présentée dans les bars, les restaurants, les hôtels de la ville. Serveuse, bonne à tout faire, lingère, veilleuse de nuit, n'importe quoi, mais prenez-moi, prenez-moi.

Le soir, elle rentrait bredouille chez Julie. Elle plongeait dans un bain chaud, disparaissait sous l'eau. Remontait à la surface, prenait une grande bouffée d'air et disparaissait à nouveau. Parfois, elle n'avait plus envie de remonter à la surface.

Un soir, elle était passée sous les fenêtres du 42, rue des Éperviers. Elle avait vu de la lumière dans la chambre. Derrière le voilage blanc, une petite silhouette tassée sur une chaise. Sa mère. Elle ne bougeait pas. Elle regardait dehors. Stella avait fait un petit signe de la main et était repartie.

Pas sûr qu'elle m'ait vue…

Julie avait raison. Elle ne trouvait pas de travail. Les gens la connaissaient. De vue ou de nom. La fille de Ray Valenti. Ils disaient laissez votre numéro, on vous rappellera. Ils ne rappelaient jamais.

Au bout d'un mois, Julie lui avait proposé de travailler avec elle à la Ferraille. Ce n'est pas le Pérou, mais on a besoin de quelqu'un, les gars ne suffisent plus. Mon père est accaparé par l'étranger. J'en ai parlé avec lui, il est d'accord. En fait, c'est lui qui a eu l'idée. Et puis, t'en as pas l'air mais t'es costaud, tu peux soulever du lourd, tu ne renâcles pas à la tâche. C'est un métier et un milieu de mecs. Faut pas se laisser marcher sur les pieds. Et pour ça, t'as l'habitude avec l'autre fou.

– T'as pas peur de Ray ? Pas peur des représailles ? avait demandé Stella.

– Si.

– Et ?

Julie avait haussé les épaules en repoussant ses lunettes sur le nez.

– Je t'apprendrai le métier. Je suis tombée dedans quand j'étais petite.

– Tu ne le regretteras pas.

Ç'avait été leur manière de signer un contrat.

Stella se retourne et aperçoit les perce-neige oubliés sur le bureau. Elle prend un verre, le remplit d'eau.

– Il n'y aura pas de jacinthes ni de jonquilles au printemps, elle dit tout haut. Tout a gelé avec le froid, ces derniers jours. Mon mimosa est mort.

– Le père Grisier est furieux. Son blé est foutu. Il va devoir planter du tournesol.

– C'était lui au téléphone ?

– Oui. Il veut nous vendre un stock de vieilles cuves de fuel qu'il a dans sa grange. Il a besoin d'argent. Mais il est trop gourmand. Passe le voir si tu as le temps, après avoir chargé les chaudrons…

Stella place les perce-neige dans le verre d'eau.

La peur fait trembler ses mains et l'eau des fleurs déborde. Elle pose ses doigts à plat sur le bureau et respire profondément. Julie lui tend une adresse, un plan griffonné sur une feuille de papier.

– C'est juste derrière la ferme des Peupliers. Cinq cents mètres sur la gauche, après le père Cautreux. Un gros stock de chaudrons. Le type qui les a trouvés t'attend. Il veut s'en débarrasser et se faire du pognon. Cinquante pour lui, cinquante pour nous. Tu lui dis qu'on le paiera après avoir pesé, tu lui signes un papier qui restera entre nous et tu embarques la marchandise. Voilà une affaire comme je les aime.

– Ok. Rien d'autre à ramasser ?

– Non. Je t'appelle au cas où…

Stella fait un signe de la tête.

– À toute…

Julie la regarde s'éloigner, longue silhouette dans une salopette orange trop grande, un épais pull marine à col roulé qui lui tombe sur les cuisses, un feutre crânement posé en arrière et de gros godillots. Stella s'est toujours habillée comme un homme. Aujourd'hui, elle porte le pull d'Adrian, la salopette d'Adrian, le feutre d'Adrian. Elle met un point d'honneur à ne porter que ses frusques quand ils sont séparés. Elle ne veut plus qu'on la considère comme une femme. Une sacrée belle femme ! Un mètre quatre-vingts, soixante kilos, des yeux bleus de chien de traîneau, et cette épaisse mèche blonde qui balafre son visage. Elle serait belle dans les pages des journaux.

Stella grimpe dans le camion, siffle les chiens qui arrivent en aboyant, se mordent l'échine et sautent dans la benne, excités, l'aventure va commencer. Ils posent leurs pattes sur le rebord et s'y agrippent.

Le camion roule sous les fenêtres du bureau de Julie.

Stella lui fait un petit signe de la main en passant, Julie bombe le torse et les lettres du patchwork dansent, *« I am a candy girl »*.

Ça, pour sûr, tu es un bonbon, murmure Stella dans la cabine du camion. La plus bonbon de toutes les filles bonbons du monde. Une pomme d'amour, avec des cheveux frisés, un nez écrasé et des carreaux si épais qu'on se demande s'il y a des yeux derrière. Un puits d'amour auquel aucune brute ne veut boire. Ça vaut mieux peut-être, tu serais capable de t'assécher par amour et de finir estropiée.

Elle relit l'adresse que Julie lui a donnée pour récupérer les chaudrons. La ferme des Peupliers. Elle connaît cette ferme, sa mère l'emmenait la voir quand elle était enfant. Quand sa mère osait encore sortir de chez elle. Les Peupliers appartenaient autrefois à son grand-père, Jules de Bourrachard. Comme beaucoup de fermes de la région. Il les avait vendues pour payer les dettes de son fils aîné, André. Beau, charmant, léger, futile. On tombait tous sous son charme, lui racontait sa mère en souriant, moi la première ! J'étais amoureuse de mon frère. Il avait cinq ans de plus que moi. Je me privais à table pour lui laisser les bons morceaux de gigot, je me cachais la nuit derrière les arbres de l'allée pour l'apercevoir dans sa belle voiture. Il dansait dans les phares pour éblouir la fille qui l'accompagnait et buvait le champagne au goulot.

Ce jour-là, elles étaient seules dans l'appartement. Ray et Fernande étaient allés chez le médecin. Fernande ne voulait pas aller consulter. Les toubibs, c'est pour les poules mouillées, elle disait en jetant un regard noir à sa belle-fille, pour les bouches inutiles, les petites oies blanches qui se plaignent tout le temps, qui pleurent pour un oui, pour un non. Ray l'avait forcée. Il avait consulté le dictionnaire médical *Vidal*, celui qui décrivait en détail toutes les maladies. Il le lisait régulièrement en prenant son pouls, en se tâtant le foie, en inspectant l'état de sa langue. Il s'alarmait depuis quelque temps : sa mère avait toujours soif, elle se levait plusieurs fois la nuit pour faire pipi, sa vue avait baissé d'un seul coup et la plante de ses pieds la brûlait. Qui plus est, quand elle se coupait, la blessure ne se refermait pas et demeurait purulente. Le diabète, il disait en lisant le gros dictionnaire, le diabète ! C'est mauvais signe, maman, c'est mauvais signe, allez, je t'emmène chez le toubib ! Fernande avait mis son vieux manteau noir à col de loutre et un chapeau en feutrine bordeaux qui la faisait ressembler à un poteau indicateur. Courte sur pattes et épaisse, elle avait boutonné son manteau en maugréant que c'était de l'argent jeté par les fenêtres. Bouche sans lèvres, nez taillé au couteau, front bas, cou enfoncé dans les épaules et des rides profondes, verticales qui striaient son visage comme une grille de prison, tout en elle respirait l'âpreté, l'avidité, le refus d'oublier et le désir ardent de vengeance. Elle s'était retournée vers Léonie et Stella juste avant de claquer la porte comme pour leur dire je ne suis pas là, mais je vous ai à l'œil, et elles avaient toutes les deux d'un même mouvement courbé l'échine.

Elles avaient entendu la porte se fermer, le double tour de clé, elles s'étaient regardées. Enfin seules !

Elles étaient allées s'allonger sur le lit de Stella. Léonie avait passé les bras autour de sa fille, l'avait serrée très fort, l'avait bercée contre elle, avait chantonné tout bas, je t'aime, ma petite fille, je t'aime si fort, tu es ma petite étoile du bonheur, et Stella avait eu envie d'être encore plus petite, plus légère pour monter au ciel et briller.

– Raconte-moi, maman, raconte-moi quand tu étais enfant et que c'était comme dans un conte de fées.

Et Léonie racontait.

L'histoire de son frère, André, mort à vingt-quatre ans. L'histoire de son père, Jules de Bourrachard, hébété de chagrin, qui s'était retiré du monde et avait attendu la mort, cloîtré dans son manoir.

– Ils sont partis trop tôt, tous les deux. J'aurais bien aimé qu'ils te connaissent…

Léonie avait eu un geste vague de la main et marqué une pause.

– Je ne sais pas si cela les aurait intéressés, remarque ! Ils ne se préoccupaient pas beaucoup de moi. J'étais une fille… Ils prétendaient que j'étais transparente. Et je l'étais en un sens. Je glissais telle une ombre dans la maison. C'est Suzon qui m'a élevée, tu sais. Elle est entrée très jeune au service de mes parents.

– Georges aussi ?

– Oui. Il est arrivé avec elle. Il s'occupait de la maison, des voitures, du jardin. Homme à tout faire.

– Elle s'est jamais mariée, Suzon ?

– Non. Elle a toujours vécu avec son frère. Moi aussi, j'aurais bien vécu avec mon frère. Pour moi, c'était le comble du bonheur.

Elle avait ri et ses yeux s'étaient fermés pour goûter ce « comble du bonheur ».

– Ils formaient une équipe épatante, André et mon père. Il lui passait tout. Il riait au moindre de ses mots. Son fils était le garant du nom, le flambeau qu'on se transmet d'une génération à l'autre. Un drôle de pistolet, il disait, il m'épate !

Elle avait eu à nouveau son rire de petite fille timide.

– Et ta mère, maman ? T'en parles jamais.

– Ah, ma mère… Je ne l'ai pas beaucoup connue. Elle est partie, j'avais douze ans. Elle avait l'habitude de partir et de revenir. Mais cette fois, elle n'est pas revenue. Elle a laissé un mot en anglais sur la table de l'entrée et elle a disparu. Je ne l'ai plus jamais revue. Je ne sais même pas si elle est vivante ou morte.

– Il disait quoi, ce mot ?

– Il était destiné à mon père… « *Eyes that do not cry do not see*[1]. » Ils parlaient anglais entre eux, souvent.

– Et ça veut dire quoi ?

– C'est difficile à traduire, tu sais. Et je suis si fatiguée.

– Fais un effort, maman.

– Un truc pas gai. Un truc du genre il faut avoir beaucoup pleuré pour comprendre la vie. Celui qui a les yeux secs ne peut rien comprendre.

– Et elle était comment ?

– Comme toi, comme moi, grande, blonde, très blonde, très mince. Mon père disait je pouvais pas trouver plus blond sur toute la terre ! Une vraie Suédoise avec des yeux très bleus, des cheveux d'un blond presque blanc, de longues jambes. Elle posait pour des peintres, des sculpteurs à Paris. Elle ne tenait pas beaucoup à la vie. Mon

---

1. « Yeux secs, cœur sec. »

père l'avait amusée, elle s'était laissé séduire. Elle était souvent triste, mélancolique. Étonnée d'avoir mis au monde un tel fils. André, c'était un soleil, il apportait la vie, la gaieté. Un vrai magicien. Il avait le don de transformer la vie en féerie.

Pourtant Stella savait : son oncle avait eu mauvaise réputation dans la région. On disait qu'il était mort d'une overdose. Elle avait mis du temps à comprendre. Elle n'était pas très avertie des choses de la vie. Sa mère ne devait pas savoir non plus car elle ne prononçait jamais ce mot, « overdose ». Elle disait que c'était un accident, qu'on l'avait retrouvé noyé dans sa baignoire, que c'était un grand malheur.

Stella promenait ses doigts sur le bras de sa mère. Elle caressait les bleus qui noircissaient sa peau comme pour réparer sa chair tuméfiée. Elle avait envie de demander pourquoi on appelle ça des bleus alors que c'est jaune, violet, rouge et noir ? Mais elle n'osait pas. Elle pensait juste qu'en la caressant la peau repousserait rose et lisse.

Il y avait tellement de choses qu'elle ne comprenait pas.

Tellement de choses dont elle ne pouvait parler à personne.

La honte remplissait chaque mot qu'elle avait dans la bouche.

Elle se taisait, elle restait enfermée dans les bras de sa mère et, très souvent, elles s'endormaient en se chuchotant des histoires.

Parce que les visites chez le médecin étaient devenues plus nombreuses.

Elle aurait pu demander à Violette Maupuis.

Violette était au courant de tout. Violette attrapait au vol les ragots, les rumeurs, les informations et les expliquait à ses copines en mâchant son chewing-gum.

Violette, Julie, Stella, un trio inséparable. Et, comme dans tous les trios, il y en avait une qui avait la plus grosse part du gâteau. C'était Violette. D'abord parce qu'elle était la plus âgée, un an de plus que Julie et Stella. Ensuite parce qu'elle avait des seins, des petits seins qu'elle faisait exprès d'agiter sous son tee-shirt. Enfin pour son regard qui rendait fous tous les garçons.

Un, deux, trois, regardez bien ! annonçait Violette quand elles croisaient un garçon, je vais lui faire mon regard flou et ça va lui couper les genoux. Elle fermait les yeux, les rouvrait à moitié, son regard se diluait, devenait trouble, langoureux et le garçon vacillait. Tous les garçons vacillaient sous le regard flou de Violette. Ils perdaient l'usage de leurs genoux et de leur tête. Ils devenaient bêtes à cent pour cent. Ils la suivaient en prenant un air détaché, ils shootaient dans un caillou, sortaient une cigarette, se déhanchaient, gonflaient les épaules, ricanaient et chuchotaient t'as vu ses seins, t'as vu son cul, j'en peux plus, mec, j'en peux plus. Ils la suivaient toujours à plusieurs comme si elle avait le pouvoir de les réduire en poussière en se retournant et qu'il valait mieux rester groupés. Violette les ignorait et balançait ses petits seins sous le tee-shirt en continuant à parler à Stella et à Julie.

Elle posait des questions à Stella sur son père. Ray Valenti. Rien que son nom ! Ça en dit long ! C'est un nom de shérif, d'acteur de cinéma. C'est pas son vrai nom, maugréait Stella, son vrai nom, c'est Raymond. C'est lui qui l'a coupé. Il dit que Raymond, ça fait mimile et short en nylon bleu ciel. On s'en fiche, reprenait Violette, il est juste « trop ». Trop canon, trop séduisant, trop cool. Et puis courageux en plus ! Faut pas être une lavette pour choisir d'être pompier ! Et qu'est-ce que ça fait d'avoir un père aussi beau, avec des yeux aussi chauds, des bras aussi musclés, une voix aussi grave, sexy ? elle demandait en louchant sur le côté pour vérifier que les garçons suivaient toujours.

– Sais pas, disait Stella, sais pas. C'est juste mon père.

– Ben non…, disait Violette. C'est un bel homme, un très bel homme. C'est même carrément un héros ! La dernière fois… quand le feu a pris au-dessus du bar de Gérard, fallait voir comment il s'est battu pour sauver la petite Nora qui s'était enfermée dans les vécés ! Gérard, il arrêtait pas d'en parler après, il chialait comme une gonzesse, et tu le connais, c'est pas un tendre, le Gégé !

– C'est sûr, insistait Julie, il est fortiche, ton père.

– Et tu te rappelles quand il a sauté dans les flammes pour récupérer le bébé qu'on avait oublié dans son berceau ? Tu sais, la nuit où y a eu le court-circuit chez les

Mocquard et que le feu a pris et qu'il menaçait tous les immeubles autour… Les parents, ils avaient tourné de l'œil. Tout le monde avait oublié le bébé, et Ray est reparti le chercher! Même que la télé, elle s'est déplacée, qu'il est passé au journal et qu'après, le maire l'a fait citoyen d'honneur de la ville. Il avait pas vraiment besoin, il l'était déjà cent fois au moins, citoyen d'honneur!

Elle faisait passer son chewing-gum de la joue droite à la joue gauche, l'écrasait, le roulait, le gonflait en grosse bulle rose, le ravalait et reprenait.

— Et il n'est pas passé qu'une seule fois à la télé! Il en a sauvé des vies, il en a bravé des feux! C'est un héros, ton père. Et puis, sexy avec ça… Sexy torride, je te dis!

Elle imitait la manière de marcher de Ray, sa façon d'appuyer son regard sur la personne en face de lui, de ne plus la lâcher comme s'il prenait possession d'elle, qu'il se prélassait dans ses tripes. Elle se tenait le ventre, poussait des petits cris, tirait sur l'encolure de son tee-shirt, se passait la langue sur les lèvres, les doigts dans les cheveux. Tout un cirque! Elle savait de quoi elle parlait. Elle s'élevait au-dessus de Julie et de Stella. Elle devenait inatteignable.

Elle se retournait: les garçons suivaient toujours.

— Ton père, elle concluait alors, c'est comme s'il avait un sexe dans chaque œil quand il te regarde.

Cette dernière réflexion l'installait définitivement tout en haut de l'échelle sexuelle, la seule qui intéressait les filles. Elles ne savaient plus quoi répondre.

— Et ta mère? continuait Violette. T'imagines, avoir

un mec comme ça dans ton lit tous les soirs ? Ouaouh !
Moi, je serais dans un de ces états ! Faudrait m'essorer !

– Ma mère…, commençait Stella qui ne comprenait
pas pourquoi il faudrait essorer Violette. Ma mère…

Et elle s'arrêtait.

Elle ne pouvait pas définir comment était sa mère. Ou
alors elle ne pouvait pas leur dire. Sa voix se cassait.

– Tu veux dire que c'est sexuel entre eux…, disait
Violette avec l'aplomb de celle qui est sûre de son pro-
nostic.

– Oui, c'est ça, c'est sexuel.

Et tout d'un coup, le sexe devenait cette chose terri-
fiante qui recroquevillait le corps de sa mère, lui faisait
lever le bras pour se protéger et lui arrachait des gémissements de douleur.

– Le sexe, reprenait Violette sur un ton docte, quand
c'est bien fait, ça explose les gens. Ils sont pulvérisés en
mille morceaux.

– Oui, en mille morceaux, répétait Stella.

– Ma mère, elle n'est pas pulvérisée du tout, affirmait
Julie.

– C'est normal, ton père, il ressemble pas à Ray.

– Parce que tu l'appelles Ray, mon père ? demandait
Stella, soudain méfiante.

– Ben oui… Exagère pas, hein ! C'est pas que ton
père ! C'est Ray Valenti. Toutes les filles rêvent de lui.
Même les vieilles de quarante ans ! Moi, je serais avec un
homme comme Ray, je perdrais l'usage de ma tête. Je

pourrais plus penser droit. Ça fait marcher en zigzag, un homme comme ça ! C'est comme l'autre à Lourdes qui a vu la Sainte Vierge, elle s'en est jamais remise.

Ce jour-là, Stella venait d'avoir douze ans. Elle voulait savoir comment ça fonctionnait les hommes, les femmes, leurs corps, la sueur entre les corps, les petits cris, les soupirs, les yeux qui vont dans tous les sens et la tête qui explose. Elle voulait savoir mais elle n'avait pas envie d'essayer.

Elles cheminaient toutes les trois, pensives.

– Dis donc, avait repris Violette, ta mère, elle est pas un peu toc-toc ?

– Je t'interdis de dire ça ! avait crié Stella.

Elle avait tellement envie d'appartenir à une famille normale. Papa au volant de la voiture, maman qui distribue les gâteaux, et Stella, leur petite fille, à l'arrière. Papa conduit, maman se lime les ongles, Stella compte les voitures rouges, les voitures bleues, les voitures jaunes et gagne un Coca quand elle a parié sur la bonne couleur.

– Moi, je répète ce que tout le monde dit, avait répondu Violette en frappant son index sur la tempe. On l'appelle Toc-toc ici.

Elle ne voulait pas que Violette ait raison et, en même temps, elle savait que ce n'était pas normal d'avoir une mère qui conduit à trente à l'heure, couchée sur le volant avec les coudes en équerre, le nez sur le pare-brise et des rigoles de sueur sur les joues. Et tout le monde qui klaxonne et les dépasse en les insultant. Elle avait envie de se cacher sous le tableau de bord et que personne ne sache jamais qu'elle était la fille de Léonie Valenti. Une mère qui sursaute tout le temps, qui a peur de traverser la route, et qui, lorsqu'elle se met du rouge sur les lèvres, tremble tellement qu'elle se dessine une bouche de clown. Une mère qui ne peut plus enfiler du fil dans une aiguille et s'épuise à essayer jusqu'à éclater en sanglots.

Elle observait les autres mères et elle voyait bien que la sienne ne leur ressemblait pas. Les autres, elles avaient souvent un travail ou elles jouaient au bridge, au tennis, elles faisaient des confitures, des robes pour leurs filles, elles conduisaient en mettant leur clignotant d'un petit doigt négligent, elles allaient chez le coiffeur, ignoraient la caissière de Carrefour, ne renversaient pas leur monnaie sur le tapis roulant. Elles ne pleuraient pas en écoutant Hugues Aufray chanter « dis-moi, Céline, qu'est-il donc devenu, ce gentil fiancé qu'on n'a jamais revu… ». Elles n'avaient pas un ours en peluche qui s'appelait Moitié Cerise. Sa mère, si. Elle le cachait sous le lit de sa fille et le couvrait de baisers quand elle était seule.

Elle se posait des questions, elle aussi. Toc-toc ou pas toc-toc ? Mais elle savait des choses que les autres ignoraient. Des choses dont elle ne pouvait pas parler parce que les autres ne l'auraient pas crue.

À douze ans, on ne vous croit pas. Ou alors il faut apporter un paquet de preuves. Et puis, elle doutait parfois. Elle ne savait pas quelle était la règle entre un homme et une femme enfermés dans une chambre. Ce qui était permis et ce qui était interdit. Quelle était la marche à suivre, le mode d'emploi. Peut-être qu'après tout, c'était normal, ces cris entre son père et sa mère. Les cris, les coups, les pleurs, les insultes. Peut-être que c'était ce qu'on appelle faire l'amour ? Un jour, à la ferme chez Georges et Suzon, elle avait vu un âne pourchasser une ânesse. Il l'avait coincée contre la clôture, lui était monté dessus, lui avait mordu l'encolure jusqu'au sang, lui avait arraché la peau à vif et l'ânesse se laissait faire, elle courbait l'échine, le sang coulait et ce n'était pas beau à voir. Georges lui avait expliqué que c'était comme ça que les ânesses faisaient des bébés. Sa mère ne lui parlait jamais de ça, son père non plus, et ce n'était pas sa grand-mère qui aurait pu la renseigner.

Elle n'osait pas demander à Violette. Ni à Julie qui n'avait pas l'air plus affranchie qu'elle.

Elle avait pris l'habitude de garder toutes ces questions enfermées en elle. Et elle en avait des questions à poser !

À dix-huit ans, Violette était partie vivre à Paris.

Elle voulait être actrice. Elle était très belle, c'était indiscutable. Elle leur avait dit qu'elle leur donnerait des nouvelles, et puis non, même pas la peine, vous en aurez en regardant la télé. Laissez-moi un an et vous me verrez partout... *Queen of the world*[1], je serai !

---

1. « Reine du monde. »

Elles n'avaient plus jamais entendu parler de Violette. Ni par ses parents, ni par ses copines, encore moins par la télé. De toute façon, à la maison, il n'y avait que Ray et Fernande qui avaient le droit de la regarder. Maman et moi, on en était privées. Ray disait que ça pouvait nous donner des idées, qu'on faisait suffisamment de conneries comme ça. On n'avait le droit de la regarder que lorsqu'il passait au journal télévisé. Alors, c'était le grand soir. On s'installait devant le poste et il ne fallait plus faire le moindre bruit. Maman osait à peine respirer. Elle se tenait les côtes de peur de tousser. Fernande nous avait à l'œil. Ray enregistrait et après il se repassait l'extrait en boucle en pestant contre le journaliste qui ne l'avait pas laissé assez parler ou qui avait coupé juste au moment où il allait dire un truc passionnant.

Un soir, il était même passé au journal national. Au 20 heures avec Patrick Poivre d'Arvor. C'était quand il avait maîtrisé à lui tout seul – c'est ce qu'il racontait – l'incendie de l'usine de produits chimiques de Saint-Chaland implantée en pleine zone urbaine, au milieu d'un McDo, d'un Conforama et de dix autres grandes surfaces. Il était monté à l'assaut de la haute cheminée qui crachait du feu et des particules toxiques et l'avait arrosée avec la lance à eau. Il avait bataillé quatorze heures sur la grande échelle pour sauver les habitations de centaines de gens aux alentours. Au péril de sa vie ! s'exclamaient les gens, au péril de sa vie ! Il y avait foule derrière le cordon de sécurité. Des journalistes, des photographes, des cameramen, des reporters de la télévision française et même des télévisions étrangères. Ils retenaient leur souffle et commentaient en direct. Saint-Chaland était devenu le centre du monde. On se croyait dans un film avec des voitures de police, des voitures de pompiers, des voitures de curieux. Un suspense incroyable. Il avait tenu bon quatorze heures durant, et il avait réussi ! Il était redescendu de la grande échelle sous les ovations du public, noir de suie, les yeux brûlés de fatigue, les mains en sang. On l'avait porté en triomphe. Et le lendemain, il était passé au journal de vingt heures. « Un héros ordinaire », avait dit PPDA en ouverture du journal. Il n'avait pas aimé ça. Pouvait pas dire un héros tout court ? Ces Parisiens, faut toujours qu'ils vous rabaissent !

Toute la ville s'était retrouvée chez Gérard. On avait bu du mousseux, on l'avait à nouveau décoré, à nouveau félicité, à nouveau acclamé. Il avait embrassé Léonie sur la bouche en l'appelant mon petit canard, en la serrant contre lui. T'es fière de moi, mon petit canard ? T'as vu comme il est brave, ton homme ? Hein ? Il l'embrassait à pleine bouche, l'écrasait contre lui. Tout le monde applaudissait, des femmes essuyaient une larme furtive.

C'est peut-être ça, l'amour, pensait Stella en regardant son père et sa mère. Des baisers quand y a du monde autour, des coups dans la chambre. Et des bleus violet et jaune le lendemain.

Ça ne la satisfaisait pas vraiment. Plus elle tentait de comprendre, moins elle arrivait à faire un lien entre le couple enlacé devant elle et les bruits et les cris, la nuit. Quelque chose clochait. Elle secouait la tête, non, non, on n'est pas des ânes tout de même.

Et alors, elle avait croisé le regard du père de Julie. Le regard sombre et furieux du père de Julie qui contemplait le baiser fougueux, détournait la tête et crachait sur le sol. Il n'applaudissait pas, il ne levait pas son verre, il se tenait aux côtés de sa femme, appuyé contre le bar. À l'écart de la liesse générale. Et il crachait par terre ! C'est donc qu'il y avait quelque chose qui clochait. Et qu'elle avait raison, on n'est pas des ânes.

Et puis, le père de Julie avait soupiré, son regard était revenu dans la salle, l'avait balayée et il avait intercepté l'expression perplexe de Stella. L'homme en colère avait considéré la petite fille blonde et frémissante en face de lui et lui avait souri d'un sourire triste et las qui disait je sais, je sais tout, ma pauvre petite, je sais les coups, je sais les pleurs, je sais la cruauté ordinaire, j'enrage car je ne peux rien faire, mais l'amour, ce n'est pas ça, prends garde à toi, petite fille, ne te laisse pas écraser, tu m'entends, ne te laisse jamais écraser.

C'est ce qu'elle avait lu dans les yeux de cet homme taciturne et carré, aux mains puissantes, aux ongles noirs, en bleu de travail délavé. Il y avait comme une adjuration dans son regard et elle avait dit oui avec les yeux, oui, je vous promets qu'il ne me fera pas de mal à moi, je me défendrai.

Il lui avait souri. Vraiment. Comme à une grande. Elle

s'était sentie responsable de ce sourire. Elle ne devrait jamais tromper l'espoir qu'il mettait en elle.

Monsieur Courtois lui faisait confiance.

C'était la première fois qu'une grande personne se mettait de son côté. La première fois qu'une grande personne lui disait tu as raison, l'amour, ce n'est pas baiser la bouche de sa femme en public et l'assommer de coups la nuit. Chacun a sa manière d'aimer, il n'y a pas de définition, mais ce n'est pas ce spectacle révoltant. Tu es dans le juste, Stella, disaient ses yeux. Prends garde à toi, je t'en prie.

Ils avaient dit tout ça, les yeux de monsieur Courtois.

Elle avait douze ans et elle n'a jamais oublié.

Encore aujourd'hui, à trente-quatre ans, elle lit sur un papier ces simples mots, « la ferme des Peupliers », et tout le film de son enfance se déroule.

Elle est en train de se garer sur le bas-côté de la route quand le téléphone sonne. Elle aperçoit deux hommes au loin dans le champ. Ils ont vu le camion et restent sur place comme s'ils avaient encore un dernier détail à régler. Elle décroche. C'est Julie. Elle demande si Stella peut passer au garage Gomont. Il y a deux épaves à charger, des voitures accidentées qui ont brûlé sur l'autoroute. Elle lui dit aussi d'oublier le père Grisier. Il ne veut plus vendre. Stella acquiesce. Les deux hommes discutent en faisant de grands gestes. Elle ouvre sa boîte à gants et prend sa paire de jumelles. Les pointe sur les hommes.

— Attends, Julie, y a deux mecs dans le champ. Ils parlent…

— Qui ?

— Le fermier et un autre que je ne vois pas très bien. Il est de dos. Attends un peu…

Elle règle ses jumelles. Vise la bouche des deux hommes. Continue à déchiffrer les mots échangés de loin.

— Et ?

— Ils sont en train de nous baiser.

— Qu'est-ce qu'ils disent ?

— Ils veulent bien qu'on embarque le matériel, mais ils refusent de nous filer la moitié de l'argent. Seulement dix pour cent pour pas qu'on fasse un scandale.

— Qui mène la danse ?

— Attends… Il se retourne. Ça y est ! Je le reconnais. C'est Turquet, le mec de la mairie.

— Le copain de ton père ?

— Oui. Un salopard de première.

— Merde ! C'est quoi, cette embrouille ? J'ai rien vu venir ! Le fermier ne m'a pas avertie qu'ils seraient deux sur le coup.

— On fait quoi ?

— Sais pas, Stella, sais pas.

— J'ai qu'à faire demi-tour et les planter là. Ils auront

belle mine avec leur tas de chaudrons et personne pour l'enlever...

– Ils appelleront les gars d'Auxerre...

– Qu'ils pourront gruger comme nous ? Ça m'étonnerait ! Guillaume, il se laissera pas faire ! Nous, ils nous connaissent, ils savent qu'ils ont une chance. Mais les autres, ils se défendront. Y aura de la bagarre. Ils le savent très bien. Ils ont pas le choix. Je te le signe !

– T'es gonflée...

– Je les connais, les mecs d'Auxerre ou de Montereau, t'es une enfant de chœur comparée à eux. Ils le savent, ces ordures.

– T'es vraiment sûre ? Parce que même à dix pour cent...

– T'es malade, Julie ! Si on se couche cette fois-ci, on finit aplaties pour toujours ! Laisse-moi faire, ok ?

Julie ne répond pas tout de suite et Stella aperçoit les deux hommes qui marchent vers le camion.

– Magne-toi, ils viennent vers moi.

– Ok. T'as carte blanche.

– Merci.

Stella raccroche. Descend de son camion, siffle les chiens qui viennent trottiner à ses côtés. Garde rapprochée qui la rassure. Vous restez à côté de moi, les chiens, vous ne vous éloignez pas, Toutmiel, tu attaques quand je te le dis, compris, et pas à la poitrine, aux jambes ! Elle foule l'herbe jaune couchée par la neige. Sent le flanc chaud de Cabot contre sa jambe droite, celui de Costaud sur sa gauche. Toutmiel ouvre la marche, sa queue dorée dressée comme une oriflamme. Il est excité et halète en faisant un bruit de ventilateur.

Elle aborde les deux gars. Lit une lueur amusée dans leurs yeux.

– Salut !

– Salut !

– Vous avez la marchandise ? dit Stella.

– Là, dans le bois, fait le fermier d'un geste du menton.

– Alors, on y va ? On fait comme Julie a dit…

– C'est que…, commence le fermier, embarrassé, on a un peu changé les termes de la vente.

– Ah ? Et dans quel sens ? À notre avantage, j'espère.

Les deux hommes ont un petit rire rusé et échangent un regard amusé.

– C'est mignon, les femmes, elles ont toujours le mot pour rire, dit le type de la mairie.

– Ben, on a réfléchi…, enchaîne le fermier. Après tout, vous faites rien dans l'affaire, vous. Moi, j'ai trouvé la marchandise, j'ai appelé la mairie qui m'a dit de m'adresser à vous. Mais voilà que la mairie est intéressée aussi. Elle voudrait sa part. Alors, on vous paie le transport plus une petite marge, et ça nous paraît suffisant.

– C'est cinquante pour cent pour transporter la marchandise.

– Non, intervient le dénommé Turquet, on vous donne dix pour cent, point final.

Stella le regarde comme si elle le déshabillait. Comme

si elle faisait sauter un à un les boutons de sa veste, un à un les boutons de son pantalon, de sa braguette et qu'il se retrouvait à poil devant elle.

– Tu rêves, bonhomme !

– Dis donc, la gamine, tu te prends pour qui ?

– On avait dit cinquante-cinquante et ce sera cinquante-cinquante. Sinon je vous plante là tous les deux et vous vous adressez à d'autres…

Elle marque une pause, le temps que l'information arrive jusqu'à leurs cerveaux d'abrutis.

– Sauf que les autres, ils seront moins coulants que nous. Ça m'étonnerait qu'ils se contentent de votre petit arrangement. Les mecs d'Auxerre par exemple… pas vraiment des affables. Tu veux que je te dise, mec ?

Elle s'adresse à Turquet et c'est comme si elle tenait Ray Valenti au bout d'un couteau.

– Les autres, ils se déplaceront même pas. Ou alors ils vous piqueront la marchandise, les papiers et ils vous feront bouffer vos couilles en salade. C'est vrai, après tout, à qui ils appartiennent ces chaudrons ? Ils diront que c'est eux qui les ont planqués ici et que ce n'est que justice qu'ils les récupèrent. Et vous serez marron.

Les deux hommes se jettent un coup d'œil furtif. Ils n'avaient pas prévu qu'elle réagirait ainsi.

– Alors à vous de choisir… Je vous laisse dix minutes, le temps que je regagne mon camion. Après je charge ou je m'en vais.

Elle touche le bord de son chapeau de son index,

102

s'incline et repart dans le champ. Elle siffle les chiens afin qu'ils lui collent aux basques, pas le moment de vous écarter, on reste groupés. Et toi, Costaud, garde un œil sur eux, je n'ai pas confiance.

Elle n'a pas le temps de poser le pied sur la marche du camion, d'ouvrir la portière qu'une voix s'élève :

– Stella ! Stella !

Elle se retourne. Prend l'air étonné.

Ils lui font signe de revenir. Elle ne bouge pas. S'ils veulent lui parler, qu'ils se déplacent. Elle les attend, les mains dans les poches de sa salopette orange, appuyée au camion. Elle saisit des gâteaux, les jette aux chiens qui font des bonds pour les attraper et aboient en se heurtant du col.

Les deux hommes s'approchent, tête basse. Turquet traîne la patte, il est furieux et tout son corps freine.

– Vous avez changé d'avis ? elle demande en regardant le fermier.

– Ben, c'est que…

Elle attend l'explication. Au lieu de parler, il louche sur le côté et tripote la fermeture éclair de sa cotte. Il a un gros crayon de menuisier dans sa poche gauche sur la poitrine. Turquet, lui, fixe ses pieds, l'air mauvais.

– Moi aussi, j'ai changé d'avis, dit Stella.

Elle prend le facturier dans le vide-poches du camion, sort un Bic, griffonne deux chiffres, « 60, 40 », et tend le papier au fermier.

– Soixante pour Courtois, quarante pour toi. Ça

t'apprendra. La prochaine fois, tu tiendras parole. Et j'oubliais : on te paiera quand on aura pesé. Des fois qu'il y en ait moins…

— Ou plus, dit l'homme qui tente de sauver la face en plaisantant.

— Rêve pas !

Le fermier signe, la tête baissée.

— Rends-moi mon Bic ! ordonne Stella. Tu recommences jamais ce petit cirque, compris ? Chez Courtois, on n'est pas des chips. On est aussi balèzes que les autres. Mets-toi ça dans la tête.

Turquet recule, donne des coups de pied dans les mottes de terre gelée. Il crache des insultes, salope, je t'aurai, ma salope, je te ferai la peau un de ces jours, si tu crois que tu vas t'en tirer comme ça.

— Un problème, monsieur Turquet ?

— Fais pas ta maligne. Je te revaudrai ça. Je te baiserai. À sec et avec du sable.

— Retire ça !

Stella articule tout bas attaque à Toutmiel, qui se jette sur Turquet, le saisit aux mollets, aussitôt imité par les deux autres chiens qui le déstabilisent et le font trébucher.

Turquet tombe à terre, hurle putain, retiens tes chiens, salope ! Retiens tes chiens ! Stella replie le papier signé par le fermier, le range dans la poche avant de sa salopette. S'avance vers Turquet, pose le pied sur sa poitrine, ordonne aux chiens de s'écarter. Les chiens reculent, mais ne lâchent pas l'homme des yeux. Ils grondent, prêts à se jeter sur lui s'il fait mine de bouger.

— Tu me parles plus jamais comme ça, tu m'entends? Plus jamais. Et tu sais pourquoi?

Turquet se débat, tente de se redresser, refuse de la regarder. Elle lui fait tourner la tête de la pointe de son godillot et le fixe.

— Parce que je suis une princesse. Tu l'ignorais? Maintenant tu le sais. Et tu le sais si bien que tu vas me le dire en me regardant dans les yeux, ordure.

— Je t'emmerde!

— Tu veux que je dise un mot à mes chiens? Un tout petit mot?

Les trois chiens n'attendent qu'un signe de leur maîtresse. Leurs yeux vont de Turquet à Stella, guettant l'ordre qui leur permettra de se jeter sur lui. Elle écrase son pied sur la poitrine de l'homme qui étouffe, tousse, crache.

— Je me vengerai. Tu verras…

— Je meurs de peur. Alors? J'attends…

— Va te faire enculer, sale pute!

— Toutmiel, Costaud, Cabot!

Les chiens se jettent sur lui en grondant et montrent les crocs. Le fermier observe la scène, effrayé.

— Arrêtez-les! Arrêtez-les! il crie en levant les bras.

— Si seulement il voulait bien prononcer ces quelques mots, ça changerait tout, soupire Stella.

— T'es une princesse! T'es une princesse! hurle Turquet en se débattant.

Stella siffle les chiens, qui reviennent se coucher à ses pieds. Elle attend que Turquet se relève et lui montre la route.

– Toi, tu rentres tout de suite… l'autre, je le suis en camion jusqu'à la marchandise.

L'homme se relève, brosse ses vêtements, se dirige vers sa voiture. Stella aperçoit alors le portable de Turquet à terre. Elle pose le pied dessus, appuie comme si elle éteignait une cigarette et le portable s'écrase dans un bruit de ferraille légère.

– Ça vaudrait pas cher à la casse ! elle dit en souriant.

Le fermier bredouille :

– Je fais quoi, maintenant ?

– Tu avances et je te suis…

Elle remonte dans le camion, met le contact. Appelle Julie.

– Affaire réglée. Je te raconterai. Il a signé. Soixante pour nous, quarante pour lui. Et je te promets qu'il nous cherchera plus jamais des poux dans la tonsure et qu'il fera passer l'info.

– Pas possible ! s'écrie Julie. Tu l'as fait ? Vraiment ? T'es royale !

– Normal. Je suis une princesse…

Elle raccroche, engage le camion derrière le fermier. Son portable sonne à nouveau. Elle sursaute. Un air d'harmonica. La musique du *Bon, la Brute et le Truand*. La sonnerie d'Adrian. Ses mains étreignent le volant.

Elle ne décroche pas. Elle veut garder ses forces au cas

où le fermier se rebifferait. Le portable sonne à nouveau :
il a laissé un message.

Elle l'écoutera quand elle aura chargé la marchandise.

Un peu plus tard, elle va se garer près de l'usine abandonnée. Autrefois, chez Chartier, on fabriquait du matériel de bureau. Des tables, des étagères, des armoires et
même des bancs d'école, des pupitres d'écolier. L'usine
employait une cinquantaine de personnes. À midi, on
sortait les gamelles, on entendait des rires et des plaisan-
teries. Et péter des bouchons de cidre.

Aujourd'hui, l'usine n'a plus de nom. Le vieux bandeau ÉTABLISSEMENTS CHARTIER a été lavé par le vent et la
pluie et on devine les lettres sous la peinture verte écaillée.
Dans la commune, on dit juste « l'usine abandonnée ».

Aujourd'hui, il n'y a plus que des vieux pneus, des
carcasses d'étagères, des bureaux métalliques que Julie n'a
pas encore récupérés et qui encombrent la cour. Les vitres
sont cassées, les rideaux des garages en tôle ondulée, rele-
vés. Il reste des bouts de métal brûlés au chalumeau sur
le sol lézardé et des poutrelles rouillées.

Stella coupe le contact et laisse tomber la tête sur le
volant.

Elle n'a pas tremblé face à Turquet.

Mission accomplie.

Elle écoute le message d'Adrian.

Les mots d'Adrian…

« Ma princesse, je tourne, je retourne, je te cherche partout, j'ai besoin de te toucher, ça ne peut plus durer, je deviens fou, je deviens bête. Je veux ta peau, tes yeux de loup, tes bras, ton odeur, je te tiens contre moi, embrasse-moi. »

Sa tête part en arrière, cherche le souffle de l'homme dans son cou, sa main sur sa nuque, sa bouche qui murmure des mots dans une langue qu'elle ne connaît pas, des mots qui râpent, la bouche d'Adrian sur sa peau, ses mains sur son ventre, ses mains entre ses jambes… Et son sang à elle qui bat chaud dans ses veines. Son regard qui attend, qui recule, qui repousse l'homme pour rester forte, pour ne pas se rendre, son regard presque hostile alors qu'elle n'a qu'une hâte, tout donner. Et sa voix à lui qui reprend, je mourrai, tu m'entends, je mourrai si tu offres à un autre que moi ce regard de désir. Il la menace et elle sait que la menace va se révéler délicieuse… Elle sait que là où il s'est réfugié pour échapper au danger, il n'attend qu'une chose, revenir dans la ferme et la prendre contre lui.

Il revient parfois.

Il passe par le souterrain secret et reste avec elle toute une nuit. Puis il repart, au petit matin, et elle ne sait jamais quand elle le reverra.

Elle a appris à vivre ainsi.

En pointillé.

L'ombre d'un homme a changé sa vie.

À l'heure du déjeuner, elle rejoindra Tom. Elle lui fera entendre la fin du message. Adrian laisse toujours quelques mots pour Tom. « Et ceci est pour Tom l'intrépide… » Ou « pour Tom le gentleman ».

Ils s'installeront dans la cabine du camion, enlèveront leurs chaussures, s'envelopperont dans une couverture, sortiront leurs sandwichs des sacs en papier. Écouteront *Le Jeu des mille euros*. Plisseront nez et sourcils pour répondre aux questions, la bouche pleine.

Tom jouera « Hey Jude » sur son harmonica. Elle l'enregistrera et l'enverra à Adrian. Il dira que j'ai fait des progrès, hein, Stella ? Tu crois qu'il va aimer ?

Et puis elle le raccompagnera jusqu'à la porte de l'école. Je ne suis pas un bébé, il protestera, arrête le camion avant.

Elle se penchera et chuchotera à ce soir, mon chéri, je viendrai te chercher à dix-sept heures, tu attends à l'intérieur de l'école, tu ne sors pas, promis ?

Elle repartira la peur au ventre.

Elle n'a pas tremblé face à Turquet.

À dix-sept heures, elle arrive devant l'école.

Les carcasses de voitures, les lourds chaudrons de la chocolaterie et une vieille charrue achetée à un fermier sur le chemin du retour s'empilent à l'arrière du camion. Une bonne journée.

Elle ordonne aux chiens de rester dans la benne et pénètre dans l'école. Elle cherche Tom des yeux. La touffe de cheveux blonds, ses yeux bleus de plomb, l'harmonica collé aux lèvres.

Elle ne l'aperçoit pas.

Et l'alarme de la peur revient la clouer au sol. Son visage s'enflamme, elle imagine le châtiment. Son regard voltige et elle ne voit plus rien.

Elle salue la maîtresse de son fils. Lui demande où est Tom.

— Il vous attendait, il était encore là sous le préau il y a une minute, il parlait à Sébastien.

— Mais je ne le vois pas ! elle crie, étonnée de parler si fort.

La maîtresse la regarde, surprise.

— Ne vous inquiétez pas, il ne doit pas être loin.

— Mais…

Elle ne trouve plus ses mots. Ils ne franchissent plus ses lèvres. Elle serre les poings, ses sourcils se froncent pour retenir des larmes.

— Je vais aller voir à l'intérieur, dit la maîtresse, il est peut-être retourné dans sa classe. Ne vous alarmez pas.

Elle pose la main sur le bras de Stella qui secoue la tête pour chasser le cauchemar.

— C'est que…

Sa voix s'enroue, s'étrangle, fait des petits bruits qui couinent. Et puis elle se tait. Elle ne sait jamais dire sa peur.

– Restez là. Je reviens tout de suite.

Stella sort de l'école, s'appuie contre le mur. Le talon d'un de ses godillots vient frapper le mur et une plaque de vieux crépi se détache et tombe en poussière. Elle gratte ses avant-bras, les serre contre sa poitrine. Ferme les yeux. Écoute les battements accélérés de son cœur, le souffle qui s'étrangle et la laisse haletante. Prie le ciel et les étoiles. La petite étoile que sa mère lui montrait dans le ciel. C'est la plus belle, Stella. Elle a huit branches pour exaucer tous tes vœux. Tu as droit à huit vœux par semaine, un pour chaque jour, et deux le dimanche. C'est ton étoile porte-bonheur. Tu peux tout lui dire. Regarde le ciel, Stella ma toute belle, regarde le ciel, il te répondra.

Elle la croyait.

Et puis, elle ne l'a plus crue.

Elle plisse les yeux pour envoyer son message là-haut, mon Dieu, mon Dieu, ne touchez pas à Tom. Pas lui ! Elle voudrait bondir, se suspendre à l'étoile à huit branches pour être sûre d'être entendue et, si elle est assez stupide pour croire à tout ce fatras, qu'on la laisse errer dans son malheur. Elle connaît le chemin par cœur.

Quelqu'un a volé le chapeau du bonhomme de neige de la cour de récré, dit une dame qui sort de l'école, emmitouflée jusqu'aux yeux. On vole tout de nos jours, lui répond une autre. Quand tu penses que c'était une bassine rouge en plastique à un euro vingt-cinq ! Même ça, ils le respectent pas. J'te jure !

– Madame Valenti !

– Oui ? dit Stella en sursautant.

La maîtresse revient en tenant Tom par l'épaule.

– Il était assis par terre dans sa classe. Il jouait de l'harmonica.

Tom lui jette un regard surpris et lui prend la main.

– Je t'attendais, il dit, offensé d'avoir été pris pour un déserteur.

Elle pousse un soupir de soulagement, met une main sur sa poitrine pour calmer les battements de son cœur. Serre Tom contre elle. Remercie la maîtresse.

– Fallait pas t'affoler… T'avais dit à l'intérieur de l'école.

– Je sais, mon chéri, je sais. Allez ! Viens ! Il faut que je retourne sur le chantier et que je décharge la benne. À dix-huit heures, ça ferme.

D'un geste, d'un regard, elle reprend le contrôle de son monde, pose un pied sur la terre ferme, pousse son fils en avant, se penche pour flairer son odeur. Après seulement, elle monte dans le camion et démarre.

Julie relève la tête de ses comptes et regarde l'heure. À dix-huit heures, les hommes arrêtent de travailler, quittent leur poste, passent prendre leur douche dans le vestiaire, se changent, accrochent leur uniforme dans leur placard et repartent chez eux. Elle les entend qui s'apostrophent, parlent d'aller boire un coup ou plaisantent au sujet du loto du soir, d'un match de foot. Il ne reste plus que

Jérôme à la réception des camions. Il finit de remplir ses feuilles d'achats et de ventes de la journée avant de les remettre à Julie. Il sait qu'elle l'attend. Elle fera le point sur le stock. Elle le fait plusieurs fois par jour.

Elle entend des pas dans l'escalier qui monte à son bureau. De lourds pas d'homme dans l'escalier étroit. On peine en le gravissant. On s'arrête pour reprendre son souffle. Même les habitués. Ce doit être Jérôme. C'est un lent, un taiseux. Il a l'habitude de lui tendre les papiers en vrac, il fait une remarque sur le temps pendant qu'elle vérifie les chiffres puis il se tait. Pas besoin de se parler, ils se comprennent, ils appartiennent à la même famille, celle de la ferraille, celle que l'on méprisait avant que le prix des métaux ne grimpe si haut. Aujourd'hui, on ne dit plus jamais que c'est un métier de pouilleux. Ça rapporte gros. Jérôme le sait. Il est reconnaissant à Julie de bien mener son affaire. Fier de travailler pour elle.

Autrefois, il était grutier. Un bon grutier, habile et précis. Et puis, il avait gagné au loto. C'était en 1998. Huit millions de francs. Il les avait tous invités à la Madeleine, chez monsieur Gauthier. Au premier étage. Le restaurant chic de Sens inscrit dans le guide rouge *Michelin*, estampillé d'une étoile. Ils avaient brossé leurs ongles, leurs cheveux, mis une chemise blanche, une veste, une cravate. Ils ne se reconnaissaient pas trop et se regardaient, surpris. Avaient peur de parler trop haut. Ils avaient commandé des apéros, des olives vertes et noires, des chips aux crevettes et des petites saucisses de cocktail.

Il leur avait annoncé qu'il quittait la Ferraille, ce n'est pas que je vous aime pas, mais c'est Jeanine, elle veut s'allonger au soleil, alors on va en profiter un peu. Il avait comme du regret dans l'œil en disant ça. Il partait sous les palmiers en traînant les pieds. Il était revenu trois mois après, célibataire et ruiné. Et presque chauve. Le chagrin lui avait mangé les cheveux. Jeanine s'était entichée d'un marin de pacotille à San José, Costa Rica, et avait dévalisé leur compte commun. Il n'avait jamais voulu porter plainte. Comme s'il était soulagé que tout cet argent lui ait échappé. Il était revenu frapper à la porte des établissements Courtois. Julie ne lui avait posé aucune question. Elle l'avait repris. À la réception des marchandises. C'était une promotion. Une responsabilité. Un poste de confiance.

Elle se lève pour allumer le plafonnier. La nuit va tomber. Elle se dirige vers la paroi vitrée, entend encore des bruits de conversation qui proviennent du vestiaire. Elle les connaît tous. Elle connaît leurs enfants, leurs femmes. Leur situation de famille. Certains étaient au lycée avec elle, d'autres ont été embauchés par son père. Tous l'appellent Patronne. Son père avait tenu à ce qu'elle fasse comme lui : qu'elle parte de zéro. Qu'elle apprenne à découper la ferraille, à conduire un van, à manœuvrer une grue, à trier les métaux avec de gros gants noirs, lourds comme des pattes d'ours. Elle avait porté la même cotte, travaillé dans le froid, sous la pluie, rempli des bennes, appris à déjouer les ruses des clients, à lire l'embrouille sur leur visage, à la désamorcer d'un sourire. Pas un sourire de vamp, mais un sourire paisible de fille qui sait, qui connaît le cours des métaux et ses fluctuations. Les plus roués ne savent plus sur quel pied danser quand elle leur sourit. C'est drôle, pense-t-elle en regardant au loin les réverbères sur la nationale s'allumer et les lumières jaunes scintiller, je mets toute ma douceur, toute ma féminité, dans mon travail, il ne m'en reste plus pour ma vie privée. Elle se reprend dans un petit rire triste, forcément, je n'ai pas de vie privée… Je ne saurais pas quoi faire si j'avais un homme en face de moi. Je sais enfouir mon nez dans les tas de ferraille, trouver la pièce cachée qui vaut plus cher que les autres, mais je ne sais pas évaluer les hommes, l'opacité de leur cœur.

Elle aime son métier. Elle arrive le matin la première, se promène sur le chantier, évalue les tonnes à trier, les envois de marchandise à l'étranger, les bennes dont le contenu passera au broyeur. Touche les morceaux de métal froids comme si elle caressait la peau d'un amant, ramasse un gros écrou argenté, le polit de la manche de son pull, le glisse dans sa poche et s'émeut de le sentir battre contre sa cuisse, à la fin de la journée, parfois, elle a des bleus… À sept heures quarante-cinq, elle prépare un café avec des viennoiseries pour ses hommes.

Elle, la Patronne.

C'est son père qui lui a transmis ce goût pour la ferraille.

Elle a grandi en le regardant travailler. Il portait lui aussi la cotte de travail. Sa mère voulait qu'elle fasse des études, je veux que ma fille soit propre, je ne veux pas pour elle d'un métier de chiffonnier. Dès que sa mère avait le dos tourné, son père l'emmenait sur le site. Il la prenait sur ses genoux quand il manœuvrait la grande grue bleue et lui apprenait à monter et à baisser les leviers. À quatorze ans, elle tenait des voitures fracassées au bout du long bras mécanique et les lâchait au-dessus du broyeur dans un bruit assourdissant. Elle éclatait de rire, ses joues brillaient, elle criait encore, encore, papa! Son père jubilait et la serrait contre lui.

Son père...

Elle se demande parfois s'il n'a pas choisi de s'occuper du secteur étranger parce qu'il ne supportait plus de vivre à Saint-Chaland. Elle n'a jamais su ce qu'il s'était passé exactement. Parfois, quand certains mots sont prononcés, sa mère pince les lèvres, son père baisse la tête. Un soir, ils s'étaient disputés. Les mots volaient, acerbes, tu crois que je ne sais pas, Edmond? Tout le monde sait ici! J'ai l'air de quoi, moi? Sa mère avait posé une valise sur le lit conjugal et son père essayait de la retenir, ne pars pas, ne pars pas, pense à Julie.

Julie, cachée derrière la porte, ne savait pas quoi penser.

La porte de son bureau s'ouvre violemment. Elle tressaille. Comme si la dispute entre son père et sa mère reprenait.

Un homme se tient debout sur le seuil.

Un bel homme droit, à l'allure fière, au teint hâlé, au regard noir qui coupe l'horizon en deux, aux larges épaules, aux longues jambes. Un homme qui porte fièrement ses soixante ans, qui bande les muscles de ses bras, de sa poitrine, de son ventre. Un homme aux tempes grisonnantes, aux dents régulières, un homme sûr de lui, de son poids dans le monde. Un homme qui vous décoche un direct au menton sans bouger et vibre de colère. Une horreur d'homme, ne peut s'empêcher de penser Julie, de ces hommes qui posent la main sur leur cœur pour jurer qu'ils ne pourraient jamais commettre cette infamie alors qu'ils ont encore la trace de leurs méfaits sur leurs pattes de brutes.

– C'est quoi, cette histoire de chaudrons ? Pourquoi t'as refusé de payer ? C'est encore cette conne de Stella ?

– Bonjour, Ray…

– Salut ! Alors ?

– Calme-toi.

– J't'ai posé une question !

– C'est le fermier, il n'a pas respecté le contrat qu'on avait passé. Stella n'a rien à voir dans cette histoire.

– Turquet m'a raconté. Elle a lâché les chiens sur lui, ils auraient pu le tuer !

– N'exagère pas. Il est pas en sucre, Turquet. Elle s'est défendue, c'est lui qui l'avait provoquée.

– Parce que t'étais sur place, peut-être ?

– Pas plus que toi. Il n'est pas mort, ton pote. Et d'ailleurs, tu peux me dire ce qu'il faisait là ?

– On avait droit à notre part aussi.

– Et pourquoi ? Tu peux m'expliquer ?

– Parce que.

– Parce que vous aviez terrorisé le fermier ? Que vous l'aviez menacé comme vous le faites tout le temps ?

– On y avait droit, c'est tout.

– Pour les caisses de l'Amicale des pompiers ? C'est ça ? Tu me fais marrer…

– C'est une participation, en effet.

– Un droit de cuissage ?

– Fais pas ta maligne.

– Je te répète que Stella a défendu MES intérêts et suivi MES instructions. Si tu dois t'en prendre à quelqu'un, c'est à moi. Moi, je fais mon boulot et je refuse de cotiser à ton amicale bidon. Tu devrais le savoir depuis le temps !

– Fais gaffe, Julie, fais gaffe à toi !

– Maintenant, tu vas t'en aller bien gentiment et si tu croises Jérôme, dis-lui de monter me voir.

Julie sait que Ray Valenti se retirera sans faire d'histoires. Il craint son père. Edmond Courtois versus Ray Valenti, c'était l'affiche d'un duel passé. Ray Valenti avait mordu la poussière. Elle ne sait pas comment ni pourquoi. Son père n'en parle jamais. Tant que son père sera vivant, Ray Valenti ne s'en prendra jamais à elle. Il est venu ce soir pour jouer son rôle. Un vieux coq qui s'égosille, dressé sur ses ergots. Pour brasser l'air, avoir quelque chose à raconter aux copains ce soir devant une bière, deux bières, trois bières chez Gérard.

– Dis à ta copine qu'elle va pas s'en sortir comme ça ! Elle va dérouiller !

Des yeux, Julie lui montre la sortie.

Il crache des borborygmes, gifle l'air d'un geste large, ouvre la porte et disparaît.

Julie l'entend avaler les escaliers. Il écrase chaque marche de son talon. Il ne peut rien contre elle, alors pourquoi vient-il beugler ? Pour ne pas baisser sa garde ? Ça se saurait à Saint-Chaland et il perdrait de son prestige.

Pourvu qu'il ne croise pas Stella.

Sous l'immense hangar, Stella finit de décharger les carcasses de voitures et les bassines en cuivre. Du beau matériel de chez Dehillerin. De grosses marmites ventrues en cuivre lisse, doré, étamé ou martelé, avec des poignées en laiton ou en fer forgé, des faitouts profonds, de hautes casseroles, de larges cuves, des couvercles, toute une batterie d'ustensiles qui devait briller autrefois sur les étagères de la chocolaterie Reynier. La brillance, l'arrogance du cuivre ont disparu. Les pièces sont noires, sales. Suzon nettoyait ses casseroles en cuivre avec un mélange de farine, de gros sel et de vinaigre. Elle les frottait à s'en user les bras et parvenait à leur rendre leur belle couleur.

Boubou et Houcine donnent un coup de main à Stella. Ils comptent les pièces alignées et murmurent belle prise !

Soixante-quarante, comment t'as fait ? Y a pas à dire, Stella, tu te dégonfles pas ! Ils la regardent en s'essuyant le front.

Puis Maurice fait glisser la lourde porte du hangar sur les rails, passe une grosse chaîne, pousse trois verrous, enclenche l'alarme. Stella fait signe à Tom de monter avec elle jusqu'au vestiaire, elle doit se laver les mains. Elle n'a pas le temps d'apercevoir le quatre-quatre de Ray qui tourne au bout de la rue.

Elle dépose son casque au vestiaire. Se donne un coup de brosse dans le miroir. Sursaute en s'apercevant. Blanche comme de la craie. Elle tapote ses joues, les pince, les frotte. Ne pas montrer à Tom qu'elle a peur. Ce qui rend la menace si angoissante, c'est qu'elle reste vague, imprécise. Elle ne sait pas sur qui le danger va s'abattre, mais elle est sûre qu'il va la prendre à la gorge. Elle croise le regard de Tom dans la glace et sourit faiblement. Est-ce qu'il sait, lui ?

De retour à la Ferraille, elle raconte à nouveau la scène avec le fermier.

— Tu devrais marquer la transaction sur ton cahier de comptes. Ils sont capables de te dénoncer pour trafic.

— Bientôt, ils ne pourront plus, répond Julie. On ne va plus avoir le droit de payer en liquide, de la main à la main.

— Oui, mais pour le moment, fais gaffe. Ils vont vouloir se venger. Doivent être en train de déblatérer chez Gérard, de se chauffer la rate. Ces mecs-là, ils pensent pas plus loin que leur verre de bière.

Les deux femmes se sourient.

Julie s'étire dans son fauteuil. *« I'm a candy girl »* gondole sur sa poitrine. Stella pose son bras sur les épaules de Tom.

– Bon... Nous, on rentre. Y a les devoirs à faire, le bois à rentrer, à demain !

Julie lui fait un signe de la main et se replonge dans son cahier de comptes.

La neige a cessé de tomber, la cuisine est chaude, Suzon a rentré des bûches, mis du bois dans la cuisinière, laissé sur le dessus une soupe de fenouil et un poêlon de riz à la tomate. Tom soulève le couvercle, ferme les yeux, hume l'odeur de tomates fraîches et de basilic.

– T'as encore peur, dis, Stella ?

– Qui t'a dit que j'avais peur ?

– T'avais peur... toute la journée.

Il n'a pas besoin de lui poser la question pour savoir. Il serre les lèvres sur son harmonica et il entend la peur. Sa mère ne marche plus de la même manière quand elle redoute le danger. Elle ne voltige plus dans l'air en dessinant des pleins et des déliés. Quelque chose se bloque en elle, la fait dérailler. Elle devient friable, fragile. Elle se recroqueville. Une boule qui craint les coups de pied.

Stella soupire. Elle voudrait tant l'épargner. Qu'il ne connaisse jamais la houle du danger. Elle sait qu'elle va devoir subir d'abord. Le danger gagne toujours la première manche. C'est une vieille coutume entre elle et lui.

Elle pose deux bols, deux assiettes sur la table, coupe des tranches de pain, sort la carafe d'eau, sert la soupe.

– Moi, j'ai pas peur, dit Tom. Tu me fais pas confiance ! Tu devrais…

Elle sourit.

– Tu as raison, mon chéri.

– Parce que moi, quand je commence à avoir peur, je prends un gros marteau et j'écrase ma peur. Je te jure ! Et je dis même pas peur, même pas peur, en imaginant que je lui tape dessus.

– Et ça marche ?

– Très bien.

– C'est Adrian qui t'a appris ça ?

– Oui. Et il m'a dit aussi de veiller sur toi.

– Et moi, il m'a dit de veiller à ce que tu fasses bien tes devoirs ! Alors, tu finis de manger et tu y vas.

La peur a attendu la nuit pour s'abattre.

Elle a pris la voix d'Amina.

Amina, cette nuit-là, était de permanence aux urgences de l'hôpital de Sens. Elle a appelé vers trois heures du matin.

– Stella…

– Oui.

– C'est moi, Amina.

Et elle a su tout de suite que c'était la voix du malheur. Elle s'est recroquevillée sous l'abri chaud de la couette. La houle du malheur roulait sur elle, lui brisait les reins.

– Stella… il faut que tu viennes. C'est urgent.

Elle arrive à peine à tenir le téléphone contre son oreille. Elle a mal partout. Elle tente de se débattre, mais la houle l'écrase, lui fend le souffle, lui fend le nez, les lèvres. Elle a du sang plein la bouche.

– C'est ta mère. Elle est dans un sale état. Je ne sais même pas comment elle a eu la force de…

– J'arrive, j'arrive tout de suite.

– Je l'ai mise dans le service du docteur Duré. Lui seul peut la protéger…

– Oh! elle peut à peine murmurer.

– Stella! Tu m'entends?

Stella n'ose pas poser la question. Toujours la même, celle qui tournait en rond dans sa tête, enfant, quand elle n'entendait plus de bruit dans la chambre de ses parents. Dans quel état est-elle? Dans quel état?

C'est Amina qui reprend:

– Elle est vraiment mal. On l'a placée en coma artificiel pour pouvoir la soigner. Viens vite…

– J'arrive.

Elle attend qu'Amina raccroche.

– Et, Stella… on a trouvé un papier dans la poche de sa robe.

Stella fronce les sourcils, sa bouche se remplit de larmes.

— Elle a pu écrire quelque chose ?

— Je ne sais pas si c'est elle, c'est une grosse écriture...

— Et ça dit quoi ?

— « 100 % Turquet. »

– Et tu sais d'où vient l'expression « c'est une autre paire de manches » ?

Ils déambulent dans les rues ocre et rouge de Sienne, des rues qui montent et qui descendent, qui essoufflent, enfoncent des petits poignards dans les côtes, rapprochent les amoureux, séparent les cœurs boiteux. Philippe a passé son bras autour des épaules de Joséphine et joue avec la bride de son sac, il l'écoute en déchiffrant la devise de la ville inscrite au-dessus de la porte Camollia. COR MAGIS TIBI SENA PENDIT, « Sienne t'ouvre encore plus grand son cœur ». Il a de bons souvenirs de ses années de latin. Il boudait les thèmes, mais était friand de versions. Il se penchait sur Cicéron ou Pline l'Ancien et avait l'impression de résoudre une énigme policière. Philippe Dupin, détective.

– Tu donnes ta langue au chat ?

Joséphine renverse la nuque. Le soleil pâle de ce mois de février éclaire ses yeux d'une lueur de brume. Elle veut profiter de chaque instant, le remplir de beauté et d'encens.

– Alors… tu ne sais pas ?

Il secoue la tête. Elle se redresse, adopte une pose de conférencière, croise les doigts et explique :

– Eh bien, parce que au Moyen Âge, pour ne pas avoir à se changer entièrement, les femmes ne changeaient que les manches de leur robe. La coutume voulait qu'on porte des manches ordinaires et robustes à la maison et le soir venu des manches luxueuses, raffinées, si on sortait. Et c'était alors une autre paire de manches ! Les voleurs, d'ailleurs, ne volaient que les manches… c'était un business fructueux.

– Tu en connais beaucoup des histoires de voleurs de manches ? il demande en effleurant les lèvres de Joséphine, en y déposant un baiser qui a le goût du café qu'ils ont pris à la Trattoria Papei, un *ristretto* où le morceau de sucre se tient bien droit puis se dissout en tapissant le fond de la tasse d'un épais sirop.

– Oh oui ! elle soupire en buvant son baiser sucré. Par exemple, l'histoire du bouton…

Il sourit, une buée légère s'exhale de sa bouche.

Et dire que je ne savais pas qu'on pouvait s'aimer comme ça ! pensent-ils l'un et l'autre sans oser s'avouer la candeur de leur étonnement. Dire que je croyais qu'il fallait souffrir et se tromper, être blessé, malheureux, calculer, ruser, se taire, redouter. Tout est devenu si simple depuis ce soir où elle est venue me retrouver à Londres. Elle se tenait sous mon balcon, elle envoyait des graviers contre les vitres du salon, j'ai failli ne pas l'entendre. J'ai ouvert la fenêtre. Je me suis penché et… Comme je l'aime! elle se dit. Depuis ce soir où je lui ai murmuré mon amour sous son balcon, à Montaigu Square. Je lançais des petits cailloux et espérais qu'il se mettrait à sa fenêtre… Elle jetait des graviers dans le noir et j'ai failli ne pas la voir dans son imperméable blanc… C'était il y a trois ans. Il est descendu, il s'est exclamé Joséphine! et je n'ai rien pu dire. L'amour me change en statue de pierre. Muette, figée par la peur de tout perdre dans l'instant qui va suivre. Je saute à cloche-pied entre le ravissement et l'effarement.

– Le bouton est apparu au douzième siècle en Italie. Au début, il était en corail car il était considéré comme un bijou. Et puis, un beau jour, il est devenu utile. Il a trouvé sa place, son emploi. Il n'a plus jamais disparu. La fourchette aussi date de cette époque!

Il fait mine d'être étonné afin qu'elle continue à jouer les conférencières.

– Elle aussi a été inventée au Moyen Âge et considérée comme une invention du diable par l'Église.

– Tu inventes, Joséphine!

– Pas du tout! La princesse byzantine Théodora, qui

avait commis le grand péché de manger sa viande avec une fourchette en or à deux dents, mourut, saisie par la gangrène. On a bien tenté d'enrayer l'infection en découpant la princesse en morceaux de plus en plus gros. Mais on ne l'a pas sauvée. Quand elle a rendu l'âme, elle n'était plus qu'un tronc.

Joséphine se dégage, mime une révérence, réclame une pause chez Naninni, via Banchi di Sopra, derrière la piazza del Campo.

Elle s'échappe et court l'attendre un peu plus loin, au coin de deux rues en pente sous l'écusson d'une *contrada*, un escargot peint sur le fronton de la maison. La *contrada* de l'Escargot ou attention, prudence ! L'escargot a raison. Trop de bonheur lui tourne la tête. Elle a besoin de reprendre son souffle. D'aiguiser son ouïe, d'aiguiser sa vue pour repérer le danger malin, caché sous un grand dais, qui ne va pas manquer de la poignarder. Car c'est sûr, cela ne peut pas durer.

Parfois, la nuit, elle se réveille et le regarde dormir. Trois ans déjà et elle ne s'habitue pas. Elle le touche d'un doigt léger, presque étonnée de le trouver là, dans son lit. Ses cheveux noirs, épais, sa bouche ferme, élastique, le nez droit, les muscles de son dos nu, le drap blanc sur ses hanches brunes, ses longues mains… Il a l'air lointain, distant. Si j'allumais la petite lampe rouge, est-ce qu'il me reconnaîtrait ? Elle joue à se faire peur, étouffe une petite secousse de rire dans le drap blanc. Puis elle s'assied dans le lit, se balance d'une hanche à l'autre et se demande sérieusement se peut-il qu'il m'aime autant que je le chéris ?

Cela lui paraît une idée si farfelue qu'elle ne parvient pas à se rendormir. Elle guette le jour qui filtre derrière les rideaux pour reprendre pied et retrouver la raison. Est-on toujours tourmentée quand on est amoureuse ? Amoureuse ? Il vaudrait mieux dire possédée, envahie, décolorée, recolorée à ses couleurs à lui. La quête d'un mot exact l'apaise. Elle goûte sur ses lèvres la trace de leur dernier baiser et se rassure. On ne mime pas le désir, le désir d'un homme qui se pose sur une femme et la rend belle. De ce désir-là, elle se sent parée. La façon qu'il a de refermer ses bras sur elle quand ils sont étendus dans le lit... Il l'étreint, il l'ajuste contre lui et tout semble simple. Un baiser et les questions s'effacent, gommées par une évidence qui s'impose, embrasse-moi, embrasse-moi encore. La volupté peut se révéler une science exacte, même si elle ne l'est que l'espace d'une heure, d'une nuit. Il est des confidences que seuls les corps échangent. Un accord secret signé d'une peau sur l'autre.

N'empêche, elle se demande toujours pourquoi et pourquoi encore.

C'est encore pire quand il fait jour.

Le jour... elle cherche son reflet dans les glaces pour savoir si elle est digne d'être accompagnée de ce bel homme. Parce que alors, quand ses bras à lui se sont dénoués, quand elle affronte seule la rue, le regard des femmes et le regard des hommes, elle n'est plus sûre de rien. C'est comme si une autre personne venait habiter dans sa tête. Et elle ne lui veut pas que du bien ! Joséphine lutte pour la faire taire, mais elle n'y parvient pas toujours.

Et elle verse dans la peur.

Elle n'ose pas lever les yeux de crainte d'attraper un éclair déçu dans le regard de Philippe. Elle craint qu'il n'aperçoive un détail qui le rebute. Ou que son amour n'invente une femme idéale, plus belle, plus intelligente, à laquelle elle doit à tout prix ressembler. Ressembler à cette autre qu'il invente ou, si je suis honnête, que je forge, moi. Envie d'être belle comme sur une photo. C'est idiot ! Ce serait si simple si je pouvais simplement être moi, Joséphine Cortès, sans fard ni artifice et qu'il m'aime ainsi.

J'ai toujours cru qu'on m'aimait sur un malentendu.

Que je servais de bouche-trou.

Depuis que je suis toute petite.

Je laissais toute la lumière à Iris…

La première place sur les photos.

La meilleure place à table, au cinéma, dans la voiture.

Je jouais les suivantes. Docile et consentante.

Parfois, il lui arrive, dans le bombé d'une vitrine ou l'usure mouchetée d'un miroir, de croiser un fantôme. Une mince silhouette brune aux yeux bleu glacier, aux longs cheveux noirs qui l'interroge, que fais-tu là, Joséphine ? Que fais-tu là ? Elle se trouble, elle demande Iris ? C'est toi ? Et il suffit alors qu'elle se tourne vers Philippe, qu'elle aperçoive sur son visage un air un peu absent, un peu perdu, il suffit qu'à ce moment précis il passe la main sur ses yeux comme s'il voulait chasser un souvenir, et elle ne sait plus rien de son bonheur.

Iris ne revient jamais la nuit.

La nuit, Joséphine se dit que le bonheur n'est pas une marchandise qu'on pose sur le comptoir, qu'on pèse et qu'on achète pour mieux le posséder, c'est un état d'esprit, une décision de l'âme. Le bonheur, c'est d'avoir les yeux grands ouverts et de le chercher partout.

Et elle a décidé d'être heureuse.

Dans la via Banchi di Sopra, Philippe lève le nez sur une madone peinte au-dessus d'une porte et déclare :

– Demain, nous irons à Arezzo voir les fresques de Piero della Francesca.

Joséphine acquiesce. S'il ne tenait qu'à elle, ils iraient du Palazzo Ravizza à la piazza del Campo avec arrêts dans les musées, les églises et les salons de thé. S'il ne tenait qu'à elle, ils arpenteraient chaque ruelle de Sienne afin d'y déposer leur empreinte et que la ville devienne leur royaume.

En ce mois de février, les touristes ne s'y pressent pas. C'est la saison creuse, disent les hôteliers en bâillant. Philippe et Joséphine ont pris leurs aises au Palazzo Ravizza. La propriétaire leur a attribué la chambre la plus grande avec de lourdes draperies vertes aux fenêtres, de hauts plafonds et des colonnes doriques qui lui donnent un air de palais romain. À Sienne, ils habitent à la même adresse, dorment dans la même chambre, dans le même lit. Sinon, il vit à Londres et elle à Paris.

Avant d'arriver à Sienne, ils ont fait halte à Florence.

À l'hôtel Savoy, un hôtel si chic qu'elle ne savait plus sur quel pied marcher. Elle fixait ses chaussures et les trouvait piteuses. Des souliers pour écraser les orties et la boue des prairies argileuses.

La fille à la réception était longue, blonde, juchée sur de hauts talons. Née pour gober le bonheur. Elle se fondait dans les bouquets de fleurs blanches, les banquettes en cuir doux, les boiseries et l'odeur délicate des bougies parfumées.

À leur arrivée, elle avait déclaré dans un grand sourire soyez le bienvenu, monsieur Dupin. Madame… Puis elle avait ignoré Joséphine, la reléguant au rang de figurante. Une randonneuse qui sentait la sueur, l'effort, les mollets mal épilés et les ongles rongés.

Elle avait marqué une petite pause et avait ajouté nous sommes heureux de vous voir à nouveau, monsieur Dupin. Vous avez donc apprécié la villa Kennedy à Francfort et l'hôtel Amigo à Bruxelles ? Elle égrenait les noms des hôtels de sa chaîne en étirant un large sourire complice. Joséphine se tassait dans ses souliers crottés.

Elle ne pouvait s'empêcher de penser à ces établissements où il était descendu avec Iris ou une autre femme
tout aussi belle. Elle avait baissé les yeux, fait un pas en
arrière. Avait eu envie de changer son manteau, son sac,
ses ongles mordillés, de couper la mèche qui lui tombait
dans les yeux…

Philippe avait marqué un temps d'arrêt. Son index
martelait le comptoir en bois clair. Le silence s'installait,
embarrassant. La jeune femme attendait, marquait sa surprise en haussant les sourcils et son sourire se figeait.

Philippe avait dit mademoiselle, nous avons changé
d'avis. Nous allons nous rendre directement à Sienne.
Annulez notre réservation, s'il vous plaît.

Il avait renvoyé les bagages dans leur voiture de loca-
tion et ils étaient repartis.

Sous la pluie.

Les essuie-glaces faisaient un bruit de baguettes
revêches, tchong, tchong, tchong. Ils donnaient le ton,
mauvais, haché, moquaient ses souliers, son manteau
informe, sa science d'universitaire bas-bleu.

Il avait conduit jusqu'à Sienne sans dire un mot, le
visage fermé. Soixante-dix kilomètres de silence. La pluie
noyait la route, obscurcissait le ciel. Joséphine se taisait.
Elle frottait ses chaussures contre le bas de son manteau,
cachait ses ongles dans les manches de son pull, mangeait
ses lèvres. Elle avait forcément eu l'air déplacée dans ce
hall d'hôtel. Il avait préféré prendre la fuite.

Elle avait eu envie de s'excuser, avait tendu la main vers

133

lui… Il lui avait jeté un regard rapide, irrité. Alors le doigt de Joséphine avait bifurqué vers le bouton du chauffage et elle avait fait semblant de le baisser.

Il n'y a pas de remède à ce mystère de l'homme qu'on aime et qui devient soudain un étranger justement parce qu'on l'aime et qu'en l'aimant, on perd le pouvoir de raisonner, on se heurte à un mur douloureux qu'on ne peut briser.

En arrivant au Palazzo Ravizza à Sienne, un vieux monsieur à la réception se balançait sur une chaise. Un vieux monsieur à la tenue passée, au gilet ouvert sur un ventre un peu rond, aux cheveux rares qui tentaient de recouvrir un crâne nu en y dessinant une maigre toile d'araignée. Philippe avait déclaré qu'il avait réservé une chambre, qu'ils arrivaient un peu plus tôt que prévu, est-ce que cela posait un problème ? Pas du tout, avait dit le vieux monsieur défraîchi en se levant et en tirant sur son gilet ; il avait appelé la propriétaire de l'hôtel pour la prévenir que le *signore* et la *signora* Dupin étaient là. Pouvait-on leur donner leur chambre ou était-elle encore occupée ? *Certamente*, avait répondu la propriétaire.

Et c'est ainsi qu'ils s'étaient retrouvés dans cette immense suite avec vue sur la campagne toscane et les ifs droits comme des petits bâtons de réglisse. Seuls occupants à l'étage, ils pouvaient se promener dans une enfilade de salons, se laisser tomber dans des canapés vallonnés, ouvrir un vieux piano à queue, feuilleter des partitions ou s'asseoir près des cheminées hautes comme des portes de donjon.

L'orchestre jouait la valse du *Guépard*, Burt Lancaster ouvrait le bal avec Claudia Cardinale, Joséphine valsait dans ses souliers piteux. Le vieux palais ne l'intimidait pas, ni le monsieur avec une toile d'araignée sur la tête.

Ce dernier avait déposé leurs bagages, ouvert le bar, les penderies, montré la salle de bains, le coffre-fort, leur avait tendu la clé, puis il était reparti, penché en avant comme s'il portait le monde sur ses épaules.

Philippe avait entraîné Joséphine sur le grand lit, l'avait enfermée dans ses bras et avait chuchoté bienvenue au Palazzo Ravizza, *bella ragazza*. Elle avait enfoui le nez dans son épaule.

Il n'était pas fâché.

— Il faudra acheter un cadeau pour Zoé, dit Philippe. Un beau sac en cuir, une paire de boucles d'oreilles, un parapluie ?

Joséphine éclate de rire.

— Pourquoi tu ris ?

— À cause du mot « parapluie » et puis…, ajoute-t-elle tout bas, parce que je suis heureuse.

Il la serre contre lui. Elle aurait envie qu'il lui réponde qu'il est heureux aussi. Mais il ne dit rien et la tient solidement, le bras passé autour de sa taille. C'est une preuve, ce bras autour de moi. Cela vaut bien une déclaration.

Si Shirley lui demandait qu'est-ce que tu aimes en lui ? elle ouvrirait les bras et dirait tout, tout, tout. Mais encore ? Shirley exigerait des détails, des adjectifs précis. Alors elle bafouillerait je ne sais pas, d'abord je le trouve beau, séduisant… et puis j'aime son regard, sa prévenance, son élégance de corps et d'âme. Il me regarde et je deviens spéciale, unique. Balivernes ! Eau de rose et pétales de mauve ! couinerait Shirley. Un homme et une femme, ce sont des frissons, des étreintes, des assauts féroces, une main qui se fiche dans la nuque, une bouche qui mord, des cris, des clameurs, bref, le brasier d'une arène romaine. Alors, reprendrait Joséphine en rougissant, je dirais son odeur. Quand je suis dans ses bras, que je respire son torse, je me sens ivre et fauve. Mais encore ? soupirerait Shirley, énervée par la lenteur prude de son amie. J'aime sa peau, propre, appétissante, le grain de sa peau. Appétissante, mais comment ? Tu le manges, tu le lèches, tu te frottes comme un silex ? Ça ne te regarde pas ! Raconte-moi, Joséphine ! Dis-moi autre chose, alors ! J'aime sa voix… quand on fait l'amour, qu'il me parle, qu'il ordonne d'une voix dure attends, attends, ou murmure comme un mendiant Joséphine. Carrément stupide ! s'esclafferait Shirley. Ma pauvre Joséphine ! Non, je t'interdis de dire ma pauvre Joséphine ! Dans ses bras, la nuit, je suis une reine. Une reine de caravansérail. J'ai toutes les audaces quand il murmure mon prénom ou chuchote tu es belle, tu es douce, tu es ma seconde peau… Ah! ah! Ça devient plus intéressant, concéderait Shirley. Et vous faites la guerre? Il t'empoigne, il t'éperonne, il te plante les crocs? Pas du tout! On se dilue, on ouvre des brèches, on s'y aventure, émerveillés, on invente mille délicatesses, mille attentes qui se terminent en un feu d'artifice qui me dévore, me soulève, monte dans tout mon corps, et… je laisse échapper un cri si rauque, si brutal que ma tête éclate et enfin, et enfin… je tombe à terre, décapitée. Après, j'ai des papillons dans tout le corps et je ne sais plus où est le sud, où est le nord.

Alors, Shirley se tairait. Impressionnée. Elle dirait je m'incline! Elle ajouterait cependant, pointilleuse, à chaque fois?

Oui, dirait Joséphine, à chaque fois.

Et ça lui clouerait le bec. Ou presque.

C'est difficile de clouer le bec à Shirley.

— Et on achètera aussi un cadeau pour Shirley, dit Joséphine.

— Promis. Zoé, Shirley. Et Hortense aussi?

— Hortense et Gary. N'oublions pas Gary!

— Et Alexandre et Becca…

— Un châle pour Becca. Et pour Iphigénie qui garde Du Guesclin… Un *panforte* dans une feuille d'hostie, remplie de fruits confits, de miel, de sucre et de cannelle. C'est encore loin, Naninni?

— Qui d'autre veux-tu régaler ?

— Marcel, Josiane. Et Junior… J'aime tant Junior ! Personne ne le comprend. Je suis sûre qu'il souffre d'être si différent. Tu sais qu'il s'est mis en tête de produire de l'énergie ? Et Hortense m'a dit qu'il y arrivait.

Il la regarde avec un petit sourire où brille le désir et Joséphine n'a plus qu'une envie, retourner sur le grand lit du Palazzo Ravizza.

Le soleil se lève sur les *Crete*. Un jour pâle effleure les vitres. Ils se réveillent, sourient de se voir enlacés l'un à l'autre. Se tournent vers la lumière qui envahit peu à peu les vitraux des fenêtres, allume des langues de feu dans chaque carreau de couleur.

Joséphine repose, immobile, attentive. Elle veut saisir ce moment et en faire un instant parfait. Une minute de bonheur qu'elle mettra en flacon.

Elle aperçoit l'heure au cadran de la montre de Philippe, posée sur la table de nuit.

Huit heures vingt-sept.

Elle ferme les yeux à moitié et commence l'inventaire. L'odeur de savon des draps, le tissu blanc, un peu rêche contre son nez, la main de Philippe qui caresse son dos, des pas sur le gravier du jardin, un oiseau qui lance un trille, un autre qui lui répond, une voix dans le couloir, une femme de ménage qui pose un seau, un balai, une porte qui claque à l'étage au-dessus, *buongiorno*, crie un homme à la fenêtre, la bouche de Philippe contre son oreille, ses lèvres qui descendent dans son cou, la chaleur de ses bras, les poils bruns sur ses poignets...

Elle appuie sur ses paupières pour sceller ces richesses. Qu'elles ne disparaissent jamais. C'est si facile de se fabriquer du bonheur, elle se dit, recroquevillée dans la chaleur de cette minute parfaite.

Elle rouvre les yeux.

Huit heures vingt-huit.

Ils se regardent, ils jouent avec leurs mains emmêlées. Il caresse chacun de ses doigts, les étire, les baise un à un, ouvre la paume de sa main, la porte à ses lèvres, la goûte, y dépose un long baiser.

– Ferme les yeux..., ordonne Philippe.

Elle obéit et sa bouche tremble.

Ses lèvres se posent sur les siennes, s'en emparent, dictent un baiser. Elle frissonne, se tend dans l'attente d'une caresse, d'un ordre, elle ne sait plus.

Il passe la main dans ses cheveux. Renverse sa nuque. Elle gémit. Et bientôt le jour baigne le vitrail entier de sa lumière dorée.

– Tu es bien ? il demande en resserrant le drap autour d'elle pour qu'elle n'ait pas froid.

– Très bien.

Elle semble réfléchir, ourle le bord du drap entre ses doigts.

– Tu étais furieux à Florence. C'était à cause de moi ?

– J'ai eu envie de la claquer, cette fille. Quelle grossièreté !

– Tu ne m'as pas répondu…

Il marque une pause. Tente de la distraire en soufflant dans ses cheveux.

– Quand on sent tout, poursuit Joséphine, on remarque le moindre détail, il nous égratigne. C'est comme ça. Il y a des gens qui ont l'épiderme sensible et d'autres une peau de crocodile.

Elle glisse son doigt entre les plis du drap, joue avec la broderie pour se donner une contenance. Pour avoir le courage de poursuivre.

– Tu étais furieux contre moi à Florence.

Il se dégage, se redresse, lui effleure l'épaule.

– « Furieux » ? Le mot est un peu fort…

– Irrité ?

– Oui.

– Parce que je n'avais pas les bonnes chaussures ni le bon…

Elle a parlé d'une voix craintive, il lui coupe la parole dans un mouvement de colère qu'il ne maîtrise pas :

– Je me fiche de tes chaussures !

Il attrape le menton de Joséphine entre ses doigts et l'oblige à le regarder.

– Je m'en fiche que tu n'aies pas de jolis escarpins, le sac de l'année, la montre d'un grand joaillier, les ongles faits, la mèche lissée… Ce que je ne supporte pas, c'est que tu t'aplatisses devant une bécasse blonde, que systématiquement tu t'aplatisses devant toutes les bécasses, blondes ou brunes d'ailleurs !

Une ombre s'étend sur son visage, crispe les mâchoires, pince les ailes du nez, fronce les sourcils, rend le regard aigu.

Elle baisse les yeux, vaincue, et laisse échapper :

– Je le savais.

Alors il a un cri rauque qu'il lance avec la fureur de l'homme qui se retenait depuis longtemps.

– Joséphine, comment veux-tu qu'on t'aime si tu as une si mauvaise opinion de toi ? Comment veux-tu que je t'aime si tu ne t'aimes pas ?

Joséphine s'est dégagée. Elle cherche des mains la couverture pour s'y enrouler, elle a froid, elle a la tête qui tourne. C'est comme si elle avait un précipice dans le corps et qu'elle le dévalait à toute vitesse.

– Tu ne m'aimes plus ?

– Je te déteste quand tu es comme ça.

– Mais…

Elle voudrait dire mais j'ai toujours été comme ça et tu le sais ! Je m'habille mal, je ne sais pas me coiffer, me maquiller, je ne suis pas brillante, à l'aise partout, jolie comme…

Elle le regarde, dévastée.

Il la provoque et l'affronte.

– Vas-y, dis-le… Dis-le !

Sa voix est dure. Un seau d'eau glacée. Joséphine secoue la tête, muette.

– Je vais te le dire, moi ! Tu crois que tu n'es pas jolie comme Iris, élégante comme Iris, brillante comme Iris… et que donc je ne peux pas t'aimer. Mais tu sais quoi ? C'est exactement pour cela que je t'aime. Je t'aime parce que tu es l'opposé de ta sœur. Parce que tu as un cœur, parce que tu as une âme, parce que tu t'arrêtes devant un tableau et que tu restes plantée là bouche bée pendant une heure, parce que je dis « parapluie » et que tu éclates de rire, parce que tu sautes à pieds joints dans les flaques, parce que tu ramasses un pauvre chien pourri dans la rue et que tu l'adoptes, parce que tu parles aux étoiles et que tu crois qu'elles t'entendent, parce que, quand tu aimes, on se croit le roi du monde. Voilà pourquoi je t'aime et je pourrais encore trouver trente-six mille raisons. Tiens, par exemple, j'aime ta manière de manger des radis, tu commences par le bout et tu broutes jusqu'aux feuilles. Mais, Joséphine, je ne supporte plus que tu te rabaisses, que tu te trouves moche, nulle tout le temps ! Un homme a besoin de promener une déesse à son bras, pas une pauvresse. Tu comprends ?

Joséphine fait non de la tête. Elle voudrait lui dire que c'est trop tard, qu'elle a toujours porté les mauvais souliers, le mauvais manteau, qu'elle ne sait pas marcher sur de hauts talons. Comment fait-on pour se poser un diadème sur la tête quand on s'est toujours roulée dans les orties ?

– L'autre jour à Florence, je me suis trouvée moche face à cette fille. Sale et moche.

– Sale ?

– Oui.

– Ça t'arrive souvent ?

Elle hausse les épaules. Elle se méfie. Elle ne veut pas se laisser emporter par ces attendrissements nerveux qui lui font perler les yeux à l'évocation de certains souvenirs d'enfance, sinon elle va se transformer en fontaine et elle déteste les gens qui remplissent leur nombril de larmes.

– Ça t'arrive souvent ? il répète, penché au-dessus d'elle.

– Oh, j'ai l'habitude !

– Dis-moi, dis-moi ou je t'emprisonne.

Et il resserre ses bras autour d'elle.

– J'ai l'impression que je ne vaux pas la peine qu'on s'intéresse à moi.

– Et pourquoi ?

Elle n'a pas envie d'en parler. Pas maintenant. Elle ne désire pas rameuter le malheur. Il serait capable d'arriver ventre à terre.

– Et si on descendait prendre notre petit déjeuner ?

– Tu me répondras un jour ? insiste Philippe.

– Un jour…

Ils ont pris leur café, dévoré les *bruschette* et le jambon cru, les œufs brouillés, les tranches de *pecorino.* Joséphine dépose une couche de confiture sur une tranche de pain grillé et en laisse tomber sur son livre. Elle pousse un petit cri et entreprend de nettoyer la page illustrée. Philippe lit le journal et lui traduit les gros titres. Son téléphone sonne, il s'excuse et décroche, c'est le bureau, dit-il en se levant et en s'éloignant.

De la salle à manger, Joséphine aperçoit une lumière au loin sur les *Crete* et se dirige vers le jardin pour contempler les jets croisés des rayons, l'éventail de couleurs qui flattent les flancs ronds des collines. Drôles de collines ! Chauves, lisses, plissées. On dirait les crânes de vieux chanoines dans un réfectoire, courbés sur leurs assiettes, psalmodiant des prières. Dieu est partout dans ce paysage inspiré.

Les nuages ont disparu, il ne reste plus que la douce lumière toscane enveloppante, limpide, qui transforme le paysage en musée. On pourrait découper chaque maison, chaque clocher, chaque calvaire et les accrocher aux murs. Le rouge orangé d'un toit vient se fondre dans le rose d'un bosquet qui rebondit vert vif sur une ruine de pierres mangées par la mousse piquée de fleurs blanches et bleues.

Joséphine ouvre les yeux, éblouie et incrédule. Tant de beauté jetée là comme par négligence !

Lucien Plissonnier, mon papa, es-tu là ? J'aime t'imaginer dans les nuées, tendant la main vers moi. J'ai besoin de te parler, là, tout de suite.

Elle lève la tête vers le ciel sans étoiles et n'aperçoit que le soleil. Le soleil et des filaments de nuages blancs.

Elle s'assied à une table et y dépose son livre, *Mon musée imaginaire ou les Chefs-d'œuvre de la peinture italienne* de Paul Veyne. Un gros livre illustré qui rassemble les plus beaux tableaux de Giotto à Tiepolo. Cinq siècles de merveilles. Bien qu'il soit lourd, elle le transporte partout. Dans les églises et les musées, elle en lit des passages à Philippe. Il ajoute des commentaires, souligne les blancs colorés des tableaux, les perspectives, tu sais que la perspective a été inventée ici en Italie ? L'Italie a connu une épidémie de génies pendant cinq siècles. Et, à la même époque, les peintres flamands et hollandais éprouvaient le même élan, la même fringale d'innovation, de couleurs, de joie inouïe de peindre. Elle l'écoute et les tableaux s'animent de mille indices qui l'entraînent vers le plaisir. Le plaisir de voir différemment parce qu'il lui apprend à voir.

Mais ce matin, seule dans le jardin, assise au milieu de la réverbération tremblante des roses, des verts et des orangés, elle a une autre idée : interroger le livre et demander conseil à son père.

Quand les étoiles ne brillent pas, quand la petite étoile au bout de la Grande Ourse n'est pas visible, qu'elle est dans l'impossibilité de clignoter, elle interroge les livres. Ils lui tiennent lieu de ciel étoilé. Elle pose une question, jette son doigt au hasard et lit le mot qui répond à sa question.

Parfois, elle se contente d'un seul mot. Parfois, elle forme de véritables phrases. Depuis quelques jours, le mot qui revient le plus souvent sous son doigt est « moitié ».

Moitié, moitié, moitié.

Elle tente de comprendre. J'ai trouvé ma moitié en la personne de Philippe ? Je suis à la moitié du chemin ? À moitié heureuse ?

Cette fois-ci, dans les jardins du Palazzo Ravizza, son doigt tombe sur « famille nombreuse ». Elle sourit. On ne peut pas dire qu'ils forment une famille nombreuse, Philippe et elle ! Trois enfants à eux deux, ce n'est guère une tribu.

Elle recommence et son doigt rencontre « famille ».

Bon, se dit-elle, c'est donc une histoire de famille.

Elle recommence et déchiffre « moitié ». Encore ! s'exclame-t-elle. Moitié de famille ?

Allez, un dernier essai. C'est trop confus, je n'y comprends rien. Elle ferme les yeux, fait le vide à nouveau, inspire, pose son doigt et… lit le mot « sœur ».

Joséphine pâlit. Famille, moitié, sœur. Est-ce possible que ce ne soit pas son père qui lui parle, mais Iris ? Iris qui apparaît dans les vitrines, qui lui rappelle qu'elle n'a que la moitié de l'amour de Philippe, que l'autre lui revient ?

Elle s'apprête à lancer une dernière fois son doigt quand elle entend les pas de Philippe sur le gravier. Elle referme le livre.

— Tout va bien ? elle demande en tentant de cacher son trouble.

Famille, moitié, sœur. Famille, moitié, sœur.

— Oui. Rien à signaler. Gwendoline se débrouille comme un chef au bureau. Et j'ai téléphoné à Becca.

Tout va bien aussi à Murray Grove. Elle t'embrasse. Tu es prête ?

– On va où ?

– À Arezzo. Je connais un petit restaurant dont les propriétaires m'ont longtemps intrigué. On verra si tu es fine mouche… si tu perces le mystère de ce couple.

Parce qu'ils ne vivent pas ensemble.

Parce qu'elle ne sait presque rien de sa vie à Londres. Ou ce qu'il veut bien lui montrer, ce qu'elle happe le temps de week-ends trop courts. Eurostar le vendredi soir, Eurostar le dimanche en fin d'après-midi.

Parce qu'elle habite à Paris.

Parce qu'un jour, elle a décidé de repartir en France. Loin de Montaigu Square, de Becca, d'Alexandre, d'Annie.

Et de Philippe.

C'était un vendredi d'avril.

Cela faisait près de sept mois que Joséphine et Zoé vivaient à Londres.

Il avait fallu laisser Du Guesclin à Paris. Aux bons soins d'Iphigénie. Il les avait regardées partir sans bouger, les pattes posées bien droites sur le seuil de la loge, avec dans le regard une profonde et triste sagesse. Elle lui avait confié tout bas je reviendrai, Doug, je reviendrai, je ne t'abandonne pas, mais c'est qu'en Angleterre, il est difficile d'emmener un chien. Tu vas être bien chez Iphigénie, les enfants t'adorent, ils vont te dorloter et je reviendrai te voir souvent, promis. Il la contemplait, sévère, comme s'il savait très bien qu'elle mentait. Elle avait continué à lui parler. Alors, lassé d'entendre ses mensonges, il avait élevé son regard et fixé un point au-dessus de Joséphine, assez de jérémiades, semblait-il dire, fais ce que tu as à faire, prends tes frusques et va-t'en, j'ai déjà vécu seul, je saurai me débrouiller. Joséphine s'était relevée, honteuse de l'abandonner.

Il avait aussi fallu convaincre Zoé que Gaétan viendrait la retrouver quand il le voudrait, quand il le pourrait. Joséphine paierait son billet de train. La mère de Gaétan avait acquiescé. Ce n'est pas mon problème, elle avait dit, demandez à Gaétan, c'est lui qui décide, moi, vous savez… Et elle avait eu un geste vague de la main pour expliquer qu'elle n'était plus sûre de rien. Ils vivaient, son fils et elle, dans un petit studio du dix-neuvième arrondissement. Elle avait fini, après moult expériences malheureuses[1], par trouver un emploi dans une papeterie. Elle raffolait des fournitures scolaires. Elles avaient un effet apaisant sur ses nerfs.

Zoé avait alors seize ans. Elle refusait de vivre à Londres. Mais je n'ai rien à faire là-bas ! Je veux rester à Paris ! Tu n'as pas le droit de disposer de moi ! Les joues rouges,

---

1. Voir *Les écureuils de Central Park sont tristes le lundi*, *op. cit.*

les sourcils crêpés comme chignon en bataille, ses grands yeux brûlés par la colère. Elle avait crié, elle avait pleuré, elle s'était contorsionnée en maintes supplications, elle avait fait la grève de la faim, la grève de l'école, la grève des câlins, la grève de la parole… mais, devant l'intransigeance de sa mère, elle avait fini par s'incliner. De mauvaise grâce. Je hais les adultes ! Assassins de l'amour ! Découpeurs de rêves ! Tristes représentants de l'ordre ! Elle avait soigné ses imprécations afin qu'ils ne croient surtout pas qu'elle improvisait. Non, tout cela, elle le pensait, elle le pesait, elle l'empaquetait et leur livrait par jets de poix brûlante. Ne croyez surtout pas que vous avez gagné, ne vous reposez pas sur vos lauriers, je me vengerai, votre vie va être un enfer ! Sa bouche prenait le pli menaçant et ferme de celle d'un gendarme.

Joséphine l'écoutait, désemparée, essayait d'ouvrir une brèche, de négocier un répit. Elle proposait une période d'essai, disait on en reparlera dans trois mois, dans trois semaines, dans trois jours… trois heures ?

Philippe ouvrait la porte du frigidaire pour grignoter un morceau de fromage, se servait un verre de vieux bordeaux, s'emparait du journal et allait le lire dans le salon. C'est ta fille, je ne veux pas m'en mêler.

Zoé avait boudé longtemps, puis, un jour, sans que Joséphine sache pourquoi, elle était rentrée dans le rang, tout en répétant vivement que j'aie dix-huit ans, vivement que j'aie dix-huit ans ! Parce que je serai majeure et libre. Et vous verrez !

Joséphine avait deux ans de répit.

Zoé ne pouvait pas rester longtemps en colère.

De la projection d'insultes bouillantes, elle était passée à l'expression du plus flambant dolorisme. Elle souffrait mille maux. Elle se tâtait le ventre, prenait son pouls, soupesait sa tête, tirait une langue qu'elle espérait noire de bile, réclamait une visite chez le médecin, un certificat médical prouvant qu'elle était en bonne santé. Puis, munie du précieux document, elle se rétablissait lentement, traînait son corps de fille-femme dans une langueur qu'elle voulait impénétrable et Joséphine souriait de la voir abandonner une à une toutes ses violences pour des postures alanguies, mystérieuses.

Il y avait encore des soirs où Zoé n'arrivait pas à trouver le sommeil. Comment je fais pour dormir quand mon corps veut bien et que ma tête refuse ? Joséphine s'asseyait sur son lit, posait la main sur le ventre de sa fille et attendait.

Elle observait les paupières fraîches et roses devenir lourdes, tressaillir, jusqu'à ce qu'elles se referment en un rideau de cils noirs emmêlés. Zoé s'endormait en tenant contre son nez Nestor, son doudou délavé et informe.

Joséphine contemplait le visage rond et gourmand, la bouche aux coins descendants et boudeurs et se disait ma fille de seize ans me fait la guerre parce qu'elle a un amant. Ma fille de seize ans, qui me fait la guerre parce qu'elle a

150

un amant, s'endort en respirant l'odeur fade, légèrement écœurante de son doudou.

Zoé était inscrite au lycée français en classe de première, section littéraire.

Alexandre était inscrit au lycée français en classe de première, section scientifique.

Ils semblaient cousus ensemble.

Ils tenaient de longs conciliabules, le soir, dans la chambre de l'un ou de l'autre. Écoutaient la même musique, marchaient dans la rue en siamois pour partager leurs écouteurs. Utilisaient un langage secret que Joséphine tentait de déchiffrer. Ils s'écriaient *high five* et se tapaient dans les mains. Il l'appelait Zouille, elle l'appelait Louxi. Il demandait Louxor ? Elle répondait Néfertiti.

Joséphine n'était pas sûre de comprendre.

Tout semblait s'être apaisé.

Ils partaient le matin après avoir avalé, en finissant de s'habiller, un bol de chocolat chaud et des toasts beurrés que leur servait Annie en grommelant qu'on ne déjeunait pas debout, qu'il convenait de s'asseoir, de bien mâcher. Et de boire leur jus d'orange pour la vitamine C. Ils répondaient la bouche pleine qu'ils n'avaient pas le temps, qu'elle devait changer de disque, tous les matins la même chanson, y en a marre, Annie !

– Et puis d'abord, que dit un légume qui en a marre ?

Annie réfléchissait, les mains sur le ventre.

– Salsifis, hurlait Zoé.

– C'est malin, marmonnait Annie. Bois ton jus.

– Et…, continuait Alexandre en engloutissant une tartine, tu sais pourquoi il n'y a plus de mammouths sur terre ?

– On ne parle pas la bouche pleine !

– Parce qu'il n'y a plus de pappouths !

Ils éclataient de rire devant l'air consterné d'Annie qui essayait de comprendre et ne riait pas.

– Et tu sais pourquoi les jardiniers s'ennuient ?

Annie levait les yeux au ciel.

– Parce qu'ils n'ont que des potes âgés ! hurlaient-ils ensemble. Des potagers, Annie !

Ils se tapaient dans les mains. *High five ! High five !*

Ils attrapaient un manteau, une écharpe, un cartable et partaient prendre le bus. Le 98, le 6 ou le 24 et une petite marche à travers le parc avant d'atteindre South Kensington et le lycée. Zoé râlait, elle n'aimait pas marcher. Alexandre insistait, ça l'empêcherait de devenir une grosse dondon.

– Je ne suis pas une grosse dondon ! s'énervait Zoé.

– C'est parce que je t'oblige à marcher.

– Et toi, alors, t'as le cou d'une girafe et les oreilles comme deux cendriers.

– Même pas en rêve ! Toutes les filles sont folles de moi !

– Qu'est-ce que tu me donnes si je te répète ce que Melly a dit hier soir ?

– Elle a dit quoi, Melly ?

Joséphine les entendait se chamailler jusque dans la rue. Puis elle se mettait à la fenêtre et les regardait s'éloigner. Tout va bien, elle pensait en les voyant tourner au coin de la rue.

Elle ne pouvait s'empêcher d'être inquiète.

Elle n'entendait pas la suite de leur dialogue. Quand ils étaient à l'abri dans l'anonymat de la rue, qu'ils se hâtaient pour attraper le bus sur George Street.

– Arrête avec tes blagues de Carambar ! On n'est plus des bébés, disait Alexandre.

– Ça les rassure de croire qu'on en est toujours. Comme ça ils se méfient pas…

– Tu crois vraiment ?

– Oui. Et pendant ce temps, je prépare tout.

– Tu prépares tout en cachette. C'est pas terrible.

– Je peux pas faire autrement. Ils veulent pas entendre.

– Ce jour-là… ils vont tomber des nues.

– Tu dis rien, hein ? Tu dis rien, t'as promis.

– N'empêche, ça va leur faire un choc. Et moi, j'aurai l'air de quoi ?

– T'auras l'air de quelqu'un qui ne sait rien.

– Mon père va être furieux. Et ta mère !

– Tu sais rien, un point c'est tout.

– Non. Plus j'y pense et plus je me dis que je peux pas.

– Tu me lâches ? C'est ça ? Et moi qui croyais que...

– Arrête, Zoé, arrête ! C'est énorme ce que tu veux faire.

– C'est pas toi qui fais, c'est moi. Toi, je te demande juste de te taire. C'est pas compliqué tout de même !

– Je pourrai pas, je te jure. Faut qu'on trouve un truc pour me dédouaner.

– Oh vous, les garçons ! Vous avez toujours peur !

– Ah ! Parce que Gaétan aussi...

– Rien du tout ! Gaétan, il est raccord avec moi.

– Pas si sûr, ma vieille.

Ce matin-là comme d'habitude, Annie avait parlé des vitamines du jus d'orange, des tartines trop vite avalées, des mains propres à table, Alexandre et Zoé s'étaient enfuis en clamant à ce soir, les bisons ! et Joséphine leur avait dit au revoir par la fenêtre.

Alexandre ressemble à Philippe.

Long, mince, brun, il frôle le mètre quatre-vingts à la toise de la cuisine. Un épi qui lui barre l'œil, un visage osseux presque énervant de classicisme. Il n'y a que dans la dégaine qu'il diffère : les cheveux en broussaille, un pan de chemise sortant du pantalon, des bras de lanceur de disque, un petit air insolent qui lui remonte le menton et, dans les yeux, une lueur dédaigneuse telle une lampe de poche qui fouille l'âme.

Parfois, Joséphine se demande si, dans ce corps d'adolescent, ne se cache pas un vieillard ricaneur à barbe
blanche.

Ou alors est-ce la mort de sa mère[1] qui l'a fait mûrir
d'un coup, mélangeant cendres d'enfance et douleur
d'homme, lui donnant ce regard grave, parfois condescen-
dant? Il s'anime avec son père, échange, virevolte, mais
parle peu à Joséphine et son mutisme agit sur elle comme
de la soude caustique. Il la désagrège, la rend maladroite.
Il la tient à distance. Un ne-me-touche-pas qui la glace.
Et quand son père s'étonne, tu n'embrasses pas Jo? il
tend à Joséphine sa joue sans s'incliner. Droit, muet,
presque méfiant. Elle doit se hisser sur la pointe des pieds
pour l'embrasser et lance son baiser comme un ballon
dans un panier en priant qu'il ne tombe pas à côté. Il ne
l'affronte jamais, n'emploie jamais un mot qui dépasse les
limites de la courtoisie. Il a cette vieille politesse acquise
qu'il ne peut oublier, mais tout son corps refuse la pro-
miscuité. Joséphine préférerait qu'il soit moins lisse, plus
épineux, quitte à endurer les aspérités mais à recueillir
aussi des élans de tendresse, des abandons. Bref, qu'il ne
l'aime pas de sang-froid.

Apprivoise-le, se dit-elle. Prends patience.

Elle se gourmande, elle s'encourage, elle se raisonne.

Elle n'en parle jamais à Philippe.

---

1. Voir *La Valse lente des tortues* chez le même éditeur (2008) et *Les
écureuils de Central Park sont tristes le lundi, op. cit.*

155

Becca était partie de bon matin à Murray Grove faire le tri des vêtements à distribuer et préparer le déjeuner. Ils avaient réussi, Philippe et elle, à réaliser leur projet : transformer une aile d'église en refuge pour femmes seules, rescapées de la rue. Un abri, une étape pour leur donner des forces et les aider à remettre un pied dans la vie. Elles retrouvaient, au fil des jours, une dignité perdue grâce à des repas équilibrés, un lit, une salle de douche, des cours de cuisine, de couture, de yoga, de poterie, de peinture, de piano, d'ordinateur, des cours qu'on adaptait aux besoins de la petite communauté. Le pasteur Green, maître des lieux, s'était engagé à leurs côtés, enthousiasmé par leur projet. Il avait trouvé des volontaires pour présider aux ateliers, avait organisé une garderie pour jeunes enfants et s'occupait lui-même de les divertir pendant que leurs mères suivaient des cours.

L'entrée de l'église, quand il n'y avait pas d'office, était encombrée de poussettes et de landaus, le sol jonché de jouets.

Ce matin-là, Philippe s'était rendu de bonne heure à son bureau sur Regent Street.

Il a dorénavant deux bureaux. L'ancien, où il continue à traiter ses affaires courantes et le nouveau où il s'occupe de la Fondation pour femmes seules. *FWO*, ou *For Women Only.*

Le premier est majestueux, luxueux, au dernier étage d'un immeuble ancien d'une vieille rue de Londres. Des écrans de télé fins comme du papier à cigarettes, des œuvres de peintres modernes accrochées aux murs. Une *Trophy Wife* de Maurizio Cattelan représentant Stephanie Seymour émergeant telle une figure de proue. Une *Fille qui pleure* de Urs Fischer. Ou encore une *Marilyn* de Nate Lowman.

Les clients attendent dans un petit salon en considérant longuement ces pièces d'avant-garde et pénètrent dans le bureau de Philippe encore imprégnés de l'étonnement, du respect, voire de la réprobation qu'elles leur inspirent. Philippe leur apparaît alors comme un homme éclairé, brillant, paradoxal. Et il profite de cette légère supériorité pour dispenser ses conseils et faire signer des contrats.

Le second bureau, sur Murray Grove, est modeste. Un madras écossais punaisé à la fenêtre en guise de rideau, une table à tréteaux, un vieux téléphone, un ordinateur, des piles de dossiers à même le sol, des factures à payer accrochées au mur sur des panneaux en liège. La pièce est traversée de courants d'air. Philippe enfile mitaines, écharpe et gros gilet en laine dès qu'il s'assied à son bureau.

Il y passe trois après-midi par semaine. Sur le mur, le graffiti qu'il a trouvé à son arrivée : « Lorsque l'homme aura coupé le dernier arbre, pollué la dernière goutte d'eau, tué le dernier animal et pêché le dernier poisson, alors il se rendra compte que l'argent n'est pas comestible. »

La Fondation lui demande de plus en plus de travail. Il tente de trouver un emploi aux femmes convalescentes. Il met souvent ses riches clients à contribution. Leur arrache un poste de secrétaire, d'hôtesse, de documentaliste ou de standardiste. Vous seriez étonné, explique-t-il, du nombre de femmes diplômées qui connaissent la rue et qui ont vraiment envie de s'en sortir, elles sont prêtes à travailler d'arrache-pied. Parfois, il intercède auprès de la mairie pour obtenir un logement. J'apprends un nouveau métier, se dit-il, je suis devenu travailleur social.

Il lève les yeux vers la phrase sur le mur. La relit. Il ne gagne pas d'argent à Murray Grove, bien au contraire, mais il se sent riche.

À sa place.

Shirley l'a rejoint. Elle s'occupe des repas avec Becca. Elle a mis au point un programme, *The Healthy Food Program*, pour apprendre aux gens à bien se nourrir. Légumes, fruits, céréales, amandes, noix, œufs, poulet, poisson. Elle fait le tour des magasins bio et achète à bas prix la marchandise sur le point d'être périmée. Elle veille à la bonne qualité des repas servis et ne transige pas.

Elle a pris l'habitude de retrouver Philippe dans son bureau en fin de journée et vide son cœur en s'essuyant les mains sur son tablier. Sa relation avec Oliver, son amoureux, est lancée dans des cahots. On n'arrive plus à se parler, il ne parle plus qu'à son piano, il met les mots dans ses notes et me laisse seule, frustrée, pleine d'une colère impuissante. Il s'éloigne, s'éloigne et je ne sais pas pourquoi. Je me dis que c'est ma faute. Quand il se rapproche, il avance trop et je le repousse, quand il se reprend, je lui cours après et il reste muet. Il me regarde, malheureux, et je m'en veux. C'est horrible! Dis-moi, Philippe, est-ce que j'ai un défaut rédhibitoire? Un truc qui crève les yeux et que je ne vois pas? Pourquoi cela ne marche-t-il jamais comme sur des roulettes avec les hommes? Elle penche la tête entre ses grandes jambes et se lamente. Je croyais avoir tout compris, je donnais des leçons à Joséphine, je m'imaginais en femme accomplie, affranchie, et soudain, je ne sais plus rien. Peut-être que je n'aime personne? Dis, Philippe, est-ce que je suis capable d'aimer ou ai-je le cœur sec comme une vieille trique? Pourquoi les hommes sont-ils si difficiles à comprendre? Tu le sais, toi, alors…

Il prend souvent la défense des hommes qu'elle accuse volontiers. Elle s'en va en grommelant qu'il est de parti pris mais revient toujours avec de nouvelles questions.

– Alors, tu ne me détestes plus? il demande en souriant.

– Tu m'énerves avec ton bon sens, ta placidité. Comme si c'était si facile!

Il leur arrive parfois de parler très tard le soir. Philippe regarde sa montre mon Dieu! neuf heures! Joséphine va s'inquiéter. On reprendra demain, c'est promis…

Ce 22 avril au matin, Zoé était partie au lycée français avec son cartable et un sac qui avait paru bien lourd aux yeux de Joséphine.

– Tu as besoin de transporter tout ça?

– On a gym aujourd'hui, j'ai emporté de quoi me changer. Et après, je vais travailler chez Lucy. J'ai pris mes livres aussi.

– Tu rentres vers quelle heure?

– Six heures, six heures et demie.

Elle n'arrêtait pas de regarder sa montre, de remonter l'anse de son sac sur son épaule et semblait pressée de s'en aller.

– Suis à la bourre, m'man.

– Tu veux que j'aille te chercher au lycée, ce soir?

– Pas la peine. Je serai chez Lucy, je t'ai dit.

– Tu m'appelles si tu changes d'avis.

– Je changerai pas d'avis.

Joséphine avait haussé le sourcil, surprise par la détermination de sa fille.

Zoé s'était rapprochée. Elle avait posé la main sur le bras de sa mère. Sa voix avait déraillé, douce, tendre.

– Mamounette... je t'aime. Et je ne te ferai jamais de mal. Jamais.

– Pourquoi tu dis ça?

– T'es une maman extra. La plus extra maman du monde.

Elle s'était jetée contre Joséphine et Joséphine avait

senti l'univers chavirer sous ses pieds. Zoé avait toujours été prodigue de tendresse. Elle montait au câlin sabre au clair. Se jetait contre sa mère, enfouissait sa tête dans son giron et déroulait des confessions sans queue ni tête.

Joséphine avait besoin de cette fougue de hussarde comme de l'air qu'elle respirait. On ne fait bien que ce qu'on aime. Et elle aimait par-dessus tout être une « maman ».

Ce lien, elle venait de le renouer en ce matin du 22 avril.

Après le départ de Zoé, elle avait vaqué à ses occupations. Chaque matin, elle consacrait deux heures à son courrier. Elle répondait à chaque lettre, chaque mail, chaque témoignage d'homme et de femme qui se confiait, racontait ses peurs, ses espoirs, le temps passé, le temps perdu.

Son dernier roman, *Petit Jeune Homme*[1], qu'elle avait achevé d'écrire à Londres, était sorti en librairie en France. Serrurier, son éditeur, l'appelait de temps en temps pour lui donner les chiffres de vente et ponctuait ses phrases de « fabuleux », « jamais vu », « formidable », « vous avez un public, Joséphine. Les gens vous aiment, aiment vous lire, aiment les histoires que vous racontez. Vous avez créé un genre, vous avez créé un style, vous avez créé un univers, bref, j'attends le troisième maintenant ! ». Il ajoutait « laissez tomber l'université, les thèses et les conférences, cela

---

1. Voir *Les écureuils de Central Park sont tristes le lundi, op. cit.*

ne vous rapporte rien et on vous déteste là-bas, vous êtes sortie du rang, ils ne vous le pardonneront pas ».

Pourtant, l'après-midi, elle s'attelait à la rédaction de sa prochaine conférence en attendant qu'une nouvelle idée de livre surgisse et exige qu'elle laisse tout tomber pour s'y consacrer. Elle aimait cette alternance entre thèses, études et écriture d'un roman. Cela lui donnait un sentiment de liberté.

Ce 22 avril après-midi donc, Joséphine écrivait l'introduction d'une conférence qu'elle devait donner, fin mai, à l'université de Glasgow sur les dames de Zamora. L'histoire d'un scandale qui éclata dans un couvent de sœurs en Castille, en juillet 1279, à la suite de la visite de l'évêque qui s'était déclaré outré par le relâchement de la discipline et des mœurs des religieuses.

Au Moyen Âge, les femmes qui se réfugiaient dans des communautés religieuses n'y allaient pas toutes par vocation. Certaines cherchaient simplement à échapper au pouvoir des hommes et le couvent était le seul moyen à leurs yeux de rester indépendantes et entières, de refuser le mari qu'on voulait leur imposer ou la dépossession de leurs terres. Une fois à l'abri, elles n'entendaient pas renoncer à leur liberté. Certaines priaient, étudiaient, peignaient, écrivaient, menaient une vie irréprochable tout en continuant à régir fermes, bois et châteaux, mais d'autres, plus légères, s'étaient mises à fréquenter une communauté de frères prêcheurs, les dominicains, qui vivaient non loin. Ces dernières avaient déclenché l'ire de l'évêque. Il voulait lutter contre cette « dépravation » et demandait à ce que ces pécheresses soient châtiées.

Mais la vraie question qui se posa fut de savoir quoi faire de ces femmes. Les jeter hors des murs du couvent, c'était les livrer à la violence, à la brutalité de leurs pères, de leurs frères, de leurs maris. Si les lois des hommes ne les protégeaient pas, n'était-ce pas à l'Église de le faire ?

Le sujet passionnait Joséphine. Elle pensait au sort des femmes battues, maltraitées, torturées, mariées de force, employées comme esclaves. Elle pensait à Murray Grove, aux femmes qui s'y trouvaient. Combien d'entre elles profiteraient du refuge de l'église pour se reconstruire et partir en quête d'une vie nouvelle ? Combien apprendraient l'estime de soi et refuseraient de se laisser brutaliser, exploiter ? Elle prenait des notes, tentait d'établir un parallèle entre la condition féminine au Moyen Âge et au vingt et unième siècle quand soudain, elle leva les yeux et vit l'heure.

Dix-neuf heures trente.

Zoé n'était pas rentrée. Alexandre non plus.

Elle se précipita à la cuisine.

Annie mettait la dernière touche au plat qu'elle avait cuisiné pour le soir. Mélangeait persil, thym, laurier, reniflait, hésitait, saupoudrait.

— Je vous ai fait un pot-au-feu, madame Joséphine, une merveille ! J'espère que ce soir, en levant le couvercle du plat fumant, vous…

– Vous avez vu l'heure, Annie ?

Annie leva les yeux sur la grosse pendule ronde accrochée au-dessus de l'évier et s'exclama :

– Presque huit heures ! Et les enfants ne sont pas rentrés !

– Ils devraient être là tous les deux. Ce n'est pas normal. Ils n'ont pas appelé. Il a dû leur arriver quelque chose.

Elle alla dans la chambre de Zoé. Sa fille était peut-être rentrée et elle ne l'avait pas entendue, absorbée par le sort des dames de Zamora.

Elle poussa la porte. La chambre était vide. Bien rangée. Pas de pulls par terre, pas de paquets de biscuits éventrés sur le lit, pas de collants jetés n'importe où, de livres ouverts, de verre à moitié plein sur le bureau, de pyjama en boule. La chambre ne ressemblait pas à la chambre de Zoé.

Elle allait refermer la porte quand un détail l'alarma. Nestor n'était plus sur le lit. Ni sous le lit. Ni derrière l'oreiller. Ni dans la penderie. Ni dans un tiroir du bureau.

Elle fit le numéro de Zoé. Et tomba sur sa messagerie.

Le refit. Encore et encore.

Toujours le même message. « Hello ! C'est Zoé, leave a message et hasta luego », claironnait sa fille d'une voix insouciante.

Elle revint dans la cuisine, se laissa tomber sur une chaise.

– Elle ne répond pas au téléphone et elle n'est pas dans sa chambre.

– Pour sûr qu'elle n'y est pas. Je l'aurais entendue rentrer !

– Et Nestor n'est plus là, murmura Joséphine.

– Comment ça « Nestor n'est plus là » ? Elle ne l'emmène jamais au lycée. Jamais.

– Justement. Oh, Annie, je sens qu'il est arrivé quelque chose ! Où est Alexandre ? Lui, il doit savoir.

– Appelez-le.

Joséphine eut un moment de panique à l'idée de questionner Alexandre, mais composa son numéro.

Il ne décrocha pas. Elle laissa un message.

– Mon Dieu ! Mon Dieu ! répétait Annie en pressant la cuillère en bois sur son cœur. Et il n'est pas dans sa chambre ?

– Prenez le téléphone de la maison et appelez-le à nouveau, je vais voir si par hasard il est rentré.

Peut-être décrochera-t-il si c'est Annie qui appelle…

Elle courut dans la chambre d'Alexandre. La chambre était en désordre et Alexandre ne s'y trouvait pas.

– Il ne répond pas, déclara Annie quand elle revint à la cuisine. Vous avez le téléphone de Lucy ?

– Non.

– Et de ses parents ?

– Non plus. Je connais juste son adresse. Je me suis garée une fois devant chez elle.

– On va trouver le téléphone et on va les appeler, déclara Annie, prenant l'affaire en main.

Joséphine appela Mr et Mrs Diammond. Lucy répondit que Zoé n'était pas venue au lycée ce 22 avril. Elle avait aperçu Alexandre dans le couloir au changement de cours, mais ne lui avait pas parlé. Le professeur de français était contrarié et voulait appeler Joséphine. Ne l'avait-il pas fait ?

– Non. Il a dû oublier. Je croyais qu'elle était chez toi. Elle m'avait dit que vous deviez travailler ensemble ce soir.

– Impossible, madame Cortès. J'avais rendez-vous chez le dentiste. Je viens juste de rentrer. Elle le savait. Vous croyez que c'est grave ?

– Je ne sais pas, Lucy. Et Alexandre, tu l'as revu après ?

– Il était au lycée toute la journée. Mais, encore une fois, on n'a pas eu le temps de se parler. Je croyais que Zoé était souffrante. Ça lui est déjà arrivé deux fois le mois dernier... elle était en retard aux cours et justement le prof a dit qu'il ne le tolérerait plus, qu'il lui faudrait un mot d'excuse pour justifier ses absences.

– Ah..., dit Joséphine.

– Je suis désolée, madame Cortès. Elle va rentrer, c'est sûr. Elle est peut-être allée faire une course. Je sais qu'elle cherchait une robe, elle disait qu'elle avait un rendez-vous très important et qu'il fallait qu'elle soit à la hauteur.

– Ah..., répéta Joséphine.

– Peut-être qu'elle veut vous faire une surprise...

– Peut-être. Merci, Lucy. Si elle te téléphone, dis-lui de m'appeler aussitôt, je me fais du souci.

– D'accord, madame Cortès. Je le lui dirai.

Joséphine raccrocha et lança un regard de détresse à Annie.

Elle se tut, essayant de rassembler ses forces et de

prendre de la hauteur dans le silence, dévastée par un chagrin qui s'étalait comme une flaque de plus en plus grande. Bientôt, elle serait noyée.

Elle restait prostrée sur sa chaise, laissant à Annie le soin de s'affairer, de se pencher à la fenêtre, de remuer la chambre de l'un, la chambre de l'autre, de fouiller en grommelant elle a dû laisser un mot quelque part, ou ils sont partis tous les deux sur la grande roue. À l'heure qu'il est, ils hurlent de rire et d'effroi en se balançant dans une nacelle au-dessus du vide.

Joséphine demeurait assise, raidie par la peur de ce qu'elle ne voulait pas nommer.

Il était huit heures, huit heures et demie, neuf heures, et Zoé n'était toujours pas rentrée. Alexandre non plus.

Elle composa le numéro de Philippe. Il ne répondit pas.

Philippe ferme la lourde porte de l'église, suit l'allée qui franchit l'enceinte de briques rouges, lève la tête vers les grands arbres qui bourgeonnent, hume l'air et pense au petit plat que lui a préparé Annie, au bon vin qu'il débouchera, à la journée qu'il racontera. Il presse le pas, il est en retard. Shirley voulait savoir pourquoi les hommes ne parlent pas. Il lui avait expliqué que les hommes, quand ils ont un problème, se réfugient dans leur caverne et n'en sortent pas tant qu'ils n'ont pas compris ou pris une décision. Trop facile, le coup de la caverne, avait maugréé Shirley.

Il aime parler avec Shirley et peu à peu se tisse entre eux un lien affectueux et tendre.

Joséphine s'enfonce dans les ténèbres de l'attente, impuissante, douloureuse, elle compte les battements affolés de son cœur, 34, 35, 36, 37, 38. Elle sait souffrir sans rien dire, en femme honorable, mais sa tête invente mille scénarios échevelés. Zoé a rencontré un garçon sur Internet, elle est partie le rejoindre, Zoé a sauté de la Tour de Londres, Zoé a suivi un inconnu, Zoé est en danger et je ne peux rien faire. Oh, je voudrais me mentir, me dire que ce n'est rien, mais c'est plus fort que moi, cette douleur qui m'étreint m'assure au contraire que c'est grave, que ce n'est pas qu'un retard, une étourderie, je peux la déchiffrer, cette couleuvre qui s'enroule, m'écrase la poitrine, déploie ses anneaux de malheur qui me broient. Et pourquoi n'a-t-elle pas laissé de lettre? Reviens, Zoé, reviens, on fera tout ce que tu voudras, on repartira vivre à Paris, tu reprendras des couleurs et moi, j'attendrai. J'attendrai pour vivre mon amour, j'aurai toutes les patiences, reviens.

– Madame Joséphine! Madame Joséphine! J'ai trouvé, j'ai trouvé…

Annie fait irruption dans la cuisine et brandit une enveloppe, une enveloppe où sont écrits ces deux mots pour lesquels elle donnerait sa vie : « Maman chérie ».

– Elle était sous VOTRE oreiller, dans VOTRE chambre, c'est là qu'elle l'a cachée avant de partir au lycée.

Elle sait très bien que vous vous levez tôt et faites votre lit aussitôt. Elle a tout calculé.

Joséphine se précipite, déchire l'enveloppe, en sort une longue feuille blanche noircie des mots de Zoé. Certains sont barrés, d'autre soulignés, d'autres encore écrits en majuscules.

« Mamounette,
Surtout, SURTOUT ne te fais pas de souci.
<u>Gaétan me manque trop</u>. Ça fait trop mal d'être séparée de lui.

Il y a un mois, quand on s'est parlé sur Skype, j'ai pris ma décision. Il était écroulé sur son lit, il avait posé un oreiller sur ses yeux, il s'était enroulé dans ses bras et je ne pouvais plus l'atteindre. J'ai demandé qu'est-ce qu'il y a, qu'est-ce que tu as ? J'ai mis très fort "Someone Like You" et j'ai dansé, dansé, il a souri et il a dit tout de suite après Zoé, j'aime pas ma vie.

Et moi, j'ai eu peur qu'il m'abandonne.

Si Gaétan part, <u>je ne serai plus rien</u>, mamichette, alors que j'avais réussi grâce à lui à devenir QUELQU'UN. Je veux dire que je ne me sentirai plus capable de passer le bac, ni de faire du sport, ni de marcher dans le parc. <u>Je l'aime tellement</u>. Alors, je pars le retrouver.

On va pas aller à Paris. On va pas rester à Londres. On va partir dans un endroit SECRET et, quand on sera arrivés et installés, alors je te le dirai mais à UNE condition, Mamounette, c'est que tu viennes pas me chercher.

De toute façon, tu pourras plus rien faire, <u>ça sera trop tard</u>.

Zoé

P.-S. : Pas la peine d'interroger Alexandre. Il ne sait rien. Il sait juste que je mijote quelque chose. »

Joséphine avait lu la lettre une fois, deux fois, trois fois. Puis elle l'avait lue à haute voix à Annie.

— Ça veut dire quoi, madame Joséphine ?

Elles étaient là toutes les deux dans la cuisine à se regarder comme si elles allaient lire la solution de l'énigme dans les yeux l'une de l'autre.

— Pourquoi elle écrit que ce sera trop tard ? avait marmonné Annie. On dit ça quand y a plus rien à faire… enfin, c'est ce que je comprends, moi. Alexandre saura peut-être…

— Zoé assure qu'il n'est au courant de rien.

— C'est pas possible, ça, madame Joséphine. Elle lui aurait caché quelque chose ?

— Comme elle l'a fait avec nous. Il n'y a pas plus résolu qu'une fille de seize ans amoureuse.

Elles étaient restées longtemps à s'interroger du regard, à émettre des hypothèses qui toutes s'effondraient. S'ils n'étaient ni à Paris ni à Londres, où se trouvaient-ils ? Et qui les avait aidés à s'enfuir ?

— Le principal, c'est qu'ils soient en vie, madame Joséphine.

170

– Oui, vous avez raison. Mais est-ce qu'elle dit ça vraiment ?

– Vous devriez appeler la mère de Gaétan… elle sait peut-être.

Elle ne savait pas. C'étaient les vacances scolaires en France, Gaétan était parti chez un copain. Elle ignorait son nom. Oui, il lui avait demandé de l'argent. Non, il n'avait rien dit d'autre. Oui, il avait pris des affaires, un gros sac même. Non, elle n'avait rien remarqué de spécial. Et Domitille ? Et Charles-Henri ? Son frère et sa sœur, ils sont au courant peut-être ? Oh, madame Cortès, vous êtes mignonne, mais ça fait longtemps que je n'ai plus de nouvelles d'eux et Gaétan non plus. On est une drôle de famille, on est en vrac, vous savez, on ne ressemble plus à rien.

C'est alors qu'Alexandre était rentré. Il avait jeté son sac dans l'entrée, avait passé la tête dans la cuisine.

– Elle est pas là, Zoé ?

– Non. Elle n'est pas rentrée. Tu sais où elle est ?

Joséphine le regardait droit dans les yeux, tentant de deviner s'il savait ou ignorait tout. Il l'avait contemplée avec, lui avait-il semblé quelques secondes, compassion puis était retombé dans son mutisme habituel.

– Non.

– Quand vous vous êtes quittés, ce matin… elle n'a rien dit ?

– Non.

– Elle est entrée dans le lycée avec toi ?

– Je ne me souviens plus. J'ai retrouvé des copains et…

– Pourquoi tu ne nous as pas prévenus ?

– Que quoi ?

– Qu'elle mijotait quelque chose. Elle l'a écrit dans la lettre qu'elle a laissée.

– Elle avait l'air heureuse.

– Avoir l'air ne suffit pas, Alexandre.

– Et s'il me plaît à moi de m'arrêter à l'air ?

Il avait repris son masque ne-me-touche-pas et pointait un menton redevenu arrogant.

Joséphine avait baissé le front, furieuse de reculer devant ce gamin de seize ans, trop faible pour soutenir une querelle, incapable de trouver la réplique cinglante.

– Alors, tu as percé le secret du couple de l'auberge ? demande Philippe.

Ils sont dans un petit restaurant sur la piazza Grande d'Arezzo. Sur la carte, une liste de salades et de *pasta*. Et trois desserts. Rien d'autre. Mais, assure Philippe, ce sont les meilleures pâtes et les meilleures salades de Toscane. Et la plus belle vue sur la ville, les maisons médiévales à tours crénelées et le palais du Tribunal. Le propriétaire a l'air de quelqu'un qui connaît son affaire et à qui il ne faut pas se frotter. Sombre, haut, carré, il ressemble à une tour de guet. Il surveille la salle d'un œil vif et frappe du tranchant de la main chaque fois qu'un plat est prêt à être emporté. Il a une drôle de coiffure, une couronne bombée de cheveux châtains, des bras fins, presque féminins, qui surprennent dans cette silhouette massive, et la peau très blanche.

Joséphine lève la tête et aperçoit une jeune fille qui glisse entre les tables, les bras chargés d'assiettes, un sourire insolent, les cheveux noirs, épais, brillants, noués à la hâte en queue-de-cheval, des yeux ardents qui rient, une taille fine et de longues jambes brunes qu'on devine dans l'échancrure de la jupe. Elle tourne entre les tables en lâchant des mots et des rires.

— Elle est amoureuse.

— Oui. Mais de qui ?

— D'un client dans la salle ?

— Cherche bien.

— Il n'y a que des familles.

— Ouvre les yeux…

Son regard retombe sur l'homme derrière le comptoir. La lueur qui vient du projecteur au-dessus de la cuisinière éclaire une légère moustache sur sa lèvre supérieure et anime son regard d'une flamme étrange, mi-douce, mi-fiévreuse.

— Le père et la fille ? suggère Joséphine en buvant un verre de montepulciano. Mmmm, que j'aime ce vin ! Je te préviens, je vais dire n'importe quoi. Je perds vite la tête… Le père est jaloux, il surveille sa fille ? Il pourrait la tuer s'il la surprenait en train d'embrasser un homme ?

— Regarde encore.

Elle se penche. Son regard s'affûte. Elle remarque sous la chemise à carreaux de l'homme un bourrelet de chair large comme une bouée qui pourrait bien être une poitrine de femme.

– La mère et la fille ? La personne derrière le comptoir, c'est une femme. C'est donc sa mère… Mais où est son amoureux ? En cuisine ? Caché dans le placard qu'on aperçoit ?

– Décale-toi sur ta gauche, tends le cou sans te faire remarquer et observe. Tu ne devrais pas attendre longtemps…

Au bout de plusieurs allées et venues, la jeune fille pose un plat sur le comptoir, passe derrière pour en saisir un autre. La femme plus âgée a fait un pas en arrière, abritée par la porte du placard entrouvert qui la dissimule aux yeux des clients, mais pas à ceux de Joséphine. La jeune fille s'approche, la frôle, lui lance un regard-banderille et s'élance pour s'échapper. D'un geste vif, la femme dissimulée jette un bras de pieuvre, attrape la rusée, la renverse et la jeune fille ploie telle une poupée de chiffon, s'ouvre, s'offre, se laisse baiser la naissance des seins. Se reprend vivement, ajuste sa coiffure et repart dans la salle en dansant sur ses longues jambes. Ses yeux brillent et elle porte la trace légère d'une rougeur dans le cou. La femme se remet à ses fourneaux avec un pâle sourire, presque une grimace.

Joséphine s'exclame :

– Un couple de femmes… qu'elles sont émouvantes !

– Et aussi amoureuses que le premier jour où je les ai vues. J'ai longtemps cru comme toi qu'il s'agissait d'un père et de sa fille…

Joséphine se retourne vers la femme derrière le comptoir qui surveille sa belle tout en coupant oignons et poivrons d'un geste automatique. La belle qui va et vient, se montre sarcastique, rieuse, repousse la main de l'un, attrape l'argent d'un autre, fait sauter un bouton de son corsage, mais toujours revient vers la femme âgée, colle sa jambe sous le comptoir, se frotte à elle et l'aînée pâlit. Ses lèvres se serrent, elle les mord, elle les mouille et, dans son regard, Joséphine lit la faim, la fièvre et puis, comme un éclair tout de suite après, la solitude et l'angoisse d'être dépossédée.

— Moi, je serais plutôt comme la femme aux fourneaux, murmure Joséphine.

Le montepulciano l'enhardit et elle se met à parler comme si elle se confessait :

— Je crois qu'on a toujours peur quand on aime.

— Parce que tu ne te sens pas digne d'être aimée ?

— Oui.

— Parce que tu te sens sale et moche ?

— Oh, ça, ce n'est pas qu'avec toi !

Joséphine a une habitude quand elle se sent prise dans un piège, qu'elle a l'impression que tout est contre elle : elle relève la tête et regarde le problème en face. Qu'est-ce qui ne va pas avec Philippe ? Pourquoi est-ce que je doute toujours alors que l'on s'aime depuis trois ans ?

Elle demande hardiment :

— Dis-moi.

— Dis-moi quoi ? Tu veux un dessert ?

– Dis-moi pourquoi j'ai toujours peur que tu me quittes ?

– Parce que tu ne connais rien à l'amour.

Joséphine manque de s'étrangler. Et elle s'écrie :

– Je ne connais rien à l'amour ?

– Non. Tu crois tout savoir, mais tu es une débutante. Tu veux un dessert ?

Non ! est sur le point de hurler Joséphine.

– *Due ristretti*, commande Philippe.

Il sourit, son regard se pose sur la jeune fille repartie au bar dont le front vient buter sur celui de sa compagne.

– Regarde cette fille… Elle est heureuse parce qu'elle reçoit de l'amour, beaucoup d'amour. Et qu'elle en donne à sa façon. Elle estime que le contrat est juste. Elle donne, elle reçoit, elle aime, elle est heureuse. Elle ne se pose pas de questions. Mais la plus âgée… elle n'en revient pas de sa bonne fortune. Alors elle distribue à tout-va. Elle donne tout, mais elle ne sait pas recevoir parce qu'elle n'est pas habituée. C'est une débutante, comme toi. Et, comme toi, elle a peur.

– Et pourquoi ? demande Joséphine.

– Parce qu'on ne t'a jamais donné de l'amour.

– Si, papa ! s'exclame Joséphine.

– Tu as raison, mais il est mort, tu étais encore une enfant. Tu as grandi sans amour. Tu as grandi en pensant que personne jamais ne t'aimerait. Parce que dans les yeux de ta mère, tu lisais que tu ne valais rien.

– Elle ne regardait qu'Iris…

– Elle ne la regardait pas. Elle se voyait en elle. Iris était son prolongement. Ce n'est pas de l'amour.

– Moi, je le croyais. Et je me comparais.

– Et tu te disais que c'était normal. Qu'Iris était belle, brillante…

– Et moi, sale et moche.

– Alors tu as cru que, pour qu'on t'aime, tu devais tout donner. Ce que tu as fait avec Antoine, avec Iris, avec tes filles… Tu as donné éperdument. Sans jamais rien recevoir. Et c'est devenu une habitude. Tu trouves même cela normal.

Joséphine ne le quitte pas des yeux. Philippe ordonne les morceaux de son puzzle intérieur.

Il lui caresse la joue et ajoute :

– C'est un art de recevoir l'amour qu'on vous donne.

– Toi, tu sais très bien.

– J'ai appris.

– Et comment on fait ?

– On apprend d'abord à s'aimer soi-même. On se dit qu'on mérite cet amour. Dis-toi que tu es une femme formidable.

– Je ne peux pas. Impossible.

– Prends modèle sur Hortense.

– Elle en sait plus que moi ! soupire Joséphine.

– Elle est comme cette jeune fille… sûre d'elle. Parce qu'elle repose sur un socle solide : l'amour de sa mère.

Joséphine gratte la manche de la veste de Philippe et avoue d'une toute petite voix :

– Je l'envie, cette fille. Elle aime qui elle veut sans s'embarrasser de ce que pensent les autres. Elle s'en fiche qu'on trouve son amoureuse vieille et moche.

– Ce n'est pas son problème, tu as raison.

– C'est ça, être libre.

– Un jour, Joséphine, tu seras comme elle.

– Tu m'aideras, dis ?

– Je garderai un œil sur toi, mais tu y arriveras toute seule.

Elle se rejette contre le dossier de sa chaise et souffle, découragée.

– Un jour, reprend Philippe, on retournera dans cet hôtel à Florence et, au lieu de reculer et de baisser les yeux, tu avanceras et tu planteras ton regard droit dans celui de cette pimbêche.

– Tu dis ça pour me faire plaisir…

– Tu peux tout faire mais tu ne le sais pas.

– Tu peux m'embrasser, là, tout de suite ?

Il se penche vers elle, prend son visage entre ses mains, pose sa bouche sur la sienne et l'embrasse lentement, longuement.

Et elle n'a plus peur du tout.

Le jour du départ est arrivé. Ils quittent Sienne et ses remparts.

Ils ont sorti les valises, les ont posées sur le lit, ont vidé les penderies, rangé les brosses à dents, la crème à raser, le lait démaquillant, regardé sous le lit, derrière les rideaux, dans les tables de nuit.

Philippe dit je descends régler la note et j'envoie quelqu'un prendre les bagages. Joséphine prétexte qu'elle veut vérifier une dernière fois qu'ils n'ont rien oublié.

Elle attend qu'il claque la porte et s'accoude à la fenêtre devant les *Crete* rondes et pelées.

Cette nuit, elle a enfin parlé.

Cette nuit, elle s'est levée, elle a posé son front contre la fenêtre. Elle a repensé à leur conversation au restaurant d'Arezzo, au couple de femmes, à celle qui donne tout et ne sait pas recevoir.

Philippe l'a rejointe. Ils ont regardé la nuit et puis elle a dit dans un souffle :

– Quand je t'ai dit moche et sale...

Il a hoché la tête pour l'encourager.

– ... j'aurais pu ajouter... et presque noyée.

Il a attendu qu'elle continue, qu'elle trouve la force de continuer.

– Je n'aime pas en parler parce que chaque fois je pleure et...

– Parle-moi.

Elle a raconté.

Elle a raconté ce jour, dans les Landes, où sa mère

l'avait abandonnée dans une mer déchaînée. Elle avait sept ans, Iris, onze. Elles étaient parties se baigner toutes les trois. Avaient nagé loin, loin. Leur père sur le rivage les suivait des yeux, inquiet. Il ne savait pas nager.

La tempête s'était levée en quelques minutes. Elles s'étaient accrochées toutes les deux au cou de leur mère. Les vagues les giflaient, l'eau salée leur piquait les yeux. Alors Joséphine avait senti sa mère la rejeter.

Henriette avait attrapé Iris et, la coinçant sous son bras, avait regagné le rivage en nageant la brasse indienne.

Joséphine avait regardé sa mère et sa sœur s'éloigner. Et c'était la preuve éclatante qu'elle ne valait pas la peine d'être sauvée. Elle avait lutté, avait bu des litres d'eau de mer, mais avait fini par regagner le rivage, le visage et le corps griffés par le sable, des algues collées sur son front, ses bras, ses épaules en sang, crachant, vomissant l'eau salée de ses poumons, moche et sale, moche et sale.

Mais en vie.

Elle avait parcouru du chemin depuis.

Malgré les vagues ou grâce aux vagues.

Elle avait appris à les enfourcher.

Il lui fallait se débarrasser de ce sable et de ces algues qui la salissaient et l'étouffaient.

Moche et sale, moche et sale.

La dernière fois qu'elle avait vu sa mère, c'était à l'enterrement d'Iris[1]. Quelques jours plus tard, elle l'avait appe-

---

1. Voir *La Valse lente des tortues, op. cit.*

lée, elle cherchait des photos de sa sœur et elle enfants, elle voulait les faire encadrer.

– Et elle m'a répondu… « Joséphine, ne m'appelle plus. Je n'ai plus de fille. J'en avais une et je l'ai perdue. »

Elle s'était retournée vers Philippe et avait conclu :

– Voilà. Tu sais tout.

– Pourquoi ne m'as-tu jamais rien dit ?

– Peut-être parce que je pensais qu'elle avait eu raison de vouloir sauver Iris et pas moi. Quand je suis revenue à moi, j'étais dans les bras de papa et il m'emmenait loin de ma mère en la traitant de criminelle. Il avait vraiment cru que j'allais mourir. Et moi aussi…

– Et maintenant, tu es bien vivante et tu as toutes les raisons d'être fière de toi.

– Tu crois ? elle avait dit d'une petite voix.

– Je ne crois pas, j'en suis sûr.

Elle veut se souvenir encore une fois de cette nuit.

Elle a osé parler. À un homme, son homme.

Un homme à qui elle s'est confiée, un homme qui l'a écoutée, un homme qui l'attend à la réception du Palazzo Ravizza.

Elle s'essuie les yeux et sourit.

Prend son sac. Enfile son manteau. Enfonce les mains dans ses poches avec la vigueur d'un petit soldat qui repart à la guerre.

Ses doigts glissent dans la doublure des poches. L'une

d'elles est déchirée. Joséphine s'en étonne. Elle plonge sa main dans le fond du manteau et ses doigts rencontrent un papier roulé en fine cigarette.

C'est un mot de Zoé, « Profite de ton voyage, Mamichette, ouvre bien les yeux, remplis-les de beauté et d'amour, je t'aime à la folie de mon cœur ».

Zoé ne rentra pas ce soir du 22 avril.

Alexandre resta enfermé dans sa chambre après avoir répété à son père qu'il ne savait rien. Zoé ne lui avait fait part d'aucun plan de fuite, ni de suicide, ni d'inconnu rencontré sur Internet. Il était pâle, laconique, mais ne semblait pas inquiet.

Le pot-au-feu d'Annie se figea dans le faitout en fonte. Annie finit par le ranger dans le frigidaire en pleurant sur l'avenir incertain de son plat pour ne pas s'avouer qu'elle pleurait à l'idée de ne plus revoir Zoé.

Philippe garda longtemps Joséphine dans ses bras.

Il ne pouvait faire autrement : elle ne tenait pas debout. Dès qu'il la lâchait, elle s'écroulait.

Elle ne pleurait plus, elle n'avait plus de larmes. Elle fixait le sol d'un air de bête battue.

Il la coucha dans leur grand lit. Resta allongé près d'elle. Elle frissonnait, répétait Zoé, mon bébé, où es-tu ? Puis, épuisée, elle s'endormit.

Philippe se dirigea vers l'ordinateur de Zoé.

Il fouilla dans l'historique les recherches sur Internet et tomba sur un site qu'elle avait consulté à maintes reprises.

Depuis trois mois.

Depuis qu'elle avait eu seize ans.

C'est ainsi qu'il fut mis sur la piste de la fugueuse.

Car il s'agissait bien d'une fugue.

L'historique racontait les recherches de Zoé, ses demandes, ses enquêtes. Pour finalement s'arrêter sur le site de Gretna Green, un village à la frontière de l'Écosse et de l'Angleterre renommé pour ses mariages éclairs. Une sorte de Las Vegas européen. L'âge légal pour se marier en Écosse est de seize ans. Zoé avait dû l'apprendre par une copine du lycée. Elle avait alors patiemment échafaudé un plan. Fait des économies, emprunté de l'argent. Avait acheté deux billets de train pour Glasgow, puis Gretna Green. Rempli tous les papiers par Internet. Le site expliquait qu'il fallait avoir seize ans, être libre de tout lien conjugal, être responsable et sain d'esprit, n'avoir aucun lien de parenté avec son futur conjoint, être de sexe opposé, posséder un extrait de naissance et, pour les étrangers, produire un certificat de capacité à se marier qu'on pouvait retirer dans sa mairie.

Comment a-t-elle pu se procurer ce papier ? se demanda Philippe. A-t-elle fait un faux ? Gaétan a-t-il trafiqué deux faux certificats ?

Elle avait ensuite retrouvé Gaétan à Londres et tous deux s'étaient enfuis vers Gretna Green pour se marier.

Joséphine et Philippe prirent le train le lendemain pour l'Écosse.

À Gretna Green, ils louèrent une voiture. Sillonnèrent les rues de la petite ville célèbre pour ses mariages depuis 1754, depuis ce fameux jour où un maréchal-ferrant avait uni deux jeunes fugitifs de seize ans dans sa forge. Un village qui se targuait d'être le Disneyland des mariés du monde entier. Avec des petites maisons ressemblant à celle de Blanche-Neige et des Sept Nains, un chapelet de magasins de souvenirs, des pancartes façon pain d'épice et des petites haies faussement charmantes. Un décor en carton-pâte fait pour attirer le touriste et lui soutirer de l'argent.

Ils cherchèrent à droite, à gauche, posèrent des questions aux habitants, montrèrent des photos de Zoé, de Gaétan, vérifièrent les registres des hôtels.

Ils n'avaient qu'une journée de retard sur les fuyards.

Ils les trouvèrent dans une boutique de souvenirs.

Zoé laissa tomber le mug qu'elle tenait à la main.

Gaétan rougit et bafouilla, merde, ta mère !

Joséphine ouvrit les bras et Zoé bondit vers elle. Elle semblait épuisée par son audace, soulagée de voir sa mère.

Mais elle ne voulait pas pour autant renoncer à son projet, je ne peux pas vivre sans lui, maman, écoute-moi… Je recommencerai si tu m'obliges à me séparer de lui.

Ils allèrent prendre un thé dans une auberge.

Il faut absolument les convaincre de rentrer de leur plein gré, avait murmuré Philippe à Joséphine, parce que sinon, nous sommes impuissants. Selon la loi écossaise, ils sont majeurs et libres de faire ce qu'ils veulent. J'ai téléphoné à l'ambassade, ils m'ont affirmé que c'était déjà arrivé, que le mariage avait pu être empêché mais qu'on n'avait jamais pu extrader les fugueurs de force.

Philippe parla à Gaétan. Il se laissa, le premier, convaincre. Et accepta, tête basse, de rentrer à Paris. Il paraissait presque soulagé d'avoir été rattrapé. Comme si le mariage, devenu réalité, était un poids trop lourd à porter.

Zoé ne voulait rien entendre.

Joséphine caressait sa fille du regard et se disait je l'ai retrouvée, elle est là devant moi, et elle appuyait son doigt sur le bras de Zoé pour s'en convaincre, elle prenait la main de Zoé, la palpait, lui remettait une mèche derrière l'oreille, souriait.

– Tu m'écoutes pas! criait Zoé.

– J'ai cru mourir. Laisse-moi reprendre mon souffle.

– Je veux vivre avec Gaétan. Je reste ici. Je me suis renseignée, j'ai le droit.

– Et vous vivrez comment? Vous n'avez que seize ans!

– Je me débrouillerai. Je travaillerai. Lui aussi. Mais au moins, on sera ensemble. Toi, tu t'en fiches, t'as Philippe!

– Tu es trop jeune pour te marier.

– C'est toi qui le dis!

– Et comment as-tu eu l'idée de ce mariage ?

Pour la première fois depuis qu'elles s'étaient retrouvées, le visage de Zoé se détendit et elle sourit.

– Tu veux vraiment savoir ?

Joséphine hocha la tête.

– En lisant *Pride and Prejudice* de Jane Austen… il y a un couple d'amoureux qui fuit à Gretna Green pour se marier. J'ai fait comme eux.

Joséphine promit qu'elles repartiraient vivre à Paris.

– Avec Gaétan ?

– Avec Gaétan.

– Il viendra vivre chez nous ?

– On rentre à Paris. On verra ensuite.

– Je ne pars pas d'ici si tu ne me jures pas qu'il vivra avec nous. Il ne supporte plus la vie avec sa mère. Elle est dépressive, maman, elle pleure, elle rit, elle bouffe des comprimés, elle fume, elle le menace de boire de la javel.

– On en parlera avec elle.

– Et Philippe ? Il sera d'accord, tu crois ?

Philippe ne dit rien. Ou plutôt, si. Après un long moment silencieux, dans le pub de Gretna Green, alors que Gaétan et Zoé étaient partis récupérer leurs sacs dans le *bed and breakfast* où ils avaient dormi, il leva les yeux vers Joséphine, l'isola dans son regard comme s'ils étaient seuls au monde et prononça ces mots :

– C'est toi qui sais…

Elle resta muette, empêchée de parler, empêchée de choisir entre son amour et sa fille. Elle se frottait les mains, les tordait, tordait sa bouche, fronçait les sourcils pour ne pas pleurer. Elle savait qu'elle ne pouvait pas choisir, mais elle savait aussi qu'elle repartirait avec Zoé.

Il fallut parlementer avec le lycée français, leur expliquer que oui, c'était une folie, mais que Zoé ne terminerait pas son année de première à Londres.

– C'est le bac de français cette année, madame Cortès. C'est très important que Zoé le passe.

– Je sais, monsieur Valentin, je sais… Je verrai si son ancien lycée peut la reprendre.

– Vous faites une grave erreur…

Philippe partait chaque matin au bureau, filait à Murray Grove l'après-midi et rentrait tard le soir. Il l'embrassait sur le front, se servait un verre de bordeaux, attrapait des noix de cajou et des amandes, prenait son journal et s'installait au salon toujours dans le même fauteuil, toujours sous le même abat-jour. Distant, poli. Absent. Il n'était pas hostile, il était silencieux.

– Je suppose qu'il rumine aussi quand il est avec toi, disait Joséphine à Shirley.

– On dirait un automate. Impossible de le décoincer, de le remonter avec une clé pour qu'il parle.

– Mais pourquoi ne dit-il rien ?

– Parce que les hommes ne parlent pas. Ils descendent dans leur caverne, s'enferment, ruminent et ne remontent que lorsqu'ils ont réglé leur problème. Comment je le sais ? C'est Philippe qui m'a expliqué.

– J'ai mal partout, Shirley, j'ai les tripes qui se tordent et je ne peux plus rien avaler.

– Veinarde ! Moi, quand j'ai un chagrin, j'avale du gras et du sucré, je grossis, je me regarde dans une glace et j'ai envie de sauter dans le vide.

– Tu me diras si une autre l'approche ?

– Je te le dirai, promis.

– Tu es comme ma sœur.

– Encore mieux que ta sœur !

– Je vais me faire du souci. C'est un homme si séduisant… Je fais peut-être une folie.

C'est sûr, songea Joséphine en réservant deux places sur l'Eurostar, une femme ne devrait jamais quitter cet homme-là.

Elles étaient rentrées à Paris.

Gaétan s'était installé chez Joséphine, dans le grand appartement, avenue Raphaël.

Zoé avait dû redoubler sa première. Gaétan aussi. Ses notes étaient si mauvaises qu'il n'avait pas le choix.

Et depuis, Joséphine vivait avec un jeune couple chez elle. Elle ne s'y habituait pas. Parfois elle les entendait rire, parfois elle n'entendait plus rien. Parfois ils se disputaient, sortaient de la chambre en claquant la porte. Parfois ils partaient le matin, main dans la main, et s'embrassaient en attendant l'ascenseur.

Un jour, elle était entrée dans la cuisine et avait trouvé deux biberons de jus d'orange. Ils s'étaient acheté du Tropicana qu'ils buvaient en faisant leurs devoirs.

Le soir quand elle se mettait au lit, Du Guesclin effleurait ses pieds nus d'une langue râpeuse puis se couchait, rassuré, sur le tapis en laissant échapper un profond soupir.

Le premier week-end, elle était restée à Paris. Elle attendait que Philippe l'appelle, qu'il lui dise viens, viens, tu me manques.

Il n'appela pas. Il était toujours enfermé dans sa caverne. Elle attendit le lundi, le mardi, le mercredi. Elle composa son numéro. Ses mains étaient moites. Elle faillit laisser tomber le combiné quand il décrocha.

Elle lui demanda si cela lui ferait plaisir qu'elle vienne.

Il répondit oui. Elle sauta dans l'Eurostar.

Il l'attendait sur le quai. Ils n'en reparlèrent plus jamais.

Elle avait laissé derrière elle Philippe et Montaigu Square. Déserté la famille qu'elle était en train de reconstituer. Elle vivait à moitié.

Famille, moitié, sœur.

Elle contemple une dernière fois les *Crete*. Leurs crânes de moinillons chauves. Les ifs droits et pointus. L'if mâle est droit, mince et fier, lui a expliqué le monsieur avec une toile d'araignée sur la tête, l'if femelle est rond, pataud, disgracieux.

Elle avait éclaté de rire.

Elle aura été heureuse à Sienne.

C'est déjà un début que de savoir reconnaître ce qui vous rend heureuse.

Tous les soirs, à dix-huit heures trente, après avoir déposé Tom chez Suzon et Georges, Stella gare son camion sur le parking de l'hôpital, pousse les portes battantes de l'entrée, prend l'escalier, monte au premier étage et retrouve sa mère, Léonie Valenti, dans la chambre 144 qui jouxte le bureau du docteur Duré.

Stella a installé une petite chaîne hi-fi sur la table de nuit et la pile de CD menace de s'écrouler. Schubert, Schumann, Chopin, Bach, Purcell, Mozart, Beethoven. Sa mère réclame toujours de nouveaux CD que Stella emprunte à la médiathèque.

Chaque soir, Stella redresse la pile, fais attention, maman, ça va tomber! Léonie bat la mesure d'un doigt frêle qui sort d'un épais pansement. Tu sais, quand j'étais petite, j'avais un piano. Je jouais, oh, pas très bien, c'est sûr, mais c'était comme un rêve qui m'emportait. Je prenais mon piano très au sérieux, j'avais un métronome avec un écusson doré sur le devant, des partitions, j'ai même eu un professeur. Et puis, il est parti. Comme tous les gens de la maison. Ils finissaient toujours par partir.

Stella tapote les oreillers, cale le corps de sa mère, noue une serviette autour de son cou et lui donne à manger comme à un enfant convalescent.

– Si je ne venais pas, tu oublierais de te nourrir. Je t'ai apporté une compote de pommes que Suzon a faite pour toi. Elle t'embrasse et Georges aussi.

Léonie pose toujours les mêmes questions :

– Tom va bien ? Il a eu de bonnes notes à l'école ? C'est important, l'école. Il est chez Suzon et Georges ? Il fait ses devoirs ? Ils sont gentils. Qu'aurions-nous fait sans eux ? Ils ont toujours été là. Tu as vu, les jours rallongent, on va sortir de l'hiver.

Et puis elle se tait, épuisée d'avoir articulé ces quelques phrases.

Stella raconte sa journée, l'agrémente de petites péripéties, invente une poule sauvage qui s'est enfuie, une nouvelle phrase apprise par Hector le perroquet, une lubie de Grizzly, une plaisanterie de Boubou et Houcine, une réflexion de Julie qui aimerait bien se trouver un mari, dis, Stella, y a bien le mot « air » dans « mari » ? J'ai besoin d'air !

Léonie écoute en prenant sa becquée. Stella lui essuie la bouche, verse un peu d'eau dans un verre, le porte aux lèvres de sa mère. Léonie ressemble à un pantin désarticulé. Elle a un œil à demi fermé, des petites attelles métalliques aux doigts, des excoriations cutanées sur le cou, une minerve, la jambe droite dans un plâtre et des pansements sur le front.

— Ça va mieux aujourd'hui ? Tu as moins mal ?

— Le docteur Duré est très aimable. Il s'occupe très bien de moi. Et Amina aussi. Elle passe la tête dans la chambre pour voir si j'ai besoin de quelque chose, je crois qu'elle me surveille.

Elle soupire :

— Je suis bien ici, je voudrais ne jamais partir.

— Bientôt tout ça ne sera qu'un mauvais souvenir. Ne pense à rien, maman, repose-toi.

Léonie acquiesce. Elle fait un drôle de bruit avec sa gorge comme si elle concassait des osselets, un petit bruit de mâchoire cassée. Stella fronce les sourcils. Sa mère ne faisait pas ce bruit-là avant son hospitalisation. Il faudra qu'elle en parle au docteur Duré.

— Tu vas rester longtemps ici, maman, t'en fais pas. Tu as une fracture du plateau tibial. Tu en as au moins pour trois mois et sûrement plus.

« Une immobilisation cruro-pédieuse, du pied jusqu'en haut de la cuisse, va être confectionnée et l'appui est interdit pendant trois mois, lui a déclaré le médecin. Il peut y avoir des complications, phlébite, pseudarthrose, cal vicieux, algodystrophie qui nécessiteront ou pas une opération. Nous garderons votre mère à l'hôpital le temps qu'il faudra. »

C'était le diagnostic du docteur Duré.

Elle n'a pas eu besoin de demander, de supplier s'il

vous plaît, ne la renvoyez pas chez elle, il va la tuer. Est-ce qu'il sait ? Est-ce qu'Amina lui a parlé ? Est-ce qu'il a honte de s'être tu si longtemps ? C'est toujours la question qu'elle se pose. Elle a l'impression que tout le monde sait à Saint-Chaland mais que tout le monde préfère ignorer. Même elle, il y a des moments où elle préfère oublier.

– Tu en es bien sûre, Stella chérie ? Il va me garder ?

Tous les soirs, Léonie demande à sa fille de la rassurer. Puis elle se laisse aller contre les oreillers et réclame l'histoire du Lapin de Velours.

– Tu ne veux pas qu'on change de livre, maman ? J'en ai un peu marre, tu sais.

Léonie secoue doucement la tête.

– Encore une fois. Et après, promis, on changera.

– Tu dis toujours ça !

– Cette fois-ci, c'est pour de bon. Trouve-moi un livre qui me plaise. Un livre qui finit bien. Je veux entendre une dernière fois l'histoire du Lapin et du Cheval de Cuir.

Stella prend le livre de Margery Williams et lit à haute voix. Sa mère ferme les yeux et se laisse bercer par la voix de sa fille.

« Vrai, on ne l'est pas au départ, dit le Cheval de Cuir. C'est quelque chose qui vous arrive. Quand un enfant t'aime très longtemps, qu'il ne se contente pas de jouer avec toi mais qu'il t'aime vraiment, alors tu deviens vrai.

194

– Est-ce que ça fait mal ? demande le Lapin de Velours.

– Parfois, répond le Cheval de Cuir, car il était toujours franc. Mais quand on est vrai, on se moque de souffrir.

– Est-ce que ça arrive d'un seul coup, comme si on te remontait, ou bien petit à petit ?

– Ça n'arrive pas d'un seul coup, dit le Cheval de Cuir. On le devient peu à peu. Ça prend du temps. C'est pourquoi ça n'arrive pas souvent à ceux qui cassent facilement, qui ont des bords anguleux ou qu'il faut protéger avec soin. En général, le temps que tu deviennes vrai, la plupart de tes poils ont été arrachés à force d'amour, tu as les yeux qui tombent, tes articulations sont branlantes et en piteux état. Mais ces choses-là n'ont pas d'importance parce que, une fois que tu es vrai, tu ne peux pas être laid, sauf pour ceux qui ne comprennent pas. »

Ce soir-là encore, une larme coule sur les joues de Léonie.

– Tu pleures toujours à ce passage, maman.

– Je pense à Moitié Cerise. Je voudrais l'avoir avec moi.

– Mais ce n'est pas possible. Tu me vois sonner chez eux et dire à Ray bonjour, je viens chercher mon nounours en peluche parce que ma mère ne peut pas dormir sans lui à l'hôpital où tu l'as envoyée à force de lui taper dessus ?

— Je sais, je sais.

Mais, dans son regard, Stella lit va me le chercher, Stella, va me le chercher.

— Et pourquoi es-tu si attachée à lui ?

— Il est mignon et doux, et puis il m'aime, lui.

— Mais c'est un ours en peluche !

Léonie se tait, son regard fuit.

— Quelqu'un te l'a donné ? Quelqu'un que tu aimais beaucoup ? Tu as un secret ? dit Stella en lui chatouillant la paume de la main.

— Tu as raison, n'y va pas, tu pourrais attirer l'attention sur lui et ils seraient capables de le jeter à la poubelle.

Ce n'est pas la première fois que Léonie réclame l'ours en peluche rouge qui autrefois appartenait à Stella.

— Et d'ailleurs, si ça se trouve, ils l'ont jeté à la poubelle depuis longtemps, dit Stella.

— Oh non ! Je l'ai caché sous l'évier avec les produits d'entretien et les chiffons.

Forcément, pense Stella, ils t'avaient transformée en femme de ménage, ils laissaient tomber un verre de vin, une casserole pleine de sauce et t'ordonnaient de ramasser et de nettoyer. Ça les amusait de te voir à quatre pattes en train de t'échiner. Il se trémoussait sur sa chaise et si tu n'allais pas assez vite, il te donnait des coups de pied. Fernande se réjouissait. Elle se grattait les bras en ricanant. Il lui arrivait de s'étouffer de son petit rire aigre. Elle ne sortait plus guère de son lit et il fallait la porter de sa couche à la table. Alors elle n'en perdait pas une miette, elle en rajoutait même, elle renversait du bout de sa canne un pot de confiture, s'esclaffait. C'était sa seule distraction. On avait dû lui couper une jambe car son corps se nécrosait. Elle n'avait jamais voulu suivre ses traitements contre le diabète. Elle prétendait que les médecins étaient des voleurs, cul et chemise avec la Sécu pour se faire de l'argent. Son talon s'était infecté et la plaie ne s'était jamais refermée. Diabète compliqué d'une artérite, avait pronostiqué le médecin, il va falloir vous amputer, madame Valenti. Elle n'était plus qu'une vieille femme trapue aux cheveux blancs hirsutes, qui hurlait des ordres et tapait avec sa canne pour se faire obéir. Tu étais la bonne à tout faire sur laquelle ils soulageaient leurs nerfs.

Mais elle ne dit rien et sourit finement devant l'astuce de sa mère.

– Sous l'évier ! C'est sûr qu'ils ne le trouveront jamais !

Une lueur de fierté brille dans les yeux de Léonie.

– Tu vois, je ne suis pas si bête que ça.

– Non, maman, tu n'es pas bête.

– Ici quand on me parle, je comprends tout.

– Maman, s'il te plaît…

Dans le regard de Stella s'allume un éclair de colère contre ceux qui ont fait de sa mère une loque humaine. Elle a envie de se lever, de courir chercher la peluche rouge sous l'évier. Elle ne dit rien mais se jure de trouver un moyen pour s'introduire au 42, rue des Éperviers.

Amina entre dans la chambre et s'exclame :

– Ça va, les filles ?

– Oui, dit Léonie, vous êtes bien gentille.

– Vous pouvez me tutoyer, madame Valenti. Ça fait trois semaines que vous êtes ici ! Va falloir vous décider. On va passer du temps ensemble, vous savez.

Stella lui sourit.

– Je ne te dirai jamais assez merci.

– Elle est si facile, ta mère.

– Tu finis à quelle heure ?

– Dans un quart d'heure.

– Je peux passer te voir ?

– Tu toques à mon bureau. J'ai des dossiers à ranger et après je file.

– Ok.

– Ah, j'oubliais, ta mère a pris ses cachets ce soir, pas besoin de les lui donner, elle va bien dormir.

Amina adresse un large sourire à Léonie et referme la porte.

Stella repousse le plateau du dîner, ôte la serviette du cou de sa mère, prend une brosse dans le tiroir de la table de nuit, lui lisse les cheveux, les ordonne en une couronne d'un blanc d'argent, nacré, soyeux, lui vaporise deux gouttes de parfum derrière les oreilles.

– Tu vas être belle pour accueillir tes rêves. Tu veux aller aux toilettes ?

– Non. J'ai sommeil, je crois que je vais dormir. J'appellerai l'infirmière de nuit si j'ai besoin. Elle est gentille.

– Je te mets un petit Mozart ?
Léonie acquiesce.
Stella prend la main de sa mère dans la sienne et la caresse en suivant les veines qui saillent sous sa peau. Elle n'avait pas le droit d'aller au soleil. Ray trouvait les femmes bronzées vulgaires, des femmes faciles qu'on renverse. Léonie soupire, heureuse, apaisée. Ses yeux se ferment, son corps se détend, elle glisse dans le sommeil.

Depuis que Stella est partie de chez elle, elle ne voit sa mère que de loin. Elle passe devant le 42, rue des Éperviers avec son camion et donne un coup de klaxon. Si Léonie est seule, elle soulève le rideau et sort sur le balcon. Elles se font des signes, s'envoient des baisers. Quand Tom est né, elle a brandi une pancarte où elle avait écrit « Il s'appelle Tom et c'est le plus beau des bébés ». Auparavant, elle était venue lui montrer son gros ventre. Léonie avait applaudi en faisant attention à ne pas faire de bruit.

– Tu es arrivée à savoir ce qui s'est passé le soir où elle a été hospitalisée ? demande Stella à Amina. Elle refuse de me le dire.
– C'est encore trop tôt. Elle est sous le choc, ça a dû être violent. Tu veux voir ses dernières radios ?
– Le docteur Duré me les a montrées.

– La bonne nouvelle, c'est qu'elle va rester un long moment avec nous. Il n'est pas près de la récupérer, l'autre fou !

– Tu crois que le docteur savait ?

– Écoute, Stella, tout le monde sait ici mais tout le monde a peur de Ray Valenti. Lui et ses copains tiennent les gens par les couilles.

– Mais Duré…

– C'est un homme comme les autres. Il a une femme, des enfants, une maîtresse si ça se trouve, il a triché avec le fisc, placé de l'argent en Suisse, il a payé des ouvriers au noir, il a loupé une intervention ou deux, je ne sais pas, je dis n'importe quoi, mais Ray Valenti, lui, sait. Il flaire les faiblesses des gens, lit la peur cachée dans leurs yeux et l'exploite. Il a des copains partout et avec ses potes, ils ont fait un commerce de la peur des gens. On tremble devant lui. C'est ça qui le fait jouir aujourd'hui, ce n'est plus les minettes qu'il troussait derrière la grande échelle. En plus, n'oublie pas que c'est un héros. Un héros national ! La parole de ta mère ne fait pas le poids face à lui.

Stella connaît la chanson par cœur. Quand elle marche dans Saint-Chaland, elle croise les regards de ceux qui savent mais se taisent. Ou préfèrent dire ça va, Stella ? Tout va bien ? Les lâches. Ils sont aussi dangereux que les bourreaux. Elle a envie de les saisir au collet et de leur crier pourquoi vous me demandez ça alors que vous savez ? Et pourquoi vous ne dites rien, vous ne faites

rien, vous laissez faire les bras croisés, les lèvres cousues ?
Car ils connaissent tous le martyre de Léonie Valenti. La
ville n'est pas grande et Ray Valenti est partout. Il règne
en maître silencieux. La plupart des gens ont affaire à lui
et ceux qui échappent à sa toile d'araignée préfèrent rester muets.

– Tu as su quand, toi ? elle demande à Amina.

– Tu te souviens quand on était à l'école… On n'était
pas copines mais t'étais mon idole. Si blonde, si fine, si
réservée et moi sèche, volubile, noire comme un pruneau.

Elle rit.

– Un pruneau d'Algérie ! J'avais pas beaucoup d'amies,
mais je t'aimais, toi. Je te regardais de loin, je t'espionnais
et j'ai vite compris que ça ne tournait pas rond dans ta
tête. Tu étais toujours sur le qui-vive, tu sursautais quand
on te frôlait. Fallait pas t'approcher, sauf cette grande
gueule de Violette et la brave Julie. Elles, elles avaient le
droit. Moi, je t'observais, je copiais ton sourire vite éteint,
ton regard à moitié baissé, je copiais tes élastiques dans les
cheveux, ta façon de marcher. Je copiais même ta mélan-
colie ! Je trouvais ça si chic…

– T'inventes !

– J'invente pas, je raconte. Et puis un jour, j'ai entendu
un prof parler à un surveillant qui se plaignait de ta
conduite. Laisse tomber, il disait, t'as pas idée de l'enfer
que vit cette gamine ! Faut l'aider, pas lui mettre la tête
sous l'eau. Elle a assez à faire avec ce qui se passe chez elle !
Après, ils ont chuchoté et j'ai pas tout compris. Ce jour-

là, le ciel m'est tombé sur la tête. On avait déchiré ma belle image. La belle image de la famille Valenti. Et, comme je suis curieuse, j'ai voulu savoir. J'ai ramassé plein d'indices sur les Valenti : la grand-mère, la mère, la fille, le père. Tu sais, toutes les histoires qu'on raconte. Y en a des vraies, y en a des fausses. J'étais incollable. Et puis, je suis devenue infirmière. Pour moi, ce fut énorme. Une promotion, une Légion d'honneur sur ma blouse blanche. Un jour où je savais que ton père et ta grand-mère avaient rendez-vous à l'hôpital, je suis allée chez vous. Oh, ça fait longtemps, tu étais déjà partie, tu vivais à la ferme… J'ai frappé à la porte, au 42, rue des Éperviers. Ta mère m'a ouvert. Elle était en robe de chambre, une pauvre robe de chambre en coton usée jusqu'à la trame, pieds nus dans des pantoufles, des mèches de cheveux collées sur le front. Elle m'a examinée avec méfiance.

– Qu'est-ce que vous voulez ?

À ce moment-là, il y a eu des cris d'enfant à l'extérieur et elle a tourné la tête. J'ai aperçu une ecchymose sur la tempe gauche. Une large tache violacée. Et l'arcade sourcilière était éclatée.

– Je suis une amie de Stella…

Quand elle a entendu ton nom, elle a ouvert la porte en grand. Elle était si belle encore ! Blonde, longue, mince, les mêmes yeux que toi. Une élégance d'un temps passé.

Elle m'a fait entrer dans la cuisine. Il restait deux bols de café, des tartines, du beurre et des pots de confiture. La nappe à carreaux était maculée de taches. Elle a jeté un torchon pour les cacher.

– Ils viennent juste de partir. Si vous vouliez voir mon mari…

– Non, c'est vous que je venais voir.

– Mon mari sait que vous êtes ici ?

– Non.

– Il ne sait pas que vous êtes ici ? elle a répété, effrayée.

– Je suis une amie de Stella, vous n'avez rien à craindre de moi.

– C'est Stella qui vous a dit de venir ?

– Non. Elle ne le sait pas.

– Alors… partez ! Partez ! Je vous en supplie, il ne faut pas qu'ils vous trouvent là.

Elle m'a poussée vers la porte. De ses deux mains. La peur lui donnait une force terrible. Elle avait le visage crispé, elle soufflait, elle faisait une horrible grimace et elle tremblait de tout son corps. J'ai eu pitié d'elle et j'ai reculé. Qui j'étais pour lui imposer mon aide, ma précieuse aide ? Avant qu'elle ne referme, j'ai demandé :

– Il vous frappe, n'est-ce pas ? Vous avez besoin d'être aidée, madame Valenti.

Elle a instinctivement levé le coude pour cacher sa tempe gauche et à travers le peignoir, j'ai vu d'autres traces de coups sur les bras, de longs bleus noirs qui marbraient sa peau blanche.

– Vous restez toujours enfermée ici ?

– Je ne suis pas enfermée, je peux sortir.

– Vous l'aimez ?

– Vous croyez que je resterais si je ne l'aimais pas ?

– Vous mangez suffisamment ?

– Il n'a pas beaucoup d'argent. C'est sa mère qui tient les cordons de la bourse.

– Pourquoi ?

– Est-ce que je sais ? Cela le regarde. Moi, je ne travaille pas, je suis bonne à rien. Et puis qu'est-ce que ça peut bien vous faire ?

J'ai tenté de poser la main sur son épaule pour lui dire qu'elle pouvait compter sur moi, que je ne la laisserais pas tomber, elle a fait un pas en arrière.

– Je ne suis pas une bonne personne. Il n'y a que ma fille pour croire que je vaux quelque chose.

– Je vais vous aider.

– Je n'ai pas besoin d'être aidée… laissez-moi.

– Je reviendrai vous voir.

– Je ne veux pas de votre pitié. C'est ma faute tout ça, je le sais. Partez, partez, je ne veux plus vous voir.

Elle s'est mise à pleurer, elle a joint ses deux mains en me répétant qu'il fallait partir, que c'était trop tard pour elle.

À partir de ce jour-là, je me suis sentie investie d'une mission. Je devais sauver ta mère. C'était difficile parce qu'elle ne sortait pratiquement plus de chez elle. Quand ils venaient à l'hôpital, la mère et le fils, le fils portant la mère dans ses bras, je me précipitais, quand je le pouvais, rue des Éperviers. Elle n'ouvrait plus. J'ai tenté de me renseigner, j'ai voulu savoir qui était vraiment Ray Valenti et j'ai compris que j'étais tombée dans une toile d'araignée. Il avait des amis partout, à la mairie, à la sous-préfecture, chez les gendarmes, même à l'hôpital ! Je n'ai pas renoncé, mais j'ai arrêté d'aller la voir.

– C'est toi qui as convaincu Duré de la garder ?

– Oui.

– Il a inventé cette histoire de fracture du plateau tibial ou est-ce la vérité ?

– Joker ! dit Amina avec un doux sourire. Je ne veux pas le trahir, il prend un risque, lui aussi.

– Et ce mot, tu sais, « 100 % Turquet », je l'ai gardé. Tu crois que c'est Turquet qui l'a battue ?

– Je ne sais pas. Elle ne parle pas. Elle se laisse soigner, elle se repose et c'est le principal. Elle n'a jamais parlé, Stella, il faut lui laisser le temps de comprendre qu'elle peut se confier sans risquer le pire.

– Tu as raison. Si c'est Turquet, Ray l'a laissé faire. Je l'avais provoqué cet après-midi-là. C'est ma faute.

– Tu ne pouvais pas t'imaginer qu'il allait se venger sur ta mère.

– Je croyais qu'il s'en prendrait à moi.

– Ce n'est pas ta faute, Stella. Cela fait longtemps que c'est comme ça, tu n'y es pour rien.

– Je n'en suis pas sûre. C'est terrible, Amina. Dès que je me révolte, ils me punissent. Je suis impuissante. Ils ont eu ma mère. Ils ont eu Adrian. Ils veulent m'avoir, moi aussi. Mais ils ne m'auront pas.

Elle répète, les yeux dans le vague, ils ne m'auront pas, et, serrant la main d'Amina, elle ajoute je te le promets.

Il ne m'a jamais eue, pense Stella en quittant le parking de l'hôpital et en mettant son clignotant.

Même si…

Même si j'étais trop faible pour résister physiquement. Il pouvait bien faire ce qu'il voulait avec mon corps, je me barricadais dans ma tête pour qu'il n'y entre pas.

Tous les soirs, à partir de mes quinze ans, je voulais mourir.

Mais dès qu'il avait quitté ma chambre, je me reprenais. Je ne pouvais pas mourir parce que c'était l'abandonner, elle. Je ne pleurais pas. J'imaginais des moyens pour me défendre, pour nous sauver, elle et moi. Je mettais des mots que je croyais anonymes dans les boîtes aux lettres de l'immeuble. J'écrivais en lettres majuscules RAY VALENTI EST UN SALAUD. RAY VALENTI ENTRE DANS LA CHAMBRE DES PETITES FILLES, LA NUIT. RAY VALENTI N'EST PAS UN HÉROS. Mais dans l'immeuble, il n'y avait que des collègues de Ray Valenti, des pompiers qui buvaient des verres avec lui chez Gérard et tout ce que je récoltais, c'étaient des coups, le soir.

J'essayais de comprendre comment tout ça était arrivé.

Elle se disait c'est un puzzle. Je dois reconstituer l'affaire comme dans un roman policier. Pourquoi maman s'est-elle laissé faire ? Pourquoi m'a-t-elle livrée avec elle ? Qu'est-ce qui a cassé le ressort, le ressort de survie, le refus de l'ignoble ?

Adolescente, elle interrogeait Suzon, elle interrogeait Georges. Ils avaient travaillé longtemps au service de son grand-père, Jules de Bourrachard. Suzon était en cuisine, Georges, homme à tout faire. Suzon avait à peine seize ans quand elle avait été embauchée. Léonie venait de naître. Suzon l'avait élevée, mouchée, torchonnée, nourrie. Elle avait quitté le manoir à la mort de Jules. Elle était partie avec Georges s'installer à la ferme, cette ferme que Jules leur avait léguée dans son testament pour les remercier d'avoir si bien servi sa famille.

Pourquoi il est méchant, Ray ? demandait Stella sans oser dire autre chose. Georges ne répondait pas. Elle recommençait, pourquoi ? pourquoi ? Alors il soupirait, il disait c'est à toi de décider si tu veux être heureuse ou pas. Si tu décides d'être heureuse, tu seras la plus forte. Si tu décides de résister, un jour tu gagneras. Il y en a qui préfèrent jouer les victimes et d'autres qui décident de s'en sortir malgré tout. De planter leur clou.

Elle n'était pas sûre que ce soit son cas.

Quand Ray entrait dans sa chambre, la nuit, quand il y avait de l'orage et que les coups de tonnerre couvraient ses cris, elle n'était plus qu'un petit corps tremblant qu'il manipulait et elle se disait je vais devenir folle, je veux mourir.

C'est alors qu'elle avait arrêté de l'appeler papa.

Après la première nuit où elle l'avait entendu pousser la porte de sa chambre.

— Maman est malade ? elle avait demandé en ouvrant les yeux. Il est arrivé quelque chose à maman ?

— Mais non, petite bécasse…

Il avait une voix douce, mielleuse, une voix qu'elle n'avait jamais entendue.

— Tu pars en mission ? Tu veux que je te prépare ton casse-croûte ?

Il fallait toujours lui faire un casse-croûte quand il partait au feu ou désincarcérer des corps à la suite d'un accident sur l'autoroute. Le danger donne faim, il disait. Et il faisait lever sa mère en pleine nuit pour qu'elle lui fasse un casse-dalle avec du jambon et des cornichons, n'oublie pas les cornichons sinon…, et il la menaçait de sa main levée.

— Mais non, mais non, allez, allonge-toi, laisse-toi faire.

Il avait passé une main dans la veste de son pyjama et collé l'autre sur sa bouche. Ses doigts entraient dans sa bouche, ses yeux se rapprochaient, ses yeux agrandis par une lueur démente. Sa bouche aussi se rapprochait et il parlait toujours avec sa voix mielleuse :

— La prochaine fois tu mettras une jolie chemise de nuit, d'accord ? Je t'en achèterai une. Une jolie chemise de nuit pour que Ray puisse s'amuser avec toi. Tu veux pas qu'on s'amuse ? Je connais des jeux très rigolos.

— Papa, laisse-moi, s'il te plaît, je dormais…

— Allez, ne fais pas ta mijaurée. Tu vas voir, c'est bon, c'est même très bon, toutes les femmes aiment ça, je vais être le premier et après tu me remercieras… Tu es grande maintenant, t'as quinze ans, ne me dis pas que t'as jamais joué à touche-pipi avec un garçon !

Sa main descendait, se posait sur son ventre, le caressait, oh le joli petit ventre, qu'il est doux, qu'il est tendre, je vais le manger ! L'autre main défaisait les boutons du pantalon de pyjama, le faisait glisser sur ses genoux, lui écartait les jambes, saisissait son sexe.

— Non ! elle avait crié. Papa, ne fais pas ça…

— Ne crie pas ! Je ne supporte pas qu'on crie !

— Papa ! elle avait encore crié.

Sa mère allait l'entendre. Sa mère allait se lever. Sa mère allait la défendre.

— Tu vas te taire ! Putain, ces bonnes femmes ! Toujours à pleurnicher ! Toujours à se plaindre !

— Papa…, elle avait encore dit en se raidissant pour qu'il n'entre pas dans son corps, en se débattant de toutes ses forces.

— Oh, tu fais chier ! Je ne suis pas ton père après tout. J'y ai droit moi aussi.

— Mais papa…

— Je ne suis pas ton père, là, voilà ! T'as compris ou il faut que je te fasse un dessin ?

Et ses doigts comme des griffes métalliques lui déchiraient les cuisses.

— Tu crois que je ne t'ai pas vue rouler des hanches devant moi, petite pute ? Tu me cherchais, eh bien, je suis là ! Et arrête tes jérémiades… Tu ne vas pas en faire un drame.

Et comme elle continuait à se débattre, il lui avait donné des coups sur le nez, des coups sur la bouche, des coups sur la tête, elle avait levé les bras pour se protéger et il en avait profité pour entrer en elle d'un seul coup de reins.

Elle avait cru qu'un couteau lui ouvrait le ventre.

Elle ne l'avait plus jamais appelé papa.

Comment avait-elle fait pour continuer à vivre, pour se lever le matin, aller à l'école, faire ses devoirs, parler à Violette, à Julie sans jamais rien confesser ?

Ce matin-là, sa mère ne l'avait pas embrassée, elle avait gardé la tête basse, elle s'affairait autour de la table, elle préparait le petit déjeuner, elle tournait et tournait dans la cuisine, la cafetière dans les mains, elle ne pouvait pas rester en place.

Elle était partie pour l'école. À chaque pas, elle sentait le couteau dans le ventre. Elle avait suivi un cours d'histoire, un cours d'anglais, un cours de SVT. Elle avait noté ses devoirs dans son cahier. Répondu au professeur. Elle avait mangé un gratin de macaronis à la cantine, bu une orangeade. Elle s'était étonnée d'être encore vivante.

Mais sa tête n'oubliait pas.

Elle avait continué à avancer. C'était ça, le grand mystère.

Elle avait voulu punir son corps.

Elle tirait ses cheveux, se les plaquait sur le crâne avec des barrettes, les attachait avec des élastiques. Elle se coupait les cils avec des ciseaux à ongles. Elle se mordait les lèvres jusqu'au sang et ça faisait des croûtes. Elle se rongeait les ongles. Elle mastiquait les aliments, elle ne les avalait pas. Elle recrachait les morceaux dans sa main et les mettait dans sa poche. Elle voulait ne plus avoir de seins, ne plus avoir de fesses, ne plus avoir de sexe, ne plus rien avoir qui attire les mains de Ray. Elle voulait devenir transparente. On n'a pas envie d'un sac d'os, n'est-ce pas ?

Elle épuisait son corps. Courait comme une dératée. Elle disait qu'elle voulait s'inscrire à des marathons. Suzon soupirait quand on court comme ça, c'est qu'on veut échapper à quelque chose, non ?

Suzon et Georges laissaient toujours ouverte la porte de la ferme. Une grande bâtisse avec des dépendances. Parfois, la nuit, Stella s'enfuyait à bicyclette et s'en allait dormir avec les ânes ou dans les arbres. Elle en avait repéré un aux larges branches et avait construit une plate-forme où elle se recroquevillait la nuit. Seule, sous les étoiles, elle dormait, apaisée. Il ne la retrouverait pas. Il pousserait la porte de la chambre et constaterait que le lit était vide. Il se vengerait une nuit d'orage, mais elle prenait des forces dans le grand arbre pour cette nuit-là. Parfois, il faisait si froid qu'elle avait l'impression que sa peau se rétractait, devenait aussi fine que le papier à cigarettes que Georges roulait. Pourquoi avait-il dit après tout je ne suis pas ton père, tu veux que je te fasse un dessin? C'était pour de vrai? On ne savait jamais avec Ray. Il pouvait dire n'importe quoi. Pour s'amuser, pour faire mal. Mais alors, si c'est pas lui, c'est qui, mon père?

Elle écoutait le vent, elle écoutait les bruits de la nuit, elle regardait les étoiles, elle s'endormait les bras noués autour de sa doudoune rose, un bonnet sur la tête, des grosses chaussettes aux pieds. Quand le soleil se levait, elle repartait à bicyclette, croisait Suzon et Georges qui se levaient tôt pour s'occuper des bêtes. Elle leur faisait un signe de la main sans s'arrêter. Elle rentrait chez elle, s'asseyait pour prendre son petit déjeuner, accrochait le regard de Ray et ne le lâchait pas. Baisse les yeux ou je te frappe! il hurlait.

Mais il ne la frappait pas. Il criait, mais ne la frappait pas. Elle faisait durer son regard pour tester sa force. Elle avait mal aux yeux, mais elle tenait bon. Elle avait marqué un point, Georges avait raison, c'est moi qui décide si je suis une victime ou pas, je plante mon clou. Elle gardait les yeux rivés à ses yeux à lui et il reculait.

Elle buvait son café au lait, la tête lui tournait, ivre d'une première victoire. Un premier clou. Elle n'avait pas eu besoin de crier, ni de frapper, ni de sortir un couteau.

Elle n'en parlait jamais à sa mère.

Elles se blottissaient dans les bras l'une de l'autre

quand elles étaient seules. Elles se caressaient les cheveux, le bout du nez, elles s'effleuraient les bras, échangeaient des petits baisers, se chatouillaient pour s'entendre rire, soupiraient, s'enlaçaient.

– Tu es ma petite étoile dorée, ma petite étoile du bonheur, disait Léonie en enroulant les cheveux blonds presque blancs de Stella autour de ses doigts.

Un jour où elle avait passé la nuit dans l'arbre, un jour où elle s'était remplie de la force de l'arbre, elle était rentrée chez elle, avait étendu ses bras comme des branches fortes, épaisses, et elle avait demandé à sa mère :

– Comment tu fais pour ne jamais crier ? Pour ne pas partir ?

– Parce que je t'ai. Tu es mon petit et mon grand amour...

– Pourquoi il t'a épousée ?

– Il croyait épouser une fille formidable et il a été trompé sur la marchandise.

– Mais tu es une femme formidable !

Sa mère secouait la tête en souriant. Ses cheveux de bébé blond encadraient son beau visage, et elle disait non, non, je ne suis pas une femme formidable.

– Alors il ne connaît rien à l'amour...

– Ou il ne le voit pas du même œil que moi. Il y a plein de manières de voir l'amour.

– Mais dans l'amour, il y a le cœur. Il n'a pas de cœur.

Elle parlait comme si elle était toute seule. Elle parlait à voix haute pour s'entendre, pour s'assurer qu'elle ne rêvait pas. Parce qu'il lui arrivait de se dire que c'était un cauchemar, qu'elle allait se réveiller, et elle ne voulait pas que ce soit un cauchemar, elle voulait que ce soit vrai pour qu'elle puisse lutter contre la réalité. On ne lutte pas contre un fantôme, n'est-ce pas ?

– Le désir, c'est prendre l'autre même de force ? demandait Stella. Comme les ânes avec les ânesses ? C'est ça qu'on appelle faire l'amour ?

– Non. Il y a plein de choses avant de faire l'amour. Il y a la tendresse, des sourires, des rires, des chuchotements, des effleurements... il n'y a pas que le sexe, la peau, la sueur, c'est si compliqué de t'expliquer tout ça, ma petite chérie.

– Mais tu sais, toi ! Tu expliques très bien.

– Je ne sais rien du tout. J'ai cru savoir, il y a longtemps. J'ai toujours imaginé des choses qui ne sont jamais arrivées. Comme si je vivais à côté de la vie. Je ne dois pas être normale. Je suis un peu toc-toc. Il a raison, Ray. Il ne faut pas que tu t'arrêtes aux apparences, ma chérie, il a raison parfois et il a tort aussi, mais il a le droit de me punir.

Ce jour-là, elle avait compris que frapper quelqu'un n'était pas le seul moyen de le démolir.

Elle voulait que sa mère se taise, elle avait posé sa main sur sa bouche pour arrêter toute la tristesse qui en sortait.

Elle écoutait Violette et Julie. Elle se demandait si elles aussi, elles connaissaient le couteau dans le ventre, la nuit. Elle regardait leurs pères. Elle plantait son regard dans leurs yeux pour voir s'ils allaient reculer.

Ils ne reculaient pas.

Et encore mieux, monsieur Courtois, étonné par sa hardiesse, son regard froid, précis, l'interrogeait silencieusement, la poussait à parler, et elle se rappelait la promesse muette qu'elle lui avait faite un soir. Elle avait dit oui avec les yeux, oui, je vous promets qu'il ne me fera pas de mal à moi, je me défendrai, je ne me laisserai pas écraser.

Elle baissait les yeux devant monsieur Courtois.

Elle avait caché une fourchette sous son oreiller et quand Ray approchait, elle le menaçait si tu me touches, je te plante la fourchette dans l'œil! Il éclatait de rire, lui arrachait la fourchette et la jetait par terre.

Alors, elle avait caché un canif. Un canif ouvert, prêt à l'emploi. Mais il était malin, il la maîtrisait d'un bras et fouillait sous l'oreiller avant de s'allonger sur elle.

Elle recommençait.

Pour la punir, un soir, il l'avait frappée à tour de bras. Son coude se levait, retombait, faisait un V dans l'obscurité je vais te dérouiller et t'auras plus envie de jouer les petits soldats, je te promets. Il frappait, il frappait, elle serrait les dents, elle essayait de garder la tête bien droite. C'est ce soir-là qu'il lui avait éclaté le tympan gauche. Puis le droit. Elle n'entendait plus rien. Les coups résonnaient dans son corps mais elle ne les entendait pas. Elle avait été enfermée dans une boule de coton. Tout était devenu silencieux. Elle voyait la bouche de Ray bouger, ses mâchoires se désarticuler, mais elle n'entendait plus rien et cela devenait presque drôle. Elle avait éclaté d'un rire sauvage et la fureur de Ray avait redoublé, il levait le coude, il tapait et comme elle se tenait les oreilles, il avait frappé encore et encore sur les oreilles. Bang, bang, elle entendait les coups à l'intérieur, des coups lourds de tambour grave, mais plus rien à l'extérieur.

Le matin, au petit déjeuner, il n'y avait plus de bruit du tout. Elle frappait sa cuillère contre le bol, rien. Elle voyait des bouches remuer mais il n'y avait pas de son.

Bientôt elle ne sentirait plus rien du tout, elle s'était dit.

C'est comme ça qu'elle avait appris à lire sur les lèvres.

Parce que ça avait duré un sacré moment.

Elle avait arrêté d'aller en classe.

Le médecin de l'école l'avait examinée, perplexe.

– C'est peut-être un accident suite à ta formation, tu as tes règles depuis quand ? il avait demandé en remuant les lèvres de manière grotesque.

Elle avait éclaté de rire.

– Il faut que tu retournes à l'école, je parlerai à tes professeurs.

Et les professeurs prenaient bien soin de parler lentement, personne n'osait rire devant elle.

Comme s'ils savaient qu'il n'y avait pas de quoi rire.

216

Julie lui passait ses cours. Au début, Stella les lisait et après elle lui avait dit que ce n'était pas la peine, elle avait tout compris en classe. Violette prétendait qu'elle le faisait exprès pour se rendre intéressante. Tu crois qu'en étant mystérieuse tu vas attirer les garçons ? Tu te goures complètement, tu ferais mieux de remplir tes nichons, on dirait des cacahuètes ! Les garçons, ils préfèrent les petites doudounes bien pleines, bien rondes, bien fermes.

Je m'en fous des garçons ! elle grognait.

Et quand Violette et Julie gravaient un cœur avec leur nom sur l'écorce d'un arbre en laissant plein de place dans le cœur afin qu'un garçon vienne le remplir avec ses initiales, elle se disait qu'elles n'avaient rien compris, qu'elles étaient bêtes, qu'il ne fallait compter sur les initiales de personne pour remplir sa vie.

Dans les boums, elle refusait que les garçons laissent traîner leurs mains sur elle. Ou leur bouche. Elle les imaginait, limaces répugnantes et baveuses. Elle restait collée le dos au mur, les poings serrés, dans une robe étriquée parce que Ray refusait de donner de l'argent à sa mère pour l'habiller.

De toute façon, elle n'avait pas assez de poitrine pour plaire aux garçons et ça l'arrangeait bien.

Comme ça l'arrangeait drôlement d'être sourde.

Elle n'entendait que ce qu'elle voulait bien entendre et

les gens avaient beau écarter leurs lèvres à s'en faire péter les commissures, elle leur opposait un silence féroce.

– Remercie ton père ! avait dit monsieur Avril en faisant des grimaces de clown. C'est lui qui a insisté pour que je te prenne en stage. C'est pas évident de faire bosser une sourde, hein, Ray ?

Elle avait seize ans, elle était en seconde et devait faire un stage d'une semaine dans une entreprise. Monsieur Avril avait une affaire de menuiserie industrielle. Il fabriquait des portes et des fenêtres et faisait partie du conseil municipal avec Ray.

– Oui, dis merci à ton papa, avait repris Ray avec son sourire de bienfaiteur qui sauve les petits enfants du feu.

Il avait étendu le bras, l'avait plaquée contre sa hanche. Il la pinçait pour qu'elle sourie, qu'elle remercie.

Il fallait qu'elle joue son rôle de fille reconnaissante.

De fille normale et reconnaissante.

Ils ne formaient une famille normale que lorsqu'ils étaient dehors. Qu'ils allaient au feu d'artifice du 14 Juillet ou au bal des pompiers qui le précédait. Parce que alors, Ray endossait son habit de gentil. Il dansait avec sa femme, il la tenait par le bras, il tenait la main de sa fille, il jouait au mari, au père modèle.

Elle refusait d'être une fille modèle.

Elle préférait devenir laide.

Elle se concentrait sur son idée.

Sur les phrases de Georges, à toi de décider si tu veux

être heureuse ou pas… et sur le clou à enfoncer. Elle comptait les clous.

Un soir qu'elle était chez Georges et Suzon et qu'ils regardaient un vieux film à la télé, *Jules et Jim*, elle avait aperçu l'actrice habillée en homme. Avec un gros pull d'homme, un pantalon d'homme et de grosses godasses. Elle courait en tenant son pantalon trop grand à deux mains. Portait des moustaches dessinées au charbon, avait caché ses cheveux dans une casquette… Ce soir-là, elle avait demandé à Georges de lui prêter un vieux pull, une casquette et un pantalon. Tu veux ressembler à Jeanne Moreau ? il avait dit en fouillant dans son armoire.

Il n'avait pas cherché à savoir pourquoi.

Ce soir-là, s'il avait posé une question, elle lui aurait dit. Elle avait dans sa tête le rire de Jeanne Moreau, la moue de Jeanne Moreau. Elle n'avait pas peur, elle. Elle faisait tourner les hommes autour de son doigt. Elle faisait la loi.

Et elle s'habillait en homme.

Quand à l'école on lui demandait pourquoi ces fringues d'homme, elle parlait du film. Et elle ajoutait c'est l'histoire d'une fille qui ne se laisse pas faire et qui enfonce ses clous.

Les gens n'allaient jamais plus loin. Ils changeaient de sujet, ils disaient alors t'as de bonnes notes, t'es contente ? T'as vu le temps qu'il fait ?

Ils avaient honte d'être si lâches.

Elle jouait avec leur honte. Elle arrivait en retard aux

cours, allait s'asseoir au premier rang en balançant son sac sur le bureau. Elle dessinait pendant que le prof parlait. Elle posait ses pieds sur la table à la cantine. Allait dans les toilettes des garçons. Fumait dans la cour de récré. Elle les provoquait. Ils se taisaient, se détournaient. Alors elle devenait rusée, presque méchante. Elle grognait, se débattait si on voulait la toucher. Et le soir, elle s'endormait en échafaudant des plans. Elle imaginait tout ce qu'elle allait faire pour se venger, elle le mettait en images, elle se faisait un film qu'elle se passait en boucle et qui finissait toujours bien. Ce jour-là arrivera, il faut que je sois prête. Elle s'encourageait tu ne sais pas ce que va être cette occasion, mais tu dois la saisir au vol. Avec les mains, avec les dents, d'un coup de tête. Tu dois te préparer. Comme une athlète. Ne pas t'avachir. Tu dois y penser tout le temps… d'accord ?

D'accord.

Ce jour-là est enfin arrivé.

Léonie est à l'abri. Chambre 144. Pour un bon bout de temps.

Ray est occupé à garder à la maison sa mère, devenue un moignon. Bientôt, il faudra l'amputer de l'autre jambe.

Le docteur Duré est de son côté. Amina aussi. Tout est en place pour les derniers clous.

Et soudain, alors qu'elle déboîte pour doubler un

camion sur la petite route à deux voies qui traverse la campagne, une pensée terrible la traverse.

Et si Amina mentait ? Et si Amina était du côté de Ray ?

Et le docteur Duré...

Pourquoi un monsieur de son importance se mettrait en danger pour protéger Léonie ?

Tu rêves, ma fille. Et tu sais que le rêve est dangereux. « Dans le lait des rêves, il tombe toujours une mouche », lui répète Georges. Il a lu cette phrase dans son journal, *Rustica*. Elle était écrite en lettres dorées et ornait le mois de mai. Il en connaît plein de phrases de *Rustica* qu'il a apprises par cœur. J'aime bien, il dit, je les lis et je réfléchis après. Je les mâchonne toute la journée.

Elle double le camion, sent son cœur s'emporter, se rabat et ralentit. La peur lui trouble la vue. Elle ne distingue plus la route. Pourquoi ces deux-là trahiraient-ils Ray ? Pourquoi ? Cela ne se peut pas. Ils la soignent pour la rendre en bon état aux Valenti. Ils m'embrouillent... Ses bras tremblent, ses mains glissent sur le volant. Le camion qu'elle vient de dépasser lui colle au cul et fait hurler une sirène qui lui déchire les tympans. Il la menace pleins phares. Il fait rugir son klaxon avant de la dépasser en la poussant sur le côté. Elle lui fait un doigt d'honneur et frappe le pare-brise du plat de la main. Connard ! elle hurle dans la nuit.

La houle de la peur l'écrase et les nerfs lui brûlent la peau. Elle a envie de pleurer. Elle ne veut plus avancer.

221

Le camion s'éloigne, ses feux arrière s'effacent dans la nuit.

Elle se reprend. S'essuie le front.

L'ennemi est partout à nouveau.

Elle appuie son front contre le volant froid. Je deviens folle. À force d'être seule, je deviens folle.

ADRIAN ! elle hurle dans la cabine du camion. T'es où ? Qu'est-ce que tu fous ? Adrian, j'en peux plus...

Elle ouvre la portière, saute sur la route, marche sur le bas-côté, arrache des poignées d'herbe. Regarde le ciel. Respire, respire.

Il faut qu'elle aille parler à Julie.

Julie ne l'a jamais trahie.

Ce jour-là, elles étaient allées à la piscine avec l'école.

Ray la forçait à porter un maillot une pièce quand toutes les filles arboraient d'affriolants bikinis avec des soutiens-gorge pigeonnants. Il prétendait veiller sur sa vertu, lui apprendre la pudeur, elle ne devrait se dévoiler qu'à son mari, la nuit de ses noces, le mari qu'il lui aurait choisi. Il la menaçait de sa cigarette rouge dans la nuit et brûlait la peau de son ventre. Ou le bas du dos. Ou entre les fesses. Cela faisait des traces brunes, une constellation de petites étoiles mortes. Il choisissait avec soin l'endroit où il appuierait la tête rouge de la cigarette et l'attente était aussi cruelle que la brûlure. Avec un maillot une pièce, on ne voyait pas les traces.

Dans son maillot noir, elle avait sauté du plus haut plongeoir. Elle s'était promis de le faire. Un clou de plus. Elle s'était bouché le nez d'une main, avait fermé les yeux et sauté.

L'eau s'était ouverte comme une mâchoire d'acier et elle avait entendu une déflagration dans sa tête. Un coup de feu répété, bang-bang. Elle était restée sous l'eau, assommée, inerte. Julie avait plongé, l'avait ramenée au bord de la piscine, l'avait forcée à recracher l'eau.

Et soudain, tous les bruits étaient revenus. Elle avait posé ses mains sur ses oreilles fracassées par le tintamarre. Avait vidé l'eau d'une oreille, puis de l'autre. Elle entendait Julie penchée sur elle qui demandait ça va ? ça va ? La bonne grosse bouille de Julie avec ses ailes de nez rouges et ses petits yeux de myope qui clignaient.

Un quart d'heure plus tard, dans la cabine qu'elles partageaient, elle avait murmuré à Julie :

– Mes oreilles…

Julie lui tournait le dos. Elle bataillait avec ses bretelles de soutien-gorge, elle avait répondu t'as mal ? Y a du pus qui sort ?

Stella avait dit non, pas de pus mais… Julie avait fait un bond et s'était retournée.

– T'entends ?

– Je crois bien que oui.

– T'entends ! avait répété Julie en battant des mains. T'es plus sourde !

– Mais tu le dis à personne ! Promis ?

– Promis.

– Ça m'arrange d'être sourde.

Julie avait tenu sa promesse.

Julie habite toujours chez ses parents. Un pavillon construit dans les années cinquante quand les patrons des usines mettaient à disposition de leurs ouvriers des logements sociaux. Aujourd'hui, il n'y a plus d'usines, plus de patrons, plus d'ouvriers et les pavillons ont été rachetés à bas prix par les habitants de la ville.

Edmond Courtois a choisi un gros cube de béton jaune surmonté d'une aile aérodynamique sur le toit. Un cube posé dans un grand jardin qu'on pourrait presque qualifier de parc. Avec une grille noire qui s'ouvre automatiquement, des petits graviers blancs, une belle pelouse, une mare. Ce devait être le logement d'un cadre car il se distingue des autres. Il s'impose, arrogant, presque écrasant.

Julie vit au premier. Elle a son étage, son escalier extérieur. C'est son père qui l'a fait construire. Il a récupéré un escalier métallique à la Ferraille, l'a restauré, repeint, accolé au dos de la maison. Madame Courtois affirme que c'est une verrue, qu'elle brise l'harmonie de son logis, jure avec l'élégance de l'aile qui s'élance vers le ciel. Madame Courtois se pique de poésie, de beauté, d'harmonie, aussi la verrue la dérange-t-elle violemment. Elle hausse les épaules chaque fois qu'elle passe devant et ce qui était un simple signe de désapprobation est devenu un tic.

Elle a planté un *Ampelopsis brevipedunculata* – ou vigne vierge – pour dissimuler la verrue. Elle le cajole, le couvre en hiver, le vaporise en été, le nourrit d'engrais. Julie le taille avec vigueur chaque fois qu'il fait mine de s'élancer et l'*Ampelopsis brevipedunculata* s'étiole sur son pied. Madame Courtois se lamente. Récemment, elle s'est mis en tête de faire classer sa maison que Jacques Tati n'aurait pas reniée. Vous avez vu *Mon oncle* ? demande-t-elle en servant le thé à ses amies le jeudi après-midi. C'est un chef-d'œuvre du cinéma français.

C'est un honneur d'être invité chez les Courtois. Monsieur Courtois voyage de par le monde, signe des contrats avec les Chinois et a fait une grande école. HEC, pour ne pas la nommer. À Paris, il est reçu au ministère de l'Industrie et, une fois, monsieur et madame Courtois ont été invités à l'Élysée. On se demande bien comment il était habillé, par contre, parce que l'élégance et lui, ça fait trois !

Madame Courtois s'est mise à l'anglais. C'est obligé aujourd'hui, elle dit en dodelinant de la tête. Elle tient à honorer les riches clients de son mari si jamais il leur venait l'envie de passer par Saint-Chaland.

En avançant dans l'allée, Stella aperçoit Julie et Edmond attablés dans la cuisine. Quand madame Courtois est présente, ils ne dînent pas dans la cuisine mais dans la salle à manger, sous un lustre en cristal de Venise.

Stella frappe au carreau. Julie lui fait signe d'entrer.

– Je ne vous dérange pas ? demande Stella en s'essuyant

225

les pieds sur l'épais paillasson qui proclame WELCOME, et à l'envers BIENVENUE.

– On est à table. Je te mets un couvert ?

– Ta mère n'est pas là ?

– Le mercredi, c'est sa soirée bridge.

– Je voudrais te parler…

– Tu peux parler devant mon père. Allez, viens, entre !

Stella n'a jamais su ce qu'il s'était passé entre Ray Valenti et Edmond Courtois. Pourquoi ils s'étaient battus un soir chez Gérard. Ray Valenti avait mordu la poussière. La loi du silence était retombée sur l'événement et personne n'évoquait l'incident. Ray et Edmond n'avaient plus jamais été amis. Car avant ce soir-là, Edmond Courtois faisait partie de la bande à Ray. Un groupe de cinq garçons soudés depuis la communale qui passaient leur temps à traîner dans les bois, à traîner dans les cafés, à traîner derrière les filles. Une grappe de garçons qui jouaient les durs et devant lesquels on s'écartait. Ray en était le chef. Parce qu'il était beau, grand, fort, parce qu'il parlait haut, qu'il haussait le sourcil et vous découpait de son regard menaçant. Edmond Courtois n'était pas beau, il n'était pas grand, il ne parlait pas fort, personne ne s'écartait sur son passage. Cet homme massif, presque chauve, avec de grosses joues et des petits yeux, avait commencé comme cadre dans une grande entreprise internationale, puis était revenu à Saint-Chaland, s'était intéressé à la Ferraille et avait fini par racheter le site et le développer à l'étranger. Il s'était marié, s'était porté acquéreur de la maison avec une aile sur le toit et sa réputation avait été établie. Depuis, c'est un notable qu'on respecte même si personne ne peut se vanter d'être son intime. C'est un solitaire, bourru, maladroit, qui a gardé de son père et de son grand-père l'habitude de se lever tôt, de boire du mauvais café, d'avoir un Laguiole dans sa poche pour couper le pain ou le saucisson et de se méfier de l'homme qui sourit sans raison.

— Assieds-toi, Stella, dit Edmond Courtois, une large serviette à carreaux nouée sous le menton. Que nous vaut l'honneur de ta visite ?

Et Stella d'un seul coup n'a plus peur. Elle s'assied, ses épaules s'affaissent, son menton tremble, toute la tension accumulée dans le camion s'évapore.

— Tu as mangé ? reprend-il.

— J'ai pas le temps, il faut que je retourne à la ferme coucher Tom. Il est chez Georges et Suzon, ils le gardent quand je suis à l'hôpital.

— Un coup de rouge alors ?

Et il lui remplit un verre.

— C'est un bon bordeaux que je suis allé chercher à la cave derrière les fagots. Tu vas pas le regretter !

Stella sourit. Boit une gorgée. Le vin chasse l'angoisse tapie au fond de sa poitrine, la réchauffe, lui fait tourner la tête. Elle étend ses mains sur sa salopette orange et les frotte sur la toile. Repousse son chapeau sur la nuque. Une bouffée de chaleur l'envahit et elle rougit.

— Je reviens de l'hôpital.

— Ta mère va bien ?

— Elle va mieux. Elle a passé un sale moment, mais là...

— Elle est entre les mains du docteur Duré, c'est ça ?

On dirait qu'Edmond Courtois conduit un interrogatoire et Stella se laisse aller contre le dossier de la chaise.

— Oui.

— Tu peux lui faire confiance.

— Si vous le dites...

— Crois-moi, c'est un homme bien.

Stella lève les yeux vers lui.

Une pensée la traverse : et s'il était allé trouver le docteur Duré ?

— Il va s'occuper d'elle, ajoute Edmond. Et il ne la laissera pas sortir avant longtemps.

— Allez, prends un peu d'osso bucco, dit Julie, je l'ai fait ce matin avant de partir au boulot.

Elle n'attend pas la réponse de Stella, lui remplit une assiette, coupe un morceau de pain, pousse le plat vers elle.

— J'ai pas faim.

— Détends-toi, sourit Edmond Courtois. On dirait que t'as avalé un cierge !

— Elle a encore réclamé son ours en peluche. J'aimerais bien savoir pourquoi elle y tient tant. Vous le savez, vous ?

Edmond Courtois secoue la tête.

— Non. Ce doit être un bon souvenir et elle n'en a pas tant...

– Je crois que je vais aller le chercher, mais je ne veux pas tomber sur Ray.

– Tu as peur ?

Stella tressaille, comme piquée par une bête. Ses mains se crispent sur la salopette.

– Ça pourrait mal se passer et il pourrait avoir l'idée de se venger, de reprendre maman de force. Je ne veux pas la mettre en danger.

– Il ne touchera pas à ta mère, dit Edmond d'une voix calme et assurée en tranchant le pain. Il ne l'approchera même pas.

Qu'est-ce que vous en savez ? se dit Stella. Vous avez été là pour la protéger avant ? Parce que vous deviez bien savoir, vous aussi.

Mais elle se tait.

– Pourquoi tu n'envoies pas Tom ? suggère Julie. Il est assez agile pour passer par la fenêtre et l'appartement est à mi-étage, c'est même pas haut.

– Hors de question !

– Mais si… réfléchis.

– J'ai dit hors de question !

– Arrête de faire ta butée. Écoute-moi. Si elle le réclame, c'est qu'il est important, cet ours… Il lui rappelle quelqu'un, peut-être.

– Tu crois vraiment ?

– Tu choisis un moment où Ray n'est pas là. Un soir où il biberonne chez Gérard. La vieille est dans sa chambre, elle ne bouge pas de son lit. Tom escalade la fenêtre, se glisse dans l'appart et le tour est joué. Ça va follement l'amuser, en plus. Ça sera fait en un clin d'œil. Et tu seras là pour veiller au grain.

— Peut-être…

— Je t'ai déjà envoyée au casse-pipe ?

— Non, jamais…, reconnaît Stella.

— Alors…

Stella hoche la tête.

— Alors, c'est d'accord.

Un deuxième nœud d'angoisse se défait et elle trempe un morceau de pain dans la sauce de l'osso bucco.

— C'est bon… Il a dû mitonner longtemps.

Elle ôte son chapeau, s'accoude et se met à dévorer le plat de Julie, les bras repliés autour de l'assiette comme si on allait la lui retirer.

— Qu'est-ce qu'elle veut d'autre, Léonie ? demande Edmond en se resservant un verre de vin.

Il porte des bretelles sur une chemise en nylon. On voit son marcel sous la chemise et des petits poils gris qui s'échappent du col.

— Elle a parlé d'un métronome et de partitions de musique. Elle écoute de la musique classique, bat la mesure d'un doigt. Ça la rend heureuse. Je ne savais pas qu'elle jouait du piano.

— Elle jouait très bien. C'est lui qui a voulu qu'elle arrête. Il a vendu son piano.

— Oh ! dit Stella. Et elle n'a rien dit ?

Elle se reprend aussitôt. Sa question est idiote.

Edmond Courtois sourit d'un air las comme s'il pensait il y a tant de choses que tu ne sais pas.

– Je lis dans votre tête, réplique Stella. Pourquoi vous ne dites rien si vous savez tant de choses? Vous êtes comme les autres, alors…

– Non, Stella, c'est juste compliqué.

– C'est ce qu'on dit aux enfants pour ne pas avoir à s'expliquer, c'est compliqué, tu comprendras plus tard.

Elle soupire.

– Je ne suis plus une enfant. J'ai trente-quatre ans. J'ai un petit garçon et je suis devenue la mère de ma mère. Je ne supporte plus cette omerta, monsieur Courtois.

Edmond essuie son couteau sur son pain, le replie et le remet dans sa poche.

– Pour le moment, l'important, c'est ta mère. Qu'elle soit à l'abri… Ne t'emporte pas. Chaque chose en son temps.

– J'en ai marre d'attendre. Ça dure depuis si longtemps… je me demande comment elle n'est pas morte.

– C'est qu'elle ne devait pas mourir. Elle va s'en sortir, je te le promets.

Il la regarde comme lorsqu'elle était petite dans le bar. Un regard furieux et doux qui dit je suis là, fais-moi confiance, tous les hommes ne sont pas des pourris.

Stella a envie de le croire. Si seulement, si seulement…

Ses yeux retombent sur sa montre.

– Mon Dieu! Il est tard! Il faut que je rentre coucher Tom.

– Suzon l'aura fait, dit encore Edmond Courtois.

– Non ! Il faut que j'y aille. Au revoir, monsieur Courtois, et merci.

Il lui attrape la main et la serre.

– Merci pour tout, ajoute Stella.

– Tu peux venir me voir quand tu veux. Je serai toujours là.

– Je sais.

Julie la raccompagne à la porte.

– À demain, dit Stella. Et merci…

Julie sourit.

– T'es toujours la bienvenue ici.

Stella se laisse tomber contre elle d'un coup et l'étreint. Elle la prend dans ses bras et la soulève. Il y a de la buée sur les lunettes de Julie.

– Merci d'être toujours là, ma copine.

Julie, gênée, n'ose pas refermer ses bras sur Stella. Elle reste droite et gigote en agitant les pieds.

– J'ai fait une poupée en patchwork pour la fête de l'atelier, tu veux la voir ?

Stella la repose à terre et pose sa main sur la poignée de la porte d'entrée.

– Un autre jour… Ah, j'oubliais ! T'aurais pas un livre pour ma mère ? J'en ai marre de lui lire toujours la même histoire.

– Qu'est-ce qu'elle aime ?

– J'en sais rien. Un livre qui finit bien avec une histoire qui palpite. J'ai pas grand-chose à la maison. Les livres, c'est pas mon truc.

Julie repousse ses lunettes d'un doigt, se gratte la tête et s'écrie :

– J'ai ce qu'il te faut ! C'est génial, ça se lit comme du petit-lait et on apprend plein de choses, bouge pas, je vais te le chercher. Tu es sûre que tu ne veux pas voir ma poupée ? T'en as fait une, toi ?

– Pas vraiment le temps en ce moment...

C'est une vente organisée par l'atelier de patchwork. L'argent ira aux Restos du cœur de Sens. Stella a complètement oublié.

Elle hésite puis suit Julie.

Pendant que Julie cherche le livre, elle contemple la poupée de chiffon. Elle représente une femme en tenue de soirée noire, portant une veste damassée argentée, avec de longs cheveux blancs, des joues bien rouges et un grand sourire vermillon. Stella enfonce son pouce dans le ventre de la poupée qui se plie en deux sans cesser de sourire. Relâche la pression et la poupée se redresse.

– Elle est jolie, elle finit par dire.

– T'as vu la veste ? Ç'a été du boulot !

– J'imagine.

– Et les cheveux blancs aussi ! C'est du fil à fil. C'est papa qui m'a donné l'idée des cheveux blancs. Des cheveux de fée...

– C'est bien.

Elle prend le livre que lui tend Julie, le met dans sa poche.

– Tu veux pas savoir comment il s'appelle? demande Julie, visiblement déçue.

– Excuse-moi, je suis fatiguée, j'ai envie de rentrer me coucher…

Un drôle de sentiment s'est faufilé en elle. Le sentiment d'une urgence qui lui commande de rentrer tout de suite, de ne pas traîner. Elle ne tient plus en place, il faut qu'elle parte. Elle a envie de courir vers le camion, de conduire à toute vitesse jusqu'à la ferme.

Elle retourne le livre et lit *Petit Jeune Homme* de Joséphine Cortès.

– Tu vas voir, dit Julie, c'est vachement bien.

– C'est une belle édition!

Julie rougit.

– C'est Jérôme qui me l'a offert…

– Dis donc! Il lui reste des sous de son loto gagnant!

– Pour mon anniversaire. Il avait vu qu'il était bien classé dans les palmarès.

– Ça ne t'embête pas de me le prêter?

– Si, dit Julie en rougissant encore plus violemment. Mais tu y feras attention, hein? Tu me cornes pas les pages?

Georges et Suzon sont en train de regarder la télévision quand ils entendent la grille de l'entrée grincer et le camion de Stella rouler sur le chemin. Suzon attrape un châle en laine accroché à la patère de l'entrée et sort.

Stella saute du camion et marche vers elle à grandes enjambées.

– Désolée. Suis en retard. Je suis passée voir Julie après l'hôpital.

– Comment va ta mère?

– Elle a dévoré ta compote.

– Ah! Elle va mieux alors…

– Oui. On s'occupe bien d'elle.

– J'ai couché Tom, dit Suzon.

– Chez vous?

– Non, chez toi. Il tombait de sommeil. J'ai laissé les chiens dans la maison.

– Je ne VEUX pas qu'il reste seul! s'exclame Stella.

Suzon est sur le point de dire il n'est pas seul, mais elle se retient.

– Je veillais, ne t'en fais pas.

– Tu sais très bien ce qu'on a dit! crie Stella, exaspérée. Ne jamais le laisser sans surveillance. Vraiment, Suzon… Si je ne peux même plus compter sur toi!

– T'emporte pas, ma nénette. Il est en sécurité ici.

– Il n'est JAMAIS en sécurité! Quand comprendras-tu ça? hurle Stella. JAMAIS! Merde, c'est simple à comprendre pourtant!

– T'es fatiguée… va te coucher. Je t'ai laissé du bouillon sur la table.

– Je m'en fous de ton bouillon!

235

Suzon resserre son châle et la regarde, désemparée. Elle a des larmes dans les yeux. Stella l'ignore, donne un coup de poing sur son chapeau et se dirige vers sa maison.

Georges se tient sur le pas de la porte.

— Y a un problème ?

— Je lui ai dit que Tom était chez elle et…

— T'as rien dit d'autre, j'espère…

— Non.

Georges regarde sa sœur, dubitatif.

— Puisque je te dis que je lui ai rien dit ! éclate Suzon, blessée par l'attitude de Stella.

— Avec vous, les bonnes femmes, on ne sait jamais.

— Fiche-moi la paix ! J'en ai marre de me faire houspiller par tout le monde. Rentre et va voir ton *Maigret* !

— Je le connais par cœur. Je sais comment ça finit.

— Alors pourquoi t'as insisté pour qu'on le regarde ? À cause de toi, j'ai manqué *Louis la Brocante*.

— Ben, retourne le voir. T'auras la fin de l'histoire.

— J'en veux pas de la fin, je veux toute l'histoire.

Elle bloque ses larmes et s'engouffre dans la maison.

— C'est pas une vie de vivre comme ça, elle dit en se retournant sur le seuil de la maison. C'est pas une vie d'avoir toujours peur.

Georges se frotte le visage, va s'asseoir sur le banc en pierre et regarde le ciel. Est-ce leur faute s'ils ne font qu'obéir ? Tout le temps. Quels moyens ont-ils pour

236

s'opposer ? Ils n'ont jamais eu les moyens. Et aujourd'hui, ils sont vieux. Deux petits vieux usés, aux bras qui tombent de chaque côté comme des morceaux de flanelle.

L'homme est arrivé et a emmené Tom.

Il ne leur a pas demandé leur avis.

Depuis combien de temps vivent-ils dans les affres et les drames de la famille Bourrachard ? Depuis combien de temps cette famille leur pourrit-elle la vie ? Elle les a bouffés jusqu'au trognon, oui ! Elle leur a tout pris. À cause d'elle, il ne s'est pas marié, Suzon non plus. Trop occupés à recoller les morceaux des gens du château. Les Bourrachard fracassaient et laissaient des débris partout. Et ils en riaient. Pas un pour racheter l'autre, pour donner un peu de tenue à l'ensemble.

Et pourtant, ils portaient beau, ils avaient le château, l'argent, les relations, les belles voitures, les mains longues et fines, les plis de pantalon bien repassés. J'aurais mieux fait de me casser une jambe plutôt que d'entrer à leur service et d'y entraîner ma sœur. Je croyais que ce serait une planque. Tu parles d'une planque ! Le vieux Jules, Dieu ait son âme, n'était pas un mauvais bougre mais tout ce dont il était capable, c'était de faire de belles phrases et de s'esbaudir. C'était un mot de lui, ça. Je m'esbaudis, Georges, je m'esbaudis. Et il me tapotait l'épaule comme on flatte un bon chien après la chasse.

Il était le représentant de cette vieille noblesse qui préfère mourir plutôt que de changer, mourir plutôt que de s'adapter au monde nouveau qui s'offre à elle. Il parlait avec des mots pris dans un vieux dictionnaire, les jetait pêle-mêle, les faisait rebondir, ronfler, mais si on y réfléchissait, il n'y avait guère de pensée dans ce charabia. Penser, c'est fatigant, et Jules de Bourrachard désirait avant tout couler une vie sans efforts.

Il se levait tôt, faisait trois exercices de gymnastique devant la fenêtre ouverte de sa chambre, se rasait, nouait un foulard autour de son cou, un foulard qu'il avait choisi avec soin, descendait prendre son thé dans la salle à manger, avalait une première tasse de thé, un toast beurré avec de la confiture de myrtilles, un œuf poché sur du bacon. Puis il enfilait une veste de chasse, de grandes bottes en caoutchouc, prenait un fusil, un chapeau en feutre et déclarait à la cantonade je pars chasser.

Il allait jusqu'au poulailler où il tirait quelques coups de feu en l'air pour affoler la volaille, éclatait de rire à la vue de la paille et des plumes qui volaient, vérifiait s'il y avait des œufs pondus, les ramassait et rentrait dans son manoir, non sans avoir fait une déclaration sur le fait qu'il haïssait la campagne. Mais je ne supporte pas la ville, non plus, mon brave Georges, je dois vivre où alors ? Hein ? Vous pouvez me le dire ? Vous en avez de la chance, vous ! Vous êtes de ces gens simples qu'on pose n'importe où et qui sont heureux. L'absence de pensée est l'opium du peuple. Ah, je vous envie bien... Le feu est prêt dans la cheminée ?

Il allait s'asseoir dans le salon, suivi par ses chiens, réclamait une autre tasse de thé et lisait le carnet mondain du

238

Figaro qu'il commentait en attendant l'heure du déjeuner. Il détachait chaque syllabe, s'esclaffait, c'est ver-ti-gi-neux! C'est dé-so-pi-lant! C'est bouffon, cocasse, drôli-chon, crevant, ébouriffant, fendant, impayable! Et, quand il était contrarié, il pestait, j'enrage, je suis courroucé, j'écume, je fulmine.

C'était toujours le même rituel. Vers midi, Suzon venait débarrasser le plateau du thé, ajoutait des bûches au feu. Il posait son journal et lui demandait les derniers potins du bourg. Qui couchait avec qui? Qui avait engrossé qui? Et la petite Sylviane si aguichante, pas encore mariée? Je lui dirais bien deux phrases à cette guenon! Et Fernande? C'est qui le père de l'enfant? On ne sait toujours pas? Un saisonnier, sûrement. Elle a bien fait de l'attraper celui-là, parce qu'il n'y aurait pas eu beaucoup de candidats pour la tirlipoter! Elle a dû se faire culbuter un soir que le pauvre homme avait les yeux au fond de la culotte.

Suzon se taisait et rougissait.

– Vous ne vous laisseriez pas engrosser comme ça, vous, ma brave Suzon. Vous n'avez pas une tête à vous faire conter fleurette. Vous avez les cheveux plantés trop bas sur le front. Ça vous donne un air de taureau mal léché. Vous pouvez dormir sur vos deux oreilles. Personne pour vous tirlipoter…

Suzon aurait dû s'affairer pour préparer le déjeuner, mais elle restait au garde-à-vous.

Il faisait une pause, croisait et décroisait les jambes, flattait l'encolure d'un chien et reprenait :

— Je ne saurais pas par quel bout vous prendre s'il m'en venait la fantaisie… Je ne connais de vous que votre dos allongé sur la tâche ou vos bras quand vous servez à table. Vous êtes un tronc avec deux bras pour moi. N'est-ce pas dé-so-pi-lant ? Je parle à un tronc ! Un tronc qui vote en plus ! Votre bulletin vaut le mien, cela ne vous paraît pas sau-gre-nu ? Il n'y a plus de convenances dans ce monde. Plus de hiérarchie. Les Français veulent l'égalité plus que tout. « Tous les hommes naissent égaux. Dès le lendemain, ils ne le sont plus. » Ce n'est pas moi qui ai trouvé ça, mais un dénommé Jules Renard. Mais j'aurais pu le dire si j'étais né avant lui. Encore un qui m'a brûlé la politesse. Regardez-moi. Moi, Jules de Bourrachard, j'étais fait pour être un artiste. J'ai troussé jadis des petites pièces, mais elles n'ont jamais été publiées. Si, une fois… dans une revue locale, et j'ai obtenu un accessit. Pas le premier prix ni le deuxième mais un accessit ! Je n'ai plus jamais recommencé, je n'ai plus jamais voulu être hu-mi-lié par des jurés qu'on achète avec des liasses de billets, une promesse d'agapes ou le cul rebondi d'une fille. Car je sais comment se passent ces cérémonies ! Au diable le génie et vive les arrangements… Je me suis abstenu. Dignement. J'ai cultivé l'art de ne rien faire, j'ai cultivé l'échec. C'est un art comme un autre de tout rater. Je m'y suis appliqué et je me suis épris de mon échec. N'est-ce pas é-pa-tant ?

– Oh, monsieur… Dites pas ça. Vous vous faites du mal.

– Tout échoue autour de moi, mon manoir tombe en ruine, je vends mes bois, mes terres, mes fermes, mais voyez-vous, chère Suzon, j'aime cet échec, j'aime qu'il soit total, glorieux, resplendissant comme le soleil de Napoléon à Austerlitz. J'aime l'idée de cultiver cet échec le cœur sec. Sans en faire un drame. J'ai horreur de ces gens qui exhibent leur douleur pour se donner de l'importance. J'ai raté ma vie et alors ? Je vis avec la délicieuse incertitude que peut-être, si j'avais voulu, j'aurais pu.

Le discours ne changeait guère. Et il ne fallait en aucun cas l'interrompre.

– Et me voilà ! Embourbé dans cette maison avec votre tronc comme seul horizon. Théoriquement, je devrais avoir honte, pratiquement je me sens dans mon élément comme un poisson dans son bocal. Théoriquement, je comprends votre petite existence de trois sous, remplie de sueur, de douleur, d'effacement, pratiquement je ne pourrais pas être à votre place une demi-minute…

Suzon restait debout, pas sûre de tout comprendre. Moi, j'écoutais derrière la porte, prêt à intervenir s'il avait des gestes déplacés envers elle. Je me sentais responsable. Elle avait été engagée pour s'occuper de la cuisine et elle se retrouvait bonne à tout faire et confidente d'un incapable. Et j'étais logé à la même enseigne.

Jules de Bourrachard continuait :

– Vous voulez un exemple de ma rhétorique, ma brave

Suzon ? Prenons ma femme… Une jolie plante qui vient du Nord, qui flotte au-dessus du sol et n'appartient à rien ni à personne. J'ai aimé ce vide, cette vacuité, cette é-va-nes-cence. Eva comme éva-nescence, désopilant, non ? J'ai même été fasciné au point de lui donner mon nom, mes armes, mes ancêtres. Elle était longue, mince, claire, elle avait l'air perpétuellement endormie. Je l'appelais ma Belle au bois dormant. Qu'est-ce qui l'intéresse dans la vie ? Je ne sais pas. Je me demande même parfois si elle n'est pas niaise.

Suzon baissait les yeux à ce passage. Elle éprouvait de la tendresse envers Eva de Bourrachard. Elle veillait à lui poser un châle sur les épaules quand elle se levait, lui beurrait ses tartines, lui brossait les cheveux, déposait un peu de sent-bon dans le creux de ses poignets. Elle aurait pu encercler sa taille de ses mains.

– Alors… forcément, nous ne voyons pas la vie du même œil. C'est cela le problème de bien des gens, nous les voyons de notre point de vue à nous et non du leur. Funeste erreur. Mais quel effort cela demande-t-il de se mettre à la place de l'autre !

– Monsieur, si vous voulez que le déjeuner soit prêt à l'heure…

– Pour en revenir à ma femme… Ce que j'aime en elle ? Elle a le sillage parfumé, la silhouette fluide, elle n'est guère encombrante. J'aime la laque qu'elle met sur ses ongles. Elle a de l'allure aussi. Il ne faut pas en soule-ver le couvercle, mais elle fait illusion. Elle en jette,

comme on dit vulgairement. Mais ne me demandez surtout pas ce qu'elle a dans la tête. Théoriquement, je la
comprends, pratiquement je ne la comprends pas. Elle
part, elle revient, parfois il se passe un mois, un an avant
qu'elle ne revienne. Que fait-elle durant ses absences ?
Mystère. Elle m'a donné un fils, c'est ce que nous avons
fait de mieux. Lui au moins, je suis sûr qu'il est de moi.

Quand André était encore de ce monde, il enchaînait
sur son fils, sa noble semence. Il lui passait tous ses
caprices, fermait les yeux sur ses débordements. La mort
d'André l'avait foudroyé mais il n'avait pas changé une
virgule à son comportement.

– André… il était mon espoir, ma lumière. J'étais
amoureux de mon fils. Cela vous choque ? Il avait tout et
la vie l'a repris. Comment voulez-vous que j'aie encore
envie de respirer après cette terrible épreuve ?

À ce moment-là du discours, Suzon osait une remarque.
Elle disait, timidement :

– Mais il vous reste Léonie…

– Ma fille ? Ce qu'elle a de mieux, ce sont ses yeux.
Les mêmes que sa mère. Des yeux noyés dans le bleu des
fjords. Sinon, c'est une planche. Est-ce ma fille ? Je
l'ignore. Ce mystère lui donne un certain charme, je dois
dire. Sa conception reste une énigme pour moi. Sinon,
elle est plutôt transparente, vous ne trouvez pas ?

Il voyait si peu Léonie qu'il oubliait de l'attendre pour
déjeuner. Repoussait son assiette, son verre, ses couverts
en bout de table. Elle cherchait sa place des yeux. Il

éclatait de rire, disait on t'avait oubliée! C'est irrésistible, non? Parfois, André et lui s'acharnaient sur elle. Ils lui posaient une question dis-moi, ma petite, demandait le père, de quel pays parle-t-on quand on évoque le toit du monde? Tu le sais, toi, André, alors ne réponds pas! Léonie piquait du nez dans son assiette et bafouillait je ne sais pas. Le père et le fils riaient et concluaient voilà pourquoi les hommes et les femmes ne seront jamais égaux, petit cerveau, petit cerveau! Ils trouvaient cela très drôle, ils recommençaient et elle s'affaissait sur sa chaise, n'osant plus toucher à son assiette. Suzon l'emportait et la faisait réchauffer en cuisine. Léonie passait de plus en plus de temps à l'office avec nous.

Un an après la mort d'André, Léonie avait annoncé à son père que Ray la demandait en mariage. Ce jour-là, elle ressemblait à un petit soldat qui part à la guerre. Elle avait regardé son père droit dans les yeux et avait dit il m'aime, je l'aime, je vais être heureuse avec lui. Jules de Bourrachard avait éclaté de rire et s'était exclamé ce petit bâtard! Puis il avait fait mine de réfléchir et répondu que théoriquement, cela ne se faisait pas, que ce garçon était un cul-terreux, mais que pratiquement elle pouvait faire ce qu'elle voulait, c'était sa vie, chacun porte son destin, il ne tenterait pas de la dissuader. Notre passage sur terre est semblable au parcours d'une taupe. Nous allons de trou en trou, aveugles et sourds. À chacun de choisir sa galerie.

Et il s'en était désintéressé. Son fils était mort, sa femme l'avait quitté, il n'avait plus jamais eu de ses nouvelles, sa fille faisait une mésalliance, ainsi allait le monde !

Léonie ne comprenait pas les longs discours de son père. Elle le contemplait, interdite, comme elle contemplait autrefois son frère. Elle avait grandi livrée à elle-même, au bon cœur de ma Suzon qui lui lisait des contes de fées puis des romans douceâtres qui finissaient toujours bien.

– C'est beau, Nannie, c'est beau comme dans un rêve, elle disait, appuyée d'un coude sur la table, la tête dans la main.

– Oui, ma nénette, toi aussi, tu connaîtras ce rêve. On a tous un rêve qui nous attend quelque part.

– Oh oui ! répondait Léonie. Il sera beau, il sera gentil, brave, il ne me disputera jamais.

Elle observait son père et sa mère et se recroquevillait quand le ton montait.

Un soir, elle devait avoir douze ans, je me souviens bien de ce soir-là car c'est le lendemain qu'Eva de Bourrachard est partie pour de bon. Ce soir-là, il y avait fête au château. Tous les hobereaux de la région avaient été conviés.

Les femmes montraient leurs épaules dans des chemisiers un peu lâches, un peu soyeux, elles fumaient des cigarettes longues. Les hommes étaient en habit. Jules et Eva de Bourrachard se tenaient au pied de l'escalier dans le grand hall et, tout en souriant à leurs invités, ils parlaient entre leurs dents. Lui, cambré dans son habit noir, avait un sourire rempli de quelque chose de mauvais, les yeux perdus dans le vague. Il disait à sa femme mais si, Eva, je vous aime. Je vous aime de façon économique, c'est tout.

Assise à l'abri d'un grand palmier posé sur la première marche de l'escalier, Léonie avait entendu. Ça lui avait transpercé la gorge comme une arête de poisson. Après elle avait demandé ça veut dire qu'il l'aime parce qu'ils partagent de l'argent ? Ça veut dire que ce serait trop cher de divorcer ? Ou alors qu'il l'aime en faisant des économies comme avec une tirelire qu'il ne faut pas casser ? Elle imaginait son père calculant, essayant de ne pas faire de grosses dépenses, elle le voyait petit comptable à se dire aujourd'hui cinquante centimes d'amour, demain quarante, faut pas que ça dépasse le prix de la baguette. Et ça lui fichait le cafard. Un cafard lourd, pesant, qui restait coincé en travers de sa glotte, l'empêchait d'avaler. Elle n'arrivait plus à se débarrasser de l'arête dans la gorge. Elle l'avait gardée longtemps et parlait en faisant un drôle de bruit rauque comme si elle raclait, raclait pour se débarrasser de quelque chose ou qu'elle roulait des petits osselets.

Le lendemain de la fête, sa mère était partie. Elle avait laissé un mot en anglais sur la table de l'entrée.

Et cette fois-ci, elle n'était jamais revenue.

Comment je sais ça ? Léonie avait tout raconté à Suzon qui n'a pas de secret pour moi.

– Rentre Georges, il se fait tard, tu vas attraper froid.

– Laisse-moi, je rumine.

– Couvre-toi au moins, dit Suzon en lui tendant une couverture.

Elle rentre en grommelant, ruminer ça n'a jamais changé les choses. Ce qui est fait est fait.

Georges s'enroule dans la couverture. Elle n'a pas tort, il fait froid. Suzon a souvent raison.

Elle disait à Léonie te caille pas le sang, ma nénette, les hommes, ils ne sont pas fabriqués comme nous, c'est tout. Nous, on entasse beaucoup de choses dans le cœur, c'est comme un grand garde-manger, eux, c'est différent, le cœur, c'est pas la pièce la plus importante. Tiens, mange donc, ça te fera passer l'arête !

Suzon ne comprenait pas pourquoi elle ne touchait plus à ses clafoutis, ses crèmes renversées, ses lapins en gibelotte ou ses carottes confites dans l'oignon.

Léonie s'était mise à douter. Elle doutait de tout. Y a pas mieux que le doute pour mourir à petit feu.

Pour se rassurer, elle comptait les choses dont elle était sûre. Elle se faisait des listes et me les montrait : Suzon, les arbres dans la forêt, les chiens, les poules, la bonne odeur de l'encaustique, le poêle qui ronfle dans la cuisine, les épluchures de navet et de pomme de terre qu'elle enroulait autour de ses doigts, les noisettes dans les arbres, Alfred, l'écureuil qu'elle avait réussi à apprivoiser.

Elle n'avait pas d'amie. Elle ne voyait personne. Elle grandissait entre le parc, les bois et la cuisine. Se réfugiait dans de longues rêveries. S'enflammait à la vue d'un garçon qu'elle croisait dans la rue. Il devenait son prince charmant, il était doux, gentil, beau, très beau. Elle s'endormait tous les soirs en pensant à lui. Elle allait à l'école, elle passait des examens, ses professeurs disaient que c'était un bon élément, qu'elle devrait faire des études.

Elle avait dix-huit ans et s'était inscrite en fac de droit.

Ce jour-là, je me rappelle, avait été un jour heureux. Je l'avais conduite à l'université afin qu'elle s'inscrive en première année. Un garçon avait sifflé en l'apercevant et Léonie avait sursauté. Elle s'était retournée vers moi et je l'avais encouragée, vas-y, vas-y. À la radio, on jouait «All You Need Is Love» et j'ai monté le son pour la pousser en avant. Elle était revenue fière, heureuse, j'ai rempli les papiers toute seule, tu te rends compte, et j'ai la liste de mes cours pour la rentrée, ça s'appelle des UV. Comme les rayons? J'ai plaisanté. On est allés boire une grenadine et j'ai mis des pièces dans le juke-box.

Deux ans après, on retrouva André mort dans sa baignoire. Il s'est endormi, avait décrété Jules de Bourrachard. Il était drogué, pardi! disaient les gens de Saint-Chaland. Il a cru prendre un bain de pieds et y a laissé son âme.

Bien fait, avait murmuré Ray Valenti en guise d'oraison funèbre en quittant le cimetière flanqué de sa bande habituelle.

Raymond le bâtard, le fils de Fernande, souffre-douleur d'André de Bourrachard, était devenu Ray Valenti, un sacré gaillard, un mètre quatre-vingt-huit, des yeux noirs, des cheveux noirs dans le cou, un jean, un blouson de cuir et des lunettes noires. Il se tenait en arrière sur le siège de sa moto, les jambes tendues, et narguait les gens de Saint-Chaland le jour de l'enterrement du fils Bourrachard. Une couronne de fleurs était tombée du convoi funéraire. Ray fit un geste du menton en direction de Turquet qui balança un coup de pied dans la couronne. Elle roula sur la route et se perdit dans un fossé. Ray et sa bande éclatèrent de rire.

– Ainsi soit-il ! s'esclaffa Ray en faisant un signe de croix.

Le petit Raymond que Fernande emmenait partout avec elle dans un panier quand il était bébé et qu'elle travaillait au château avait grandi. Le petit Raymond qu'André rudoyait était devenu un homme. Il se vengeait.

Et il voulait que tout Saint-Chaland soit au courant que ce temps-là, le temps où il était la chose d'André, était fini. Et bien fini.

Tout gamin, André l'obligeait à lui enlever ses bottes. Donne-moi ton cul ! il beuglait dans l'entrée du château et il appuyait de toutes ses forces sur le cul de l'enfant pour dégager son pied puis l'envoyait bouler dans la pièce en éclatant de rire. Quand Jules de Bourrachard faisait faire des travaux dans une ferme, André proposait que la mère et l'enfant aillent «essuyer les plâtres». Il leur expliquait que c'était ainsi qu'on savait autrefois si les murs d'une maison étaient secs ou pas, on y installait des domestiques et tant que leurs vêtements étaient couverts de poussière, on n'y emménageait pas.

– Eh oui! Ça sert à tout, les domestiques! il concluait.

Fernande avait les yeux en feu, Raymond serrait les dents, mais ils prenaient leurs baluchons et partaient s'installer dans la ferme. Trois mois, six mois.

Devant ses copains venus de Paris, André convoquait Raymond et l'aspergeait de poudre contre les fourmis. Il en répandait partout sur le gamin, dans ses cheveux, dans ses yeux, dans sa bouche, dans son pantalon, puis il lui donnait un coup de pied et le renvoyait en cuisine retrouver sa mère. Ils hurlaient de rire en le regardant déguerpir, cracher et secouer son pantalon à deux mains.

André avait une imagination féroce quand il s'agissait d'humilier la mère et le fils. Il leur faisait porter en cuisine les feuilles des artichauts mangés à table afin qu'ils sucent ce qu'il en restait et exigeait qu'ils les remercient, vous en avez de la chance! C'est un mets de choix et on en a deux fois plus dans son assiette quand on passe en dernier! Son père s'esclaffait, c'est dé-so-pi-lant!

Dans la bibliothèque, André forçait Raymond à se mettre à quatre pattes afin d'atteindre un livre. De cinq ans son aîné, il pesait de tout son poids et pérorait en piétinant le dos de Raymond. Il lisait à voix haute des passages pris au hasard et déclamait «La douleur embellit l'écrevisse » en enfonçant ses talons dans la chair de l'enfant. Raymond Valenti endurait en silence. Son visage se durcissait, le sang affluait à sa tête, il s'arc-boutait, serrait les dents, creusait le ventre pour ne pas avoir les reins qui flanchent.

André, long, pâle, maigre, si blond qu'on croyait voir courir un voile de fantôme, se mesurait à Raymond qui, chaque année, devenait plus droit, plus dru, plus dur à la tâche. Il se moquait de son prénom. Raymond ! Ça sent la bouse de vache. Pire encore ! L'échec, la défaite, comme son valeureux modèle, Raymond Poulidor. Vas-y, Raymond, encore un effort et tu arriveras deuxième ! Cire-moi les pompes, Raymond, et baisse le regard devant moi, *capisci* ? Tu parles italien, n'est-ce pas ? Comme ton père. Tu sais, le mec qui un soir de beuverie a engrossé ta mère et s'est cassé vite fait.

Raymond, à l'âge de quinze ans, avait dû subir une opération des testicules, un acte médical banal chez beaucoup d'adolescents. André l'avait appris et s'était déchaîné. Raymond Petite-quéquette, Raymond Couilles-à-sec, Raymond qui bande mou, et pour les bébés, Raymond repassera ! Le sac du zizi est vide. A p'us de spermatozoïdes.

Dans le bourg, dès qu'il l'apercevait, il criait, hé, Couillassec, viens ici ! C'était devenu son surnom, Couillassec. Il échappait au boulanger, au boucher. Un jour, au collège, un professeur l'avait fait venir au tableau et avait clamé, Couillassec, montre-nous si tu as compris. Toute la classe avait ri. Raymond Valenti s'était levé, était parti. Le lendemain, sa place était vide. On ne l'avait plus jamais revu. C'était juste après le brevet.

Raymond était trop petit encore pour foutre une raclée à André. À chaque insulte, il voyait rouge et se jetait sur le jeune homme. Les deux garçons se battaient jusqu'à ce qu'André prenne le dessus et le jette à terre en le tenant par le fond de la culotte, du vent, vermine, paltoquet, spermatozoïde raté !

Raymond se relevait et montait en haut des arbres. Il grimpait comme un écureuil au péril de sa vie et pissait. Un long jet qui visait André. Ou il se balançait de branche en branche d'un seul bras en poussant des cris d'orang-outan.

– C'est ça, hurlait André, fais le singe ! C'est un rôle pour toi.

Fernande sortait de la cuisine, essuyait ses mains grasses sur son tablier et criait vous allez le tuer, mon petit ! Mais non, Fernande, les petits bâtards sont indestructibles. Alors elle s'époumonait vas-y, mon fils ! Monte plus haut encore ! Montre-lui que t'es le plus fort !

Et Raymond s'envolait vers les cimes.

Fernande se retournait vers André, prenait un air de sorcière écumante, fermait à demi les yeux et sifflait que vous soyez tous maudits, vous, les Bourrachard ! Maudits, ruinés, ensanglantés ! Que le malheur s'abatte sur vous, que le sang coule, que le château s'écroule et qu'il ne vous reste plus que vos yeux pour pleurer !

André regardait cette mère prête à perdre sa place pour défendre sa progéniture et une rage sourde lui tordait le ventre.

Léonie avait le cœur serré devant la cruauté de son frère. Elle lançait des regards furtifs à Raymond, qui l'ignorait, mais entravée par sa dévotion à André, elle n'osait rien dire.

Raymond et Léonie avaient le même âge. Ils avaient fréquenté la même école, puis Raymond s'était placé comme apprenti charcutier. Un temps seulement. Le temps d'apprendre à manier les couteaux. Il avait décidé ensuite de devenir comptable. S'était inscrit à des cours par correspondance, n'avait passé aucun examen sous prétexte que sa vraie vocation n'était pas dans les chiffres, mais dans un élan plus humain. Lequel? demandait sa mère qui avait payé les cours de comptabilité en multi-pliant les ménages. Je veux devenir un héros, maman, un homme qui sauve le monde. Un homme devant lequel tous s'inclinent. Fais-moi confiance, je trouverai ma voie et ce jour-là, toi et moi, on les clouera au pilori.

Fernande Valenti avait une foi absolue en son fils.

Plus tard, bien plus tard, Raymond avait trouvé la parade pour neutraliser André. Il se déplaçait en groupe, flanqué de quatre copains. Toujours les mêmes. Le petit Courtois, rond et maladroit, avec ses lunettes, son béret, ses pantalons qui le boudinaient et son éternel cache-nez, était l'intellectuel du groupe. Celui qui lisait des livres, était premier en classe, émettait des sentences que ses copains ne comprenaient pas mais qui lui conféraient un prestige certain. « Quand on ne s'aime pas, on a besoin d'être en façade. » André a une profonde horreur de lui-même qu'il projette sur les autres. « Pour éviter de se torturer, il torture son prochain. » Raymond écoutait Edmond. Edmond admirait la prestance et la résistance de son copain. Ils avaient fait le pacte du sang. Ils étaient frères à vie. Ce qui est à toi est à moi, ce qui est à moi t'appartient. Et puis il y avait Turquet, Gerson et Gérard Lancenny, celui qui allait bientôt reprendre le café de son père et ouvrir son arrière-salle à Ray Valenti pour qu'il y peaufine ses mauvais coups.

Turquet était roux, si blanc de peau que le moindre rayon de soleil l'enflammait. On l'appelait l'Écrevisse. Long et mou, il se tenait si mal qu'à dix-huit ans il était déjà presque bossu. C'était le lieutenant de Ray Valenti, l'homme des basses besognes. Rien ne l'effrayait ni ne le dégoûtait. Gerson, lui, ne pensait qu'aux filles, aux voitures, aux flippers, aux coups qu'il buvait caché derrière le bar. Il pouvait étrangler une poule d'une seule main ou tirer une moto avec sa mâchoire. Il était devenu garagiste. Ces cinq-là s'étaient trouvés. Ils avaient formé une association de voyous.

Je savais tout ça. Tous les gens de Saint-Chaland étaient au courant. Mais tous se taisaient. Fascinés d'abord par la morgue des Bourrachard, puis par celle de Raymond Valenti. Ils étaient passés d'un joug à l'autre. Sans s'en apercevoir.

C'est Raymond qui a fait plonger André dans la drogue.

Il l'avait aperçu un soir, par une des fenêtres du château, le dos penché sur de la poudre blanche, se livrant à
un rituel qu'il ne connaissait pas.

Edmond Courtois avait été péremptoire :

— Il se drogue, c'est clair !

— Bien sûr qu'il se drogue, je le sais bien, mais je voulais en être certain, c'est tout ! avait répliqué Raymond,
vexé d'avoir été pris en flagrant délit d'ignorance.

Il avait alors poussé Turquet vers André. Et Turquet
était devenu le principal pourvoyeur du fils Bourrachard.

— Tu forces les doses de manière à ce qu'il ne puisse
plus s'en passer, tu les coupes, tu les trafiques et il nous
tombera tout cuit dans la main.

— Mais comment je paie la camelote ? Et où je la
trouve ? avait demandé Turquet, effrayé.

— Je vais me débrouiller, t'en fais pas. C'est qui, le
chef ?

Ça avait été son premier crime.

J'avais été mis au courant par un copain qui travaillait
à l'hôpital et qui était de mèche avec Raymond.

Comment il s'est démerdé pour trouver les quantités
de drogue, ça, je l'ai jamais su, mais ce qui est sûr, c'est
qu'André est devenu de plus en plus dépendant des
rendez-vous avec Turquet. Et que Turquet lui vendait ses
petits sachets de plus en plus cher.

Un jour, je m'en souviens très bien, Raymond est entré dans la cour du château où André était allongé sur une chaise longue au soleil, aussi blanc que la craie des gravillons, il a joint ses deux mains autour de son sexe, l'a pointé vers André, a donné quelques coups de reins mimant l'acte sexuel et a lâché t'es baisé, mon vieux, t'es baisé! Et il a détalé en hurlant de rire.

Ce garçon était le diable en personne.

Mais le diable était partout. Chez les Valenti et chez les Bourrachard.

C'était comme une fatalité, une malédiction qui se traînait de génération en génération. Une obligation de se répéter. De reproduire les mêmes malheurs.

La seule bonne action de Jules de Bourrachard a été de nous donner cette ferme, à sa mort. Une belle ferme avec quatre hectares de terrain, un étang et des granges en bon état. Il a même eu la délicatesse de nous allouer une somme d'argent pour payer les frais de succession. «Je veux que vous soyez à l'abri du besoin, Suzon et toi. Vous avez été ma seule compagnie. Je pourrais presque dire mes seuls amis…» C'était écrit dans son testament. J'ai eu une explosion au cœur et j'ai dû m'allonger sur le canapé de l'étude quand j'ai appris ça. Suzon a pleuré. Elle ne cessait de répéter au notaire à nous, vous êtes sûr? Elle était persuadée que c'était une erreur. Aujourd'hui encore, elle s'assoit dans sa cuisine, contemple le sol qui brille comme un vieux sou et répète c'était quand même

un brave bougre, le Jules, tu peux pas dire le contraire.
On serait à l'hospice sans lui.

Ray Valenti était déjà marié avec Léonie quand le
vieux Bourrachard est mort. Il a crié au vol, mais c'était
écrit, c'était la loi. Il ne désarme pas, il me menace régulièrement de nous reprendre la ferme. Plus de trente ans
après ! Il ajoute qu'il est cul et chemise avec le nouveau
notaire, qu'il va faire attaquer le testament, que c'est toujours possible.

Parfois, je reçois une lettre du notaire qui demande la
photocopie d'un vieux document pour constituer un dossier. Ces soirs-là, je double mes gouttes pour le cœur.

Non, vraiment, la famille Bourrachard ne nous a
apporté que de la misère.

Un jour, il y a une dizaine d'années, peut-être douze
même, j'ai reçu la visite d'Edmond Courtois à la ferme.
Il m'a demandé si je pouvais héberger Stella. Le temps
qu'elle trouve un logement.

– Vous possédez un bâtiment en bon état. Vous ne
l'utilisez pas. Je vous donnerai l'argent, faites des travaux,
pour qu'elle puisse y habiter…

J'ai dit ni oui ni non.

– Vous me rendrez service, a insisté Courtois. Et à elle
aussi.

J'ai regardé bien en face cet homme qui n'avait pas
peur de Ray Valenti.

– Il ne vous touchera pas. Ni vous ni votre sœur. Je
vous le garantis.

– Et comment vous pouvez en être si sûr ? j'ai demandé.

– Je vous en donne ma parole.

– Il menace toujours de reprendre ma maison.

– Il ne peut pas. L'affaire est close.

– Ce n'est pas ce qu'il prétend.

– C'est pour vous tenir en joue.

– Ben… disons qu'il y réussit.

– Alors disons que je suis plus fort que lui.

En prononçant ces mots, son visage est devenu un bloc. Un bloc de haine et de glace et je l'ai cru.

J'ai fait des travaux dans la dépendance et j'ai accueilli Stella.

– À une condition, je lui ai dit, c'est que tu ne me parles jamais de ton père, de ta mère, du 42, rue des Éperviers. J'en ai soupé des drames de ta famille.

Stella a repoussé sa mèche blonde sur le côté, enfoncé les poings dans ses poches, haussé les épaules et a répondu de toute façon, je ne parle jamais, j'ai appris à me taire.

J'ai pas été fier de moi.

Elle n'est plus jamais repartie.

Je lui ai montré l'entrée du souterrain secret caché au milieu des herbes, au creux d'un talus. Un long boyau qui va de la ferme à une clairière, à un kilomètre et demi de là. C'est un vieux souterrain du temps de la Révolution quand les royalistes se carapataient pour sauver leur culotte et leur tête ! Ils venaient se réfugier à la ferme croyant qu'on ne viendrait pas les dénicher. Les voûtes sont solides. Y a bien des rats, des musaraignes et des chauves-souris, mais rien de méchant. Tu pourras aller et venir sans que personne te voie.

Quand elle était plus jeune, c'est chez nous qu'elle venait se réfugier quand ça n'allait pas. Elle se glissait dans la maison comme un chat affamé. Elle avalait un reste de soupe, mordait un quignon de pain, s'enroulait sur le canapé devant la télévision, regardait un film et repartait sur sa bicyclette dans la nuit.

– Arrête de faire ta fière! je disais en lui glissant des bonbons au miel dans les poches de sa doudoune.

J'avais fini par la considérer comme ma propre fille.

Elle me souriait et, dans ce sourire, il y avait tant de tristesse que je préférais encore quand elle ne souriait pas.

Alors, ce soir, quand l'homme a débarqué dans notre cuisine, qu'il nous a dit je viens chercher Tom, j'ai pas bronché. Tom l'a suivi et Stella a crié si fort ensuite que Suzon a pleuré.

Encore un drame.

Georges regarde le ciel et se demande pourquoi la vie se répète, pourquoi elle repasse toujours le même plat. Pour qu'un jour, enfin, on comprenne et qu'on règle le problème une fois pour toutes ?

Mais encore faut-il avoir les moyens de régler le problème.

Encore faut-il être assez fort, assez rusé, assez savant.

Il a quitté l'école à quatorze ans. Il n'a jamais lu de vrais livres. Il ne croit pas en Dieu. Il n'a jamais parlé à un curé. Il connaît les arbres, les plantes, les bêtes, les légumes, les fruits, le vent qui souffle de l'ouest et apporte la pluie. Il sait comment tailler un arbre ou éloigner les asticots des pêchers et des figuiers en suspendant des petits sachets remplis de coquilles d'œufs. Il sait très bien qu'il faut semer en lune montante les salades, les choux, le cerfeuil et le persil. Des trucs comme ça. Mais pour les hommes et les femmes, il ne sait pas grand-chose.

Il regarde le ciel une dernière fois comme s'il devait y trouver une réponse, hausse les épaules, se traite de couillon, s'essuie les fesses et rentre à la maison.

Stella entre dans la cuisine et trébuche sur Toutmiel, couché sur le carrelage. Elle sourit. S'il dort ainsi contre la porte, c'est que Tom est en sécurité.

– Qu'est-ce que tu fais là, mon bébé? Et où sont les autres?

Toutmiel se relève comme une tour branlante. Il titube, il s'ébroue. Il se dresse sur ses pattes arrière et réclame un câlin. Elle sent la corne de ses pattes à travers son pantalon, lui frotte le crâne, lui frictionne les oreilles, l'embrasse sur la truffe, le gratte sous le menton. C'est un incurable sentimental et il ne se déprend qu'après avoir eu sa ration de mots d'amour et de caresses.

– T'es beau, t'es le plus beau chien du monde, t'es

mon bébé d'amour. Et Tom ? Il dort ? Il est dans sa chambre ?

Hector le perroquet gigote dans sa cage. Il mord les barreaux, attendant un morceau de pain beurré ou une cacahuète.

– Plus tard, mon beau, plus tard...

Lui non plus ne bronche pas. C'est qu'il n'y a pas de danger. Elle s'est affolée pour rien.

Elle pose son sac, enlève son chapeau, ébouriffe ses cheveux, envoie valser ses gros souliers, retrousse les manches de son pull et se lance dans l'escalier.

Costaud et Cabot veillent devant la porte entrebâillée. Ils lèvent la tête ensemble en entendant ses pas et lui lancent un regard de qui-va-là ? qui se transforme aussitôt en chaude soumission. Ils gardent dans l'élan affectueux un maintien de majordomes anglais.

– Oh, mes bébés ! elle s'exclame. Vous montiez la garde ? Vous êtes trop mignons.

Elle sort des biscuits de sa poche. Si Toutmiel aime les câlins, le ronronnement des mots qui célèbrent sa qualité de favori, Cabot et Costaud préfèrent croquer des biscuits.

Tom dort dans son lit, un sourire heureux sur les lèvres. Il doit faire un rêve qui lui plaît. Sa mèche est repoussée en arrière comme si la main d'un ange lui avait caressé le front.

Elle s'abat à ses côtés et pousse un soupir de forge. Elle a le sentiment qu'elle va exploser tellement elle est remplie d'émotions contradictoires : soulagée de voir Tom dormir paisiblement, inquiète pour sa mère, seule à l'hôpital.

Elle passe un bras sous les épaules de Tom et le ramène contre elle. Elle le berce en réfléchissant et le corps chaud de son fils l'apaise. Il faut que je sauve maman, il faut que je trouve une solution. Edmond Courtois va m'aider, je le sens, ça a jailli comme une évidence ce soir. Je peux compter sur lui. Tom remue dans son sommeil, lance un bras qui vient la gifler en plein visage. Elle attrape sa main et la picore de baisers. J'ai été méchante avec Suzon. Cette violence en moi qui part comme un boulet de canon... Je mords et je réfléchis après.

Elle se dégage, sort son téléphone de sa poche et parle tout bas.

– Suzon ? Tu dors pas ?

– Tu m'as fait peur, ma nénette, j'aime pas le téléphone la nuit.

– Je voulais te demander pardon...

– Faut pas, Stella, faut pas. Tu vis sur les nerfs. On vit tous sur les nerfs.

– C'est pas une raison.

– Allez, ma nénette, arrête ou je vais encore pleurer...

– Tu embrasses Georges ?

– Il est allé se coucher.

– À demain.

– Je m'occuperai des bêtes. Comme ça, tu pourras dormir un peu plus tard...

– Merci, Nannie...

Stella regarde une dernière fois son fils. Se penche sur lui. L'embrasse sur le front, sur le nez, murmure dors mon bébé, maman est là qui t'aime et qui te protège, papa est là qui t'aime et qui te protège… quand elle sent une présence sur le seuil de la chambre.

Elle se raidit, la gorge si nouée qu'elle ne peut pousser aucun cri.

Il est debout, appuyé contre le chambranle, il la regarde sans faire un geste. Grand, mince mais musclé, les cheveux couleur miel peignés en arrière, les yeux gris, le nez fin, droit, une barbe de trois jours et un petit sourire qui dessine une estafilade sur la joue. Il a le regard d'un homme qui se tient au bord de la vie pour ne pas tomber dans un piège.

– Adrian !

Elle se jette contre lui.

– Tu es arrivé quand ?

– Ce soir… Je suis allé chercher Tom chez Georges et Suzon.

– Ils ne m'ont rien dit !

– Je leur ai interdit de t'en parler. J'ai pris mon air terrible. Je voulais te faire une surprise.

Il l'enlace, l'écrase, ses mains la pétrissent.

– Oh ! elle gémit en cherchant ses muscles sous l'épaisseur des pulls.

Elle se répand, douce et souple, entre ses bras, puis se reprend, s'écarte et lui martèle la poitrine.

263

– J'ai eu si peur, pourquoi tu m'as pas prévenue, pour-quoi tu m'as rien dit ?

Il plaque ses mains sur ses hanches comme s'ils allaient danser, la maintient contre lui et murmure tout bas :

– Je suis là, ma princesse, je suis là, on a toute la nuit pour nous.

– Je suis fatiguée, Adrian. Si tu savais…

– Je suis là. Toujours.

– Non. Je suis seule. Toujours.

Il la soulève dans ses bras, quitte la chambre de son fils, va la déposer sur leur lit.

– On va trouver une solution. On a toujours trouvé une solution.

– On n'a qu'une nuit et tu repartiras.

– Tu dois me faire confiance. À qui d'autre pourrais-tu faire confiance ?

– Je sais plus. Je sais plus rien.

Elle ne veut plus rien savoir.

Elle ferme les yeux et se laisse aller.

Julie est allée se coucher.

Madame Courtois n'est toujours pas rentrée.

Il est vingt-trois heures et le coucou suisse de la cui-sine chante onze coups.

Edmond Courtois s'est réfugié dans son atelier. Une pièce qu'il a aménagée à côté de son bureau. Il y répare des montres anciennes. En ce moment, il restaure une vieille montre de gousset, une Zénith en argent trouvée dans une brocante avec des chiffres en gothique noir. Elle doit dater des années 1850. Il l'a longuement examinée pour établir son diagnostic. L'a tournée, retournée entre ses doigts. Il a imaginé son premier propriétaire tendant la montre à son fils sur son lit de mort, le fils la tendant à son propre fils avant d'expirer et ainsi de suite jusqu'à ce qu'elle finisse par échouer dans ce lot de vieilles montres, cinquante euros la caisse. Il avait tout emporté. Aiguilles tordues, spirales déformées, balanciers cassés, axes de trotteuse en petits morceaux ou cadrans constellés d'éclats, elles avaient toutes subi des avanies qui les rendaient attendrissantes. Les vieilles montres ont une mémoire. Elles racontent des histoires. Ce n'est pas comme ces saloperies en plastique d'aujourd'hui.

Il répare ses montres et, pendant que ses doigts s'affairent, ses pensées dansent une ronde. Sa grand-mère faisait du tricot, sa mère de la broderie, sa tante Eugénie des mots croisés, lui se penche sur des mécanismes rouillés, brisés, tordus et les remet en état de marche.

Sa femme trouve qu'il passe trop de temps dans son atelier. Il hausse les épaules. Ça m'aide à penser. Compter les minuscules dents d'un échappement à cylindre l'apaise. Seul problème : sa vue baisse. Il n'est plus un jeune homme. Il a perdu tant de temps quand il était jeune.

Quand il était dans la bande à Ray.

Ils avaient douze ans, étaient élèves dans la même classe.

265

Ray s'appelait encore Raymond. Grande gueule et renfrogné. Maltraité par le fils Bourrachard, c'était notoire, il s'en prenait aux garçons et aux filles du collège. Il leur piquait leurs montres, leur argent, les Mars, les Bounty qu'il trouvait dans leurs cartables ou leurs poches. Et leur filait des taloches.

Une fois détroussés, ils détalaient comme des lièvres, se retournaient pour être sûrs que Raymond ne revenait pas à la charge. Il leur faisait alors le signe je te coupe la gorge si tu parles et les gamins couraient encore plus vite. Ils ne le dénonçaient jamais.

Il y avait ceux avec lesquels il passait un pacte, je ne te touche pas mais tu me rends un service, tu organises une boum chez toi samedi soir et tu invites Emmanuelle et Christelle, ou tu me files ta mob à midi, j'ai une course à faire.

Il y avait aussi ceux qui prenaient les devants et proposaient leurs services avant d'être menacés. Ils allaient trouver Raymond et lui soufflaient une combine, un coup à faire, un lot de blousons stockés dans un entrepôt, un passe pour pénétrer dans un magasin de sport la nuit et voler la marchandise, une paire de jumelles pour espionner la belle Annie qui s'envoyait en l'air avec monsieur Settin, le pharmacien.

Raymond comptabilisait les informations, donnait des bons points, des claques sur la tête en signe d'affection, adressait des menaces aux récalcitrants.

Il s'était entiché d'Edmond. Il lui avait proposé de

devenir son associé. Et ce n'était pas rien d'être l'associé de Raymond Valenti ! Installé au premier rang. À la droite du chef, Edmond avait tout le loisir d'étudier la nature humaine. Et il en tirait des théories que les autres écoutaient, bouche bée.

Il affirmait qu'il fallait marquer les imaginations. Frapper fort au début pour ne plus avoir à frapper ensuite.

— Et après ? demandait Lancenny.

— Après, ils se coucheront à nos pieds, rétorquait Edmond.

— Y a pas à dire, disait Turquet, il en a dans le cigare.

— Pas étonnant, renchérissait Raymond, c'est mon frère. Mon frère de sang.

Et il se frappait la poitrine à l'emplacement du cœur. Deux fois. Pour faire viril.

C'est Edmond qui avait choisi la peur comme arme suprême.

— Y a pas mieux. T'as même pas à dégainer et on ne retrouve jamais l'arme du crime. Impalpable, invisible. Louis XI, qui était un roi intelligent, avait compris. Il se pointait et les gens s'agenouillaient devant lui. Il a régné longtemps, vous n'avez qu'à regarder dans vos livres d'histoire. Nous, on fait pareil, on frappe un grand coup, on inspire la terreur et après on vit sur notre acquis.

— À qui ? demandait Turquet.

— «Acquis» en un seul mot, l'Écrevisse !

Turquet ne comprenait toujours pas et Raymond s'énervait :

— Allez, allez, continue, il nous rejoindra quand il aura pigé, c'est brillant, je sens qu'on va bien s'amuser.

— Pour faire régner la terreur, continuait Edmond, il faut avoir des munitions. Des secrets de famille, des petites saletés que les gens cachent sous le tapis, des histoires de cul, d'argent, de terres. On se faufile, on s'immisce, on écoute, on devient potes, on extirpe, on récolte, on entasse. On se constitue un stock d'informations. Et après, on les menace de tout répéter s'ils n'obéissent pas. Ça va prendre un peu de temps, c'est sûr, mais on aura tissé une belle toile d'araignée et on n'aura plus qu'à s'engraisser, peinards.

Raymond avait applaudi des deux mains.

— Brillant, brillant ! il répétait. T'es un génie.

Edmond inventait des plans, des stratégies. Pour plaire à Ray. Pour être à la hauteur de son frère de sang. Il se coiffait comme lui, portait les mêmes jeans, roulait des épaules, rentrait le ventre. Il était toujours rondouillard, mais s'était musclé, avait appris à frapper, à parler fort, à mettre les pouces dans la ceinture de son pantalon, à regarder les gens droit dans les yeux. Comme Ray. Mais il ne possédait pas le roulement à billes que Ray avait dans le corps, qui hypnotisait les filles et les garçons. La beauté de Raymond était magique. Il lui suffisait de paraître et on s'éprenait. Il tournait la tête, haussait un sourcil, demeurait immobile et ses proies s'offraient, soumises. On racontait à Saint-Chaland que lorsqu'il était enfant, la mère Valenti le gardait dans ses jupes pour empêcher les femmes de glisser un doigt dans ses cheveux ou de lui caresser la joue. Même ma mère ! soupire Edmond en cherchant son pique-huile pour graisser un ressort. Cette femme aussi pure que le jour naissant avouait cet homme a la beauté du diable. Je suis bien contente d'être vieille, j'aurais eu du mal à lui résister !

C'est Edmond qui avait eu l'idée de raccourcir son prénom.

– Il n'a pas tort, le châtelain, Raymond, ça fait commun, alors que Ray, Ray Valenti, tu deviens une légende. Un acteur de cinéma. On t'imagine descendant la grand-rue dans un western, deux colts se balançant sur tes hanches...

Raymond n'avait même pas pris le temps de réfléchir.

– Ouais ! Ray Valenti ! Ça sonne, ça pète ! Vous avez compris, les gars, maintenant c'est comme ça qu'on m'appelle. Faites circuler !

Après avoir arrêté l'école, Ray avait traîné la semelle. Il tournait en rond sur sa mob. Il disait je fais l'abeille. Il n'arrêtait pas de se lamenter, il venait frapper à la porte d'Edmond.

– Viens avec moi. Je m'ennuie...

– Je peux pas, je travaille, disait Edmond.

Il révisait son bac et visait une prépa HEC.

Edmond n'aimait pas trop que Ray vienne chez lui. Il vivait avec sa mère, sa grand-mère, sa tante, trois femmes qui le couvaient, l'appelaient mon petit lapin, chouchou, lui couraient après pour lui nouer une écharpe, lui faire boire un sirop, le peigner, lui mettre de la brillantine. Il aurait eu honte de se faire appeler chouchou devant Ray. Son père était mort de la tuberculose quand il avait quatre ans. L'atelier d'horloger lui appartenait. Il avait hérité de ses outils, tous de bonne facture, *Made in Switzerland*. Et d'une photo noir et blanc qui le montrait dévorant un sandwich dans une ferme en Allemagne au temps du STO. Il était beau, son père, fort, long, musclé, une large bouche de bateleur qui vend sa camelote au culot. Comme Ray.

Ray partait rôder dans les bois à l'affût d'un mauvais coup. Revenait frapper à la porte des Courtois.

– Je m'emmerde, Edmond. Trouve-moi une occupation ou je vais péter un plomb !

Un jour, en allant chercher sa carte d'identité à la mairie, Edmond avait aperçu une affiche qui proposait de s'inscrire au concours des sapeurs-pompiers. Son oncle Léon était pompier. À la fin de chaque repas de fête, après un ou deux cognacs, il racontait ses exploits en faisant tourner son verre entre ses mains. Personne n'osait l'interrompre. À son premier feu, alors qu'il enfonçait une porte pour dégager une famille, les flammes l'avaient happé. Il avait eu l'impression de perdre un bras. La manche de sa veste était remontée jusqu'au-dessus du coude, rétractée sous l'effet de la chaleur. Il avait été brûlé au deuxième degré. Il posait son cognac, retroussait lentement sa manche droite et exhibait sa peau cramée, sa chair comme une tranchée boursouflée, marron, rose pâle.

Edmond avait poussé Ray à s'inscrire au concours, tu vas devenir un héros, mon vieux! Il lui avait fait réviser un peu de français, un peu de maths, des opérations, la règle de trois, les volumes, et quant à la forme physique, t'es pile dedans. En uniforme, tu vas être parfait.

Ça avait marché au petit poil.

Ray avait été reçu au concours des sapeurs-pompiers de Sens.

Et il s'était aussitôt illustré.

Au premier feu, il était monté en tête, avait sorti les grosses lances, ramené trois gosses pris dans les flammes et sauvé son binôme tombé à terre. Quand il avait retiré ses gants, la peau de ses doigts pendait en lambeaux. On aurait dit des gants Mapa.

Il avait vingt ans. Le visage noir de bonheur.

Il avait cherché le regard d'Edmond derrière les barricades et lui avait décoché un sourire radieux qui disait merci, mon vieux, merci, tu avais raison sur toute la ligne.

Edmond avait eu un pincement au cœur.

Comme s'il avait lui aussi les doigts en gants Mapa.

Fier de son frère de sang, fier de sa moitié.

Il avait eu le sentiment, ce soir-là, de ne faire qu'un avec Ray Valenti.

Edmond déplace doucement sa lampe Solène pour éclairer le balancier. Sort une petite brosse, y dépose une pâte à polir, se penche sur la pièce à nettoyer.

Ce soir-là avait été le zénith de leur amitié. Leurs deux êtres enlacés dans une fusion aussi incandescente que le feu quelques instants plus tôt. Un soir lumineux, blanc, rouge et noir, noir de suie, rouge de sang et blanc éclatant comme le sourire de Ray.

Il avait fabriqué Ray Valenti, la légende. Et Ray Valenti avait fait de lui, Edmond, un homme. Il l'avait arraché au cache-nez, au chouchou, au sirop contre la toux, à la brillantine et aux pantalons qui boudinent. Il lui avait donné faim de réussite, il avait agrandi son horizon.

Ce soir-là, Edmond n'avait pas deviné que c'était la fin. Pas compris que Ray, auréolé de son nouveau statut de héros, n'aurait plus besoin de lui. Qu'il se chercherait d'autres idoles. À respecter puis à briser. Jusqu'à ce qu'un jour il se hisse tout seul sur le piédestal de sa folie. De sa toute-puissance.

Il repousse son touret, sa pince crabe, les petites spatules pour extraire les aiguilles sans les tordre ni les casser. Se frotte le bout du nez. Se rejette en arrière. Croise les bras derrière la tête.

Tout avait changé avec l'arrivée de Roland Clairval.

Jusque-là, ils commettaient des petits larcins, des méfaits de gosses. C'était leur guerre des boutons à eux.

Roland était le neveu du maire. Le fils de Laurent Clairval, député centriste, grand ami de Jean Lecanuet. Il avait raté son concours d'entrée dans une école d'ingénieurs, une école mineure dont Edmond ne connaissait pas le nom, et son père l'avait envoyé à Saint-Chaland pour qu'il révise et repasse le concours en septembre. Deux mois de punition.

Il était arrivé juché sur une grosse moto, une Harley Davidson qui avait mis Ray k-o. Il avait installé une sono sur son engin et quand la bande à Ray écoutait Mike Brant, « Laisse-moi t'aimer », gueulant « toute la nuiiiit » et pissant contre le mur, Roland Clairval faisait hurler « Jumping Jack Flash » sur sa grosse cylindrée dans les rues de la ville.

— On n'a pas l'air cons ! grimaçait Ray en bannissant Mike Brant à tout jamais.

Roland Clairval passait et repassait sous leurs yeux éblouis. Ralentissait, leur faisait écouter le petit bruit de la Harley puis accélérait et disparaissait dans un nuage de poussière.

— Ouaouh, les mecs ! Vous avez vu ça ?

C'était tout ce que Ray parvenait à dire. Il en avait le souffle coupé. Il voulait à tout prix devenir pote avec le mec de la Harley. Il envoyait Turquet, il envoyait Gerson, il envoyait Lancenny traîner du côté du bolide et de son propriétaire, il voulait même y envoyer Edmond.

— Vas-y toi-même, puisqu'il t'intéresse tant…, râlait Edmond.

– Oh le mec! Il fait son boudeur. T'es jaloux, ma poule?

Edmond l'ignorait et s'éloignait.

– Allez! Je déconnais, reviens! criait Ray. Putain, on peut rien lui dire à ç'ui-là!

Edmond rentrait chez lui, regardait la télé. Ou il ouvrait un livre. Il préparait le concours d'entrée à HEC et il ne tenait pas à essuyer un échec.

C'est cet été-là que tout se mit en place.

Le destin de chacun s'écrivit sans que personne s'en aperçoive. Un vent mauvais s'engouffra dans les petites rues de Saint-Chaland.

Ray finit par rencontrer Roland Clairval autour du nouveau flipper du café Lancenny. Une machine deux fois plus rapide qui tiltait, s'illuminait et crachait des pin-up en bikini. Ils parlèrent moto, cylindres, custom ou cruiser, allumage à vis platinées. Roland permit à Ray d'enfourcher son bolide.

– Une FX 1200 Super Glide. C'est pas une moto de fillette! Et vise l'ensemble selle et garde-boue en polyester. Tu touches au mythe, là!

– Je peux faire un tour? demanda Ray, bavant d'envie.

– Tu me donnes quoi en échange? répliqua Roland Clairval, la bouche en travers.

Ce mec-là ne souriait pas, il tordait la bouche.

– Rencard avec Valérie. C'est la plus jolie fille de Saint-Chaland, elle est à ma botte.

– D'accord. Ce soir, ici, à neuf heures ? Tu la rencardes, qu'elle ne me claque pas dans les doigts ?

– Ok. Pas de problème.

Et Ray enfourcha la FX 1200 Super Glide.

Il parada dans le village. Ralentit devant la pharmacie, salua Annie qui parlait avec le pharmacien, lui fit un clin d'œil, dérapa devant la maison de Valérie. Elle sortit aussitôt en agitant les mains pour faire sécher ses ongles manucurés de rouge carmin. Il lui donna rendez-vous à neuf heures tapantes, fais-toi belle, j'ai un projet pour toi, et elle rentra chez elle en faisant des bonds de cabri.

Descendu de sa moto, Roland Clairval n'était guère séduisant. Petit, une tête plate enfoncée dans le cou, la gueule en pente, le menton fuyant, deux petits yeux de fouine marron et des cheveux blonds qui ondulaient au vent, ressemblant davantage à une perruque qu'à une tignasse. Il n'avait qu'une hâte : que Ray lui rende son engin et qu'il retrouve son prestige en l'enfourchant.

Il possédait une caméra Kodak Instamatic et un polaroïd couleur. Il insistait bien sur le mot « couleur ».

Il filmait Ray et sa bande, leur tirait le portrait, les mettait en scène. Prenait un air inspiré et déclarait, je rêvais de me lancer dans le cinéma, mon père n'a jamais voulu.

Il portait des pantalons pattes d'éléphant orange, violets, jaunes, des bottines à talons hauts, des shetlands acidulés qui lui serraient le torse et un petit blouson en skaï blanc. Personne n'avait jamais vu ça à Saint-Chaland.

– Forcément... vous ne connaissez pas Renoma, ici ! C'est THE boutique in Paris !

Sa bouche se tordait et il devait penser bande de bouseux !

Ray encaissait son mépris, son arrogance, tant qu'il pouvait conduire la Harley. Il demandait à Valérie de l'occuper, tu vois ce que je veux dire, poupée ! Je te revaudrai ça ! Et il partait sillonner les routes.

Edmond passa peu de temps avec la bande, cet été-là.

Il avait une bonne excuse : il préparait ses examens.

Un soir, Ray, sur la Harley, croisa Léonie à l'arrêt du car. Elle rentrait de la fac où elle terminait sa deuxième année de droit. Il s'arrêta, lui fit un sourire, l'invita à monter derrière lui.

Elle refusa, rougissante.

Il redémarra en lui faisant un large signe de la main. Puis revint vers elle, arrêta son engin et lui ouvrit les bras en disant allez, viens ! Elle devint encore plus rouge. Il enfonçait son sourire, enfonçait son regard, bombait le torse, la forçait à reculer sous la charge de ses dents blanches, de ses yeux noirs, de ses bras tendus qui tenaient fermement le guidon de la Harley. Elle serrait ses livres contre sa poitrine, piquait du nez et faisait des pas en arrière sans pouvoir détacher les yeux de Ray.

Puis, sans un mot, il repartit.

Il l'observa dans le rétroviseur. Elle s'était laissée tomber sur le banc de l'arrêt des cars et ses livres avaient dégringolé. Bingo! il s'était dit, je l'ai ferrée, et il s'était empressé d'aller tout raconter à Edmond.

— T'as vu tout ce qu'on peut faire avec une moto! J'emballe la fille du château!

Edmond l'avait considéré, exaspéré.

— Même sans Harley tu l'aurais emballée, Ray.

— Tu crois? Tu crois vraiment? C'est pas une fille comme les autres, celle-là.

Il avait l'air sincère.

— Tu vois pas l'effet que tu fais sur les gens? Me dis pas que t'es pas au courant...

— Ceux de Saint-Chaland, ok, mais la fille du château...

— Elle est comme les autres, Ray. C'est une fille, c'est tout.

— Oh non, Edmond! Elle est pas comme les autres. Elle est différente. Je pourrais pas te dire en quoi elle est différente mais c'est écrit partout sur elle.

Edmond fut touché par la naïveté sentimentale de Ray.

— Elle t'impressionne?

Ray avait balancé des épaules et grimacé, un peu quand même, c'est pas n'importe qui...

Il avait essuyé le carénage de la moto de sa manche et demandé :

— Tu crois que si je l'invitais au ciné, elle accepterait?

— Essaie toujours. À mon avis, oui.

– Je veux pas qu'elle m'envoie bouler… Si t'étais moi, tu le ferais ?

– Personne ne le saura si elle refuse. C'est pas le genre de fille à le crier sur les toits.

– T'as raison. Je vais l'inviter… Ils donnent *Love Story* à Sens. C'est bonnard pour une fille, ça ?

– Oui, Ray, c'est bonnard.

Quand Roland Clairval fut reparti pour Paris, Edmond redevint le confident de Ray. Mais quelque chose était cassé. Le jeu était fini. Terminée, la guerre des boutons.

L'année suivante, il fut reçu à HEC. Il partit s'installer à Jouy-en-Josas. Il vivait sur le campus. C'était un peu triste, il n'y avait que des garçons, l'école n'était pas encore ouverte aux filles.

Sa mère lui avait acheté une Simca 1000 d'occasion et il revenait passer certains week-ends et les vacances à Saint-Chaland. Il retrouvait Ray et la bande. Turquet était entré à la mairie à l'état civil, Gerson avait trouvé un boulot chez un garagiste et faisait des plans pour racheter le garage quand son patron se retirerait. Il n'a pas d'enfant et il m'a à la bonne, il disait en se curant les dents de ses ongles noirs. Lancenny travaillait dans le café de son père et s'entraînait au Picon-bière. Ils ne changeaient pas. Ils continuaient leurs petits trafics, protégés par Ray, de plus en plus respecté, et se répartissaient le butin, l'argent, les filles, les commissions en espèces.

Edmond ne savait plus très bien quoi leur dire sauf que, maintenant, dans la bande, il y avait Léonie. Léonie au bras de Ray. Léonie installée à côté du chef. Enlacée par le bras du chef. Déjà soumise, déjà perdue.

Léonie devenue une belle jeune fille au sourire timide et doux. Léonie qui penchait la tête et écoutait, repoussait une demande trop familière d'une main douce, posait ses yeux bleus sur vous tel un buvard qui vous absorbait et éclatait d'un petit rire effarouché en tournant la tête sur le côté pour s'en excuser.

Léonie, une symphonie de grâces féminines.

Léonie qu'il ne pouvait quitter des yeux.

Il y pensait le jour, il y pensait la nuit.

Il lui dérobait des petits objets. Un tube de pommade pour les lèvres, un bouton de chemisier qui était tombé, une partition de musique qui portait la trace de ses doigts.

Il ramassait le chewing-gum qu'elle avait collé sous la table du café et le mettait dans son mouchoir. Le masti-quait seul dans son lit en imaginant l'empreinte de ses dents sur la pâte à mâcher. Elle avait des dents de petite fille avec un écart devant. Les dents de la chance... Il lui prêtait son écharpe quand il faisait frais, elle la remontait jusqu'au bout du nez et il la contemplait, ravi. L'écharpe serait imprégnée de son odeur, de la chaleur de son cou. Quand elle la lui rendait, il la déposait sous son oreiller et la respirait, la nuit.

Face à Léonie, il mélangeait les mots, il transpirait, il se sentait en présence d'une divinité.

Il entend le moteur d'une voiture et la porte du garage s'ouvrir. Ce doit être sa femme qui rentre de sa soirée de bridge. Des pas qui résonnent, un claquement de porte, une voix aiguë :

– Edmond ? Tu es là ? Il y a de la lumière dans ton bureau.

Il ne répond pas. Si elle veut lui parler, elle poussera la porte et entrera. Il n'est pas un chien qu'on siffle de loin.

– Edmond ?

La voix hésite. Reprend une autre fois, Edmond ? Le ton a changé. Impatient, exaspéré.

– Bon… je monte me coucher. Ne tarde pas !

C'est ça, pense-t-il, monte te coucher, mets tes boules Quies et dors.

Léonie ne voyait que Ray et Ray exhibait Léonie. Il relevait sa jupe pour faire admirer ses jambes, ses cuisses, lui pinçait les seins, l'embrassait à pleine bouche devant tout le monde, lui donnait des petites claques sur le derrière en lui ordonnant allez, lapin, fais plaisir à ton homme. Et elle s'asseyait sur ses genoux pour qu'il puisse la peloter à sa guise. Ou elle allait lui chercher une bière. Sans mousse. J'ai dit sans mousse. Et il élevait le ton.

Léonie obéissait. Léonie rougissait. Léonie se laissait embrasser. Puis elle se relevait en disant qu'il fallait qu'elle aille travailler. Elle était en dernière année de droit et voulait à tout prix passer ses examens et obtenir sa licence. C'est important pour moi, c'est dans un mois, la dernière ligne droite, elle ajoutait pour se faire pardonner.

Ray boudait. Il lui faisait promettre de revenir vite. Il la tenait par le bras, le tordait quand elle tentait de se retirer. Elle partait en dansant, se retournait pour lui envoyer des petits baisers, revenait en courant l'embrasser et repartait rejoindre le château où elle s'enfermait l'après-midi pour travailler.

Un jour, alors qu'ils étaient tous assis à la terrasse du café, qu'il faisait si chaud que les garçons en étaient à leur troisième bière et se reniflaient les aisselles en disant putain, fait chaud !, que Léonie buvait sa menthe à l'eau en croquant les glaçons, elle murmura en fronçant les sourcils qu'il était temps qu'elle aille travailler, dans deux jours c'est terminé, plus que deux jours et c'est fini ! Elle savait que Ray allait se montrer irrité. Elle baissait les épaules, agitait sa paille dans le verre, répétait plus que deux jours comme une excuse à une faute qui ne se reproduirait plus.

— Mademoiselle veut passer sa licence, grommela Ray. Mademoiselle veut marquer sa différence.

— Sa licence de quoi ? demanda Turquet comme s'il ne le savait pas.

C'était toujours la même comédie. Toujours les mêmes rôles qu'ils jouaient en prenant l'air étonné.

281

– Sa licence de droit, répondit Ray en trempant ses lèvres dans sa chope.

– Ça sert à quoi, ce truc-là ? dit Gérard en s'essuyant le front. À part porter une longue robe noire qui te fait ressembler à un corbeau…

Et il gloussa en agitant les bras comme le corbeau qui vole au-dessus des bois.

– Je veux défendre les femmes et les enfants. Et tous les opprimés, protesta Léonie.

– Et pas les hommes ? Tu me défendrais pas, moi ? ricana Ray.

– Oh mais si… Tu le sais bien, ne fais pas l'enfant ! murmura timidement Léonie.

– Oh ! Comme elle lui parle ! s'exclama Turquet. « Ne fais pas l'enfant ! » Et tu dis rien ? Tu la corriges pas ?

Edmond avait détourné la tête. Il regardait la mère Valenti, toute de noir vêtue, traverser la place avec son panier de linge propre et repassé qu'elle rapportait chez une de ses patronnes. Il sentait monter la tension et priait pour que Léonie parte en courant. Mais elle restait debout, les hanches collées à la table du bistrot, les mains enlaçant sa poitrine, piétinant sur place.

– Il a raison ! Tu me parles pas comme ça, compris ? rugit Ray.

La mère Valenti passa à côté d'eux sans s'arrêter et eut un sourire mauvais.

Léonie hocha la tête en tremblant. Déclara d'une petite voix :

– Bon, j'y vais maintenant…

– Laisse, dit Ray, je vais te raccompagner.

Léonie le regarda, surprise.

– C'est pas la peine, tu sais…

– Puisque j'ai dit ! il tonna.

– Tu es sûr ? Je suis venue en bicyclette.

– Laisse tomber ta bécane puisque je te raccompagne… T'as qu'à la laisser ici, tu la récupéreras demain. Tu me files la clé de ta caisse, Gégé ?

Gérard lui lança la clé de sa 4L, garée juste en face du café. Ray l'attrapa au vol. Prit le bras de Léonie. La poussa en avant. Ouvrit la porte de la 4L, et alors que Léonie posait sa main droite sur le haut de la portière pour s'asseoir convenablement sans que sa jupe se relève, il claqua la porte sur ses doigts.

Elle poussa un cri et s'évanouit.

Elle avait trois doigts cassés.

Elle ne passa jamais ses examens, n'obtint jamais sa licence de droit.

Ce jour-là, Edmond comprit qu'il avait contribué à créer un monstre.

Les week-ends, il restait sur le campus et ne revenait presque plus à Saint-Chaland.

Il partit en Angleterre, en Amérique, au Mexique, en Inde, au Brésil pour ses vacances.

Un jour, il apprit que Ray et Léonie s'étaient mariés.

Il eut envie de vomir et jeta sa boîte à souvenirs. Celle où il gardait les chewing-gums, les barrettes, les mouchoirs, les pailles en plastique qu'avait sucées Léonie.

Il croisait parfois le couple dans la rue à Saint-Chaland quand il était de passage pour embrasser sa mère, sa tante et sa grand-mère. Ray le saluait, Léonie baissait les yeux. Il leur rendait leur salut poliment.

Il les revit au mariage de Gérard Lancenny. Léonie semblait l'éviter. Elle était pâle, muette. Se tenait dans un coin, regardait les autres danser. Avait de larges cernes noirs sous les yeux. Quand il s'approcha pour lui parler, elle se déroba et alla s'abriter derrière le buffet. Il n'insista pas.

Il les revit encore au mariage de Gerson.

Il fut surpris d'entendre de drôles de réflexions. Ils sont mariés depuis quatre ans et toujours pas d'enfant ! Tu en penses quoi, mon vieux ? lui demanda le père Gerson. Ça commence à cancaner par ici, on entend à nouveau des Couillassec et le Raymond, ça le fait tourner vinaigre. Il t'en a pas parlé ? Pourtant, s'il y a un mec à qui il se confierait, c'est bien toi.

Edmond protesta que non, il ne savait rien. Rien de rien. Il n'était pas souvent à Saint-Chaland. Il travaillait pour DuPont, vous savez, le groupe chimique américain.

– Je voyage tout le temps. Hong Kong, Wilmington, Honolulu, Londres. J'apprends comment marchent les affaires. Pas vraiment le temps d'être au courant des cancans.

– Moi, je te disais ça comme ça, marmonna Gerson père. Je croyais que tu savais.

– Ben non… et pour être honnête, c'est le cadet de mes soucis !

Deux ans plus tard, Edmond Courtois quittait DuPont et rachetait la Ferraille de Saint-Chaland. Il revenait au pays.

Et c'est alors qu'arriva ce qu'il croyait ne jamais pouvoir arriver. Cette chose à laquelle il ne pouvait penser sans avoir l'estomac qui se retournait, la honte qui le marquait comme un fer à brûler.

Un soir or et noir d'orage, Ray frappa à sa porte.

Ce soir-là, il entra en enfer.

Si on peut appeler enfer ce qui vous prive d'amour à tout jamais.

Il ne terminera pas le nettoyage de sa montre de gousset ce soir. La visite de Stella a déclenché une salve de souvenirs et ça mitraille dans sa tête.

Pendant des années, il s'est interdit d'y penser. Défense de revenir en arrière.

Il s'était jeté dans le travail à en perdre la tête, le goût et le sommeil. À la Ferraille, il travaillait comme les autres employés : les mains dans le métal, la poussière, la limaille, les huiles noires des batteries. Il apprenait les variations du prix du cuivre, du laiton, de l'aluminium, de l'inox et du zinc. Apprenait à dépolluer les voitures, à faire le tri, à repérer les batteries, à distinguer le matériel volé, tout ce qui provenait de la SNCF, par exemple, et à le refuser. Il voulait tout savoir pour être libre de tout oser. Il refusait d'être un patron qui ne se salit pas les mains.

Un jour, il apprit que Léonie allait avoir un enfant.

Il porta la main à son cœur et crut mourir.

Se pouvait-il que cet enfant soit de lui ? Non ! Impossible. Et pourtant…

Et pourtant, il en avait tellement rêvé qu'il se disait que peut-être… et puis tout de suite après arrête, arrête, et il se frappait la tête en se donnant de grandes claques comme pour se nettoyer de ses pensées de fou furieux.

Il courut chez Gérard, enfonça la porte du bistrot d'un coup d'épaule, se jeta sur Ray en criant salaud, salaud ! T'as gagné ! Ils roulèrent par terre dans la sciure que venait de jeter le père Lancenny. Il y avait Turquet, Gerson, Gégé et tous le regardaient, lui, Edmond Courtois, qui frappait Ray. Les coups redoublaient et, étrangement, Ray se débattait à peine, il levait les coudes, les genoux, se protégeait et gueulait des mots incompréhensibles.

Ils restèrent longtemps au sol, puis Edmond se releva et partit en crachant sur Ray toujours à terre.

Quelques mois plus tard, Stella naissait.

Ray pavoisait dans la ville en exhibant son bébé. Le portant à bout de bras comme on porte un drapeau. Fier, droit, radieux, racontant à tous qu'elle avait ses yeux, sa bouche, son menton. Le portrait de son père. Euh, disaient les mauvaises langues, on dirait plutôt le portrait craché de sa mère.

Edmond s'était marié. Il avait épousé Solange Gavillon peu de temps après la bagarre chez le père Lancenny. Elle le regardait avec ce qui lui semblait être de la tendresse, mais il avait perdu le goût de la tendresse. Neuf mois plus tard, il avait eu une petite fille, une petite Julie qui lui arracha un sourire, le premier depuis longtemps.

Il rechignait maintenant à s'éloigner de sa fille. Il voulait la voir grandir. Lui offrir toute la tendresse qu'il n'avait jamais su à qui donner. Il évitait Saint-Chaland et quand ils voulaient aller au cinéma ou au restaurant, Solange et lui se rendaient à Sens. Ou à Paris.

Il n'avait pas de nouvelles de Léonie. Ni de Ray. Il se tenait loin d'eux.

Parfois, il entendait des rumeurs qui ne lui plaisaient pas. Il se bouchait les oreilles. Il ne voulait plus être un jouet. Il avait trop souffert.

Il n'aurait jamais cru qu'on pouvait souffrir comme ça.

En venant chez lui ce soir, Stella a réveillé sa vieille douleur. Ses vieux souvenirs.

Il faut qu'il l'aide à sauver Léonie.

Il faut qu'il aide Léonie au grand jour.

C'est ce qu'il a dit à Duré, l'autre jour à l'hôpital, ça suffit, on ne peut plus se bander les yeux, t'as vu dans quel état elle était quand elle est arrivée aux urgences ? Et tu vas la renvoyer chez elle ? Cette fois-ci, mon vieux, c'est sûr, il la tue. Et ne me ressers pas le vieil argument, c'est une histoire entre eux, on n'a pas à y mettre notre nez. Je ne veux plus de ces mots-là. Ils me dégoûtent. Qu'est-ce que tu as à te reprocher, toi, pour avoir si peur ?

Duré détournait les yeux.

Il avait poursuivi :

– Je ne veux pas le savoir, ça ne m'intéresse pas. Je te demande simplement de réfléchir et de te poser une question : est-ce que ça vaut le coup de laisser massacrer cette femme ?

Duré n'avait rien dit.

– T'es médecin ? T'as entendu parler du serment d'Hippocrate ? avait insisté Edmond.

– Laisse-moi réfléchir, c'est pas facile…

– Je te laisse vingt-quatre heures pour débattre avec ta conscience parce que c'est à elle qu'il faudra que tu rendes des comptes. Jusqu'à la fin de tes jours !

Et il avait tourné les talons.

En marchant dans le couloir de l'hôpital, il sentait les yeux de Duré lui transpercer le dos.

Cela lui était bien égal. Il avait été lâche trop longtemps.

— Mais qu'est-ce que tu fais, Edmond, viens donc te coucher ! crie Solange Courtois dans l'escalier.

— Je suis en ligne avec New Delhi. Laisse-moi.

— T'es en ligne avec rien du tout. Tu joues encore avec tes vieilles toquantes !

Edmond ne répond pas.

Il entend les pas de sa femme qui descendent quelques marches, hésitent, remontent.

— Et ne viens pas te plaindre que tu es fatigué demain soir ! On dîne chez les Duré...

— Fous-moi la paix ! il grogne depuis son bureau.

— Comme tu veux ! elle dit en regagnant la chambre et en s'asseyant sur le bord du lit.

Elle ronchonne après tout, c'est lui qui sera fatigué, pas moi ! Tant qu'il fait bonne figure chez les Duré...

Elle ôte sa robe de chambre, boutonne sa longue chemise de nuit épaisse et chaude et se couche sur le côté droit du lit. C'est son côté. Elle a un petit renvoi de baba au rhum. Demain soir elle ne prendra pas de dessert. Elle se sent ballonnée. Et ne pas oublier de leur apporter une bonne bouteille. Les Duré sont des gens importants à Saint-Chaland.

Et qui seront les autres invités ? elle s'interroge en malaxant ses boules Quies entre ses doigts. Il faudra que je demande à Maryse Duré afin de bien choisir ma robe. Elle enfonce une boule dans chaque oreille, les visse, les écrase de l'index. Se détend un instant, puis plisse le front et établit la liste des choses à faire le lendemain avant de remonter la couverture et de s'endormir.

Il est plus de minuit. Adrian et Stella reposent, la joue de Stella sur le torse d'Adrian, la main lourde d'Adrian sur la hanche de Stella. Emboîtés l'un dans l'autre comme deux pièces de puzzle. Immobiles. Remplis d'un bonheur qu'ils ne peuvent pas décrire. Ils ne sont pas très forts avec les mots. Ils ouvrent la bouche pour parler et la referment, impuissants.

La fenêtre est grande ouverte afin qu'au moindre craquement suspect Adrian saute dans ses bottes et son jean. Descende à la cave, rejoigne le souterrain, disparaisse dans le ventre de la terre. Pas vu, pas pris ! Tu ne m'auras pas, Ray Valenti. Ils n'ont pas peur. Ils prennent leurs précautions, c'est tout.

Ils écoutent les bruits de la nuit.

Tentent d'identifier chaque son. Adrian dit, avec son petit accent, la nuit, c'est mon royaume. Stella sourit, elle connaît mieux la nuit que lui.

Ils écoutent le froissement des branches, la chouette qui crie, le hibou qui lui répond, les oies qui jacassent au moindre son.

– Quelles concierges ! dit Adrian. Tu es bien gardée avec elles !

– Et celui-là ? Tu sais ce que c'est ?

Adrian tend l'oreille et secoue la tête.

– Ce sont les musaraignes qui couinent…, dit Stella.

– Je les aime pas. Elles pullulent dans le souterrain.

Un hérisson gourmand, toujours le même, vient fouiller dans les gamelles des chiens. On entend son museau frapper contre les parois métalliques et les traîner sur le sol.

Adrian demande :

– C'est quoi, ce bruit ?

– C'est le hérisson. J'ai oublié de rentrer la pitance des chiens ce soir et ça ne lui a pas échappé !

Ils rient. Roulent dans le lit, resserrent le nœud de leurs corps.

– La prochaine fois, dit Adrian, on ira dans l'arbre et on emmènera Tom avec nous.

Adrian a bâti une large plate-forme dans l'arbre où elle se réfugiait jadis. Ils y tiennent tous les trois. À vingt mètres du sol. Avec des filets de sécurité solides. Ils tanguent, respirent les odeurs de la nuit. Tom passe un bras autour du cou de son père et de sa mère et imite les cris des animaux. Adrian lui raconte comment s'éloigner d'un ours qui menace, tu recules en agitant les bras et en parlant tout le temps sans t'arrêter. Tom lui lance un regard admiratif. Stella sourit, heureuse avec ses deux hommes.

Une poule sauvage lance un cri de victoire.

Stella s'échauffe.

– Ça y est ! Elle a pondu un œuf !

– En pleine nuit ?

– Ces poules sont des chipies. J'en ai marre ! Elles planquent leurs œufs, les couvent en douce et je me retrouve avec une douzaine de poussins qui bouffent mes salades et démolissent mes grillages ! Tu vas voir… Dans trente secondes, le coq va chanter comme si c'était lui qui avait pondu !

Et le coq chante, triomphant, il se déchire les poumons, provoquant les oies qui se remettent à jacasser, les pigeons à s'envoler.

– Quel boucan !

– Tu te rends compte comment on vit, soupire Stella. Quand les autres couples parlent de leurs soirées, de leurs amis, nous, on est là à écouter les bêtes, les arbres et le vent.

– Tu détesterais avoir une vie socialiste !

– On dit « sociale », pas « socialiste ».

– Alors, tu détesterais une vie sociale…

– Je pourrais mettre de belles robes et te rendre fou de jalousie.

– Essaie un peu et tu verras, je resterai de glace !

– Chiche ! Tu ne bouges pas. Tu fermes les yeux et tu m'attends, promis ?

– Promis.

Il allume une cigarette et s'étire en se grattant le torse.

Elle s'échappe de ses bras, saute hors du lit, file dans la salle de bains.

Elle aperçoit la lune dans l'encadrement de la fenêtre.

Ronde, blanche et grise. Elle brille comme une femelle pleine. On dirait qu'elle me suit des yeux et me protège. Elle se sent légère, féminine.

Adrian. Son regard gris, sa peau douce comme la peau d'une femme, son petit sourire qui ne s'ouvre presque jamais. Un guerrier couleur de miel qui la domine de toute sa taille.

Il joue à cache-cache avec Ray Valenti. Ray veut sa peau. Il veut qu'Adrian reparte entre deux gendarmes, qu'il soit reconduit à la frontière. Du balai, le sans-papiers ! L'amoureux de Stella, le premier homme qui l'a approchée après le couteau dans le ventre, la nuit. L'homme qui la fait rire et danser dans la cuisine, « *once I had a love and it was a gas, soon turned out had a heart of glass...* », mettre une belle robe, s'asseoir à une table devant un poulet rôti et des chandelles qui ne brûlent que pour elle, pour ses yeux de chien des neiges ourlés de cils noirs et ses cheveux de bébé blond en mèches tempête sur le sommet du crâne.

Stella l'avait tout de suite repéré à la Ferraille.

Il était arrivé un petit matin, son baluchon à la main, un tee-shirt déchiré, un blouson crasseux. Pas rasé, les cheveux sales, collés sur le front, il grognait des mots en anglais. Julie l'avait reçu dans son bureau et l'avait mis au tri. Il trimait dur, ne se dérobait jamais. Stella, de loin, regardait ses bras soulever des poutres métalliques sans que son visage se crispe. Et toujours ce petit sourire qui semblait dire fastoche, fastoche, ses mains habiles dans les gants épais, les rigoles de sueur sur son visage noir de poussière et de suie. Il parlait avec Maurice, Houcine et Boubou qui lui enseignaient le français. Il apprenait vite. Elle faisait semblant de ne pas le voir mais ses yeux revenaient sans cesse sur lui. Il se redressait, attrapait son regard. Elle détournait la tête.

Ils avaient dansé le ballet des yeux pendant des semaines et des semaines. Lui, muet, travaillait, transpirait, dormait dans un coin du hangar, prenait sa douche avec les autres gars, mangeait avec eux, étudiait une vieille grammaire française que Boubou lui avait apportée. Elle allait et venait dans son camion, à l'abri dans la cabine, derrière ses mèches blondes et ses frusques d'homme.

Un jour qu'elle déballait de la marchandise avec Boubou et Houcine, Adrian avait attendu qu'ils aient fini de trier et de ranger, attendu que les deux autres se soient éloignés pour pousser la porte du hangar qui avait roulé sur le rail et s'était refermée. Campé sur ses jambes, il lui avait barré le chemin.

Elle s'était figée sur place, avait lancé :

– Qu'est-ce que tu veux ?

– Ce que tu veux.

Elle avait été si troublée qu'elle lui avait tourné le dos et était repartie par le petit escalier qui menait au bureau de Jérôme.

— Tu sors par là maintenant ? avait demandé Jérôme, amusé.

— Pas tes affaires ! elle avait répliqué, furieuse.

Le lendemain, le ballet avait repris. Leurs yeux se cherchaient, s'évitaient, revenaient, glissaient, fuyaient. Stella claquait la porte du camion et repartait sur la route. Maurice, Boubou et Houcine se marraient.

— Dis donc, faudrait peut-être les aider, ces deux-là !

Un soir, ils avaient refermé la porte du hangar sur eux. Avaient tiré les verrous, enclenché l'alarme et étaient repartis en leur criant bonne nuit, les petits !

Ç'avait été leur première nuit. Sur la paillasse d'Adrian, dans le coin du hangar. Maladroits, silencieux. Ils n'avaient pas eu le temps d'avoir froid. Ils approchaient leurs mains et ça faisait des étincelles. Ils approchaient leurs bouches et ça faisait aussi des étincelles. Ils chassaient de la main l'air qui crépitait autour d'eux.

Et puis, le crépitement avait pris fin et il avait fondu sur elle.

— Doucement, elle avait murmuré.

— Je sais…, il avait répondu en lui caressant les cheveux.

— Tu ne sais rien.

Elle avait envie de le repousser. Puis de l'attirer. Le repousser encore.

— Je sais tout de toi, je t'observe depuis des semaines. Je connais tes secrets. Ne me les dis pas.

Elle l'avait laissé poser une main sur elle.

Puis sa bouche…

Ils se montraient prudents. Ne s'adressaient pas la parole sur le site. Se murmuraient des rendez-vous en se frôlant dans les allées, la bouche cachée dans la manche de leur pull.

Stella avait montré à Adrian l'entrée du souterrain, ils ne rentraient jamais ensemble à la ferme.

Et puis, un jour, elle croisa Ray.

Elle descendait la grand-rue de Saint-Chaland en dansant sur la pointe des pieds, en balançant son sac, en se jetant des petits clins d'œil dans les vitres et les glaces. Tu es jolie, ma fille, tu es très jolie et tu as un amoureux! Et ce soir, vous fêtez votre anniversaire de « six mois déjà ». Elle poussait la porte de la boutique Nicolas, se penchait sur les vins en promotion quand elle se sentit épiée. Elle ne se retourna pas, mais se déplaça en diagonale de façon à se retrouver face à une glace.

Elle aperçut Ray, derrière la vitrine. Il l'attendait dans la rue. Se peut-il qu'il m'ait suivie? Ou qu'il me suive depuis longtemps? se demanda-t-elle en détaillant l'étiquette d'une bouteille de saint-julien 1998.

Son cœur battait la chamade. Il allait falloir se montrer rusée.

Il ne peut pas savoir, c'est impossible. On ne s'exhibe jamais ensemble et ni Maurice, ni Boubou, ni Houcine, ni Jérôme ne vendront la mèche.

Elle entama une discussion avec un vendeur qui

l'entraîna dans la réserve pour lui faire découvrir d'autres crus. Elle demanda s'il y avait une issue de secours qu'elle pouvait emprunter pour rejoindre son camion garé dans la rue contiguë et se retrouva à l'air libre.

Elle l'avait semé, ce jour-là.

Mais elle s'était dévoilée aussi. Elle avait fui.

– Il va falloir redoubler de précautions, expliqua-t-elle à Adrian. Il se doute de quelque chose.

– Mais c'est qui, cet homme ? Et pourquoi il t'en veut ?

– Je te le dirai un jour.

– Je vais lui casser la figure.

– C'est malin ! C'est le héros de la ville et toi, le fugitif, le sans-papiers. Si tu le dérouilles… Réfléchis un peu.

– J'aime pas quand tu me parles comme ça.

Ray Valenti envoyait Turquet et Gerson à la Ferraille. Pour qu'ils lui fassent un rapport. Il y a bien un nouveau, Ray, une sorte de cow-boy blond, plutôt beau gosse, avec des pognes de killer, mais il ne parle pas. Il soulève de la fonte à longueur de journée. Personne ne sait rien de lui. On n'est même pas sûrs qu'il bosse vraiment à la Ferraille. Il y dort, c'est sûr, il y prend ses douches, bouffe avec les autres, leur donne un coup de main, mais se tient toujours en retrait. Tu connais Julie, toujours prête à ramasser les manouches, les vagabonds…

Ray enrageait. Mais si, mais si, vise sa tronche à la petite, elle est changée, elle marche à l'aise, elle chaloupe, elle ondule, elle rit, elle conduit le nez en l'air, y a un mec là-dessous. Un mec qui la chauffe. Ça se voit comme le nez au milieu de la figure. Vous avez les yeux dans vos poches !

Et il les renvoyait à la Ferraille.

Il vient d'où ce mec ? demandaient Gerson et Turquet. On n'en sait rien, répondaient Jérôme, Houcine, Boubou et Maurice. Il s'est pointé un jour et Julie l'a pris sous son aile. Vous savez comment elle est, toujours à donner un coup de main aux pauvres et aux affamés. C'est à elle qu'il faut demander.

– Ben alors, il travaille ici ? C'est pas légal, ça... Il a sûrement pas ses papiers.

– On lui a pas demandé sa carte d'identité.

Du haut de son bureau-mirador, Julie les observait. Ils ne montaient jamais l'interroger. Gerson tentait d'amadouer Jérôme :

– Allez, vieux, crache ta Valda ! Je te refilerai de belles carcasses de voitures et tu te feras un max de blé !

– Mais puisque je te dis que je ne sais rien, répétait Jérôme.

Et ils repartaient, bredouilles, une fois encore.

Ils n'avaient même pas vu qu'elle était enceinte. Faut dire qu'elle le cachait bien avec son mètre quatre-vingts, ses hanches de garçon et sa salopette trop large. Le bébé leur était passé sous le nez.

Ray avait dû leur savonner la tête.

À la naissance de Tom, Ray s'était pointé à la clinique. Un bouquet de fleurs à la main.

— Je viens voir ma fille et mon petit-fils, il avait dit à l'infirmière qui sortait de la chambre de Stella.

— Mais entrez donc, monsieur Valenti. Vous avez de la visite, Stella ! Vous voulez que je vous apporte un vase pour les fleurs ?

— Pas la peine.

— Comme vous voulez, avait dit l'infirmière, étonnée. C'est un beau bouquet. Tiendra pas dans le verre à dents, c'est sûr !

Stella avait grimacé. Elle s'était redressée dans son lit de jeune accouchée. Avait rapproché le berceau de son fils, l'avait tenu fermement d'une main, prête à bondir hors du lit si Ray s'en approchait de trop près.

— Il a l'air mignon, ton môme, avait dit Ray en faisant un pas en avant.

— Reste où tu es. Sinon je t'éclate.

Ray avait montré les fleurs qu'il tenait dans la main.

— Tu te goures, Stella. Je viens faire la paix.

— J'en veux pas de ta paix. Casse-toi.

Et comme Ray faisait mine de se pencher sur le berceau, elle avait gueulé comme une folle, va-t'en, va-t'en ! Va-t'en ou on va se battre, c'est fini le temps où tu me terrorisais, ça la foutrait mal, une bagarre à l'hôpital.

Ray s'était immobilisé, son bouquet à la main.

Il avait fait le tour du lit, évitant le berceau du petit,

s'était approché de Stella, l'avait considérée avec un sourire railleur et avait lâché :

– Alors, ça va être la guerre ! La guerre comme t'as pas idée. Et ton mec, je l'aurai. D'une manière ou d'une autre, je l'aurai. Et il viendra me lécher les poils du cul !

Le bras de Stella posé sur le berceau de son fils ne trembla pas. Sa bouche non plus. Elle le fixa droit dans les yeux et il recula. Il tenait toujours son bouquet et le jeta sur la commode.

Un autre clou ! ne put-elle s'empêcher de penser.

Quand l'infirmière revint plus tard avec un vase, elle aperçut le bouquet de fleurs dans la corbeille, les tiges en l'air, avec les pansements tachés, les morceaux de coton jaunes de Bétadine, les kleenex froissés.

Elle partit en haussant les épaules. A-t-on idée, un si beau bouquet ! Quel gâchis ! Cette fille est comme sa mère, complètement toc-toc.

Le lendemain, Stella quitta la maternité.

Elle cherche dans sa penderie la robe qu'elle va mettre. En sort une, puis une autre. Elle n'a que deux robes mais aime se donner l'illusion qu'elle a un choix immense. Passe un doigt sur un tissu souple et doux, puis sur l'autre qui brille et râpe un peu.

Elle ne connaît pas grand-chose du passé d'Adrian. Le peu qu'elle sait, elle le lui a arraché après une soirée où ils avaient tous les deux un peu trop bu. Il vient de Russie, c'est sûr. D'Aramil, une petite ville de l'Oural. Quand il en parle, c'est comme s'il partait loin d'elle. Dans un paysage composé de vieilles cheminées d'usines, de poteaux électriques, de baraques en planches et d'avenues bordées de HLM défraîchies. Son visage se ferme, son regard gris devient couleur de neige sale. Il lui fait presque peur. Treize mille habitants qui vivent collés contre la gare. Ils attendent un train. Un train qui les emmènera quelque part. Ils ne savent pas où. Ils ne savent pas comment. Plus loin qu'Ekaterinbourg, c'est sûr, la capitale de l'oblast, la région, située à une trentaine de kilomètres. Dans la petite ville d'Aramil, plus de soixante pour cent de la population est à la retraite et cinquante pour cent des jeunes sont au chômage. Au temps de l'Union soviétique, deux usines d'agroalimentaire fournissaient de l'emploi à toute la ville. Les salaires étaient honnêtes, les patrons octroyaient un logement aux employés et des billets gratuits pour qu'ils aillent se reposer quelques jours en Moldavie ou en Géorgie sur les bords de la mer Noire. On encourageait les femmes à faire des enfants, on construisait des écoles et des crèches, des grandes barres d'habitations, des universités à Ekaterinbourg, le gouvernement prenait tout en charge. Et puis, l'URSS avait disparu. Les usines avaient fermé, abandonnant la population à un triste destin, celui d'attendre la mort à ciel ouvert, sous la neige et les bourrasques de vent. Condamnant les jeunes à l'oisiveté, à l'alcool. Il n'y avait plus rien à faire à Aramil. Rien qu'à regarder le ciel toujours gris, les rues recouvertes de neige, les palissades noires, les usines fermées, les bâtiments qui se délabraient, les gens qui mouraient sur pied en parlant de l'ancien temps, de la grandeur du parti communiste. La seule lueur d'espoir était de se faufiler dans un wagon de marchandises à la gare et de partir à l'étranger. En Amérique, en Allemagne, en Italie, en France. Sans argent ni diplômes, rien que la force des poignets qui s'accrochent aux portes d'un train pour rejoindre Moscou, puis à l'arrière des camions qui partent vers l'Europe, un port, un aéroport.

Adrian avait traversé la Russie, une partie de l'Europe en se cachant, en volant des morceaux de pain, en grelottant dans des frusques sales, en se battant avec d'autres fuyards affamés qui guignaient sa place au cul des camions.

Une nuit, sur un parking d'autoroute à Francfort, il s'était glissé dans la remorque d'un poids lourd, avait dormi des heures et des heures au milieu de cageots de poisson surgelé et de surimi avant de descendre en catimini à Sens.

Il puait le poisson.

Pourquoi Sens ? se demandait toujours Stella.

Quand elle était heureuse et légère, elle répondait parce qu'il fallait qu'on se rencontre. C'est un cadeau du Ciel. Elle regardait le ciel, encore plus loin que le ciel, et elle disait merci.

Elle ajoutait merci, mon Dieu.

– Tu crois en Dieu ? demandait Adrian avec son petit sourire fermé.

– Oui.

– Tu crois vraiment en Dieu ?

– Oui, répétait Stella, aussi sérieuse qu'une vieille nonne. Parce qu'Il t'a envoyé à moi. Personne d'autre que Lui ne pouvait savoir que je t'attendais. Je faisais ton portrait dans le noir et tous les soirs, je Lui disais à Lui, là-haut dans le ciel, Lui dont je ne connais pas le nom, envoyez-le-moi, s'il Vous plaît. Je le veux grand, blond, avec des yeux gris et une immense bonté derrière l'acier.

Adrian la traitait de folle, la serrait dans ses bras pour lui dire que oui, c'était un miracle qu'ils se soient rencontrés, lui, le vagabond d'Aramil, et elle, la princesse de Saint-Chaland.

Que faisait-il quand on ne se connaissait pas ? Avec qui regardait-il la lune blanche et grise ? Serrait-il une femme dans ses bras, là-bas, à Aramil ?

Son doigt s'arrête, hésite, caresse la robe blanche. Laissait-il la fenêtre grande ouverte quand il dormait ? Sursautait-il en entendant un tronc d'arbre grincer comme les freins d'un vieux vélo rouillé ?

Les questions tournent dans sa tête. Elle fait la moue. Arrête la ronde des interrogations, choisit la robe blanche qui tombe telle une tunique de jeune vierge.

Mon homme à moi.

Quand il est loin, elle se tient en guerrière, prête à en découdre, quand il est là, elle ouvre les bras, devient liquide. Un homme, c'est quelqu'un qui donne. Une femme, quelqu'un qui reçoit, dit Adrian. Elle aime ses mots. Elle aime qu'il n'ait jamais peur. Qu'il sache tout d'elle sans jamais poser de question. Il lit sur sa peau l'histoire de sa vie, la déchiffre comme un livre.

Ils avaient vécu en clandestins. Ils s'évitaient sur le chantier. Elle donnait le change en allant en ville, bras dessus, bras dessous, avec Julie. Ou une autre fille.

Elle est gouine, c'est sûr, raillaient Turquet, Gerson ou Lancenny. Tu l'as dégoûtée des hommes! Elle en a chopé un pour se faire faire un môme puis l'a jeté comme un malpropre!

Ray ne bronchait pas. Il ruminait c'est pas possible, je flaire l'embrouille. Elle essaie de me rouler dans la farine. Personne ne peut niquer Ray Valenti!

Et puis, il y avait eu l'épisode de l'école qui avait détourné son attention d'eux.

Un jour d'avril 2005, un homme était entré dans l'école primaire de Saint-Chaland et avait pris une classe de quarante élèves en otage. Un ancien employé d'une usine de papier qui avait été licencié après la fermeture. Les gendarmes, les forces antiterroristes, le maire et le préfet s'étaient mobilisés. La police avait établi un cordon de sécurité. Les heures passaient, l'homme était toujours enfermé dans l'école. Il réclamait de l'argent, une voiture, un billet d'avion pour Caracas. Première classe. Et l'instant d'après, il affirmait se battre pour la dignité des déclassés, des humbles, des obscurs. Il sortait dans la cour de récréation en pointant une arme à feu sur madame Grampion, une institutrice. Éructait des menaces. Demandait de l'eau et du pain pour nourrir la classe, le siège allait durer, il ne se rendrait pas.

Ray Valenti s'était présenté. Les mains en l'air, sans arme, il s'était avancé vers l'homme planqué derrière la porte vitrée et s'était proposé en otage. Relâche dix enfants et on parle tous les deux. Je te comprends, je sais ce que tu ressens, on a été à l'école ensemble, les profs t'avaient à la bonne, on te trouvera un boulot, tu as ma parole.

Ray parlait, parlait, l'homme se frottait les yeux, semblant l'écouter. Au bout d'un long moment, il avait baissé son arme, parlementé avec la maîtresse qui avait choisi dix enfants. Les plus jeunes qui pleuraient et réclamaient leur mère.

Ray était entré dans l'école rejoindre le forcené et, peu à peu, des groupes d'enfants étaient sortis.

À la fin de la journée, à l'intérieur de l'école, il ne restait plus que Ray, deux maîtresses et le directeur, enfermé dans son bureau, pendu au téléphone.

Le lendemain, à l'aube, en ce 6 avril, l'homme se rendait à la police.

Ray Valenti avait à nouveau fait la une des journaux et des télévisions, éclipsant partiellement la mort du prince Rainier en sa principauté de Monaco.

Il était redevenu un héros. Et quel héros !

Tout le monde voulait l'approcher, le féliciter, les parents déposaient des fleurs, des bouteilles de champagne, des lettres de remerciement devant la porte de son appartement.

Les enfants de l'école écrivirent une chanson en l'honneur de Ray Valenti que la fanfare des pompiers joua le jour où on baptisa le préau de l'école à son nom.

Il présida des banquets, des réunions de sapeurs-pompiers, reçut des télégrammes de ministres et de célébrités. Il fut accueilli à l'Élysée par le président Jacques Chirac.

À la suite de cet exploit, un éditeur lui proposa d'écrire un livre. Une offre assortie d'un très bon contrat et d'un gros chèque. Ray n'avait jamais vu autant de zéros alignés ! L'éditeur lui envoya un journaliste pour coucher sur le papier le récit de ces heures angoissantes où des parents, toute la ville de Saint-Chaland et la France entière avaient tremblé.

On le prenait en photo, on le réclamait partout, il donnait des conférences, des conseils au GIGN. Il reçut la Légion d'honneur. Prononça un discours. Il ne tenait plus en place. À plus de cinquante ans, une nouvelle carrière s'ouvrait devant lui : celle d'homme célèbre.

Il oublia Adrian et Stella.

Sa mère découpait les articles de journaux du fond de son lit, agitait sa clochette, ordonnait à Léonie de préparer du café, de servir ces messieurs-dames les journalistes et de faire bonne figure.

– Et mets une autre robe ! On dirait une souillon !

Léonie n'avait pas de mal à donner le change : Ray ne s'intéressait plus à elle. Elle connut quelques mois de répit qui se prolongèrent quand Ray se mit à aller à droite et à gauche pour répondre aux invitations qu'il recevait, l'inauguration d'une piscine, d'une salle de gym, la dépose d'une gerbe sur un monument aux morts, la foire aux bovins, l'élection de Miss Sens et de Miss Auxerre. Il intervenait dans les lycées en donnant aux jeunes des leçons de vie : respecter les anciens, sauver son prochain, protéger les plus faibles, maîtriser ses élans pour être fort et donner l'exemple.

Son livre, *Cet homme, ce héros*, ne rencontra pas un grand succès en librairie, ce qui le mit fort en colère, mais il fut invité dans de nombreuses émissions de télévision. On le consultait, on l'écoutait, on soulignait son exceptionnel courage, il ne s'en lassait pas. Le magnétoscope chez les Valenti marchait à plein régime. Comme l'homme portait beau, on le vit souvent à la télévision.

Et puis le succès s'essouffla. Un autre inconnu s'illustra. On oublia Ray Valenti.

Il se mit alors en tête d'écrire un autre livre. Si le précédent n'avait pas marché, c'était la faute de cet abruti de journaliste, ce couillon qui ne savait pas aligner les mots qui font rêver, les mots qui donnent aux gens l'envie de se dépasser. L'héroïsme, c'est dans les tripes, il maugréait, et c'est un pro qui parle ! Il allait leur montrer de quoi il était capable. Il avait trouvé un titre dont il était très fier, *Le Héros qui sommeille en nous*.

Il l'écrivit en gros sur une chemise cartonnée.

Il n'alla pas plus loin que le titre.

Son heure de gloire était passée.

Il ne s'en remit jamais.

Un jour de décembre, il avait croisé Stella, Adrian et Tom à la pharmacie. Le gamin était juché sur les épaules de son père et soufflait dans un harmonica. La pharmacienne, attendrie, lui avait demandé de lui jouer un air de Noël et il avait haussé les épaules en répondant que c'étaient les bébés qui croyaient encore au père Noël.

– Qu'il est mignon ! s'était exclamée la pharmacienne. Et une forte personnalité avec ça !

Toute la rage, la frustration de Ray se reportèrent sur Adrian et Stella. De quel droit étaient-ils heureux, ces deux-là ?

Il décida de frapper un grand coup.

Il alerta la gendarmerie sur le cas d'Adrian.

Des gendarmes vinrent à la Ferraille. Ils exigèrent de Julie qu'elle leur montre le cahier des salaires et des employés, la menacèrent d'amendes et de prison s'il était prouvé qu'elle employait un clandestin. Elle leur tint tête en assurant que ses registres étaient en ordre, mais elle sentit que bientôt, elle serait à bout d'arguments.

Elle réussit à les berner encore quelques mois.

Ils revenaient sans cesse. N'osaient pas s'en prendre à

elle de peur de déplaire à son père, mais étaient harcelés par Ray qui ne renonçait pas.

Un soir où Tom était couché, où ils dînaient tous les deux à la cuisine, Adrian avait déclaré je pars, je ne veux pas que Julie ait des ennuis à cause de moi. Je connais une cachette pas loin d'ici où ils ne me trouveront pas.

Stella lisse sa mèche blonde, met du rouge pâle sur ses lèvres, deux longues boucles d'oreilles, se juche sur des escarpins noirs achetés six euros dans un vide-greniers, pousse la porte de la salle de bains et pénètre dans la chambre.

Adrian l'attend, les mains croisées sur le ventre. La lueur rouge de la cigarette entre ses doigts fait un trou dans la nuit. Elle la fixe, se raidit. Elle a la chair de poule.

Il dit d'une voix rauque ne bouge pas, laisse-moi te regarder.

Elle frissonne, s'entoure de ses bras.

– Tu es si belle, ma princesse.

Il empoigne un oreiller, le pétrit d'une main.

– Viens là…

Elle attend qu'il répète, que sa voix s'étrangle.

Elle avance lentement, sa main remonte la bretelle de sa robe, elle vient se placer au bout du lit, attend qu'il rampe jusqu'à elle.

Il écrase la cigarette dans le cendrier.

La lueur rouge s'est éteinte. Elle laisse échapper un soupir.

Il avance sur les coudes, glisse sur les draps, se redresse, l'attrape d'une main. Enfonce ses pouces dans son ventre. Dans le creux de ses cuisses. La plaque contre lui. Passe la main dans ses cheveux. Sa main se pose sur la nuque, rebrousse les mèches blondes, remonte jusqu'au front. Large, chaude, rude, elle semble prendre l'empreinte de son crâne.

Stella ferme les yeux, prête à repartir pour un autre voyage.

Il la regarde et ce ne sont plus deux yeux, mais deux fentes qui brûlent de désir.

Prends-moi, fais de moi ce que tu voudras, elle pense en gardant les lèvres scellées sur son abandon.

Cabot et Costaud ronflent derrière la porte.

Ils roulent sur le lit, Adrian s'allonge sur elle, l'embrasse, s'arrête, la caresse du regard en prenant tout son temps.

Elle le guette, tourne la tête, fait mine de regarder ailleurs. La bouche d'Adrian l'effleure, descend sur son cou, descend encore.

Elle entend la chaudière qui repart, les deux chats qui se battent dans la cour. A encore le temps de penser qu'à force de vouloir les séparer, Ray Valenti n'a réussi qu'à resserrer le nœud qui les unit. Il a banni l'habitude, la routine, allumé des cris, des bouches qui ne se lassent jamais, une fougue, une ferveur, qui se renouvelle à chaque fois.

Et puis, elle ne pense plus, elle n'entend plus, elle se laisse emporter, la tête noyée dans le plaisir, par une vague si forte qu'elle a l'impression que son corps vibre, craque, ondule au diapason des arbres et des cris de la forêt.

Stella a apporté le livre de Joséphine Cortès à l'hôpital.

Chaque soir, elle commence un nouveau chapitre. Léonie écoute comme s'il lui fallait apprendre le texte par cœur.

– C'est juste une histoire, maman, ne te casse pas la tête à vouloir tout retenir !

– Oui mais c'est comme si elle avait été écrite pour moi.

C'est l'histoire d'un adolescent maladroit, peu sûr de lui, qui rencontre Cary Grant et qui, ébloui, va en tomber amoureux. Le livre mêle le récit de la vie de l'acteur, sa carrière, ses amours et la brève amitié des deux hommes dans le Paris des années soixante.

– Parfois, poursuit Léonie en s'échauffant à ce souvenir, le soir, à la télévision, on passait des films de Cary Grant, et Fernande, elle appréciait ces vieux films. Elle les aimait tellement qu'elle ne faisait pas attention à moi et que je pouvais les regarder en me faisant toute petite dans mon coin. Je faisais semblant de tricoter, mais je n'en perdais pas une miette. C'était un bel homme, tu sais, Cary Grant. Et un très bon acteur.

– C'est possible, dit Stella qui n'a jamais vu un film avec Cary Grant.

– Relis-moi le passage d'hier soir…

– Oh, maman, tu ne vas pas recommencer à me faire lire toujours la même chose !

– Juste une fois.

Stella soupire et repart en arrière.

– On n'arrivera jamais à la fin à ce rythme-là !

– On a tout notre temps, ma petite chérie, le docteur Duré me l'a encore dit aujourd'hui.

– Et c'est pour ça que tu en profites. Tu fais des caprices maintenant, fais attention !

Léonie a un petit rire amusé comme si le mot « caprice » ne lui allait pas du tout. Comme si on posait sur ses épaules un pull en cachemire doux qui caresse la peau, ensoleille la vie et vous donne l'allure d'une grande et belle dame. Stella est si heureuse de l'entendre rire pour la première fois depuis si longtemps qu'elle reprend le passage et relit :

« Cary dit que, souvent dans la vie, on épouse des gens qui ressemblent à nos parents et qu'il faut éviter de le faire parce que l'histoire se répète et que c'est sans fin.

Il me parle aussi de ses premières années à New York, quand il mourait de faim et n'avait pas d'amis.

Un jour, il rencontre un copain à qui il confie son désarroi. Le copain, il s'appelait Fred, l'entraîne tout en haut d'un gratte-ciel. C'était un jour pluvieux, froid et on n'y voyait pas à dix mètres. Fred lui déclare qu'il y a sûrement un paysage magnifique derrière ce brouillard et que ce n'est pas parce qu'ils ne le voient pas qu'il n'existe pas. La foi en la vie, il ajoute, c'est de croire qu'il y a une place pour toi derrière le brouillard. En ce moment, tu penses que tu es tout petit, tout cassé, sans importance, mais quelque part, derrière ce gris, une place t'est réservée, une place où tu seras heureux... Alors ne juge pas ta vie par rapport à ce que tu es aujourd'hui, juge-la en pensant à cette place que tu vas finir par occuper si tu cherches vraiment sans tricher.

Il m'a dit de bien retenir ça. »

Léonie, le cou toujours maintenu par une minerve, fronce les sourcils et demande :

– Tu crois que pour moi aussi il y a une place derrière le brouillard ?

– Oui. La preuve ? Tu as repris des forces. Il n'y a pas que moi qui le pense...

– Ah...

– L'autre soir, en te quittant, je suis passée voir Julie. Elle était en train de dîner avec son père dans la cuisine. On a parlé de toi, bien sûr, et tu sais ce que m'a dit monsieur Courtois ?

– Edmond ? tressaille Léonie. Edmond t'a parlé de moi ?

Elle se recroqueville sous la liseuse rose et blanche que Stella lui a achetée pour qu'elle n'ait pas froid.

– Il t'a dit quoi ? demande Léonie en tendant le menton hors de la minerve comme si elle guettait, fébrile, la réponse.

313

— On parlait de toi, de Moitié Cerise, du métronome et du piano, je leur donnais de tes nouvelles et il m'a dit exactement ces mots elle va s'en sortir, je te le promets. Et tout ça, bientôt, ne sera qu'un mauvais souvenir.

— Il a dit ça ? Edmond a dit ça ?

— Et il avait vraiment l'air de le penser. Il n'a pas dit ça pour me faire plaisir.

Léonie réfléchit un instant :

— Alors, c'est lui qui m'a fait porter mes partitions et mon métronome… Ça ne peut être que lui.

— Comment ça ?

— Amina me les a donnés ce matin. Elle a dit qu'un homme, elle ne sait pas qui, avait déposé un paquet pour moi à l'accueil.

— Et tu ne me disais rien ?

— J'allais le faire et j'ai oublié. À cause du livre. Et puis, je suis encore bien fatiguée.

— Tu les as mis où ?

— Sous le lit. Bien à l'abri. J'ai peur qu'on me les reprenne.

— Maman ! gronde Stella. Personne ne viendra te les prendre. Tu es en sécurité ici.

— Oui mais… si jamais…

— Il ne viendra pas, maman.

— Comment tu peux en être sûre, ma petite chérie ?

Elle se laisse tomber sur l'oreiller et soupire.

— S'il me reprend, je ne tiendrai pas le coup, Stella.

– Ne dis pas ça ! ordonne Stella, les larmes aux yeux. S'il te plaît.

– Ma petite chérie… ne pleure pas. C'est déjà si bon de t'avoir retrouvée.

Elle tend la main vers sa fille qui l'étreint et l'embrasse.

– Tu t'en sortiras, je te le promets. Tu n'es plus toute seule. Il y a des gens maintenant autour de toi. Le docteur Duré, Amina, monsieur Courtois, Julie. Ils veulent tous te tirer de là.

– Je sais, je sais…

Mais elle ne la croit pas. Stella sent la main de sa mère dans la sienne qui devient molle, inerte. Une main de naufragée qui ne s'agrippe plus à la vie.

– Maman, ne renonce pas, je t'en supplie. Tu veux que je t'envoie Tom ? Tu le verras enfin pour de vrai. Je lui parle souvent de toi.

Ils passaient souvent devant le 42, rue des Éperviers, Tom et elle, et quand ils apercevaient Léonie derrière la fenêtre, ils lui faisaient des signes, lui envoyaient des baisers. Tom se mettait debout sur le capot du camion pour qu'elle le voie en entier, qu'elle constate qu'il avait encore grandi.

Une fois même, Tom avait grimpé sur le balcon en prenant son élan, et il l'avait embrassée. Elle répétait c'est toi, Tom, c'est toi ? Tu es un joli petit garçon, tu as l'air courageux et fort. Tom lui avait dit ne t'en fais pas, grand-mère, on va venir te sauver. Léonie s'était vite retirée du balcon.

Tom, dans le camion, ne cessait de répéter il faut sauver grand-mère, il faut sauver grand-mère. J'ai des copains, tu sais, on pourrait monter un commando.

– On n'est pas dans un film. C'est pas comme ça qu'on la tirera de là, mon amour.

– C'est pas en ne faisant rien non plus…

Stella n'avait su que répondre. S'il existait une solution, elle l'aurait trouvée depuis longtemps.

– Dis, Stella, il t'a fait du mal aussi, Ray Valenti ?

Elle lui avait dit, redresse un peu le rétroviseur de ton côté, je ne vois pas bien.

Il s'était exécuté puis était revenu à la charge.

– Il t'a fait du mal à toi aussi ? Tu peux me le dire, je suis grand maintenant.

Il devait avoir neuf ans. Il portait un tee-shirt bleu délavé d'où sortaient ses bras maigrelets et un jean beige qu'elle avait acheté à la Foir'Fouille. Il avait posé son coude sur la portière et la regardait sans la lâcher des yeux.

Elle était restée silencieuse. Elle n'avait pas la force de lui mentir. Ni de lui avouer la vérité.

– Si tu me dis rien, c'est que c'est oui. Tu fais la fière. Tu sais très bien faire la fière.

Il s'était tu et avait sorti son harmonica.

– J'aimerais tant le voir, c'est vrai, soupire Léonie.

– Alors je vais arranger ça…

– Tu crois que ce serait possible ?

– Tout est possible maintenant, maman. Je t'assure.

Léonie demeure songeuse. Elle remue ses doigts maigres. On dirait des pattes de libellule.

– Edmond Courtois… Nous étions proches autrefois. Il ne t'a rien dit d'autre, ma petite chérie ?

– Il ne parle pas beaucoup. On dirait un homme brûlé au troisième degré. Je ne sais pas ce qu'il a vécu mais il est à vif. Sa façon de regarder les gens, c'est comme dans un film muet. J'ai toujours su que je pouvais lui faire confiance. Et j'ai toujours eu peur de me tromper…

– C'est un homme formidable, Stella. Crois-moi.

Stella la regarde et comprend qu'il y a beaucoup de choses qu'elle ne sait pas.

– Tu en fais des mystères, maman ! Un jour, peut-être, tu pourrais me dire…

– On recommence à lire ? Quand je parle trop, cela me fatigue.

– Tu t'en tires bien ! dit Stella en souriant. Tu te débrouilles toujours pour ne pas répondre aux questions.

Edmond Courtois, Moitié Cerise… Léonie sème des petits cailloux. Sur le chemin se dresse un autre caillou, noir, menaçant, que Stella aimerait fracasser : c'est qui, mon père ? Est-ce vrai ce que me disait Ray, je ne suis pas ton père, tu veux que je te fasse un dessin ? Elle n'ose pas poser cette question. Il lui faudrait évoquer le silence de sa mère, la nuit, quand Ray entrait dans sa chambre. Ce caillou-là, plus elle le fait rouler, plus il devient gros. Un bloc de pierre qui lui bouche la vue, pèse sur sa poitrine, lui coupe le souffle. Elle s'y cogne sans arrêt.

— Stella! s'écrie Léonie.

— Oui, maman.

— Ne me regarde pas comme ça. Tu me fais peur.

— Pardonne-moi. J'étais ailleurs.

Et de toute façon, poursuit Stella en silence, qu'aurait-elle pu faire? Peut-être qu'en ne disant rien, elle nous sauvait toutes les deux? Peut-être qu'elle n'avait plus assez de forces pour intervenir? Et à nouveau, elle se sent égarée dans un labyrinthe, elle cherche le fil qui la conduira vers la sortie. La clé de l'énigme.

L'occasion est là, elle en est sûre, mais elle doit être prudente. Avancer à petits pas. Ne pas effaroucher sa mère, elle pourrait la casser.

Elle enverra Tom rue des Éperviers. Elle lui dira de regarder sous l'évier, de s'emparer de l'ours rouge en peluche, elle le mettra dans les mains usées de sa mère et peut-être, ce jour-là, Léonie laissera-t-elle échapper des confidences.

Stella reprend le livre, cherche l'endroit où elle s'est arrêtée, tombe sur une phrase griffonnée en haut d'une page.

« Fugitive beauté dont le regard m'a fait soudainement renaître, j'ignore où tu fuis, tu ne sais où je vais. »

Elle la lit à haute voix. Léonie demande :

— C'est dans le livre, ça ?

— Non. C'est griffonné en haut d'une page.

— C'est Julie ?

— Je ne reconnais pas son écriture.

— Mais alors c'est qui ?

— Je l'ignore, maman.

Léonie s'agite dans le lit. Sa main vient se poser sur son cœur.

— C'est une phrase codée, j'en suis sûre. Elle a un sens caché. Ray donnait des ordres, des rendez-vous de cette manière. C'est Edmond qui lui avait appris ça...

— Mais Ray ne lit pas de romans ! Pas celui-là en tout cas. Il appartient à Julie.

— Puisque je te dis... Il griffonnait dans les marges des journaux et il laissait traîner le journal dans l'arrière-salle du café de Gérard. Des phrases qui disaient n'importe quoi...

— Mais c'est pas n'importe quoi ! On dirait des vers...

— Il mélangeait un mot important à plein d'autres et ça faisait une phrase comme cette citation. Et ça passait inaperçu.

— Je ne peux pas imaginer Ray en train de fouiller dans un dictionnaire de citations ! C'est pas son genre.

— Eh bien ! tu as tort. C'était un code avec Turquet, Gerson et Lancenny, ils réglaient le sort d'un pauvre type qui leur avait désobéi ou résisté. J'ai peur, Stella, j'ai peur. Il a voulu dire quelque chose avec ces mots !

— Mais c'est pas son livre ! C'est celui de Julie.

319

– Ça n'empêche ! Il a sûrement un complice.

– C'est pas lui qui a écrit ça !

Léonie s'agite, remue la tête, cligne des yeux.

– Calme-toi, maman. Je suis là. Tu n'es plus seule.

– Si, répond Léonie, butée. Il est plus fort que toi.

– Ne dis pas ça ! s'écrie Stella.

– Si, ma chérie. C'est la vérité.

Encore un autre mystère, soupire Stella. Ce ne peut pas être Jérôme. À moins que… Est-ce que l'on sait tout des gens qu'on côtoie chaque jour ?

Elle retrouve sa page et continue sa lecture jusqu'à ce qu'il soit l'heure de retourner à la ferme, de retrouver Tom, Suzon, Georges, les chiens, les bêtes et les bruits de la nuit.

Suzon, dans la cuisine, prépare un gratin dauphinois pour le dîner. Tom épluche les pommes de terre. Il a fini ses devoirs et ses doigts sont tachés d'encre.

– Ça va comme ça, les épluchures ?

– C'est parfait, mon p'tit bout.

– Et tu me laisseras mettre le gruyère à la fin ?

– Oui. Et le beurre. Et le lait.

– Ça coûte cher à faire ?

– Oh non ! C'est un plat de pauvre. Des patates, des patates et encore des patates !

– On est pauvres, nous ?

– Ben… on va dire qu'on n'est ni pauvres ni riches, on roule pas sur l'or.

– Si t'avais de l'argent, tu mangerais quoi ?

– Du saumon grillé. Tous les jours.

– T'aimes tellement ça ?

– J'en mangerais sur la tête d'un pouilleux !

– C'est comme le poulet ?

– Ben, non… c'est du poisson.

– Stella, elle est riche ?

– Je crois pas. Elle aurait pu être riche…

– Et Léonie ?

– Elle a failli aussi. Ton arrière-grand-père, Jules de Bourrachard, avait un château, des fermes, de l'argent, des milliers d'hectares de bonne terre. Il a tout vendu petit à petit. Ce qui restait est allé à Léonie, donc à Ray.

– Et Ray a tout pris pour lui.

– Oui, c'est pas un partageur.

– Pourquoi tout le monde a peur de lui ?

– Parce qu'il est toujours à embêter les gens. C'est comme s'il ne supportait pas de les voir heureux.

– Il aime personne ?

– Je crois pas. Ou alors j'suis pas au courant.

Elle beurre le fond du plat, dépose une première couche de fines rondelles de pommes de terre, ajoute du beurre, du sel, du poivre, un peu de noix de muscade, du gruyère râpé, réfléchit en se grattant le nez.

– Si. Il aime sa mère, Fernande.

– C'est normal, dit Tom, c'est sa mère.

– Elle l'adore et il ne peut pas vivre sans elle. Fallait les voir tous les deux collés l'un contre l'autre dans la cuisine du château quand elle venait travailler !

– Tu les as bien connus alors ?

– On était les bonnes. Moi, j'étais fixe, elle, elle venait en renfort. On s'entendait bien, c'était pas une qui roublardise et lorgne la lune. Elle était pas malade des pouces. Parfois, elle se confiait. On mangeait un bout de gras sur un coin de table et elle me parlait.

– Ray, il a connu son père ?

– Non.

– Et toi, tu l'as connu ?

– C'était un saisonnier. Un homme très beau avec des bras comme des traverses de voie ferrée et qui ne rechignait pas à l'ouvrage. Fernande, ça avait beau être une marie-pisse-trois-gouttes, elle était moche comme un boulet de charbon. Je sais pas ce qu'il lui a pris de la culbuter un soir. Il devait être ivre.

– Et toi, t'as jamais eu d'amoureux ?

– J'ai même pas eu le temps d'y penser. Je suis entrée au château à seize ans et me voilà à soixante-dix-sept, cuite et recuite.

– Tu habitais où ?

– Avec Georges, dans une petite maison à l'entrée du château. Tout près du poulailler. C'était la maison des gardiens.

– Et Léonie, elle avait quel âge quand t'as commencé à travailler ?

– Elle venait juste de naître. C'est moi qui l'ai élevée. C'est comme ma fille. Stella, ma petite-fille et toi, mon arrière-petit-fils ! J'ai pas eu d'amoureux, mais j'ai une famille. Tu peux m'expliquer ça, toi qui sais tout ?

Elle lui beurre le nez avec la pointe de son couteau et il fait une grimace.

– Pourquoi tu vas pas la voir à l'hôpital si elle est comme ta fille ?

Suzon ne répond pas. Elle tourne dans la cuisine et fait semblant de chercher quelque chose.

– C'est parce que t'as peur. Hein ? T'as peur de Ray Valenti ?

– T'as pas vu mon économe ? Je l'avais posé là sur la table. Tu l'as pas jeté avec les épluchures comme la dernière fois ?

– Dis, Nannie, il faut la sauver, Léonie.

– Oh ça, mon p'tit gars, je crois pas que ce soit si facile !

– Sinon elle va mourir…

– Qu'est-ce que t'en sais ?

– J'écoute, je regarde, je suis pas bête.

– Allez, va… Mets la table. Comme ça tout sera prêt quand ta mère arrivera. Et après, on ira chercher les œufs, vérifier l'eau des ânes, leur apporter du pain et cueillir une salade.

– Stella, elle appelle Léonie maman, mais pour Ray, elle dit toujours Ray Valenti. Pourquoi ?

– Dis donc… t'avales pas que des mouches ! Qu'est-ce que tu veux savoir encore, hein ?

– Lionel Trouillet, dans ma classe, il dit que Ray Valenti, avant, on l'appelait Couillassec. Parce qu'il pouvait pas avoir d'enfant ?

– Oh là là, p'tit bout ! Tu m'emmènes où là ? Mets la table. Et prends les assiettes creuses. Y a de la soupe ce soir.

– Encore ! J'préfère le gratin avec des patates.

– Ben faudra manger l'une pour avoir l'autre.

– Même pas drôle !

Il soupire :

– Personne ne répond jamais à mes questions.

– Mais pourquoi tu ne poses pas ces questions à ta mère ?

– Parce que je veux pas lui faire de peine.

– Et avec moi, t'hésites pas.

– C'est pas pareil. Ray Valenti, il t'a jamais rien fait.

– C'est juste.

– Je suis sûr qu'il a tapé sur Stella. Dis, t'avais dit que je pouvais finir le gratin ? Je vais mettre plein de fromage dessus pour que ça dore bien.

– N'oublie pas la crème fraîche, la noix de muscade et le lait, lance Suzon, enchantée de changer de sujet de conversation.

– Fais-moi confiance, répond Tom, concentré sur la noix de muscade qu'il râpe en faisant bien attention à ses doigts.

Comment sait-il tout ça ? se demande Suzon. Les enfants sont surprenants. Surtout à l'âge de Tom. Ensuite,

324

à l'adolescence, ils deviennent comme des bœufs. Bas de plafond, têtus, sales, lourds. Ils mugissent quand on veut les faire manœuvrer. Faut les mener à la baguette. C'est ce qui avait manqué à André. De bons coups de baguette. Et l'amour d'une mère. Tout ce qu'elle n'avait pas donné en attention, tendresse, câlins à son fils, il l'avait changé en fiel. Le petit Raymond n'était pas mieux. Il avait fallu le prendre par les cornes pour le faire opérer. Elle se souvient très bien. Fernande lui en avait parlé. « Plus on tarde, plus il risque d'être stérile et il veut rien entendre. Ses petites boules, elles sont remontées, bien au chaud dans son ventre, et ça les stérilise. » À quinze ans, on l'avait presque allongé de force sur la table d'opération. C'est le père du docteur Duré qui l'avait opéré. Ceux-là, ils sont médecins de père en fils ! Le père Duré avait déclaré à Fernande qu'il y avait 99,9 % de risques que son fils n'ait jamais d'enfant, qu'il aurait fallu l'opérer bien plus tôt et la Fernande, ça l'angoissait. Elle craignait qu'on se moque de son garçon.

Sur le coup, elle en avait parlé à Suzon. Le lendemain, elle avait voulu ravaler ses confidences, mais c'était trop tard. Suzon avait alors compris qu'il ne faut jamais écouter les gens qui s'épanchent. Ça rompt un lien plus sûrement qu'une dispute. Sur le moment, elle avait été flattée d'avoir été choisie comme confidente, elle s'était même dit que Fernande et elle allaient devenir amies et, tout au contraire, Fernande lui avait coupé la parole. Ça posait un problème, c'était sûr. Sûr aussi que Stella, elle a de grandes chances de ne pas être la fille de Ray Valenti.

Sale coup pour la fanfare si ça devait se savoir : le Ray, à la naissance de Stella, il n'arrêtait pas d'exhiber sa mignonne comme sa carte de virilité, et vas-y que je vous la passe sous le nez, et vas-y que je mentionne le front, les yeux, le menton, tout juste s'il ne s'appropriait pas la fente en bas du ventre ! Il jouait à Monsieur Loyal avec sa gamine sous le bras, faisait claquer le fouet dans la sciure. On ne pouvait plus l'arrêter.

Sûr aussi que le petit Tom, il a oublié d'être bête.

– T'as fini ?

Tom hoche la tête.

– Ben, tu peux le mettre au four si c'est pas trop lourd…

Tom enfourne le plat. Règle la minuterie à quarante-cinq minutes, deux cents degrés. Se lèche le bout des doigts pour décoller un morceau de gruyère.

– Je peux aller chercher les œufs ?

– Je t'ai dit que j'irais avec toi.

– Je peux pas y aller tout seul ?

– Non. Attends-moi.

Ils sortent tous les deux. Suzon prend appui sur l'épaule de Tom.

Encore un coup de Stella, se dit Tom. Elle a toujours peur qu'il m'arrive quelque chose. C'est pas Suzon qui me défendrait, elle tient à peine sur ses jambes.

Il ne dit rien. L'enlace comme s'il devait la porter.

– T'es grande, Nannie. T'as dû être une belle femme !

– Dis donc, chenapan, tu me parles avec respect ! elle fait en lui souffletant le sommet du crâne.

– Ben… c'était un compliment.

– Je sais, p'tit bout, je sais. Quand je suis émue, je file toujours des claques !

Tom est fatigué de ces secrets qui bourdonnent comme un essaim d'abeilles. Fatigué de sentir sa mère toujours sur le qui-vive, toujours à guetter le danger, fatigué aussi de ne pas pouvoir descendre la grand-rue de Saint-Chaland en tenant la main de son père. De ne pas pouvoir aller chez sa grand-mère jouer aux cartes en mangeant des gâteaux et en buvant un panaché. Elle lui donnerait une petite pièce en partant et il irait s'acheter des images de *Star Wars* ou des bonbons.

Et elle aurait des poils sur le menton.

C'est ce que racontent les gamins de l'école. Les grands-mères, ça pique et ça sent pas bon.

Pourquoi son père ne vient que la nuit ? Pourquoi il passe par le souterrain ? Pourquoi lui, il doit se taire et ne jamais parler de rien à l'école ?

Quand c'est la fête des Pères, par exemple. Tous ses copains font un truc, un cendrier, un porte-clés, un dessin, écrivent un poème qu'ils lisent à haute voix et que la maîtresse corrige. Lui, il reste à sa place, les bras croisés, et il marmonne trou-du-cul, trou-du-cul, c'est son poème à lui.

C'est comme ça, dit sa mère, tu possèdes un secret, tu es différent et tu dois en être fier.

Ça ne le rend pas fier du tout. Ça l'isole. Il ne peut pas avoir de vrais copains. Les vrais copains, on leur dit tout. Avant, il ignorait la solitude. C'était un mot qu'il rencontrait dans les poèmes, avec le froid, la neige, l'infortune, le poisson-lune. Avant, c'était facile. Il y avait la ferme, les bêtes, son père, sa mère, Suzon et Georges, chacun à sa place.

Maintenant, il a l'impression que tout ce qui lui arrive est bidon. Qu'il ne peut pas mettre la main dessus. Quand on ne peut pas parler d'une chose, c'est qu'elle n'existe pas, non ?

Il sait lire, il apprend chaque jour un truc nouveau à l'école, il a de bonnes notes, mais il ne connaît pas les secrets de sa mère, de son père, de Georges et de Suzon. Ils disent qu'il est trop petit et ça l'enrage.

Alors, il se bat. Contre n'importe qui. Il est fatigué de toujours se taire, ça provoque en lui comme un arc qui se tend et il se bagarre pour détendre l'arc. Ça part comme une flèche. C'est plus fort que lui.

Dans la cour de récré ou à la sortie de l'école. Il choisit de préférence les plus vieux parce que alors il peut cogner de toutes ses forces. Il rentre à la maison les genoux en sang, les vêtements déchirés. Suzon le console et s'inquiète, Georges lui dit que c'est très bien, lui conseille de rendre les coups, c'est comme ça qu'on devient un homme. Sa mère le regarde d'un œil triste et secoue la tête comme s'il devait finir en prison.

Et l'arc se tend à nouveau, comprime sa poitrine. Il cherche quelque chose à frapper.

Il part avec les chiens dans les bois, il court, il donne des coups de pied, attrape une branche, cingle les herbes sur son passage, monte en haut des arbres, hurle qu'il va tout casser, qu'il va tout raconter juste pour ne plus avoir ce poids sur le cœur. Et sur la tête. Il a peur que le secret ne l'écrase, qu'il ne puisse plus grandir.

Qu'est-ce qu'il se passerait s'il écrivait un poème à l'école où il dirait merci à son père pour l'harmonica ? Ou s'il parlait du souterrain ?

Peut-être que la bulle des secrets éclaterait, que ça ferait un bruit de pétard et qu'après régnerait un grand calme, une grande paix.

Et la vie redeviendrait comme avant. Quand ils descendaient tous les trois la grand-rue de Saint-Chaland en mangeant des croissants…

Le matin, quand Amina entre dans la chambre, Léonie lui demande de retirer les partitions et le métronome cachés sous le lit et de les lui donner. Et, le soir, de les y remettre.

Amina lui assure qu'elle ne craint rien, elle est bien gardée, on ne viendra pas les lui voler, mais Léonie insiste :

elle ne veut prendre aucun risque. Si vous saviez, a-t-elle envie de dire à Amina, si vous saviez ce que ça me fait de tenir mon métronome droit devant moi, de le mettre en marche et de suivre des yeux le va-et-vient de l'aiguille. Je ne peux pas bouger la tête à cause de la minerve, il n'y a que mes yeux qui bougent, qui vont de droite à gauche, de gauche à droite. Ça me balaie la tête. Comme des essuie-glaces. Ça fait le ménage. Au bout d'un moment, il y a des images qui remontent. Des flashs ou des scènes entières. Des vagues de souvenirs qui s'abattent sur moi avec une violence inouïe. Il y a même des épisodes que j'avais complètement oubliés qui reviennent, c'est fou, non ?

Elle ne peut pas avouer cela à Amina sinon elle passerait pour une toc-toc.

Elle se tait. Elle attend qu'Amina ait fini de s'occuper d'elle pour installer le métronome sur la petite table qui enjambe son lit. Elle ouvre la boîte pyramidale noire, choisit le rythme *andante*, remonte la petite clé sur le côté et suit des yeux la longue aiguille fine, argentée.

Cela fait un bruit terrible, un bruit métallique, sourd, mais sa chambre est au bout du couloir, elle ne dérange personne.

Elle se concentre sur l'aiguille et se laisse aller.

Elle attend.

Parfois, il ne se passe rien. Elle demeure assise, les yeux grands ouverts. Elle fixe la boîte noire et la règle graduée à l'intérieur. *Presto, allegro, moderato, andante, adagio, larghetto, largo.*

Parfois, les souvenirs déferlent sans crier gare. Ils surgissent en petites séquences tels des bouts de pellicule qu'on aurait coupée par-ci, par-là. Elle les reconnaît ou elle les redécouvre. Elle est assise devant un écran blanc sur lequel on projette sa vie.

Souvent, les bouts de pellicule déclenchent des torrents de pleurs. Elle sanglote, elle ne voit plus l'aiguille. Elle s'arrête. S'essuie les yeux. Se mouche. Reprend le va-et-vient.

Elle ne lâche pas le métronome. Elle a des suées. Ou des crampes au ventre. Ou envie de vomir. Mais elle continue à suivre l'aiguille sans rien faire pour échapper à la cadence qui la secoue, la réveille, la ramène loin en arrière.

Certaines nuits, elle fait des cauchemars. Elle se réveille en hurlant. Elle se débat, mais refuse le calmant que lui tend l'infirmière. Elle aurait trop peur d'empêcher les souvenirs de revenir.

Parce qu'elle a l'impression qu'ils refont surface pour la guérir.

C'est le miracle du métronome : il repasse sur les sillons endommagés de sa mémoire, les nettoie, les répare, remet le disque en état de marche. Elle est toute neuve après.

— Léonie, je vais vous installer une petite sonnette d'alarme dans le tiroir de votre table de nuit et si vous vous sentez menacée, vous sonnez.

– Merci, Amina.

– Ce sera fait demain. J'y veillerai personnellement.

– Vous êtes gentille…

– Et ne craignez rien pour votre métronome. Il n'y a guère que vous qui sachiez encore à quoi il sert !

– Il me fait du bien, balbutie Léonie sans oser en dire davantage.

– Il vous rappelle le temps où vous jouiez du piano, c'est ça ?

La première fois que c'est arrivé, elle était bien calée dans son lit et déchiffrait une partition. *La Marche turque* de Mozart. Elle pianotait de sa main libre sur la petite table en suivant le métronome des yeux. Ses doigts couraient en rythme sur le plateau de la table. Elle chantonnait les notes, heureuse de ne pas les avoir oubliées.

Il avait vendu son piano pour la punir. Un joli piano droit, un Gaveau qu'elle avait emporté avec elle. Ce devait être trois mois après leur mariage. Elle n'en est pas sûre, mais c'était au début de leur vie commune avec Fernande dans le trois pièces qui lui était alloué en tant que sapeur-pompier au 42, rue des Éperviers.

Ce piano représentait tout pour elle. Il lui rappelait une autre fille qui s'appelait Léonie, qui s'échappait des couloirs du château pour aller courir dans les bois, interroger son reflet dans le ruisseau, sentir la rosée sous ses pieds le matin, compter les lumières vertes des vers luisants, la nuit. Une fille qui se tenait bien droite sur le tabouret de piano puis se pliait, se dépliait, épousait la musique, montait, descendait des arpèges, légère comme une danseuse sur un fil suspendu en l'air, une danseuse munie d'une délicate ombrelle qui s'élançait sur ses chaussons lacés, retombait sur le fil, faisait des pointes, des déliés, des bémols et des dièses. Personne ne pouvait l'attraper sur son fil. Elle était libre.

Elle ne savait pas pourquoi elle était punie, mais qu'importe, elle voulait garder son piano.

– Je t'en supplie, elle avait dit, laisse-moi mon piano. Je ne recommencerai plus, je ne le ferai plus. Pardonne-moi. Je ne sais pas ce qui m'est passé par la tête. Je suis mauvaise, tu as raison, tu as raison de me punir, mais pas le piano, pas le piano. Frappe-moi si tu veux, frappe-moi de toutes tes forces, mais laisse-le-moi, je t'en supplie.

Elle s'était agenouillée sur le sol, elle avait joint les mains, elle avait répété vas-y, frappe-moi, frappe-moi, mais ne le vends pas.

Il ne bougeait pas.

Elle s'était inclinée, avait embrassé ses chaussures, avait frappé le sol de toutes ses forces avec son front. Jusqu'à ce que la tête lui tourne tant qu'elle avait été obligée de se rasseoir sur la chaise.

Il l'avait regardée avec dégoût et était parti sans la toucher.

Elle s'était dit j'ai gagné, il va me le laisser. Elle avait retenu son souffle. Elle marchait à pas étouffés, glissait contre les murs, plaquait les mains sur sa blouse de ménage.

Et puis trois hommes en salopette étaient venus emporter le piano et elle avait hurlé comme si on lui déchirait les entrailles.

Ce soir-là, il l'avait battue à lui éclater la tête, les reins, les jambes. Il se moquait qu'il y ait des marques. Il la garderait enfermée le temps qu'elle redevienne présentable.

– De quoi j'ai eu l'air, moi, devant ces gars? Tu y as pensé au moins? Même pas.

Et il frappait, frappait.

Elle se laissait faire. Elle n'avait plus de raison de se défendre. Qu'il fasse d'elle ce qu'il voulait.

Fernande les regardait et approuvait.

– C'est bien, mon fils. Tu as fait là une belle prise et tu dois la dresser. Pas de pitié! Comme pour la bécasse prise au lacet. Humilie-la, fais-lui payer ton désir car tu vas la désirer, hein? Ce genre de filles, faut les mater. Frappe, frappe. Frappe encore, si elle ne sait pas pourquoi, frappe plus fort et elle sera à ta main. Ces filles de la haute sont dures, il faut les briser pour les couler dans notre moule. Pour cela, il n'y a que les coups. Fais-lui perdre ses repères. Elle se pliera, elle t'obéira en tout, et si tu oublies, je serai là pour te le rappeler.

Elle s'essuyait la bouche de son mouchoir. Les mots lui faisaient monter la salive au bord des lèvres, elle déglutissait et reprenait:

— Elle sera comme une chiffe molle. Elle ne pourra plus rien faire sans lever les yeux sur toi. Elle ne sera plus jamais mademoiselle de Bourrachard, mais la femme de Ray Valenti, le bâtard que son père et son frère humiliaient. Tu lui auras vidé la cervelle. Elle aura peur. Crois-moi… j'ai assez vu comment ils se comportaient avec nous. Il n'y a rien à attendre d'eux. Tu te rappelles les feuilles d'artichaut ? Garde-les toujours en tête. N'oublie jamais !

Et c'était comme un ballet furieux, le fils qui tapait, la mère qui l'exhortait en rythmant de ses mots les coups de son fils.

À cette époque, Léonie essayait encore de comprendre. Puis elle s'était dit que ce devait être sa faute, qu'il y avait quelque chose de mauvais en elle, quelque chose que lui seul voyait et qu'il voulait corriger. Ils pourraient peut-être en parler et elle essaierait de s'amender. Et il redeviendrait le gentil Ray qu'elle avait connu jusqu'à son mariage. L'homme qui venait la chercher en moto, lui demandait de se serrer fort contre lui dans les virages. Qui l'emmenait au cinéma voir *Love Story* et l'embrassait dans le cou. Elle riait, elle se tortillait et il répétait comme tu es jolie ! Il lui offrait des boucles d'oreilles, des bracelets, des glaces dans un double cornet, lui ouvrait les bras, l'embrassait, l'appelait ma petite colombe. Se pouvait-il que cet homme n'ait jamais existé ? Ou qu'elle l'ait inventé à force de lire les romans que lui prêtait Suzon ?

Ou alors, se disait-elle, je suis vraiment toc-toc. Je ne

comprends rien à rien. Une sorte de gourde qui ne sait pas que le toit du monde s'appelle l'Himalaya. Papa et André avaient raison et Ray a été bien bon de m'épouser.

C'étaient les premiers temps avec le métronome. Les souvenirs revenaient mais elle les maîtrisait.

Alors que maintenant…

Elle ne maîtrise plus rien. Ils lui sautent dessus, la dévastent.

Un jour, une scène l'a frappée en plein visage. Comme un bouchon de champagne qui lui serait entré dans l'œil. Puis une autre, et une autre. Des lambeaux d'un passé qui claquaient comme un fouet.

Le jour de son mariage à la mairie. Un samedi du mois d'octobre. Elle vient d'avoir vingt et un ans. Ray, si séduisant dans son costume bleu marine, une pochette jaune et une cravate bleue. Fernande, toute de noir vêtue, derrière lui. Elle porte un petit chapeau avec une voilette noire, le même qui lui sert pour les enterrements.

Ray qui dit OUI d'une voix forte, elle qu'on entend à peine.

Son père n'est pas venu. Sa mère n'est pas revenue. Au dernier rang, il y a Georges et Suzon. Ils se tiennent à distance, comme sur le lieu d'un crime.

Ray lui passe la bague au doigt et cligne de l'œil en direction de ses copains.

Elle se retourne et cherche Georges et Suzon des yeux. Elle voudrait leur dire s'il vous plaît arrêtez tout, je ne veux pas.

Elle ne dit rien.

L'aiguille continue son va-et-vient.

Après la mairie, ils s'étaient rendus au café du père de Gérard. Monsieur Lancenny avait choisi un disque dans le juke-box et l'avait invitée à danser. « L'aventura » de Stone et Charden. Ses chaussures lui serraient les pieds, le rembourrage de son bonnet de soutien-gorge s'était décroché. Elle priait pour qu'il ne tombe pas.

Monsieur Lancenny lui avait murmuré tu es très jolie, Léonie. Elle avait eu un petit sourire gêné. Ray commandait au bar un troisième pastis et envoyait des fléchettes dans une playmate affichée sur le mur.

Le disque s'était arrêté. Elle était retournée s'asseoir à côté de Fernande. Elle ne savait pas comment s'adresser à elle. Elle ne voulait pas l'appeler maman ni mère. Elle attendait et se contorsionnait afin de remettre son bonnet de soutien-gorge en place.

Georges et Suzon parlaient avec monsieur Lancenny de la vie qui augmentait, du prix des gauloises, un franc cinquante, de la baguette à soixante centimes. On n'y arrive plus, ils disaient en soupirant sur la banquette du café.

Monsieur Lancenny avait remis un disque et l'avait invitée à nouveau à danser. C'était « Mourir d'aimer », et chaque fois, elle avait envie de pleurer. Il avait rigolé et lui avait dit mais ce n'est qu'une chanson, Léonie, faut pas te bousculer comme ça ! Tu crois qu'il chiale quand il la chante, Aznavour ? Elle avait enfoncé son nez dans son épaule pour bloquer les larmes.

Au bar, Ray faisait un concours de pastis avec Gerson. Il comptait six verres, Gerson quatre. Il gueulait j'ai gagné, j'ai gagné. Gerson disait que la partie n'était pas finie.

Turquet avait glissé une pièce dans le juke-box. « J'ai bien mangé, j'ai bien bu », il faisait chœur avec Patrick Topaloff. Il s'était retourné, avait roté, remonté sa braguette.

Avait failli tomber, s'était rattrapé de justesse au juke-box et ils s'étaient tous moqués de lui. Oh, le mec ! Qu'est-ce qu'il tient, l'Écrevisse !

Gerson avait demandé t'as pas invité Clairval ?

Ray avait répondu non, c'est un sale con.

Et puis, le soir, ils avaient dîné dans un petit hôtel en face de la gare de Sens où ils passeraient leur nuit de noces.

Ray avait réservé une table. Chacun paie sa part, avait-il prévenu. Léonie parlait à Suzon et Georges. Elle se demandait toujours comment elle allait s'adresser à Fernande. Le garçon leur avait présenté un menu à vingt-trois francs cinquante, tout compris.

Les garçons se chamaillaient parce que Ray avait oublié de faire le plein de la 4L de Gérard après la lui avoir empruntée.

– À un franc vingt le litre, tu charries ! gueulait Gégé. Suis pas millionnaire. Tu me paies mon repas pour te faire pardonner !

– Oh, ça va, je te la laisse, ta caisse pourrie !

Ils avaient failli se battre.

Après le dîner, Georges et Suzon s'étaient levés, il est tard, on doit rentrer, on a de la route à faire. Léonie les avait raccompagnés. Elle avait envie de leur dire ne me laissez pas, j'ai peur, je ne sais pas ce qu'il va se passer cette nuit.

Ils étaient montés dans leur vieille voiture. Georges peinait à la démarrer.

– Je crois que j'ai trop bu, il disait.

Ils s'étaient éloignés. Elle avait agité la main.

Son regard était tombé sur les trois doigts de sa main droite. Ils lui faisaient encore mal.

Elle ne sait pas pourquoi mais certains souvenirs, les plus violents, reviennent au présent.

Comme s'ils n'appartenaient pas seulement au passé.

Que ça pouvait recommencer aujourd'hui, demain, qu'ils étaient toujours d'actualité.

Le lit est grand. Il grince terriblement. Le dessus-de-lit est écossais. Comme les rideaux. Dans un coin, il y a un lavabo et juste en dessous un bidet. Ray pisse dans le lavabo. Elle le voit de dos. Elle se dit qu'elle n'a encore jamais vu un sexe d'homme. Dans les livres de Suzon, les hommes n'ont pas de sexe. Les femmes non plus. Ils se disent des mots d'amour, leurs lèvres se joignent et ils ressentent une incroyable félicité.

Avant d'entrer dans la chambre, elle a aperçu une salle de bains à l'étage. Elle ira se laver là-bas. Pas dans le lavabo.

Ray se déshabille. Elle détourne les yeux. Il se met au lit, allume une cigarette, torse nu, le drap remonté sur les hanches. Il a la bouche sèche, du mal à déglutir. Il s'essuie les commissures des lèvres en faisant des grimaces.

– Trouve-moi un cendrier, il dit.

Elle en aperçoit un sur la table de nuit, le lui apporte.

Il tapote le lit et ordonne :

– Viens te coucher.

Elle ôte ses chaussures. Se glisse tout habillée sous les couvertures.

Il éclate de rire.

– Déshabille-toi ! C'est ta nuit de noces, ma chérie.

340

Muchachas

Elle sourit. S'écarte pour déboutonner sa robe blanche. Fait glisser ses bas. Son soutien-gorge. Son slip. Frissonne et s'enfouit sous les draps en cachant ses seins de ses deux mains.

– Éteins la lumière, ordonne-t-il.

La petite lampe à abat-jour écossais est placée de son côté à lui.

– Mais… tu peux le faire, répond-elle, surprise.

– Éteins la lumière. Je le répéterai pas deux fois !

Elle étend le bras pour atteindre la lampe. Effleure le visage de Ray.

– Comment ça ? T'es pas épilée sous les bras ?

– Mais si.

– Non. Il reste des poils. Plus jamais ça, compris ?

– Je croyais que…

– Tu croyais quoi ?

Sa voix est mauvaise. La même voix que le jour où il a claqué la portière sur ses doigts. Léonie devine un malheur qu'elle ne comprend pas. Qu'a-t-elle fait de mal ? Personne ne lui a dit qu'il fallait s'épiler quand on était jeune mariée. Personne ne lui a rien dit concernant sa nuit de noces.

Elle remet ses mains sur ses seins et se tient le plus loin possible de lui.

– Tu es sale… tu sens la fille mal lavée.

Il se retourne dans le lit. Elle ne voit plus que son dos.

– Pardon, dit-elle, je ne savais pas.

– Qu'est-ce qu'on t'a appris dans ton château ?

341

Il ricane et ajoute :

– J'en vaux pas la peine, c'est ça ?

– Oh, non !…

Elle voudrait dire tant de choses. C'est la première fois que j'aime un homme. C'est la première fois que je me retrouve seule et nue avec un homme. C'est la première fois que je veux tout donner à un homme.

– Tu veux que j'aille me laver ?

– Ce serait la moindre des choses…

Elle se lève, cherche dans quoi s'envelopper pour ne pas aller toute nue à la salle de bains. Remet sa robe blanche. Prend sa trousse de toilette et sort sur le palier.

Elle l'entend aboyer :

– Prends ma trousse aussi ! J'aurai pas à le faire si je veux prendre ma douche demain.

Elle revient, saisit sa trousse. Fait bien attention à ne pas la renverser.

Elle a envie de prendre la fuite.

Il est trop tard. Elle est mariée. Madame Ray Valenti. Elle lui doit obéissance jusqu'à ce que la mort les sépare.

Elle pousse la porte de la salle de bains. Il y a un lavabo et une douche. Un tube au néon au-dessus du lavabo crachote une lumière blafarde. Une serviette pend, accrochée au mur. Elle se demande si elle est propre, si elle n'a pas déjà servi.

Elle dépose les deux trousses sur le bord du lavabo. Cale soigneusement celle de Ray contre le carrelage.

Remarque, dans un coin, un bidon vert de poudre

contre les fourmis. De la poudre noire qui fait une auréole sale par terre.

Elle se déshabille. Essaie de mettre la douche en marche. Demeure grelottante et nue sur le carrelage blanc et regarde, idiote, le pommeau d'où ne jaillit aucune goutte d'eau.

Elle ne sait pas comment ça marche.

Ce n'est pas le même système que chez elle, au château.

Elle se laisse tomber sur le carrelage et se met à pleurer.

Elle est fatiguée. Elle a l'impression de ne plus rien comprendre. Le sentiment d'être stupide. Elle murmure je veux Suzon, et sa bouche est pleine de larmes.

Elle entend des pas dans le couloir. Il entre et se plante devant elle :

— Et quoi encore ?

— Je ne sais pas comment marche la douche. C'est pas comme à la maison.

— T'es con ou quoi ?

— Je ne sais pas comment...

Il étend le bras, exaspéré, pose la main derrière le robinet, enclenche une tirette, l'eau jaillit. Ruisselle sur elle. Lui mouille les cheveux. Elle voulait les garder bien coiffés pour le lendemain. C'est Corinne, la petite coiffeuse de Saint-Chaland, qui lui a fait cette belle natte tressée de perles et de fleurs en plastique roses et blanches. Elle avait l'air d'une première communiante en sortant du salon de coiffure.

— C'est froid, elle dit.

Il la regarde, furieux, lève le bras pour la frapper.

Elle se protège de son coude levé. Il s'arrête et dit :

– T'es trop con, ma pauvre fille !

Il règle la température de l'eau et elle reprend espoir.

Elle lui adresse un pauvre sourire de pénitente repentie, ses bras nus enserrent ses jambes nues dans le bac à douche.

Ce sourire d'excuse semble ranimer sa colère.

Dans son regard s'allume une lueur mauvaise, une lueur changeante qui passe de l'exaspération à l'étonnement, à la satisfaction, puis à la gourmandise. Et enfin, elle lit dans son œil noir un scintillement de jubilation. Comme s'il se disait tiens, tiens, je n'ai jamais essayé ça avec elle…

Il lève le bras à nouveau et elle se recroqueville sous l'eau trop chaude qui lui brûle la peau.

Et elle ressent une violente douleur à la tempe.

Elle sait alors qu'il l'a frappée.

Avec une telle rapidité qu'elle n'a même pas vu venir le coup.

Elle ne comprend pas pourquoi. Elle relève la tête et le regarde, interloquée.

Elle aperçoit à nouveau son regard.

Il la fixe, étonné, émerveillé. Comme s'il se découvrait soudain un pouvoir magique. Je n'ai jamais frappé une femme jusqu'à maintenant et, qui plus est, une femme nue, à mes pieds, une femme qui m'appartient, qui n'attend que ça à la manière dont elle me regarde, qui s'y prépare, lève le bras, tremble déjà. Je devrais essayer... Si je veux me faire respecter, si je veux l'avoir à ma main, voilà un moyen plutôt facile de m'imposer. Marquer un grand coup pour avoir la paix ensuite.

Elle lit tout cela dans ses yeux. Ils marchent ensemble sur le même chemin, se donnent la main comme deux complices. Ils découvrent tous les deux en même temps la violence du coup.

— Pourquoi tu m'as frappée? elle a le courage de demander.

— Tu sais pas?

— À cause du robinet?

— Je m'en fous du robinet.

— Mais...

— Tu veux que je te frappe encore pour que ça te revienne?

Elle fait non de la tête. Et elle sait à cet instant qu'elle vient de commettre une grave erreur. Elle vient d'entrer dans son raisonnement.

— Tu crois que j'ai pas vu comment tu dansais avec le père Lancenny?

— Mais il m'a invitée et j'ai cru que...

— Que tu pouvais tortiller ton cul sous mon nez? Tu me prends pour qui? On est à peine mariés que tu veux me faire cocu. Tu me ridiculises devant mes copains, en plus.

— Non, tu te trompes!

— Ne me parle pas comme ça! C'est trop simple. Tu

te conduis comme une dévergondée et ça va être de ma faute !

Dévergondée. On ne lui a jamais dit ça. Se peut-il qu'elle se soit mal conduite en dansant avec le père Lancenny ? Elle croyait que c'était ce qu'il convenait de faire quand on était la mariée : on dansait avec ses invités. Elle l'a peut-être offensé sans le vouloir.

– Et n'essaie pas de me mentir ! J'ai bien vu que tu avais la chatte en feu !

Encore un mot qu'elle n'a jamais entendu. Elle n'ose plus parler, elle n'ose plus se relever, elle se recroqueville, rentre la tête dans ses épaules, prie pour qu'il ne la frappe pas une deuxième fois.

Un marteau cogne dans sa tête, lui déchire le crâne, l'eau chaude ruisselle sur elle, dessine des filaments rouges dans le bac à douche. Elle porte une main à sa tempe, elle a une grosse bosse et l'arcade sourcilière est ouverte. Elle se met à pleurer et goûte l'eau salée des larmes sur son visage.

– Pourquoi tu as fait ça ? elle répète, étonnée. Tu étais si gentil avant…

– J'étais con, oui. Je savais pas que j'épousais une pute.

Il se tient au-dessus d'elle, menaçant. Elle n'ose plus rien dire. Ses doigts caressent sa blessure. Elle ne bouge pas. Elle ne sent plus l'eau trop chaude, elle ne sent plus rien. Elle reste là, hébétée. Elle voudrait juste qu'il s'en aille, être seule pour reprendre ses esprits.

Son regard glisse sur le côté. Elle se demande s'il va la frapper à nouveau.

– Tu ne dis plus rien, il ricane. Tu as raison. Tu reconnais ta faute… C'est ce qu'on t'a appris au château ? À remuer ton cul quand les hommes passent ?

Son débit est devenu plus lent. Il répète les mêmes mots. Semble chercher quelque chose. Ses yeux font le tour de la petite salle de bains.

Il aperçoit le bidon vert contre les fourmis et s'en empare.

L'ouvre, le renifle, lit l'étiquette.

La regarde encore.

Son visage se détend. Il sourit. Un large et bon sourire. Comme celui qu'il avait quand il l'attendait à l'arrêt du car, portait ses livres et ses cours.

Elle lui sourit en retour.

C'est sûrement parce qu'il a trop bu. Il ne sait plus ce qu'il dit. Tout à l'heure, il la prendra dans ses bras et lui demandera pardon. Elle lui fera promettre de ne plus boire autant. Elle ajoutera en le câlinant ça ne te réussit pas. Et tout cela ne sera qu'un mauvais souvenir. Elle fera bien attention à ne plus jamais danser avec un autre homme et même à ne plus jamais laisser un autre homme l'approcher.

Il peut être si gentil quand il veut.

Elle lui sourit à nouveau. Lui demande s'il peut lui donner le savon qu'elle a laissé dans sa trousse de toilette sur le lavabo.

Il dit mais bien sûr, pas de problème.

Il ne fait pas un geste. Il tient le bidon vert, la fixe et son sourire redevient mauvais.

Il renverse le bidon sur elle.

Éparpille la poudre noire sur ses cheveux, ses seins, ses bras, ses jambes. Lui agrippe la tête, lui tient fermement la nuque en arrière, saupoudre le fond du bidon dans ses yeux, sa bouche.

– Ça, c'est en mémoire de ton frère ! Tu te rappelles ?

Elle tousse, elle s'étouffe, elle crache. Elle se frotte les yeux et ça pique encore davantage. Elle a des traînées noires sur tout le corps.

– Lave-toi maintenant. Au moins tu sauras pourquoi !

Elle lève sur lui un regard apeuré.

– Arrête d'avoir peur ! Je te pardonne. Pour cette fois.

Il tourne les talons et sort de la salle de bains.

Elle se relève, va chercher sa savonnette. « Sanette, la savonnette des femmes nettes ». Qu'est-ce que je pouvais faire quand André le persécutait ? elle se demande en se frottant le corps. Et pour le père Lancenny ? Comment pouvais-je savoir ?

Je lui ai fait honte devant ses copains.

Il n'est pas comme ça. Il est beau, courageux, fort, tendre. Il m'a demandée en mariage. Toutes les filles rêvent d'être sa femme, il m'a choisie, moi. Je dois apprendre à lui faire plaisir, je veux qu'il soit fier de moi. C'est juste que je fais tout à l'envers, alors forcément je l'énerve, mais j'apprendrai.

Elle aperçoit le rasoir de Ray qui dépasse de sa trousse de toilette. Elle le prend et se rase sous les bras.

Remet sa robe blanche, peigne ses cheveux, tente d'y repiquer des fleurs en plastique, des perles et le rejoint dans le grand lit.

– Tu ne le feras plus ? il demande, câlin, en lui ôtant sa robe.

– Non, je te promets.

– Tu seras toujours propre et lisse quand je voudrai de toi ?

– Oui...

Il tend le bras et ordonne :

– Viens contre moi...

Elle s'approche, hésitante. S'est-elle bien lavée partout ? Elle murmure :

– Tu sais, c'est la première fois...

– Tais-toi ! Laisse-moi faire ! Je suis ton mari, non ?

– Oui.

– Si je me conduis comme ça, si je suis un peu brusque, c'est pour ton bien. Ils t'ont rien appris tes parents ?

– ...

– Ils t'ont rien appris, je le vois bien. Je ne les félicite pas ! C'est pas la peine de se prendre pour des grands de ce monde si on ne sait pas éduquer une fille. Je vais te dresser, moi. Mais en attendant, ma petite dinde, je vais te manger toute crue.

Son haleine sent l'alcool. Elle n'ose pas détourner la

tête. Il a de la peine à se mouvoir. Il passe et repasse sa main entre ses jambes. Elle se demande pourquoi.

– Mais aide-moi ! il crie.

– Je… je ne comprends pas.

– Putain ! Quelle conne ! Mais quelle conne !

Il se laisse retomber sur le matelas et se frappe la tête.

– Qui m'a foutu une conne pareille ! Mais c'est pas vrai ! C'est pas possible !

Il lui donne un coup de pied et la jette à bas du lit.

Elle passe sa nuit de noces sur la descente de lit à grelotter sous la robe blanche qu'elle a étalée sur elle.

Le lendemain, il l'enjambe pour aller à la salle de bains.

Le plancher tremble sous ses pas. Elle tend la main, sent la matière rugueuse de la descente de lit, l'odeur âcre de poussière dans la bouche, son cerveau dort encore, elle se demande pourquoi elle a dormi par terre, elle a froid, elle replie les jambes, sa robe de mariée remonte, elle n'a ni drap ni couverture, elle ouvre les yeux, son cerveau se réveille et lui signale que quelque chose ne va pas. Elle ne sait pas encore ce qui ne va pas, elle pressent une chose terrible qui la paralyse. La peur fond sur elle. Elle a oublié ce qui n'allait pas, mais elle est sûre qu'il y a un problème. Un gros problème. Il flotte une menace dans l'air. Elle voudrait ne jamais se souvenir. Se rendormir. Disparaître dans le sommeil. Elle voudrait rester dans ce non-souvenir de cette chose terrible qui va l'anéantir. Elle remonte les genoux, se roule en boule pour laisser passer le souvenir, se demande si elle n'est pas malade, son cerveau cherche, cherche, elle comprend alors qu'elle est couchée par terre, sur la descente de lit. Et elle se souvient.

Elle voudrait disparaître. Elle met la tête entre ses mains pour ne pas voir la descente de lit, le plancher, les plinthes jaunes du mur.

Il revient en hurlant.

– T'as vu mon rasoir ? Mais t'as vu mon rasoir ?

Il le brandit, ses yeux sont remplis d'une colère terrible.

– Il est plein de poils ! Tu me l'as niqué !

Et cette fois, il lui tape dessus avec ses bras, avec ses poings, avec ses pieds. Elle ne peut pas s'échapper, elle est couchée à terre, roulée en boule, inerte.

Quand le métronome s'arrête, Léonie revient à elle.

Elle se souvient de cette nuit et du réveil au petit matin.

Sa frayeur fut si grande qu'elle perdit le peu d'estime qu'elle avait pour elle. Elle ne savait plus rien mais elle était sûre d'une chose : elle ne ferait jamais « bien ».

Elle comprit aussi qu'elle venait de quitter le monde extérieur. Son monde à elle, en une nuit, s'était réduit à une cellule étriquée : Fernande, Ray et elle. Elle était tombée dans un piège. Prisonnière.

Elle remit sa robe blanche, cacha ses yeux meurtris derrière des lunettes de soleil, il lui avait offert une paire de

Ray-Ban quand il était « gentil », sortit et trouva que l'air était lourd, qu'il lui collait aux épaules.

Ray était assis à la terrasse de l'hôtel devant un verre de blanc.

C'était un de ces matins gracieux d'octobre. L'hôtelier avait sorti quelques tables pour profiter du dernier soleil.

Ray lança à la cantonade, voilà ma petite femme ! Qu'elle est jolie ! Et ceux qui étaient présents lui firent un grand sourire.

– Vous en avez de la chance d'avoir un mari aussi affectueux, lui dit l'hôtelière. La nuit a dû être bonne !

Elle éclata d'un rire gras et rauque. Ils ricanèrent tous en levant leur verre.

Il lui fit signe de venir s'asseoir à côté de lui.

Passa son bras autour de ses épaules.

Embrassa sa joue gonflée et rouge.

– Ça va, mon petit chat ?

Elle ne parle pas du métronome à Stella.

Elle a honte de la jeune femme qu'elle a été.

Elle entend sa fille lui faire la lecture mais ne l'écoute pas. Elle ferme les yeux comme si elle était tellement absorbée par l'histoire qu'elle ne voulait pas en perdre une miette.

Stella sourit, enchantée de lui faire plaisir.

Elle tourne les pages et arrive au dernier chapitre.

– On a presque fini, maman. Il va falloir que je te trouve un autre livre. Tu l'as aimé, celui-là ?

– Beaucoup.

– Demain, on lira la fin. En attendant, j'ai une surprise pour toi. Ferme les yeux et tends la main.

Léonie obéit et reçoit dans sa main tendue un paquet doux, soyeux, léger. Elle le caresse. Le retourne. Ouvre les yeux.

– Moitié Cerise !

Elle éclate en sanglots convulsifs, profonds.

Elle n'est qu'un pauvre corps secoué de larmes.

Stella la prend dans ses bras, la berce, lui essuie le visage, la calme, là… là… ne pleure pas, ce n'est rien, tu l'as retrouvé, il est là, c'est Tom qui est allé le chercher, il a grimpé sur le balcon, la fenêtre était ouverte, il s'est faufilé dans la cuisine, a ouvert la porte du placard sous l'évier et l'a trouvé exactement là où tu l'avais caché. Personne ne l'a vu et la vieille n'a rien entendu, je te le promets, n'aie pas peur, ma douce, ma belle, ma petite maman chérie. Tu es hors de danger maintenant.

Léonie pleure en pétrissant son ours en peluche rouge.

Elle vide son cœur d'un trop-plein de malheurs, d'une boue noire, gluante. Une nappe de mazout se retire, laissant à nu un sable blanc, lisse.

Sa poitrine se soulève, gonflée d'un espoir infini. Elle a l'impression de sortir d'une cage, courbatue et lasse. Elle vient de faire un premier pas hors de sa prison.

Muchachas

Ray est venu le voir.

Un soir.

Il l'attendait dans son bureau. Assis dans son fauteuil. Il jouait avec ses lunettes de soleil, des Ray-Ban noires, son emblème, il les faisait tourner, les posait sur sa tête ou sur le bout du nez, détaillait le bloc d'ordonnances, les dossiers entassés, les radios des patients accrochées aux murs, le courrier ouvert. Jouait avec la réglette dorée sur laquelle était inscrit DOCTEUR BERNARD DURÉ. Une réglette que son père lui avait offerte à la fin de ses études. Avec le poème de Kipling « Tu seras un homme, mon fils » encadré sous verre.

Si tu peux voir détruit l'ouvrage de ta vie
Et sans dire un seul mot te remettre à bâtir
Ou perdre en un seul coup le gain de cent parties
Sans un geste et sans un soupir.

Si tu peux être amant sans être fou d'amour
Si tu peux être fort sans cesser d'être tendre
Et, te sentant haï, sans haïr à ton tour
Pourtant lutter et te défendre.

La suite ? Il l'avait oubliée. Il faudrait qu'il l'apprenne à nouveau. Pour tenter d'être l'homme du poème.

Il se tenait dans le couloir, prêt à ôter sa blouse blanche, quand il l'avait aperçu.

Qu'est-ce qu'il foutait là ?

La peur lui avait vidé le ventre. Envie de fuir. De se cacher. Ray allait encore lui mettre le nez dans sa merde.

Ray savait.

Ses assistants, les infirmières savaient aussi. Mais eux, ils se taisaient. Bien obligés.

Ray lui faisait comprendre qu'il voulait bien se taire, à condition…

Et il n'en finissait pas d'aligner les conditions.

Il s'était appuyé contre le mur du couloir. Ça va pas, docteur ? avait demandé un jeune étudiant. Il était dix-neuf heures trente. Sa journée était terminée. Il aurait pu éviter d'entrer dans son bureau, mais il y avait laissé ses clés de voiture. La belle Audi Q5 qu'il venait d'acheter.

Il hésita. Pensa à Léonie qui reposait dans la petite pièce à côté. Revit le corps disloqué sur un brancard un soir, il y avait un mois. Mais plus que le corps en sang et en morceaux, c'était la résignation qu'on lisait sur le visage de Léonie qui lui avait arraché un frisson. Elle gisait, morne, impassible, indifférente à son propre sort. Sa peau était à la fois violacée, rouge, gonflée et pâle, presque transparente. Elle ne bougeait plus, elle semblait attendre la mort. Elle lui avait lancé un regard qui disait je vous en supplie, achevez-moi, ne me sauvez surtout pas. Surtout pas.

Il lui avait pris la main pour la rassurer et elle avait grimacé de douleur.

Et puis, il ne savait pas pourquoi, il avait fait un pas en avant. Ça ne peut plus durer comme ça, il ne va pas me terroriser jusqu'à la fin de mes jours, dans deux ans, je prends ma retraite, qu'il fasse ce qu'il veut, j'en ai marre. Marre d'avoir peur de Ray Valenti. Edmond Courtois a raison : je vais finir ma vie comme un lâche.

Il avait poussé la porte de son bureau.

– Tu fais des heures sup ? avait lancé Ray Valenti.

– J'ai fini pour ce soir.

Ray avait remis ses Ray-Ban noires. Allongé les jambes. S'était étiré dans le fauteuil. Avait croisé les bras derrière la nuque. L'avait jaugé.

– Rends-la-moi.

– Elle n'est pas en état.

– Rends-la-moi.

– Elle en a encore pour deux bons mois. Elle est plâtrée du pied à la hanche droite. Elle a des fractures partout. Une poche de sang dans la tête qui ne se résorbe pas, elle ne doit pas bouger.

– C'est ce que tu dis. Je veux un contre-examen. Je vais l'emmener ailleurs voir un autre docteur.

– Elle ne sortira pas d'ici.

– Elle sortira. Et tu sais pourquoi ?

Il avait prononcé ces mots avec un sourire doux, enjôleur. Comme un père qui se baisse vers son enfant et lui chuchote tu vas y arriver, tu peux le faire, aie confiance.

Bernard Duré ne cilla pas. Il attendait le coup. Il se tenait droit et tentait de respirer lentement pour réguler les battements de son cœur qui s'affolait.

– Fais ce que tu veux. Je ne la laisserai pas sortir.

– D'accord. Alors je raconte tout aux flics. Tu sais que ce sont mes copains.

– Des pauvres types, oui !

– Ne fais pas le malin. J'ai le bras long.

– Vas-y. Ça m'est égal. Tire-toi de mon bureau.

Ray Valenti avait ôté ses lunettes, désarçonné. Bernard Duré ne cédait pas. Bernard Duré ne tremblait plus dans sa blouse blanche. Bernard Duré lui tenait tête. Bernard Duré lui demandait de se lever de son fauteuil car c'était SON fauteuil dans SON bureau.

Ray Valenti avait replié ses jambes. S'était appuyé sur le plateau du bureau de ses deux mains. S'était levé. Puis il était retombé en criant :

– Merde, Duré ! Tu peux pas me faire ça ! J'en ai marre de faire le larbin à la maison. Je me tape tout : les courses, le ménage, la bouffe, la vaisselle, porter ma mère de son lit à son fauteuil, lui allumer la télé, la mettre sur les chiottes, lui torcher le cul, c'est pas mon boulot, merde !

– Demande une assistante sociale. Ou engage une bonne.

– J'avais une bonne. Et gratos ! Rends-la-moi.

Soudain, Ray Valenti devint un homme pitoyable. Un homme sans courage ni panache.

Bernard Duré sentit une bouffée de bonheur lui dilater la poitrine. Il essaya de comprendre d'où lui venait ce bonheur si grand qui le libérait d'un vieux cachot sombre et putride. Guetta un tremblement, une angoisse diffuse qui le clouerait au sol comme d'habitude, mais rien ne vint. Il comprit alors et une seconde bouffée de joie le remplit : il n'avait plus peur. Il hésita encore, de crainte que ce sentiment nouveau, enivrant, ne s'évanouisse aussi vite qu'il était apparu puis, constatant qu'au contraire il se dilatait, enflait, réchauffait ses tripes, son cœur, sa tête, il regarda Ray droit dans les yeux.

– Fallait pas l'esquinter comme ça.

– C'est pas moi. C'est Turquet.

En plus, il balançait son complice.

– Je vais te dire, Ray, j'en ai rien à foutre. Démerde-toi.

Ray Valenti s'était repris. Il avait remis ses lunettes noires.

– Bon. C'est toi qui m'y forces. Je vais aller voir les flics. Je leur raconterai comment t'arrives bourré sur les accidents, comment par deux fois tu as laissé mourir au bord de la route un pauvre mec tombé entre tes mains, comment je t'ai sorti d'affaire en escamotant le rapport parce que je pensais que t'étais un grand chirurgien...

Il appuya sur le « grand chirurgien ». Comme pour se dédouaner de ne pas l'avoir dénoncé aux gendarmes. On peut pardonner une erreur à un homme remarquable.

– Comment il t'arrive d'opérer complètement saoul, et comment tout le monde se tait parce que tu es le fils de ce grand homme qui s'appelle Paul Duré, qui, lui, était un médecin irréprochable, dévoué, exigeant peut-être, mais droit, honnête et sobre.

La mention de son père troubla Bernard Duré. Il l'imagina, assis en face de lui, se joignant à la diatribe de Ray

Valenti. Il eut honte. Ses mains tremblèrent. Il eut besoin de boire un verre. Il baissa la tête.

– Tu veux que je dise tout ça aux flics? Hein? Il a quel âge, ton père, aujourd'hui? Dans les quatre-vingt-cinq ans, non? Ça va être dur pour lui... Le nom de la famille sali. Et ta femme? Et tes filles?

Ray le considérait avec la commisération du bourreau qui attend de voir revenir vers lui sa victime, un instant rebelle. Il était prêt à lui pardonner.

– Rends-la-moi, ce sera plus simple pour toi. Et pour moi.

Il eut un petit rire en disant «et pour moi». Un petit rire qui faisait une nouvelle fois de Bernard Duré son complice.

C'est ce petit rire qui fit revenir les dernières strophes du poème de Kipling.

Si tu peux rencontrer triomphe après défaite
Et recevoir ces deux menteurs d'un même front
Si tu peux conserver ton courage et ta tête
Quand tous les autres les perdront

Alors les rois, les dieux, la chance et la victoire
Seront à tout jamais tes esclaves soumis
Et, ce qui vaut mieux que les rois et la gloire,
Tu seras un homme, mon fils.

Bernard Duré releva la tête et, d'une voix assourdie, il dit :

— Sors de mon bureau, Ray, et ne reviens plus. Je ne veux plus te voir. Et ne t'approche pas de ta femme non plus. Plus jamais. Tu m'as compris ?

Il parla d'une voix égale, posée, la voix du docteur qui dicte son rapport à son assistante.

Ray Valenti le regarda, impuissant, haineux.

Bernard Duré venait de renverser les rôles sans gesticuler, ni crier, ni trembler.

Au premier étage de l'hôpital, une silencieuse conspiration s'est organisée autour de la chambre de Léonie. Sans s'être consultés, les internes et les infirmières montent la garde et veillent à ce que personne ne vienne troubler la paisible atmosphère, presque recueillie, de la chambre 144. C'est le chariot qu'une infirmière retient de la main et fait glisser sans bruit sur le sol, veillant à ce que rien ne s'entrechoque, ou la porte doucement entrouverte par un jeune médecin qui jette un coup d'œil à l'intérieur pour vérifier que Léonie repose, tranquille. Tous, ils sont touchés par une sorte d'enchantement : l'innocence qui se dégage de la silhouette allongée sur le lit qui tient entre ses mains un métronome. Qui ne le lâche pas des yeux et semble y lire son destin comme une cartomancienne scrute le marc de café au fond d'une tasse ébréchée.

Ce n'est pourtant pas le futur que cette longue femme aux mèches blanches déchiffre. C'est son passé.

Elle le redécouvre, étonnée, comme si tout ce qu'elle avait vécu n'avait été qu'un songe. Que rien ne lui avait vraiment appartenu.

Il n'y a pas que des bulles noires qui remontent. Des souvenirs heureux ressurgissent aussi. Des bouffées d'émotion qui s'échappent d'un flacon.

Ces jours-là, elle pleure des larmes douces, presque acidulées. Elle sourit en les sentant couler, les attrape du bout de la langue, les goûte comme les perles d'un bonheur retrouvé.

Le bébé est dans son berceau dans le salon.

C'est une petite fille. Stella. Elle a les yeux bleus de Léonie et d'Eva de Bourrachard. Des yeux bleus de louve qui lui dévorent le visage.

Léonie ne sait pas très bien comment s'occuper de son bébé.

Elle laisse faire ses mains, ses bras, sa joue, sa bouche. Elle la parcourt, émerveillée.

Lui parle à mi-voix. Bébé, mon bébé, ma lumière, ma beauté. Bébé au corps parfait, aux petits pieds roses et nacrés, au nez coquillage des mers chaudes, aux lèvres sans reproche, aux mains qui m'agrippent, un, deux, trois, tu lâches mon doigt et me rends libre pour savoir si le lien se noue déjà entre toi et moi, un, deux, trois, je dépose un baiser sur ton doigt qui attend que je le reprenne. Tu ouvres à peine les yeux, tes lèvres dessinent un sourire vague, ton doigt resserre l'étau qui confirme notre accord et un espoir fou naît dans mon cœur. Cela fait si long-temps, bébé, que je n'espérais plus et, le sais-tu, le déses-poir enferme plus que les coups ou les cris.

Ni Ray ni Fernande ne s'intéressent à Stella. Ils la tolèrent. Ray l'épingle tel un insigne de shérif à son veston.

Quand le bébé pleure la nuit, il grogne. Il pousse Léo-nie hors du lit, ta fille gueule, fais-la taire !

Elle se lève. Elle prend Stella dans ses bras, la place sur sa poitrine, la couche sur un petit linge blanc au cas où elle aurait un renvoi, marche dans le salon en murmurant tss… tss… je suis là, c'est maman, maman qui t'aime plus que tout au monde, tu es ma fille, ma petite étoile, mon amour qui brille. Elle pose sa main sur le dos du bébé, le tapote doucement et Stella arrête de pleurer par saccades étonnées. Elle tente de redresser la tête, écoute, laisse échapper des petits sanglots satisfaits puis se tait. Léonie lui souffle sur les yeux, détaille les petits cils collés, les embrasse, presse le petit corps chaud contre elle, légè-rement, sans l'emprisonner afin que Stella se sente libre, libre de pleurer encore ou de s'arrêter, et Léonie reprend en chuchotant tu es forte, tu es belle, tu es grande, tu es la chair de ma chair et je t'aime à la folie.

Elle psalmodie ces phrases en marchant dans la pièce, en berçant le bébé contre elle, elle les répète tant et tant que le bébé s'alourdit dans ses bras et s'endort.

Elle se sent forte quand elle tient Stella dans ses bras.

Elle voudrait chantonner son amour toute la nuit.

Elle s'assied dans un fauteuil, berce l'enfant.

Parfois Ray se lève et crie qu'est-ce que tu fous ? T'as pas fini de radoter avec ta fille ? Viens te coucher.

Elle fait chut, chut, plaque sa main sur les oreilles de Stella pour qu'elle n'entende pas.

Elle n'a pas peur quand elle sent le poids du bébé dans ses bras. Elle sait qu'il ne touchera pas à Stella. Il en est trop fier. Il la promène dans Saint-Chaland, salue les passants, fait remarquer une première dent.

Alors Ray se passe une main dans les cheveux et retourne dans la chambre.

Elle pose le bébé dans son berceau, s'allonge par terre. Elle murmure des petites berceuses, des bouts de chansons en faisant lalala quand elle ne se rappelle plus les paroles. « Ma petite est comme l'eau, elle est comme l'eau vive, elle court comme un ruisseau que les enfants poursuivent. Courez, courez, vite si vous le pouvez, jamais, jamais vous ne la rattraperez... »

Ce sont des nuits heureuses quand le bébé pleure.

Adrian court dans le souterrain. Il a une lampe de mineur sur le front, un rayon lumineux danse devant lui, il le suit. Il connaît le parcours par cœur, il connaît les embuscades des trous, des éboulis, les pierres qui tordent les chevilles, les planches noircies avec des clous rouillés, les flaques d'eau et la boue qui macule les mollets.

Il court vers la sortie.

Il pourrait courir les yeux fermés. Il finit par aimer cette course dans l'obscurité parmi les cris râpeux des musaraignes. Il l'aime à l'aller, il la déteste quand il s'enfuit.

Il revoit des instants de la nuit passée, cherche le souffle de Tom endormi, l'étreinte de ses doigts dans son cou, comprend enfin le sens d'un regard, d'un silence de Stella. Il est si lent à la comprendre parfois. Si différent d'elle. Il a peur du malentendu.

À la sortie, sa voiture l'attend. Cachée dans les hautes herbes d'un champ en jachère. Est-ce un ancien champ de Jules de Bourrachard ? il se demande en accélérant le rythme. Comment peut-on avoir possédé tant de terres, de fermes, de bois, et avoir tout perdu ?

Chaque fois qu'il court dans le souterrain, il pense à cet homme qui n'a pas eu la force d'empoigner sa vie et a préféré vivre recroquevillé à l'ombre de ses aïeux. Il faut avoir bien peu d'estime de soi pour laisser sa place à ses ancêtres.

Un mot lui vient, « croupir ». Croupir dans un château en France, croupir dans une ornière à Aramil, c'est le même destin, le même manque d'amour de soi.

Boubou lui a raconté l'histoire de la famille Bourrachard. Il lui a parlé de Jules et de son fils, André, lui a expliqué qu'ils étaient riches, nobles, différents des gens de la ville. Adrian avait demandé ce que voulait dire « nobles ».

Dans la grammaire de Boubou, il y avait une phrase qui disait : « Il est toujours avantageux de porter un titre nobiliaire. Être "de quelque chose", ça pose un homme comme être "de garenne", ça pose un lapin. » C'était d'Alphonse Allais et illustrait l'exemple du pronom indéfini « ça ».

Cette phrase les avait fait rire, Boubou et lui.

C'est alors qu'ils avaient évoqué le père Bourrachard. Boubou connaissait son histoire. Il l'avait aperçu quand il était arrivé à Saint-Chaland. Un an avant que l'illustre notable ne rende l'âme, il était venu à la Ferraille. Il cherchait une pièce de rechange pour une de ses pendules Empire. Il avait passé l'après-midi à fouiller dans les boîtes où étaient entreposées les pièces rares. Il n'avait rien trouvé. Il était reparti en les saluant. En levant son chapeau d'un geste ample comme s'il saluait une noble assemblée.

– J'avais vingt ans, avait conclu Boubou, et je me disais que ces gens-là, à force d'être indifférents, pouvaient passer pour arrogants. Mais il ne l'était pas. Tout lui était égal, c'est tout. C'est une grande force de ne tenir à rien dans la vie.

– Je ne suis pas sûr, avait répondu Adrian. Dans mon pays natal, les gens sont indifférents parce qu'ils sont épuisés par un malheur auquel ils ne peuvent rien. Ils n'ont même plus la force d'aimer. Ils se nourrissent des restes de la vie comme les chats errants puisent dans les poubelles. Ils gobent sans savoir ce qu'ils avalent. Ce n'est plus leur problème.

– C'est pas gai, ton pays.

– Mon pays, maintenant, c'est la France.

– T'es pas ingrat, dis donc… on te refuse tes papiers !

– Ça n'a rien à voir avec les papiers. Ton vrai pays, c'est celui où, pour la première fois, on t'a regardé avec considération, où on t'a fait comprendre que tu étais capable, que tu pouvais faire quelque chose de ta tête, de tes mains. Mon pays, c'est Julie, c'est monsieur Courtois, c'est Stella. Dans l'ordre où je les ai rencontrés, bien sûr.

Boubou lui avait donné un coup de coude et offert une cigarette.

– Ils sont français tous les trois et ils représentent les trois couleurs du drapeau français : bleu, Julie, blanc, monsieur Courtois, rouge, Stella.

– Je voyais pas les choses comme ça.

– Y a pas tout dans ta grammaire. Y a le mode d'emploi, pas les idées.

– Et t'en as beaucoup des idées comme ça ?

– C'est à force de vivre seul. T'as le temps de penser.

Il court dans le souterrain et il se dit qu'il a toujours vécu seul. Il est né dans une ville qui se mourait à ciel ouvert. Son père était parti chercher du travail ailleurs. Il n'était jamais revenu. Sa mère avait pris la couleur de la terre à force de l'attendre. Et de pleurer. Elle s'appelait Natalya. Elle le regardait, étonnée de le trouver là. Elle avait perdu deux garçons nés avant lui. Elle n'était plus sûre de son prénom. Elle disait Vassili ? Sergueï ? et il répondait non, c'est Adrian. Il n'arrivait pas à dire maman.

Les gens étaient trop épuisés pour rêver. Il ne leur restait que l'argent et la télé comme menus espoirs.

Et à Aramil, l'argent était rare.

Le soleil aussi.

Un jour, l'instituteur leur avait annoncé ce soir il y aura cinéma. Adrian avait pensé qu'ils auraient droit à une distribution de bonbons, de saucisses ou de pommes de terre. Le soir venu, l'instituteur avait déplié une grande toile blanche, demandé qu'on éteigne les lumières, tourné une manivelle, et des images, des mots avaient sauté sur la toile blanche, s'étaient posés dessus, avaient dansé, étaient devenus d'autres mots, d'autres images et, au milieu, avait surgi une petite fille blonde avec des cheveux presque blancs. Lisses, retenus par un ruban. Adrian n'en avait jamais vu d'aussi propres, d'aussi souples. Il avait retiré le doigt de son nez tellement la petite fille était belle. Il y avait des vaches énormes qui donnaient des seaux de lait et la petite fille souriait, découvrant des dents blanches, légèrement écartées. Elle courait rejoindre sa maman, lui tendait le seau de lait, sa mère lui en donnait un gobelet et la petite fille buvait en éclatant de rire.

Son grand-père paternel l'avait accompagné. Il s'était

débrouillé pour obtenir l'affiche du film. Peut-être l'avait-il volée ? Il avait entraîné Adrian à sauter dans l'affiche, à rejoindre la petite fille blonde aux cheveux presque blancs. Lui avait appris à lui parler, bonjour, mademoiselle, comment vous appelez-vous ? Moi, je m'appelle Adrian. Lui avait appris à faire un grand salut avec une cape imaginaire.

– Une cape, tu es sûr, grand-père ?

Il était sûr et certain.

– C'est comme ça qu'on parle aux filles blondes et lisses. Le temps que tu la retrouves, elle sera devenue une belle jeune fille et tu la reconnaîtras. Mais tu devras aller loin, très loin, pour la rencontrer, mon fils.

Il l'appelait toujours mon fils.

– Tous les soirs, avant de t'endormir, tu vas sauter dans l'affiche et un jour, tu sauteras dans un train, puis dans un autre et un autre, et tu te retrouveras aux côtés de la jeune fille blonde. Comme par enchantement. N'essaie pas de comprendre. On ne comprend pas tout dans la vie et les meilleures choses sont toujours celles qu'on n'attend pas. Ce jour-là, tu penseras à moi, tu m'enverras un petit signe pour me dire que ça y est, tu es bien arrivé et que tu tiens la main de la jeune fille blonde. Alors, je pourrai mourir.

Pour s'entraîner, Adrian dormait à même le sol, couché sur l'affiche aux côtés de la petite fille blonde. Et ça lui envoyait des électrochocs dans le corps. Il lui caressait le visage. Il lui parlait, il disait d'autres mots que ceux du grand-père, il posait ses lèvres sur la bouche de l'affiche et ça avait un goût de papier mouillé. Un peu comme les chewing-gums de blé qu'il fabriquait avec les épis qu'il arrachait dans les champs.

Il lui avait fallu parcourir des milliers de kilomètres au cul des camions avant de rencontrer la jeune fille blonde. Il avait les doigts écorchés et du mal à les plier parfois.

Un jour, à Sens, dans une foire à tout, il avait trouvé une carte postale qui représentait l'affiche d'un film, *The Deep End* avec Tilda Swinton. Stella ressemblait à cette actrice longue, blonde, avec une mèche dans les yeux. Il avait dessiné deux grands yeux bleus au feutre indélébile, avait ourlé la bouche de rouge et l'avait envoyée à son grand-père à Aramil.

Stella. Elle est entrée dans sa vie et l'a pris à la gorge.

Qu'elle le laisse la toucher, qu'elle lui ouvre son corps, sa tête, sa maison, le rend fou. Et silencieux.

Quand ils se retrouvent…

Cette bousculade à l'intérieur de lui…

Il l'explore, il l'écoute, pose son cœur à lui sur son cœur à elle afin qu'ils se parlent sans interprète. Elle mêle dans leur étreinte le passé, le présent, le souffle et l'âme. Leurs deux âmes dans le même élan. Elle dit que son âme à lui est venue de très loin toucher son âme à elle. Elle ressent l'urgence de le lui dire, le murmure à son oreille. Et lui, il a envie de tout lui raconter, le gris d'Aramil, le soleil qui ne brille jamais, sa mère qui ne le reconnaît pas tellement elle a pleuré, les hommes qui boivent, les femmes qui jurent et deviennent chaque jour plus grosses et plus grossières, l'amour qu'on fait très vite derrière une palissade. La boue qui décolore tout.

Lui dire aussi toutes les couleurs qu'elle a fait jaillir en marchant vers lui.

Lui dire non pas avec des mots, il ne les trouve jamais, sauf quand ils sont bien ordonnés dans la grammaire de Boubou, mais avec son corps, avec ses mains, avec chaque centimètre de sa peau. Parce qu'elle est la seule femme qu'il ait jamais touchée comme on doit toucher une femme.

Il écrit son histoire sur sa peau. Il lui donne vie en lui soufflant dessus. Voilà, tu sais tout, il dit. Et elle rit, elle dit, je n'ai rien compris, recommence… Elle le dit dans un souffle de bonté, de générosité, sans la moindre malice, sans poser de piège sur sa peau à lui. Et il se sent beau, fort, hardi.

Elle est belle comme s'il ne la connaissait pas.

Il voudrait inventer un nom pour chaque fois. Parce que chaque fois ils recommencent de zéro.

Elle plonge ses yeux bleus dans ses yeux à lui et leurs yeux deviennent anisés, elle s'enroule autour de lui, elle tresse une liane si forte qu'il ne peut plus respirer, elle dit je voudrais t'attacher pour que tu ne me quittes plus jamais.

Il soupire qu'il ne veut plus repartir. Qu'il ne reprendra plus le souterrain rempli de trous, de bosses, de musaraignes. Elle devient sérieuse, sévère, déclare il le faut pourtant.

Il le sait, mais ce n'est pas elle qui l'a mis en garde la première, c'est monsieur Courtois fais attention, Adrian, fais attention à Ray Valenti...

Il l'apercevait parfois dans les rues de Saint-Chaland quand ils flânaient, Stella et lui. Sa main à elle se raidissait, devenait mince, froide, fuyante comme un serpent. Elle voulait se déprendre, il la retenait. Serrait de toutes ses forces. Et après, quand l'homme était passé, elle sifflait entre ses dents ne fais plus jamais ça, plus jamais ! Ne me retiens plus jamais de force, je ne le supporte pas.

Et ses yeux devenaient noirs, se remplissaient de boue.

Et après, quand ils étaient rentrés, quand ils étaient allongés dans le grand lit, elle lui disait merci. Ce simple mot dans lequel il versait d'autres mots : merci de ne pas t'éloigner, merci de ne pas t'effaroucher de la violence qui monte en moi parfois, merci d'avoir reconnu l'épouvante de la bête qui fuit devant le maître qui la tourmente. Je redoute toujours qu'il vienne me reprendre, toujours, même si je fais la fière et montre les dents.

Et puis elle s'endormait et ses mots s'emmêlaient comme ses cils en bataille.

Il sait lire dans ses yeux.

Ils n'ont pas besoin de se parler.

Savoir quand il faut s'approcher ou au contraire s'éloigner, voilà tout le mystère de l'amour qu'aucun livre n'enseigne.

Savoir quelle question il peut poser. Quelle réponse il doit deviner. Il voudrait lui dire oublie ta mère et partons tous les trois loin d'ici. On se refera une autre vie. Il lit dans ses yeux que c'est impossible. Il préfère se taire. Il aurait l'impression d'entrer en elle par effraction. De la cambrioler.

Jusqu'où cet homme pourra-t-il nous rattraper ? pense-t-il parfois. Se peut-il qu'il soit aussi puissant ?

Monsieur Courtois dit que oui, il dit aussi qu'Adrian doit se méfier tout le temps, que le jour de la révolte n'est pas encore venu…

Jamais il n'aurait pensé qu'un jour, il aurait une femme, un enfant. À Aramil, on ne faisait plus d'enfants. L'enfant, c'est une promesse faite au temps. Un dessin d'avenir.

Il avait un fils. Il le portait contre lui sous son blouson quand il était bébé et l'emmenait promener. Plus tard, il lui avait appris à poser son pied sur la bonne pierre pour traverser une rivière, à lire la météo dans le ciel, à regarder fondre un flocon de neige sur son doigt, à ne pas donner aux ânes des plantes toxiques comme le buis, le laurier-rose ou le thuya. Tom n'était pas plus haut qu'un épi de blé mais il écoutait comme un grand. Comme s'il savait que c'était important. Qu'il n'avait pas de temps à perdre.

À six ans, assis sur une grosse pierre, au milieu d'un ruisseau qui traversait un champ, Tom avait demandé :

– Un jour, tu m'achèteras un fusil ?

– Je ne crois pas, Tom.

– Un jour, c'est moi qui protégerai maman.

– Et je serai où, moi? il avait dit en souriant pour que l'enfant se déride.

– Tu seras parti. Je veux dire parti pour de bon. Je serai seul avec elle.

– Et pourquoi dois-je partir un jour?

– Parce que je le sais.

– Tu ne m'as jamais posé de questions...

– Tu es mon père. Tu dois connaître mes questions.

Adrian lui avait raconté Aramil, son père et sa mère, son grand-père, l'instituteur, le cinéma. Mais il avait tu le reste. Il ne fallait pas que son fils parle à l'école.

Tom s'était dressé sur la pierre au milieu du ruisseau, des nuages plein le front, et avait conclu, résigné :

– Tu vois, tu ne dis rien. C'est moi qui protégerai Stella.

À partir de ce jour-là, il avait cessé de dire maman.

Suzon l'aime bien.

Ils s'asseyent sur le banc en pierre. Elle lui raccommode une veste, un pantalon, raconte les derniers exploits de Tom en tirant l'aiguille. La colère de Tom, ses vêtements déchirés, les coups, les bleus, les pansements. Dès qu'il lui pose des questions sur Léonie ou Ray, Suzon se tait.

Georges ne l'aime pas trop. Il ne sait pas pourquoi. Mais s'il est honnête, lui non plus ne l'aime pas trop. Il se demande pourquoi Georges a laissé s'installer tout ce malheur. Pourquoi n'a-t-il jamais rien dit? Quel genre d'homme est-ce donc? Il ressemble aux hommes d'Aramil. Il a perdu le goût de la révolte. On ne sait plus à quel camp il appartient.

Il court dans le souterrain et toutes les questions tournent autour de lui comme les chauves-souris qu'il réveille en les frôlant de trop près.

Et puis il pousse une vieille porte en bois, écarte les herbes, sort en plein air, respire un grand coup, rampe jusqu'à sa voiture avant de mettre le contact et de partir, couché sur le volant afin que personne ne voie son visage.

Direction Paris. Ses montagnes, comme il dit. Paris est aussi haut, aussi grand, aussi violent qu'une montagne. Il vit accroché au flanc de Montmartre, la plus haute colline de Paris.

C'est Edmond Courtois qui lui a trouvé cette cachette. Il a écrit une adresse sur un morceau de papier, a griffonné un mot, l'a glissé dans une enveloppe et a dit eux, ils sauront quoi faire de toi, tu peux leur faire confiance. Ne parle à personne, Adrian. Et ne te fais jamais remarquer. Pas de rixe, pas de filles, pas de viande saoule.

Il ne faut pas que Stella sache qu'il habite à Paris.

Il ne faut pas que Ray extorque à Stella son adresse.

Il ne veut pas voir des flics débarquer chez lui au petit matin. Le renvoyer à Aramil retrouver la boue, les palissades, le soleil gris.

Il lui faudrait alors tout recommencer.

Il ne sait pas s'il en aurait la force.

Et puis, il y a les souvenirs qui reviennent l'air de rien. Qui ne paient pas de mine. Il n'y a pas de cris, pas de coups. Et pourtant... ils sont parfois plus violents que les autres.

Léonie les déchiffre avec la trouble avidité du détective qui flaire la bonne piste.

L'aiguille du métronome déchire l'air, droite-gauche, gauche-droite. Elle prie le ciel que personne n'entre dans sa chambre à ce moment-là. Ses doigts se raidissent autour du coffret en bois où bat l'aiguille. Elle ne le lâcherait pour rien au monde.

Elle a l'intuition que son sort en dépend, qu'une partie de sa vie s'est jouée à cet instant-là.

Eva de Bourrachard est dans sa chambre, au premier étage du château. Les enfants sont blottis dans un coin près de la coiffeuse et la regardent, sans bouger. Léonie doit avoir sept ans, André, douze. Elle a une barrette rouge et bleu dans ses cheveux blonds et des sandales blanches. Une valise est ouverte sur le lit. Leur mère la remplit en y jetant des vêtements pêle-mêle comme si elle prenait la fuite, qu'elle était poursuivie. Elle s'affole, elle s'agite puis se laisse tomber sur le dessus-de-lit en se tenant la tête.

Se relève, reprend sa course folle.

Suzon tente de mettre de l'ordre. Elle plie une robe, une veste de tailleur, une jupe, des sous-vêtements qu'André, parfois, dérobe d'un geste rapide pour les enfouir dans sa poche. Léonie l'aperçoit et il lui lance un regard menaçant afin qu'elle se taise.

— Vous partez encore, madame ? dit Suzon en lissant le col d'un chemisier blanc. Vous reviendrez quand ?

— Je ne sais pas, Suzon, ne me demande rien. Je n'ai pas la force de répondre à tes questions. Tu n'as pas vu ma brosse à cheveux, celle qui a le dessus en nacre ?

— Elle doit être sur votre coiffeuse…

— Elle n'y est plus. Mon Dieu, je perds tout, je ne suis bonne à rien ! Retrouve-la-moi, Suzon, je l'aime tant.

Suzon délaisse un instant la valise, va à la salle de bains, revient en tenant la brosse dans une main.

— Vous l'aviez laissée sur le lavabo.

— Tu vois, je ne suis bonne à rien, elle répète en saisissant la brosse. Et mon collier de perles blanches, où est-il ?

— Dans la boîte à bijoux, madame.

— Tu es sûre ?

— Oui, madame.

André et Léonie observent leur mère qui tourne en rond puis se fige en portant les mains à ses tempes. Elle relève la tête et les aperçoit.

— Qu'est-ce que vous faites là, les enfants ? Ne restez pas ici. Allez jouer ailleurs…

André fait un pas en avant, met les mains dans les

poches de son short. C'est l'été. Il porte une chemisette et des espadrilles. Léonie se tient derrière lui. Elle attend qu'il parle. Qu'il dise les trois mots qui pourraient la retenir. Elle est prête à les lui souffler s'il ne les trouve pas.

— Ne pars pas, maman. Ne pars pas.

— Tu es gentil, mon chéri. Tu devrais arrêter de t'habiller en petit garçon, ce n'est plus de ton âge. Tu as l'air ridicule.

— Ne pars pas.

Suzon écoute André et joint les mains sur son ample poitrine. Elle ne bouge plus, ne respire plus. Rien ne doit interrompre la supplique du garçon.

— Suzon, dit Eva de Bourrachard, tu penseras à lui acheter des vêtements de son âge. Il a douze ans, il peut porter des pantalons longs maintenant.

— Je m'en fiche des pantalons. Je veux que tu restes, dit André en tapant du pied.

— Il est mignon quand il se met en colère ! s'exclame sa mère en riant. Il veut faire peur, comme tous les hommes impuissants.

— Écoutez-le, madame, supplie Suzon. Ils ont besoin de vous, ces enfants.

— Personne n'a besoin de moi, Suzon. Que je sois là ou pas, c'est la même chose. Ils m'oublieront. Comment il dit mon mari, déjà ?

Elle fait un effort pour se rappeler les mots de son

époux. Pose un doigt sur la bouche pour que personne ne brise le silence, plisse le nez, plisse les sourcils et s'écrie :

— Éva-nes-cen-te ! Je suis évanescente. Tu sais, Suzon, il a raison.

— Mais vos enfants, madame, ils sont encore petits.

— Ils vivront mieux sans moi. Regarde-les. Même eux, je n'ai pas été capable de les réussir ! Toi, André, tu es à peine un garçon et toi, Léonie, à peine une fille. Mes pauvres petits, vous le comprendrez plus tard, tout ce que je touche pourrit sur pied.

— Oh, madame ! s'exclame Suzon. Ne dites pas ça.

— C'est la vérité. Et pourquoi sont-ils là, d'abord ? Ils n'ont rien à faire dans ma chambre. Allez jouer ailleurs. Allez…

Elle leur fait un signe de la main qui leur intime l'ordre de déguerpir, se retourne vers Suzon, contemple sa valise.

— Et ma crème de jour ?

— Dans votre vanity-case.

— Mon eau de Cologne ?

— Aussi.

— Merci, Suzon. Qu'est-ce que je vais devenir sans toi ?

Alors, Léonie entend le bruit d'une porte qui claque.

C'est André qui a quitté la pièce. Ça résonne comme un coup de tonnerre dans les couloirs du château. Les murs tremblent et les gravures semblent glisser de leurs cadres.

Léonie demeure comme une mendiante à guetter un

378

geste de tendresse, courbe la tête pour qu'une main bien-veillante vienne s'y poser.

La porte s'ouvre à nouveau, son père apparaît sur le seuil. En veste d'intérieur. Une veste de velours grenat ornée de boutons dorés, un foulard de soie autour du cou, un journal plié sous le bras.

– Que se passe-t-il encore ? Qui a claqué la porte ainsi ?

– C'est un courant d'air…, dit Suzon.

Son père aperçoit la valise sur le lit.

– Ah ! Vous partez encore, ma chère. Décidément c'est une manie. C'est ver-ti-gi-neux ! Vous ne savez pas rester en place. Léonie, que fais-tu là ? Va jouer dans ta chambre. Ces enfants ne sont décidément pas élevés. Suzon, vous me préviendrez quand le dîner sera prêt, je serai dans la bibliothèque.

Léonie entend les pas de son père s'éloigner dans le couloir, son regard revient se poser sur sa mère qui, hébé-tée, referme sa valise, prend son vanity-case, ses gants, demande à Suzon de prévenir Georges de tenir la voiture à sa disposition, son train part à dix-huit heures cinquante-huit en gare de Sens.

Stella gare son camion à l'entrée du site. Elle n'aura pas à faire demi-tour et pourra repartir plus vite chercher la marchandise. Elle ordonne aux chiens de rester dans la benne. Elle est en retard. Tom s'est rendormi après qu'elle l'a réveillé, elle a dû le déposer à l'entrée de l'école

sans qu'il ait eu le temps d'avaler son petit déjeuner. Elle
se penche pour attraper son casque et ses gants de travail
quand elle aperçoit Turquet et Jérôme, en pleine conversation de chaque côté du guichet de la bascule. Turquet
est accoudé sur le rebord en béton qui longe la vitre et
Jérôme incliné vers lui comme s'il se confessait.

Il est huit heures et demie. Le plateau de la balance est
vide. Julie doit être dans son bureau, occupée à établir les
prix du jour pour chaque métal, cuivre, demi-rouge,
chauffe-eau, plaques offset, laiton, bronze, tournure alu,
plomb, zinc, inox, câble alu, câble cuivre, batteries, pots
cata, moteur fonte... Chaque matin, elle doit réajuster les
tarifs.

Houcine et Boubou sont dans le hangar à métaux. Ils
trient et découpent.

Stella reste dissimulée sous le volant et observe. Elle
n'ose ni bouger ni prendre ses jumelles. Turquet remue à
peine les lèvres et Jérôme parle la bouche en biais. Elle
tente de lire leur conversation sur leurs lèvres mais elle est
trop loin. Elle a du mal à attraper les mots. N'en saisit
que quelques-uns.

A dit à Ray...

Tu crois vraiment que...

Fugitive...

Ça le rend fou.

Ignore où il fuit...

Tu ne sais...

Aurait pu l'aider à...

Point d'honneur…
Si tout le monde s'y met…
À Paris, sûrement.
A le bras long.

Elle a beau se concentrer, les isoler dans son regard, elle n'arrive pas à reconstituer des phrases entières.

Elle se résout à descendre du camion, empoigne son casque, ses gants de travail, avance vers les deux hommes. Quelle était donc la phrase griffonnée sur la page du livre de Julie ? « Fugitive beauté dont le regard m'a fait soudainement renaître, j'ignore où tu fuis, tu ne sais où je vais. » Se peut-il que ce soit un message codé écrit par Jérôme ? À qui était-il destiné ? À force de soupçonner tout le monde, j'ai des bisons qui galopent dans ma tête.

Jérôme l'aperçoit, lui fait un signe de la main et lui sourit. Il paraît sincère. Turquet lui tourne ostensiblement le dos.

— Un problème, Turquet ? demande Stella en venant se placer derrière lui.

— Non. Tout va bien, répond Jérôme. Il est venu me prévenir qu'un vol avait eu lieu sur la voie ferrée et que les gendarmes allaient passer nous voir.

— Trop gentil de sa part ! ironise Stella. Voilà qu'il nous aide maintenant. Quel revirement ! Une mouche t'a piqué, l'Écrevisse ?

— Va te faire foutre, Stella ! grommelle Turquet sans se retourner.

— C'est toi qui vas gicler d'ici et vite.

– Il vaut mieux que tu t'en ailles, intervient Jérôme s'adressant à Turquet.

– T'es mal barré, l'Écrevisse, ajoute Stella. Si j'étais toi, je me ferais du souci…

– Tu me menaces ? il rétorque en se retournant et en la pointant du doigt.

– Précisément. Tu veux que je te rafraîchisse les idées ? « 100 % Turquet. » Ça te dit rien ?

– Pauvre conne !

– Bel argument ! J'en ai de plus compromettants à ton sujet. Tu vas payer, et cher. En attendant, casse-toi.

– Fous-moi la paix. Je parle à mon pote.

Stella se tourne vers Jérôme.

– Parce que c'est ton pote ?

Jérôme lui adresse un petit sourire gêné et dodeline de la tête pour expliquer qu'il ne peut rien dire.

– Je compte jusqu'à trois, dit Stella, et si tu n'es pas parti, je lâche mes chiens sur toi. Tu te souviens comme ils te font la fête ?

Turquet hausse les épaules, bredouille une fois encore pauvre conne, adresse un regard à Jérôme et s'éloigne.

– Il a de la conversation, ton pote, dit Stella.

– C'est pas mon pote…, se défend à nouveau Jérôme.

– Qu'est-ce qu'il faisait là, alors ? Il te murmurait des mots doux ?

– Non, j'te l'ai dit, il est venu me prévenir pour le vol.

– Vous aviez l'air plutôt intimes.

– Ben… j'allais pas le virer.

– Si. Je veux pas le voir ici.

– Arrête, Stella. Tu exagères.

– J'exagère pas, Jérôme, il a démoli ma mère.

– Bon, bon… Il reviendra pas, promis.

Stella le regarde et se demande une fois de plus de quel côté il est.

Elle monte rejoindre Julie dans son bureau.

Julie lève la tête de ses papiers et s'étire.

– Ça va ?

– Moyen, dit Stella. J'ai croisé Turquet en bas.

– Qu'est-ce qu'il faisait là ?

– Il était en grande conversation avec Jérôme. Il paraît qu'il y a eu un vol de métaux sur les voies ferrées et que les gendarmes vont venir te voir.

– Je sais. C'est tous les jours maintenant ! Va falloir que je passe ma journée à surveiller de près qu'on ne me fourgue pas en douce un rail volé ! J'en ai marre.

– Je veux pas le voir traîner ici, Julie. Je peux pas. C'est au-dessus de mes forces.

– Peut-être qu'il venait de la part de la mairie…

– Je m'en fiche. Dis à Jérôme de le dégager. Je vais le tuer sinon…

Stella fait face à Julie, elle serre les poings et tremble de colère.

– Je lui parlerai, Stella. Ne pleure pas.

383

– Je pleure pas, j'ai peur de pas pouvoir me maîtriser. Qui s'occuperait de Tom ?

– Arrête, Stella, arrête !

Stella s'essuie les yeux d'un revers de manche.

– J'ai quoi à faire aujourd'hui ?

– Il faut aller chercher un stock de glissières d'autoroute. J'ai vérifié l'origine, ça va. On nous les vend parce qu'elles ont un défaut. Mais vérifie quand même. Manquerait plus qu'on se fasse attraper pour trafic de glissières volées ! Il attend que ça, le Ray !

– D'accord. File-moi l'adresse.

– Ça va aller ? T'es sûre ? demande Julie en notant l'adresse sur un papier. T'as fini mon livre ?

– Je le finis ce soir. On est arrivées à la fin. Je te le rends demain.

– C'est pas que je ne te fasse pas confiance mais…, rougit Julie.

– Je sais.

Stella est sur le point de demander d'où vient la phrase mystérieuse du livre, mais elle ravale sa question et sort du bureau en remettant son casque et ses gants. Julie est très stricte sur la sécurité : il est interdit de circuler sur le site, même sur une dizaine de mètres, sans casque.

– Stella ! crie Julie alors que Stella dévale l'escalier.

– Quoi ? demande Stella en s'arrêtant.

– J'ai oublié de te dire : Violette est revenue !

Stella remonte les marches jusqu'au bureau de Julie et pousse la porte.

– Violette Maupuis ?

– Oui. Elle m'a appelée hier soir. Elle n'a pas voulu me dire pourquoi elle revenait, mais j'ai vu Bruno, tu sais, le chef de gare, justement pour cette affaire de métaux volés… Il paraît qu'elle croulait sous les bagages. Il n'en avait jamais vu autant pour une seule personne.

– Elle va se réinstaller ici ? demande Stella. Elle n'est même pas restée vingt-quatre heures quand ses parents sont morts et elle revient maintenant ? Pour de bon ?

– Possible. À moi, elle m'a assurée du contraire. Elle a juré qu'elle n'avait pas l'intention de moisir dans ce trou.

– Elle n'a pas fait star à Paris. Tu te rappelles ? Elle nous l'avait promis.

– Oui, elle nous avait même dit qu'on aurait de ses nouvelles par la télévision.

– La célébrité l'a zappée. Pourtant faut être fort aujourd'hui pour lui échapper !

Les deux filles se sourient et leurs yeux se réchauffent.

Puis Julie attrape un gros écrou argenté, le fait sauter dans sa main. Stella se fige : quand Julie joue avec des morceaux de ferraille, c'est qu'elle est embarrassée. Qu'elle n'ose pas dire quelque chose.

– Y a un truc bizarre, Stella…

– Quoi ?

Julie baisse la tête, gênée.

– Je ne sais pas si je devrais te le dire…

– Vas-y, je suis blindée.

– Ray est allé la chercher à la gare.

– Ray ?

– Oui. Et il paraît qu'il s'est coltiné ses valises tout seul. Et qu'elle est montée dans sa voiture…

Le soir, dans la chambre de sa mère, Stella finit le livre de Joséphine Cortès d'une voix monocorde. Elle se fiche pas mal de l'histoire de *Petit Jeune Homme*, elle revoit Turquet et Jérôme en train de conspirer à la Ferraille, repense à Violette et à Ray, mais elle lit en essayant d'y mettre le ton. Petit Jeune Homme a perdu son grand amour, Cary Grant est reparti pour l'Amérique en lui laissant un mot d'adieu. Il n'a pas eu le courage de lui dire en face qu'il partait. Petit Jeune Homme a le cœur crevé. Il erre sans but. Il n'est plus qu'un bras tendu vers un homme invisible. Un homme qui l'a oublié.

Léonie soupire :

– Alors, lui aussi, lui aussi…

– Lui aussi quoi ? demande Stella en relevant la tête de la dernière page. Pourquoi tu t'agites comme ça, maman ?

– Lui aussi, on l'a abandonné…

– C'est la vie, maman, ça arrive.

– Je sais. Mais ça n'empêche que c'est bien triste.

Elle a l'air aussi désolée et perdue que le personnage du livre.

– Ce n'est qu'un roman, insiste Stella, une histoire inventée.

– Une histoire comme dans la vraie vie. J'ai bien aimé ce livre. Il est déjà fini ?

– Oui. Il ne reste plus que les remerciements de l'auteur. Mais on peut s'en passer peut-être…

Elle a hâte de retrouver Tom. Il ne faudrait pas que Turquet ait eu l'idée d'aller faire un tour à la ferme. Les chiens sont restés là-bas et cela la rassure un peu.

– Lis-les-moi. Peut-être qu'elle raconte ce qui est arrivé à Petit Jeune Homme après… Parfois, les auteurs donnent des nouvelles de leurs personnages s'ils se sont inspirés de personnes ayant existé.

Stella reprend le livre et lit :

– « Avant tout, je dédie ce livre à mon père, Lucien Plissonnier, mort un 13 juillet 1977 alors que les pétards et les feux d'artifice éclataient partout en France. Il avait quarante ans. Il était bon, tendre, droit, généreux, c'était mon papa et je l'aimais. Il m'a donné la force de vivre, la force de résister, la force d'écrire, la force de devenir ce que je suis aujourd'hui. Je n'avais que dix ans quand il est parti, mais il a laissé en moi une trace indélébile.

Je voudrais aussi remercier… »

Stella est interrompue par un sanglot de sa mère, une plainte terrible qui la déchire en deux. Léonie se tient la poitrine et hoquette Lucien, Lucien, Lucien.

Stella baisse le livre, la dévisage, stupéfaite.

– Tu le connaissais ?

– Oh ma petite chérie, ma petite chérie…

– Tu le connaissais.

– Ça fait mal. Ça fait si mal. Je ne savais pas que cela pouvait faire encore si mal…

– Mais tu ne m'en as jamais parlé. Jamais.

– Je ne pouvais pas… Oh, j'ai mal ! Je voudrais mourir moi aussi.

Elle frappe sur son plâtre, repousse la tablette. Jette une jambe hors du lit, tente de se mettre debout. Stella la retient, la force à se rallonger, rabat le drap et la couverture. Remet la liseuse rose et blanc qui a glissé et l'enserre de ses bras.

– Qu'est-ce qui s'est passé avec cet homme, maman ?

Léonie ne répond pas. Elle s'est affaissée, elle pleure doucement, repliée sur elle-même, et ses doigts agrippent les bords de la liseuse.

– Tu peux tout me dire, tout.

– Oh, Stella…

– Dis-moi, maman.

– Il était si bon, si doux et je me suis toujours demandé pourquoi… cela ne lui ressemblait pas, ça m'a crucifiée, ce silence.

– Tu l'as bien connu alors ? C'était important ?

– Oui.

Léonie ose à peine parler. Elle regarde la porte de la

chambre comme si Ray allait la faire éclater et se jeter sur elle. Elle tremble, évite le regard de sa fille.

– Vous étiez amis ?

– Oui.

– Un peu plus qu'amis ?

Léonie hoche la tête.

– Amants ?

Léonie toussote. Son visage s'empourpre et se détourne. Et dans sa gorge revient le petit bruit d'osselets qu'on broie.

– Tu as eu un amant, maman ?

Stella dévisage sa mère et les mots s'entrechoquent dans sa tête, maman, un amant, un amant, maman ! Elle se ressaisit, déglutit, prend les mains de sa mère dans les siennes et l'interroge patiemment.

– C'était quand ?

– …

– Dis-moi, maman, dis-moi. Et ne baisse pas les yeux comme ça. Ce n'est pas une honte.

– …

– Dis-moi. C'est important.

Léonie fixe un point par terre. Elle ne peut pas s'adresser à Stella. Elle parle à une tache sur le sol. Une rayure noire, un talon de chaussure qui aura éraillé la dalle jaune. Elle parle d'une voix de petite fille coupable.

– Ray était parti en Espagne dans la région d'Alicante aider les pompiers espagnols à circonscrire des feux violents. Il s'était porté volontaire. Il devait être absent quinze jours. Il y est resté deux mois et demi.

Elle se tait, épuisée. Reprend son souffle. Son regard se referme aussitôt sur la tache.

— Et tu étais seule, poursuit Stella, et tu l'as rencontré. Tu l'as rencontré par hasard et puis vous vous êtes revus…

— Oui, dit Léonie dans un souffle.

— Au début vous étiez heureux de vous parler. Vous ne faisiez rien d'autre et puis… vous vous êtes rapprochés.

— Oui, c'est ça, on s'est rapprochés.

— Et un jour, vous avez eu envie de vous embrasser. Et sans savoir comment, vous vous êtes embrassés…

— C'était un soir. Fernande m'avait envoyée acheter du lait et des lardons. Elle voulait faire une quiche. J'ai couru à l'épicerie avant qu'elle ferme et je suis tombée sur lui. Je l'ai heurté de plein fouet. Comme un accident…

— Et après ce premier baiser, vous vous êtes revus…

— On se donnait des rendez-vous.

— Mais Fernande? Elle te laissait sortir?

Léonie esquisse alors un petit sourire rusé, un sourire de femme amoureuse qui trouve mille façons de rejoindre son amoureux, qui n'a pas peur de mentir, d'user des subterfuges les plus retors. Un sourire de jeune femme qui creuse le visage ridé, rappelle des souvenirs qui tremblent telles des visions de jeunesse.

— Tu le retrouvais et vous vous aimiez?

Léonie redresse la tête. Son visage est illuminé d'un ancien bonheur qui revient à la surface.

– Oh oui ! On s'est aimés.

– Et pour la première fois de ta vie, tu as été heureuse.

– Je regardais le ciel et je disais merci. Merci.

Léonie sourit encore. Sa main libre relève une mèche de cheveux blancs d'un geste coquet et ses yeux bleus paraissent encore plus grands, remplis d'une lumière heureuse.

– Relis-moi le passage où elle parle de Lucien, elle demande.

Stella reprend le livre, lit une nouvelle fois. Encore, chuchote Léonie, encore. Stella obéit. Léonie répète plusieurs fois 13 juillet, 13 juillet, alors c'est pour ça...

– C'est lui qui t'a offert Moitié Cerise ?

– Oui.

– C'était quand, maman ?

– En 1977. Mai, juin 1977.

– Tu étais mariée depuis six ans, dit Stella d'une voix soudain détachée.

Une idée germe dans sa tête. Elle avale sa salive et l'idée se précise.

– Tu étais mariée depuis six ans et tu n'avais toujours pas d'enfant...

Les mots de Ray Valenti, cette première nuit terrible. La bouche tordue de Ray Valenti qui sifflait je ne suis pas ton père, là, voilà ! T'as compris ou il faut que je te fasse un dessin ? Le dernier morceau du puzzle vient se placer entre deux pièces. S'emboîte. Clac. Le tableau lui saute aux yeux. Et la douleur lui fend le ventre. La prochaine fois tu mettras une jolie chemise de nuit, d'accord ? Je t'en achèterai une. Une jolie chemise de nuit pour que Ray puisse s'amuser avec toi. Tu veux pas qu'on s'amuse ? Je connais des jeux très rigolos. Je ne suis pas ton père après tout. J'y ai droit moi aussi…

Je ne suis pas ton père. Je ne suis pas ton père.

Ses yeux se noircissent d'une ancienne colère. Elle a envie de crier et tu ne m'as pas défendue ! Tu ne m'as pas défendue ! Elle retire ses mains de celles de sa mère et se lève. Va se placer contre la fenêtre, regarde le parking. Le camion sur le parking. Elle a oublié de fermer la fenêtre côté conducteur. Un homme peut se glisser dans la cabine et voler ses jumelles. Les papiers dans le vide-poches. Le camion même, s'il en a envie… Les coups de couteau dans le ventre, sa mère qui laisse faire, sa mère qui baisse les yeux le matin au petit déjeuner, Ray Valenti qui revient dans la chambre chaque nuit où le désir le prend au ventre. Sa mère savait. Elle savait et elle ne l'a pas défendue.

Elle s'enveloppe de ses bras et berce la petite fille de la nuit. Elle voudrait lâcher le boulet, lâcher sa mère, lâcher le malheur. Partir.

– Non, ma chérie !

Léonie crie pour empêcher sa fille de penser. Elle est sur le point de parler lorsque Stella dit d'une voix blanche :

– Je suis née en 1978. En mars 1978. Et si je compte bien…

Sa mère hoche la tête.

– Tu l'as aimé, au moins ? Une vraie histoire d'amour ?

Léonie marmonne oui.

– Alors… c'est lui, mon père ?

– …

– C'est lui, mon père. Je le sais. Mais j'aimerais bien l'entendre une fois, une seule fois… de ta bouche. Les mots qui disent, pas les mots qui effacent. Ça brouille tout à force. J'en ai marre de ce brouillard.

À quoi bon prononcer des mots pour ne rien dire ? On peut escamoter des vies entières en ne prononçant pas les mots qu'il faut. Les mots qu'on retient sur le bout de la langue nous enferment, ceux qu'on énonce clairement nous rendent libres. Et forts. Je me bats contre des fantômes qui errent dans le silence. Je veux les attraper et, chaque fois, ils se dérobent et resserrent l'entrave à mes pieds.

– Oui. C'est Lucien Plissonnier.

– Alors, j'ai un père. Un vrai.

Stella répète j'ai un père, j'ai un père. Et ce n'est pas Ray Valenti. Je n'ai rien à voir avec lui. Mon père s'appelle Lucien Plissonnier. Cet homme que je ne connais pas vient de me délivrer.

Et la colère tombe d'un coup. Ou plutôt elle la laisse tomber comme un vieux vêtement usé. Elle se retourne et contemple la forme blanche allongée sur le lit. La minerve, la jambe broyée dans le plâtre, les veines violettes sous la peau, les ecchymoses qui pâlissent et dessinent des taches bleu-gris, les mains osseuses de momie. Qu'aurait-elle pu faire ? Qu'aurait-elle pu faire contre la force de Ray ?

Et, à nouveau, elle se sent remplie d'une énorme tendresse pour sa mère.

— Maman, si tu savais…

Léonie relève la tête et regarde sa fille.

Stella lui tend la main, Léonie l'étreint en y mettant toutes ses forces de convalescente.

— C'était un homme merveilleux, Stella. Ton père était un homme merveilleux.

— J'ai un père. J'ai un père.

Puis Stella fronce les sourcils.

— Il sait, Ray Valenti ?

— Oui, il sait que tu n'es pas sa fille, mais je n'ai jamais dit qui c'était. J'ai dit qu'il était mort. Que je l'avais appris par le journal. Il hurlait, dans le journal ? Qu'est-ce qu'il foutait dans le journal ? Il était si exceptionnel que ça ? Il n'y avait que lui qui avait le droit de voir son nom imprimé dans le journal.

Elle soupire :

— J'ai dit que je l'avais lu à la rubrique nécrologique du *Figaro*. Dans un vieux numéro que j'avais pris pour les épluchures de pommes de terre.

— Et il a bien voulu que tu me gardes ?

— Il était trop content que je tombe enceinte. Il ne pouvait pas avoir d'enfants. À Saint-Chaland, on l'appelait Couillassec derrière son dos. Les gens se vengeaient. Ils se vengeaient de lui et ils se vengeaient de leur propre faiblesse.

— Je sais. Je sais tout ça depuis longtemps. Ça m'étouffe. Je crois que j'ai besoin d'air.

Stella pousse un soupir profond qui avorte en un long bâillement. Elle n'a plus de forces.

— Tom m'attend. Je peux te laisser ? Ça va aller ?

Léonie opine, silencieuse.

— Je peux garder encore un peu le livre ?

Stella dit oui, si tu veux.

Léonie le retourne, contemple le visage de Joséphine Cortès. Lit la quatrième de couverture. Réfléchit puis déclare d'une petite voix mal assurée :

— C'est ta sœur. Ta demi-sœur…

— Oui, répète Stella, comme si ça ne la concernait pas encore.

— Il m'avait dit qu'il n'était pas libre. Il ne voulait pas me mentir. Il m'avait dit aussi qu'un jour il serait libre et que ce jour-là… On n'a pas eu le temps. La vie n'a pas voulu que ça se fasse. Je l'ai attendu. C'est ça qui m'a fait tenir. L'espoir de son retour et toi… J'imaginais qu'on serait réunis un jour tous les trois.

Elle est sur le point de pleurer à nouveau. Stella se lève.

— Il faut que j'y aille. Je reviendrai demain. Tu as pris tes cachets pour dormir ?

— Je les prendrai. Va… Laisse-moi. J'ai besoin moi aussi d'être seule.

Elles se regardent, étonnées. Elles viennent de se

déprendre d'un coup sec. Comme deux siamoises qu'un bistouri habile aurait séparées. Chacune a besoin de trouver sa place.

Elles se taisent. Se sourient doucement.

Et ce sourire les éloigne.

Elles ne seront plus jamais les mêmes.

Elles viennent de crever l'œil du diable.

Sur le parking, la vie semble s'être arrêtée.

Pas un passant, pas une voiture qui se gare ou démarre en laissant échapper un nuage de gaz noir, pas le moindre souffle de vent. Les jours allongent et le soleil luit encore, à moitié caché par les hauts murs de l'hôpital. On n'aperçoit que les rayons qui s'échappent comme les bras d'un épouvantail rouges et rayonnants.

Il y a une odeur de bonne humeur dans l'air, quelque chose de subtil, de parfumé, un avant-goût de printemps.

Stella s'assied sur un parapet en béton et guette l'obscurité qui ne va pas tarder à tomber. Elle déchiffre l'heure à sa montre. Encore en retard. Tom aura dîné et Suzon l'aura couché. Il a sa chambre chez Georges et Suzon. Au-dessus du salon. Si ça se trouve, il est assis sur le canapé et ils regardent tous les trois *Thalassa*. Vendredi, c'est le jour de *Thalassa*.

Elle a besoin de réfléchir. Besoin de se rappeler mot pour mot la conversation avec sa mère puis de la mettre de côté.

Elle éprouve aussi un besoin urgent de se confier, de raconter à quelqu'un cette nouvelle ahurissante. Elle a un père et il ne s'appelle pas Ray Valenti. Son nom est Lucien Plissonnier. Père de Joséphine Cortès, cette femme qui écrit des livres qui se vendent par milliers et figurent dans les palmarès des meilleures ventes. Ma sœur donc, se reprend Stella. J'ai une sœur. Une moitié de sœur, mais une sœur quand même. Si ça se trouve, cette moitié de sœur a des enfants... et Tom des cousins et des cousines.

Elle fait partie d'une famille et cette idée la fait tres-saillir de tendresse. Et d'appréhension. Cette femme, sa moitié de sœur... le succès a dû la rendre hautaine et distante. Ou, au contraire, généreuse et attentive ? Sur le livre, on ne voit que son sourire, un air modeste et doux qui donne envie de lui parler.

Ma moitié de sœur.

Une famille.

Elle regarde sa salopette orange, tâte son gros pull marine, fait tourner ses godillots, repousse son chapeau, passe une main dans sa mèche blonde. Elle ramène ses jambes ouvertes et adopte un maintien de femme du monde, le dos droit, les coudes bien rangés le long des côtes. Et c'est comme si soudain on lui faisait enfiler de nouveaux habits, on lui apprenait un nouveau langage, une nouvelle manière de se tenir à table, de manier sa fourchette. Elle se sent gauche, désemparée, puis, l'instant d'après, euphorique et légère.

Ils se sont aimés, Lucien Plissonnier et Léonie. Et je

suis le fruit de cet amour-là. Je n'ai pas été conçue par un homme violent qui écartelait ma mère quand l'envie se faisait trop pressante, mais par un homme doux qui l'aimait, la respectait, lui chuchotait des petits mots d'amour dans l'obscurité. Baisait tendrement le grain de beauté sur l'épaule droite. Disait des mots insensés. Des mots d'amour que Léonie ne connaissait pas. Ma petite femme, ma douce fiancée, attends-moi, je reviendrai. Ils disent tous cela, les hommes qui ne sont pas libres. Et sa mère pleurait quand passait la chanson d'Hugues Aufray à la radio, « Dis-moi, Céline, qu'est-il donc devenu, ce gentil fiancé qu'on n'a jamais revu ? »

Elle ne l'avait jamais revu.

Il n'a jamais su qu'il avait une fille. S'il avait su…

Elle soupire, se trouble et se reprend. Inutile de se tourmenter.

Elle n'est pas la fille de Ray Valenti.

Un clou de plus enfoncé.

Des petits points de feu clignotent encore à l'horizon puis on ne distingue plus rien sur le parking. La nuit tombe doucement, mêlant le ciel et la terre. Le froid la fait frissonner. Elle se relève et se dirige vers son camion en marchant comme une belle dame et l'instant suivant, elle se relâche et éclate un caillou du bout de sa chaussure.

J'ai un père, un père qui n'est plus là mais dont je peux être fière.

Et cela change tout.

Elle ouvre la portière du camion, s'élance sur la marche, aperçoit un homme assis sur la banquette dans la pénombre. Elle a un mouvement de recul puis reconnaît Edmond Courtois. Il porte un costume gris, une chemise blanche dont il a desserré le col et sa cravate pend de travers. Il sourit et murmure n'aie pas peur.

Stella hausse les épaules et s'assied derrière le volant.

Se tourne vers lui. Attend qu'il parle le premier.

Elle en a fini avec les mots pour ce soir.

— Tu avais laissé la vitre ouverte…

— Je sais.

— Je te cherchais, j'ai aperçu ton camion sur le parking. Je me doutais bien que tu étais à l'hôpital.

Elle pose ses mains sur le volant, s'étire et son front vient se poser lentement sur le rond du klaxon.

— Je suis fatiguée.

Il comprend qu'elle ne l'aidera pas à parler. Il gigote dans son costume gris, sa corpulence bridée par le veston trop étroit, joue avec la pointe de sa cravate.

— Il faut que je rentre à la maison, monsieur Courtois.

Il hésite. Fait rouler la cravate entre ses doigts et se lance.

— Je suis passé tout à l'heure au garage Gerson. Je n'y vais pas habituellement mais j'avais besoin de faire le plein d'essence. Gerson était occupé avec un type. Je me suis servi tout seul. J'étais là, à attendre que le réservoir se remplisse, je leur tournais le dos. Ils ne m'ont pas reconnu tout de suite. Ils parlaient de Ray et de ta mère. C'était pas très clair mais j'ai compris tout de même.

Il marque une pause pour que Stella y glisse une question. Ou du moins qu'elle se redresse et le regarde. Elle ne bouge pas et attend, immobile. Edmond Courtois la ramène dans le passé et elle ne veut plus y mettre un pied. Il pue, ce passé. Il pue, il estropie, il détruit, et sans arrêt elle tente de se reconstruire pour ne pas se laisser ensevelir. Les sables mouvants l'engloutissent chaque fois. Elle demande juste que la vie lui fasse le cadeau de la laisser heureuse et apaisée quelques minutes encore. D'esquisser dans l'ombre le visage, la silhouette de son père. Et après d'inventer une suite. Elle partira peut-être à la recherche de cette moitié de sœur. Elle ne possède que l'image de son visage. Un sourire sur du papier glacé. Mais c'est un début de bonheur. On a tous, à un moment de notre vie, le privilège d'attraper un début de bonheur. On veut tous le prendre délicatement et le faire durer le plus longtemps possible. C'est ça, le plus difficile. Le faire durer.

– Gerson disait à l'homme que Ray était furieux. Duré ne veut pas que Léonie sorte de l'hôpital et Ray en a marre de rester à la maison à faire le garde-malade. Alors Gerson a dit à l'autre homme, « il va l'enlever, je ne sais pas comment il va se débrouiller, mais il va la retirer de là. Ça fait près de deux mois qu'elle se repose, elle doit aller mieux maintenant, c'est des foutaises, cette histoire ». Il a dit ça, Stella.

J'en peux plus, pense-t-elle, recroquevillée sur le volant, le front de plus en plus lourd, vous ne voyez pas que j'en peux plus ? Que voulez-vous que je fasse toute seule ? À votre tour de vous en occuper. Vous vous êtes tu pendant des années, sortez du bois maintenant !

– Alors l'autre homme a dit « on va lui donner un coup de main, on va l'enlever. On attendra la nuit et on se faufilera dans l'hôpital. Ni vu ni connu. Tu connais le numéro de sa chambre ? ». Et là Gerson a marqué une pause, il a dû se pencher vers l'homme car je n'ai plus rien entendu.

Stella se redresse, souffle et empoigne le volant en regardant droit devant elle.

– Et moi, je ne veux plus rien entendre, monsieur Courtois. Je veux juste retrouver mon fils et dormir.

Oublier. Me réfugier dans une ouate épaisse. Le monde ne m'intéresse plus. Il marche de travers. Ne plus m'habiller, ne plus remplir la benne du camion, ne plus me lever le matin, ne plus nourrir les bêtes, ne plus réveiller Tom, ne plus parler, ne plus voir personne, ne plus mettre un pied devant l'autre, ne plus serrer les dents. Ne plus rien faire en attendant que le monde se remette en place. Peu importe comment mais qu'il y ait un sens. Une direction dans laquelle marcher en me disant qu'au bout il y a une lueur. Une toute petite lueur.

Elle se tourne lentement vers Edmond et, tout à trac, elle lâche :

– J'ai un père, monsieur Courtois. Je viens juste de

l'apprendre. De la bouche de ma mère. Il s'appelle Lucien Plissonnier. Ray Valenti n'est pas mon père.

— Lucien Plissonnier, dit Edmond Courtois en tripotant le bout de sa cravate.

— Vous le connaissiez ? Encore un truc que vous saviez dont vous ne m'avez jamais parlé ? Mais ça va finir quand, tous ces secrets ?

— …

— Et moi, pendant tout ce temps où vous vous taisiez, j'ai encaissé. Seule. Absolument seule. Vous trouvez ça juste ?

— Non. Tu as raison.

— Alors, soit vous me parlez avec des mots que je comprends, soit vous descendez de mon camion et allez monter la garde devant la porte de sa chambre. Premier étage. Chambre 144.

Il ne répond pas et triture sa cravate. Elle a envie de la lui arracher des mains et de lui dire regardez-moi.

— Je ne sais pas quel rôle vous avez joué dans tout ça, je sais juste que vous étiez l'ami de Ray Valenti et qu'un jour vous lui avez flanqué une sacrée peignée. Vous deviez avoir une bonne raison… Maintenant, c'est à vous de finir cette histoire.

Edmond Courtois roule toujours le bout de sa cravate entre ses doigts et semble réfléchir, le regard baissé. Stella enfonce la clé de contact et déclare :

— Va falloir faire vite. Je dois rentrer à la maison.

– Bon, je vais tout te dire. Tu es sûre de vouloir entendre ?

Elle ne sait pas si elle a envie d'en savoir davantage. Elle soupire :

– C'est mon jour décidément… Allez-y.

– D'accord.

Il s'appuie contre la banquette, renverse la tête, parle à voix basse comme s'il se confessait. Stella aperçoit son alliance à la main gauche. Elle ne peut s'empêcher de penser que Solange, sa femme, fait partie elle aussi de l'histoire qu'Edmond Courtois va lui raconter. Elle s'est toujours demandé pourquoi il l'avait épousée.

– Oui, j'ai été l'ami de Ray Valenti. Son âme noire. Et, oui, je suis responsable. Qu'aurait-il fait s'il n'avait pas été encouragé par le jeune homme que j'étais et qui était ébloui par son allure, sa beauté ? Je ne sais pas.

– C'est léger comme argument…

– Mais oui, Stella, je n'ai pas peur de te le dire, Ray Valenti était un animal magnifique que tous désiraient sans se l'avouer. On a tous contribué à faire de lui cet homme ignoble. Rares étaient ceux qui lui résistaient. Faire partie de sa bande était une manière d'exister. Au début, il n'en avait pas conscience. Je crois même qu'il était sacrément complexé. Ton oncle André s'était chargé de le ratatiner. Il en avait fait un minable sur lequel il s'essuyait les pieds. Ray a grandi dans l'humiliation. Sa mère était bonne à tout faire, elle n'avait pas le sou, elle raclait chaque centime pour pouvoir manger et nourrir son fils. Il grelottait l'hiver, tirait sur les manches de son pull, faisait sauter ses dents malades à coups de canif. Il a arrêté l'école soudainement. Il était devenu le souffre-douleur des profs. Quand il a atteint l'âge d'homme, tout a changé. Il a senti autour de lui l'humble et sombre soumission du désir et il s'en est servi jusqu'à en abuser. Il poussait de plus en plus loin le bouchon et personne ne l'arrêtait. J'ai voulu prendre mes distances, mais il était trop tard. Car, entre-temps, il s'est passé quelque chose que je n'avais pas anticipé. Je suis tombé amoureux fou de ta mère. J'ai continué à fréquenter Ray et sa bande pour pouvoir la frôler, me remplir de sa beauté. Elle était aérienne, gracieuse, lumineuse. Je me trouvais laid, pataud. Je n'avais pas d'illusions. Elle n'avait d'yeux que pour Ray et même quand elle est allée à la fac, qu'elle a été entourée d'autres garçons qui tous la guignaient, elle ne voyait que lui. Elle se dépêchait de prendre son car et de revenir à Saint-Chaland quand ses cours étaient finis. Ils se sont mariés, je les ai perdus de vue, j'ai fait ma vie, j'ai voyagé. Je vivais seul, entraîné dans une course folle : je voulais réussir. Sortir de mon petit milieu provincial, devenir un entrepreneur. C'était le grand truc à l'époque. J'ai fini par racheter la Ferraille et je suis revenu m'installer à Saint-Chaland. Ma mère devenait vieille. Je l'aimais. Elle m'avait donné tant d'amour. Je vivotais entre le petit appartement que j'avais loué à Sens, pas trop loin de Saint-Chaland, pour garder un œil sur elle et la Ferraille que je voulais développer. Et puis il y avait Léonie. Je n'avais pas abandonné tout espoir, même si je prétendais le contraire. Je me faisais des films. Elle quittait Ray et venait vivre avec moi. Je voulais y croire de toutes mes forces. J'étais stupide. J'avais vingt-sept ans. Je vivais en garçon, mangeais un bout de pain et du fromage sur la toile cirée de la table de la cuisine, apportais mon linge sale chez ma mère, étudiais le marché des métaux, mettais en place ce qui a fait mon succès. Je ne voyais personne si tu omets ma mère, ma tante, ma grand-mère et les gens du site. Cela devait faire six ans que Ray et Léonie étaient mariés, je les apercevais de temps en temps, voyais bien que Léonie se rétrécissait, qu'elle n'était plus qu'une ombre, mais je refusais de savoir. Je l'aimais encore. Poser les yeux sur elle me faisait mal.

Il marque une pause, lâche le bout de sa cravate, pose ses deux larges mains sur ses cuisses comme pour prendre appui et lâche :

— Et je l'aime toujours si je suis honnête. Puisqu'on a décidé de se dire la vérité.

— Parlez pour de bon. Sinon je préfère partir…

— Ne me brusque pas, Stella, je t'en prie. Je ne suis pas habile avec les mots. Je me fais violence, en ce moment.

Stella se tait, remonte une jambe qu'elle cale sur la banquette. Pose son menton sur son genou et dit ok, je vous écoute.

— C'était un soir. Un soir comme ce soir. Je venais de dîner, j'avais pris ma douche. On a sonné à la porte. J'ai demandé qui c'est ? J'ai cru que c'était une erreur, j'étais crevé, je voulais dormir…

— C'est moi, c'est Ray.
— Ray ? qu'est-ce que tu fous ici ?
— Ouvre-moi.
C'était un ordre, j'ai obéi.

Je n'aurais jamais dû ouvrir cette porte. Car à partir de ce soir-là et pendant près d'un mois, tous les soirs, quand la nuit était tombée, que tous les volets de la ville étaient fermés, Ray Valenti venait chez moi.

Ce soir-là, il est entré. Il n'était pas seul. Ta mère se tenait à ses côtés. Les yeux baissés, les bras autour du corps. Le premier soir, je m'en souviens, elle portait un petit blouson en toile gris sur une robe rose. Elle avait du rouge sur les lèvres. C'est lui qui avait dû la barbouiller car ça dépassait de partout. On aurait dit une poupée mal maquillée. Un petit foulard bleu lavande autour du cou. Ça devait être pour cacher des ecchymoses parce que plus tard, quand j'ai ôté le foulard, j'ai vu des traces de coups.

Il l'a poussée en avant et a craché sans préambule :
— Je veux que tu lui fasses un enfant. Là. Maintenant. J'ai calculé. C'est le bon jour.

En fait, ce n'était pas lui qui avait calculé mais sa mère. Elle tenait des comptes pour tout. Le pain, la viande, les fruits, les légumes, les pâtes et le riz, la sauce tomate, les timbres, le gaz et l'électricité. Elle économisait même le papier-toilette. Elle marquait tout sur un livre de comptes. Elle avait noté les dates des règles de sa belle-fille et repéré les jours d'ovulation.

Je l'ai regardé, abasourdi. Puis j'ai regardé ta mère.

Elle baissait les yeux et fixait ses pieds. Elle avait une paire de ballerines dorées. Et un collant filé.

– Tu m'as compris ? Fais-lui un enfant. J'y arrive pas et ça fait chier. Ils vont finir par croire à tous ces racontars et je veux leur fermer la gueule à ces connards.

J'ai balbutié mais Ray, je ne peux pas. J'ai dû ajouter c'est pas comme ça que ça se passe... Il m'a interrompu en pinçant le bras de ta mère.

– Fais-lui un gosse ou je la tabasse.

Elle a gémi, m'a lancé un regard de détresse. Ce regard, Stella ! Je n'en ai jamais vu de semblable. Jamais je n'ai aperçu une telle détresse.

J'ai avalé ma salive. J'ai dit comment je fais ? Il a éclaté de rire.

– Comment tu fais ? Tu plaisantes ou quoi ? T'as un lit ? T'as une bite ? Tu l'allonges sur le lit et tu enfournes ta bite. Quel con, ce mec !

Je n'ai plus rien dit. J'ai pris la main de ta mère. Je me suis dirigé vers ma chambre. Juste avant d'entrer, il a gueulé depuis l'entrée :

– Je vous attends ici. T'as de la bière dans le frigo ?

J'ai fait oui de la tête. J'étais incapable de parler.

– Et tu m'allumes la télé. Tu pousses le son à fond. Je veux pas entendre vos saloperies.

Je suis revenu dans le salon, j'ai allumé la télé, j'ai repris ta mère par la main et nous sommes entrés dans ma chambre.

Stella plaque ses mains sur ses oreilles et secoue la tête pour ne pas entendre.

– Tu veux que je m'arrête ? demande Courtois.

– Non. Je veux savoir. Je veux tout savoir. C'est dégueulasse. Vous êtes tous dégueulasses.

Léonie se tenait près du lit. Les bras le long du corps. Je l'ai doucement allongée. Je me suis placé à côté d'elle en prenant bien soin de ne pas la toucher. On reposait tous les deux sur le couvre-lit blanc en chenille.

Elle a dit :

– Il faudrait peut-être se mettre dans les draps.

On s'est glissés sous les draps tout habillés. Toujours loin l'un de l'autre.

Elle a dit :

– Il faudrait peut-être qu'on se déshabille.

On s'est déshabillés. On évitait toujours de se regarder. On est restés allongés, silencieux, chacun de son côté.

Elle a dit encore :

– Il faudrait faire comme si...

Elle a pris mon bras, m'a attiré vers elle. Nous avons attendu encore sans bouger, sans nous parler. J'entendais la télé dans la pièce d'à côté. Ce soir-là, il y avait un match de foot. La deuxième mi-temps. C'était la grande époque de Saint-Étienne, Platini et tout ça. Ray braillait devant le poste.

Elle a dit encore :

– Il faudrait faire un peu de bruit, nous aussi…

Alors je me suis enroulé dans le drap et je me suis couché sur elle, j'ai fait semblant d'aller et venir. Ça faisait bouger le lit contre le mur et, s'il entendait de l'autre côté, il devait être satisfait.

J'enfouissais ma bouche dans ses cheveux. Je lui murmurais ne crains rien, je ne te ferai rien, dors si tu veux.

Au bout d'un moment, il a frappé à la porte. Il a gueulé ça suffit maintenant. Vous avez fini ?

On n'a rien répondu.

Il est entré dans la chambre. A repoussé le drap. Nous a regardés. Il a éclaté de rire.

– Eh bien, vous êtes pas beaux à voir !

Puis en s'adressant à Léonie :

– Allez ! Rhabille-toi ! On se casse.

Et ils sont repartis.

Le lendemain, ils sont revenus. À la même heure. Cette fois-ci, il a juste dit :

– On recommence, des fois que ça n'aurait pas marché…

Il est allé se servir une bière. A allumé la télé. Ne nous a même pas regardés sortir du salon pour gagner la chambre.

On s'est déshabillés, je me suis allongé sur elle, on a fait bouger le lit. J'ai mis les mains de chaque côté de sa tête, les ai posées sur ses oreilles. Elle a gémi. Je lui ai demandé je te fais mal ? Elle a dit oui, pas les oreilles, pas les oreilles.

Quand le programme télé a été terminé, ils sont repartis.

Ça a duré trois semaines environ. Chaque soir. Il voulait être sûr de « pas faire les choses à moitié ».

Je ne sortais plus. Je les attendais. Je mettais des fleurs dans un petit vase près du lit, je vaporisais du parfum d'intérieur, je rangeais la chambre, ne laissais rien traîner.

Le dernier soir, avant de partir, il s'est retourné et m'a lancé :

– T'as intérêt à ce que ça ait marché !

Et il a éclaté de son rire infernal.

– Et ça n'a pas marché ? demande Stella en se mordant les phalanges.

– Non, répond Edmond en reprenant le bout de sa cravate. Ça ne pouvait pas marcher. Parce que tous les soirs, je m'allongeais sur elle enroulé dans le drap, je la prenais dans mes bras, je la respirais, je lui parlais tout bas, je lui disais qu'elle ne craignait rien de moi, que je voulais qu'elle soit heureuse, libre, que je ne la forcerais pas. Elle me disait mais si, mais si… sinon il me tuera. Je répondais qu'avant qu'il n'ait le temps de la toucher, je l'aurais enlevée et mise à l'abri. Elle souriait, disait ça ne se peut pas, mais tout de même, tu es gentil.

Je n'étais pas gentil, j'étais fou amoureux.

J'avais échafaudé un plan. J'allais louer un appartement à Paris et je l'enlèverais un soir qu'il serait au café avec Gérard et Gerson et que Fernande dormirait.

Je suis parti pour Paris. J'ai loué un petit appartement rue de l'Assomption, un quartier tranquille. Quand je suis revenu, Ray était parti en mission en Espagne.

Plus de Léonie !

Je la cherchais partout. Je n'osais pas poser de questions de peur de me faire repérer. J'imaginais qu'il l'avait tuée avant de partir. Elle n'était pas enceinte, il l'avait supprimée.

Et puis, un jour, je l'ai aperçue à Carrefour.

Elle ramassait ses courses sur le tapis de la caisse. Je l'ai accompagnée jusqu'à sa voiture. Elle m'a remercié et a ajouté qu'on ne devait plus se revoir.

Avec un brin de coquetterie.

Elle avait un je-ne-sais-quoi de léger et de gai. Elle avait changé. Elle se mettait du rouge bien dessiné sur les lèvres, s'était coupé une frange, portait une petite boucle d'oreille rigolote à l'oreille droite.

Je lui ai dit que j'avais trouvé un appartement à Paris. Qu'on pouvait s'enfuir tous les deux, qu'il fallait profiter de l'absence de Ray. J'ai ajouté que je n'attendais rien d'elle, qu'elle pourrait disposer de l'appartement comme elle l'entendrait. Je paierais tout, elle n'avait pas de souci à se faire. Elle m'a répété non, Edmond, n'insiste pas, laisse-moi maintenant. Comme si… comme si j'étais devenu encombrant. Elle a posé sa main sur la mienne et, très gentiment, elle m'a dit :

— Ce n'est plus d'actualité. Oublie-moi. Je vais très bien.

Ça a été un choc. Je me suis retrouvé tout bête avec mes clés d'appartement dans la poche.

J'ai tourné les talons et je suis parti.

Ce jour-là, sur le parking de Carrefour, je l'ai maudite. Peu de temps après, j'ai appris qu'elle était enceinte.

Je suis devenu fou. Ray avait réussi son coup. Il allait être père. Il gagnait encore, il gagnait toujours. J'étais un pauvre type.

J'ai vu rouge. C'est alors qu'on s'est battus, Ray et moi.

Le lendemain, j'ai rencontré Solange sur le quai de la gare. On prenait le même train pour Paris. Je l'ai aidée à placer ses valises dans le filet. Trois mois après, je l'épousais. Un an plus tard, Julie naissait.

Voilà, tu sais tout.

— Vous avez dû beaucoup souffrir, dit Stella. Tout le monde souffre dans cette histoire.

— Je ne voulais plus entendre parler d'eux. Je les fuyais, me bouchais les oreilles. Je ne voulais plus être ce pantin lamentable dont ils s'étaient joués. Elle aurait pu se confier à moi. Elle savait que je l'aimais.

– Elle a rencontré cet homme. Elle a vu en lui son salut. La chute a dû être dure.

– C'était un salaud. Une femme comme ta mère, on ne l'abandonne pas !

– Il ne lui a pas menti. Il lui a demandé de l'attendre. Peut-être était-il sincère ? On ne le saura jamais. Il est mort quinze jours après l'avoir quittée. Il n'a jamais su qu'elle était enceinte.

– Ah…

Il semble surpris et répète :

– Quinze jours après… vraiment ? Comment tu le sais ?

– C'est dans le livre que j'ai lu à Léonie, écrit par la fille de Lucien Plissonnier. À la fin, elle rend hommage à son père, mort le 13 juillet 1977.

– Tu es sûre ?

– Oui.

– Il est mort le 13 juillet ! dit-il encore comme s'il n'en revenait pas. Le 13 juillet ! Ce n'est pas possible !

Il se racle la gorge, défroisse son pantalon, ne sait plus quoi faire de ses mains, marionnettes maladroites et épaisses.

– Quand j'étais petite, j'aimais bien la manière dont vous me regardiez…, poursuit Stella.

Edmond Courtois s'est tassé à ses côtés et ses yeux semblent chercher un point sur le parking auquel se raccrocher.

– Vous entendez ce que je vous dis ?

Il sursaute et la regarde, égaré. Revient lentement à lui.

– Je t'écoute.

– Et en même temps, je vous en voulais. Vous étiez comme les autres…

– Tu es une fille bien, Stella.

Elle enfonce la clé de contact, la fait tourner. Le moteur tressaute, s'emballe.

– Ce soir, je vais veiller devant la porte de sa chambre, dit Courtois. Demain, on s'arrangera. Il ne faut pas la laisser seule. Faut arrêter de faire des conneries !

Il descend du camion, lui fait un signe de la main. Il dit chambre 144, premier étage, c'est bien ça ? Elle fait oui de la tête. Et démarre.

Elle n'a qu'une envie : dormir.

Demain, elle repensera à tout cela.

Elle roule à trente à l'heure, se cramponne au volant et suit le ruban noir de la route. Ses yeux clignent quand elle croise les phares d'une voiture. Elle se met à chanter à tue-tête pour ne pas s'assoupir. Une vieille chanson de Cindy Lauper qui la réveille chaque fois, *« she bop, he bop, we bop, I bop, you bop, they bop »*, elle hurle en crachant chaque syllabe. Puis sa pensée revient à Lucien Plissonnier et elle articule très haut, très fort sur le même air, Ste-lla Plissonnier. Ste-lla Pli-sso-nnier. Ste-lla Pli-sso-nnier. De plus en plus fort.

STELLA PLISSONNIER. STELLA PLISSONNIER.

Muchachas

Cela fait du bien de hurler après avoir crevé de tant de silences.

Le camion pénètre sans faire de bruit dans la cour de la ferme. C'est une nuit sombre. Sans lune. Les lumières sont éteintes chez Georges et Suzon. Elle peste parce qu'elle n'y voit rien. Ils auraient pu me laisser une lumière dans la cour. Ils oublient toujours.

Elle se gare à côté du Kangoo rouge de Georges.

Elle coupe le contact, attrape sa besace.

Stella Plissonnier, elle chuchote encore. Sort les clés de son sac.

Stella Plissonnier, oui, c'est moi.

Marche vers la porte.

Bute sur un objet devant l'entrée de la cuisine. Quelque chose de lourd, de mou. Elle y enfonce le bout de son soulier. Ce n'est pas une bûche, elle a encore le temps de penser. Se baisse. Ses mains touchent une masse tiède, immobile, gluante. Elle pousse un hurlement. Voit tourner mille étoiles rouges.

Une fenêtre s'allume chez Georges et Suzon.

La lumière envahit la cour, dessinant des ombres menaçantes.

Georges accourt. Il est en pyjama et a enfilé sa canadienne par-dessus.

Il crie qu'est-ce qu'il y a? C'est toi, Stella?

Il court comme un canard auquel on aurait tranché la tête.

Elle se laisse tomber, se couche sur le corps encore

tiède de Toutmiel. Sur la gorge tranchée où le sang coagule, tiède, visqueux. Prend le cadavre dans ses bras. Le secoue doucement pour qu'il revienne à la vie. Plonge ses mains dans le pelage poisseux, encore chaud. Le caresse en pleurant. Oh, mon bébé, mon bébé ! Oh non ! Pas toi ! Pas toi ! Pousse un cri vers le ciel.

Georges, à ses côtés, marmonne c'est pas Dieu possible ! en soufflant comme un animal en cage.

À côté de Toutmiel, il y a un mot sous un gros caillou.

Elle le saisit, lit : « 100 % Turquet », écrit en lettres grasses, hautes, majuscules. Les mêmes lettres que sur l'autre mot.

Stella le tend à Georges.

– Ça peut pas être Turquet, dit-il. Il est parti faire un concours de boules à Dijon.

– Alors c'est Ray. Ou Gerson. Ou Lancenny.

– Non plus. Ils sont tous partis en fanfare ce soir vers huit heures. Ils vont coucher là-bas pour être frais demain. Ils portent les couleurs de Saint-Chaland. De toute façon, Toutmiel était chez nous à cette heure-là. Il a demandé à sortir quand l'émission commençait. Vers vingt heures trente-cinq. Je lui ai ouvert la porte et je suis retourné m'asseoir devant la télé.

– Tu l'as jamais aimé, Toutmiel. Il t'énervait. Tout le temps collé à moi, tu disais.

Georges se frotte la joue, son regard tombe, lourd, las.

– Tu l'aurais pas mis dehors exprès ? demande Stella en cherchant son regard.

– Vas-y, te gêne pas ! Dis que c'est moi qui l'ai tué !

Il a haussé le ton et leur querelle rend la nuit encore plus noire, plus menaçante.

Des pas résonnent sur les pierres de la cour. Des pas légers, rapides, pressés.

Stella tourne la tête et aperçoit Tom qui accourt.

Il tient le fusil de chasse de Georges entre ses mains.

NOTE DE L'AUTEUR

C'était un jour de juin 2010, un jour épais de chaleur moite.

Dans la bourgade de Plaisance-du-Gers.

Pas loin de Lourdes.

Je m'étais installée à la terrasse d'un café.

Il faisait si chaud que personne n'osait sortir sans une raison impérieuse.

J'ai commandé un panaché et j'ai ouvert un journal.

Un couple est arrivé. Un homme en tongs, marcel flottant et petit short bleu en nylon. Un gringalet arborant un fin collier de barbe blonde. Et une femme. Brigitte Bardot avec la perruque brune de Camille dans *Le Mépris* et de grosses lunettes bien noires.

Si belle que des bulles de panaché me sont remontées dans le nez.

Et deux petits garçons. Huit et dix ans, environ.

Le couple s'est installé à quelques tables de la mienne.

Après un long conciliabule, ils ont commandé.

Je lisais mon journal d'un œil et observais cette famille de l'autre.

L'homme parlait à la femme tout bas, tout bas.

Il la querellait. Elle ne bronchait pas. Elle regardait droit devant elle.

Elle était enceinte de quatre mois, peut-être cinq.

Et puis…

L'homme a levé le bras et a frappé plusieurs fois.

Le visage de la femme a heurté un pilier en pierre. Il a rebondi, rebondi.

Elle n'a pas émis le moindre cri.

Elle a remis ses lunettes en place.

Les petits garçons se sont exclamés, mais qu'est-ce qu'elle a fait, maman ?

Le gringalet a répondu, si vous ne savez pas, elle, elle sait.

Le garçon a apporté les consommations. Ils ont pris leurs pailles, ils ont bu.

Plus tard, j'ai suivi la femme qui se rendait aux toilettes.

L'homme m'a rejointe, m'a clouée contre la cloison.

Tu te casses ou je la dérouille, il a dit.

Elle m'a regardée.

Je n'oublierai jamais ce regard.

Elle me suppliait de ne rien dire.

Elle m'a fait signe de partir.

Muchachas

Je suis partie.
Et je n'ai plus rien vu.
Je suis restée longtemps sans rien voir.

Jusqu'à qu'à ce que je me décide à écrire.
L'écriture sert à voir ce qu'on voudrait oublier.

J'avais à peine commencé que la voix d'Hortense est revenue. Comme un contrepoint. Et celle de Gary. Et Joséphine,
Shirley, Zoé, Philippe. Ils sont tous arrivés. Ils se précipitaient
pour me donner de leurs nouvelles.

Ils venaient se mêler à l'histoire de Léonie et de Stella,
de Ray, Adrian, Georges et Suzon, de Julie et de tous les
autres qui poussaient comme des champignons dans mon
histoire.

J'ai écrit ce roman en pensant à cette femme de la terrasse
du café de Plaisance-du-Gers.
Et à toutes celles que j'ai interrogées pour ce livre. Femmes
battues, violées, maltraitées. Elles ont eu le courage de me
parler, je les en remercie.

Merci aussi ceux et celles qui m'ont accompagnée :
Nadine qui m'a accueillie dans sa ferme, avec les ânes, les
chiens, les chats, les oies, le cochon et le perroquet !
Gloria qui m'a ouvert les portes de la Ferraille.

Muchachas

Jérôme, mon consultant docteur.
Martine de Rabaudy, ma consultante « musique ».
Didier Rolland, soldat du feu.
Michèle Benveniti du consulat français d'Édimbourg.

Merci encore à :
Octavie Dirheimer
Charlotte de Champfleury
Sophie Montgermont
Thierry Perret
Coco Chérie
Sarah Maeght
Alain Castoriano en direct de Miami, Sophie Legrand en Angleterre.
Dom Dom, Patricia, Lilo, Marianne, Maggy, Gilbert, Christophe.

Merci à :
Clara Frugioni, _Le Moyen Âge sur le bout du nez,_ Belles Lettres, 2011.
Margery Williams, _Le Lapin de velours_ (1922), Casterman, 1995.
Peter Lineham, _Les Dames de Zamora,_ Belles Lettres, 1998.
Inès de la Fressange, _La Parisienne,_ Flammarion, 2010.
Bruno Monsaingeon et son livre _Mademoiselle_ sur Nadia Boulanger, Van de Velde, 1980.
Georges Duby et Michelle Perrot, _Histoire des femmes en Occident,_ tome 2, « Le Moyen Âge », Tempus, 2002.

422

Muchachas

Merci aussi à ceux dont les propos m'ont inspirée, ceux qui m'ont nourrie de détails, « les divins détails » !

Gemma, Béatrice A. et Béatrice B.D., Inès de la Fressange, Marie-Louise de Clermont-Tonnerre, Jean-Jacques Picart, Franck Della Valle, Élise, Willy le Devin, Aurélie Raya, Carine Bizet, Michel, Guillemette Faure, David Larousserie, Anne Cécile Baudoin, Adèle Van Reeth, Philippe Petit.

Et ce, pendant les trois tomes !

Merci encore et encore à Charlotte et à Clément, mes amours d'enfants.

À Romain. À Jean-Marie, of course. Merci d'être toujours là.

DU MÊME AUTEUR

Aux Éditions Albin Michel

J'ÉTAIS LÀ AVANT, 1999.

ET MONTER LENTEMENT DANS UN IMMENSE AMOUR..., 2001.

UN HOMME À DISTANCE, 2002.

EMBRASSEZ-MOI, 2003.

LES YEUX JAUNES DES CROCODILES, 2006.

LA VALSE LENTE DES TORTUES, 2008.

LES ÉCUREUILS DE CENTRAL PARK SONT TRISTES LE LUNDI, 2010.

Chez d'autres éditeurs

MOI D'ABORD, Le Seuil, 1979.

LA BARBARE, Le Seuil, 1981.

SCARLETT, SI POSSIBLE, Le Seuil, 1985.

LES HOMMES CRUELS NE COURENT PAS LES RUES, Le Seuil, 1990.

VU DE L'EXTÉRIEUR, Le Seuil, 1993.

UNE SI BELLE IMAGE, Le Seuil, 1994.

ENCORE UNE DANSE, Fayard, 1998.

Site Internet : www.katherine-pancol.com